悠悠古镇，长寿情

方绪南 ◎ 著

北方文艺出版社
·哈尔滨·

图书在版编目（CIP）数据

悠悠古镇，长寿情 / 方绪南著 . -- 哈尔滨：北方文艺出版社，2024.4
ISBN 978-7-5317-6093-1

Ⅰ.①悠… Ⅱ.①方… Ⅲ.①散文集–中国–当代 Ⅳ.①I267

中国国家版本馆 CIP 数据核字 (2024) 第 003248 号

悠悠古镇，长寿情
YOUYOU GUZHEN CHANGSHOUQING

作　　者 / 方绪南	总 策 划 / 王思宇
责任编辑 / 富翔强	产品经理 / 聂　晶
封面设计 / 方　悦	版式设计 / 段莉莉

出版发行 / 北方文艺出版社　　　　　邮　　编 / 150008
发行电话 /（0451）86825533　　　　经　　销 / 新华书店
地　　址 / 哈尔滨市南岗区宣庆小区 1 号楼　网　　址 / www.bfwy.com

印　　刷 / 武汉市籍缘印刷厂　　　　开　　本 / 787×1092　1/16
字　　数 / 200 千　　　　　　　　　印　　张 / 19.25
版　　次 / 2024 年 4 月第 1 版　　　 印　　次 / 2024 年 4 月第 1 次印刷
书　　号 / ISBN 978-7-5317-6093-1   定　　价 / 88.00 元

出版说明

本书作者方绪南，湖南平江人，作者善用平江方言，平江方言不仅包括湘方言和客家话，还包括赣语昌都片南昌小片下的一种方言（即汉昌话），为传承、传播湘东北地区的文化及语言习惯，本书最大程度上保留了当地的语言风格、习惯、用法、语法等，部分内容可能与现代汉语相左，说明如下：

一、保留了平江的方言、俚语，如，"下头生"，有别于长寿地区的方言。

二、行文逻辑上，保留的平江方言的口语特点：倒装句等。

三、保留民俗内容，如，"人殃""热头"等。

四、还原作者的乡土文学气质，如，"对门姐嫩姣莲啰，冬天想到大热天……"

五、语言风格方面，按作者行文习惯予以保留，以忠实还原当时写作年代的语言风貌。如有讹谬，敬请读者指正，以期再版更正。

长寿花开红艳艳（代序）

网络是个神奇的世界，我很庆幸在几年前认识了汨水沙粒，开始以为取名这么低调近似卑微的，只是一个很普通的文学爱好者。随着进一步交往了解，才知道他的不凡实力，当教师，做律师，写文章，样样拿得出手，这样的多面手还真是不多见。他热爱文学半辈子，和众多发烧友一样，行走在追梦路上。近几年，佳作频出，成绩斐然，特别是刊发在纸媒的大量描写长寿的作品，给人留下了深刻印象。长寿成了文化网红，走进更多人的视野，他推介地方文化功不可没，如果长寿能有一个代言人，他当属最佳人选。再怎么低调，别人也知道那是鼎鼎大名的方绪南。花甲之年，他文学创作呈井喷之势，结出硕果——《悠悠古镇，长寿情》。莫道桑榆晚，为霞尚满天。由衷地赞美和祝福！

《悠悠古镇，长寿情》是一部多角度解读长寿的文学作品集，不论童年往事、居乡琐忆、乐山乐水、古镇风情，还是长寿特色小吃、芸芸众生、怀念师长亲友、人生百味，都以长寿为创作原乡，用深情和细腻的笔触描写熟悉的人事和景观。长寿镇山清水秀、民风淳朴、人文荟萃、底蕴深厚，蕴藏丰富的创作素材。方绪南先生是地地道道的长寿人，更是生活有心人，平时注意观察和积累，心中有，才会笔下有，他的长寿风情自带流量，自成风景。举例为证：介绍的特色食品有酱干、腊肉面、手工面、炸肉、年糕、油豆腐等；描摹的山水风光有三峰叠嶂、多福洞、砂岩水库等；记叙的文物建筑有育婴堂和仁寿堂、长春禅寺等；再现的劳动情景有保联村酿蜜、灌塘、冬修、挑塘泥等；记载的民俗有湘东民歌、改坟、中秋烧塔等。这些植入了故乡元素的作品，读来接地气，倍感亲切，现实意义强，更好地体现了文学价值。

《悠悠古镇，长寿情》洋溢着浓厚的生活气息和人文气息，不论写人记事还是绘景状物，都来源于实际生活，或所观所感，或亲自参与。手捧文集，能鲜明感受到方绪南先生炽热而深沉的情感。有对师长亲友的怀念《子才，来生再做同学》《符主任，你莫走》《高中语文老师黄景湘》《胞弟周年祭》等；有童年往事的美好回忆《露丝狗哉》《寻找五色石崖花》《年年岁岁采摘金银花》等；有亲情回味《我的父亲》《远去的外公》《姆妈的笑声与歌声》等；有游览观光《碧玉青箬笠，汨水盘石洲》《汨罗江上鳌鱼潭》等，或直抒胸臆，或细节刻画，或借物咏怀，用不同方式，从不同方面表现了对生活的个性体验。生活是文学作品的生命线，离开了生活的文学作品如同海市蜃楼。不过，生活中的方方面面，又不可能面面俱到，如何取舍，如何用文学形式表现生活，需要一定领悟力和创造力，更需要游刃有余的写作技巧，方绪南先生做到了。

他的生活阅历比一般人丰富，跻身教育界四十年，担任过多年学校领导；在此期间靠自学获取法律工作者资格证，长期兼职或专职（退休后）担任民事诉讼委托代理，助弱帮贫，匡扶正义，维护了不少百姓的合法权益。令人好奇的是，法律人职业，偏重理性思维一些；而文学创作，偏重感性思维一些，方绪南先生如何在二者之间转换的？其人，才不可量也。更难得他持之以恒地执着追求文学事业，勤勉有加，办案之余，几年时间写就三十多万字，可不是小数目。不会电脑，他在手机上完成一篇几千字文章可以通宵达旦。他写作态度更是严谨，为得到准确信息，甚至要走访、考察、多方查资料。《长寿茶香》可以看出，从文中诸多具体数字可以看出。

我想起了坚韧不拔的长寿花，花形珍奇，花香浓郁，甚是惹人喜爱。方绪南的《悠悠古镇，长寿情》不正是一朵鲜艳的长寿花吗？汲取故土营养，沐浴着阳光和雨露，吐露芬芳，分外妖娆。只有深爱家乡的人，只有精神世界丰盈的人，才会朝着目标不顾风雨兼程，才会最终获取鲜花和掌声。岁月悠悠，未来可期，期待方绪南先生再谱华章。

（彭定华，中国散文学会会员，湖南省文艺评论家协会会员，湖南省散文学会会员，湖南省教师作家协会会员。）

目　录

一、童年往事

蚊子回去叫大哥..................................003
我的武弟......................................006
露丝狗哉......................................008
准备过年......................................011
年年岁岁采摘金银花..............................014
寻找五色石崖花..................................017
四次来劝学....................................019

二、居乡琐忆

在那白鹅栖息的地方..............................023
倒　　塌......................................025
洗衣槌声声....................................028
保联村酿蜜图...................................030
脚　　夫......................................033
井　　塂......................................035
风　　床......................................036
冬阳下..039
打凉粉..041
勤劳的富农....................................043
叔叔是队长....................................045
冬　　修......................................047
灌　　塘......................................049
挑塘泥..051
岁尾年头......................................053
积　　肥......................................055

姆妈的笑声与歌声……………………………………………057
五月端阳挂旗艾……………………………………………060
五月端阳琐忆………………………………………………062
保联青龙灯…………………………………………………065
寻找旧日里的情景…………………………………………067
寻找金色的纪念章…………………………………………069
我的父亲……………………………………………………071
远去的外公…………………………………………………074
难忘老井水的甘甜味………………………………………076
打年货………………………………………………………078
夸夸保联村党支部…………………………………………081
风景如画的保联村…………………………………………084
再生稻………………………………………………………087
山水丽人，白龙神水………………………………………089
挖　　泉……………………………………………………092
拉布拉多……………………………………………………096
吃"新"………………………………………………………099

三、乐山乐水

碧玉青箬笠，汨水盘石洲…………………………………103
汨罗江上鳌鱼潭……………………………………………105
快乐西乡行…………………………………………………107
栈道上的情思………………………………………………109
神奇的龚家洞（一）………………………………………111
神奇的龚家洞（二）………………………………………114
罗浮山的云…………………………………………………117
游砂岩水库…………………………………………………120
听云书院小记………………………………………………123
欢聚"菖江"…………………………………………………127
森林里的小木屋……………………………………………130

四、古镇风情

悠悠古镇长寿情 135
长寿街上长寿人 138
长寿人·广东人 140
长寿人与木金人的清明节 142
长寿街的中秋节 144
长假里，人来客往长寿镇 147
巨变中的长寿街 149
长寿的育婴堂和仁寿堂 153
乡里人·长寿街人·城关人 156
长寿茶香 159
长寿酱干散记 162
从长寿街到平江县城 164
平江，凤凰山庄达人多 166
平江多福洞 172
金坪的"三峰叠嶂" 175
湘东民歌群 179
阜山窑里锻精品 181
货怕比三家 183
烧　　塔 185
长春禅寺记 187
我们协会的这些人 190
我们协会的这些人（续） 193
百岁老太带着孙儿开面馆 196
小齐齐，老师天天叫着你的名字 198
鹿场看鹿 201

五、长寿特色小吃

腊肉面 207
手工面 210
年糕和油豆腐 212
炸　肉 215
荠菜的清香 217
蒿子家族 219
平江茶油　　液体黄金 222

六、芸芸众生

请贼子看家的女人 227
年　关 229
寻女子 231
小车·摩托车 233
重　逢 235
招　聘 238
幽静如兰 240
管超的三生三世 245
厨师与观赏鱼 247
周月桂的幸福生活 248
白糖飘香 249
路边一小店 251
霭干娘 252

七、怀念师长、亲友

"子才"，来生再做同学 257
符主任，你莫走 259
忆杨显 261
胞弟周年祭 263
寄给父亲的一封信 266

此情可待成追忆...268
君埋泉下泥销骨——悼念再生兄.................................271

八、人生百味

我印象中的黄欢冬...277
读方良的《逸仙散文》有感.......................................279

九、放歌诗坛外

我是牛郎,你是七妹(外一首).....................................283
附某文友七夕情人节寄语..285
往事是一枚风干的橘..286
我的思考之外蹲着一只狼..287
不是寂寞才有泪..288
大雁,已捎来返程的呼哨...289
陪你变老..290
来生愿做一块青石板..291

一、童年往事

蚁子回去叫大哥

那时没有电游，没有手机玩，也很少有人戴眼镜，只有那些做针线活的老奶奶和有点文墨的老爷爷看那线装的古书，才配有眼镜，或者是那些盲人戴眼镜，好扮，才有眼镜这东西。孩子们是不见有戴眼镜的。我们那时玩得很开心，整个暑假，帮家里割一些草或者干放牛的农活，大多数的时间玩得疯得起——去偷摘果木，去洗冷水澡，或者上下午浸泡在水里，脸上呈现死白色，家长也懒得管，当然也有意外的出现。我们还玩一些有趣的游戏。

整个夏秋天的闲暇时间，觉得特别短，好像没有现在这样难熬的苦夏，也不觉"24只秋老虎"这样燥热。我们总不会呆坐着，在厅堂里，或小巷中，四处是泥地，土砖墙下面的两三斗烟砖中，有很多小缝隙，在那弯弯曲曲的小通道中，是蚂蚁子民的家。它们簇簇拥拥，堆堆叠叠，从来不嫌陋室的狭窄，子子孙孙团团结结，和和睦睦，一如既往地以大家庭为荣，在暖和的春天开始的时候，它们整个家族亢奋不已，蚁后和雄蚁负责繁衍。工蚁将洞穴内的松垮的泥土搬运出来，日夜不歇，有些累死在劳作中，兄弟姐妹们哭一场，将尸体掩埋一下，又前仆后继地战斗。它们忧患意识非常强，它们温饱思饥饿，人却没它们那样明智，在空虚中只知道温饱思淫欲。它们在这高温的季节，又要为冬日里粮食的储备进行紧张地劳作。

日子在慢慢地晃悠，天气由暖和转成闷热、继而燥热，我们有时不想出去，于是我们在这时，突然对蚂蚁感起兴趣来，逗它们玩，以此来度过一些龟缩在阴凉处的夏季秋季的日子，从三岁开始玩起，玩到了不穿开裆裤，还在玩。我们拿起爷爷奶奶的大蒲扇，拍打着那些贪婪地啃着鸡鸭牛羊等粪便的大苍蝇或者是老实忠厚黄牛肚皮上的牛虻，我们只能拍打大个头的苍蝇，老虎是打不到的。奶奶这时，迈着蹒跚的脚步，追赶着我们："小猴儿们，把我的扇搞腌脏了啊……"

"看！把我的扇拍烂了……"是的，这扇是他们纳凉的好工具。他们摇动着大蒲扇，迎暑送秋，看着天上流星的坠落，看着河汉从东西纵贯到慢慢横跨了南北走向，从显得朦胧的天河，逐渐变得高远清晰浩瀚无垠中呈现幽蓝中衬托的光带。萤火虫在孩子的手掌里忽闪忽闪的，如一个快乐的分子，游离在乡村遍野，营造成一个安逸祥和的世界……蒲扇是他们夏秋不离手的宝贝儿，他们如牛马一样，嘴巴微嗑个不停，不停地反刍着，但岁月似乎无痕。

但我们当时体验不到老人们那种敝帚自珍的感受，只觉得用扇能拍打苍蝇，苍蝇又是蚁们争抢的佳肴，当然还有蚯蚓，掉在地上的饭粒……

我们捏来一只那触角还在蠕动的小东西，寻找爬行在地坪上、厅庭里、小巷中的蚂蚁们，有意将诱饵放在它们前方的位置，有时，将苍蝇放在它们的面前，它们绕道而行，不理不睬，它们似乎为不辱使命，正在匆匆前行。我们重复几次动作后，看到它们不吃这一套，我们又另寻蚂蚁们。看，它停住了脚步，嘴唇的触须将地上的猎物勾动一下，一个蚂蚁搬不动，它就匆匆折转身搬援兵去了，于是，我们嘴里反复地哼唱着："蚁子回去叫大哥……蚁子回去叫大哥……"

很快援兵到，晃动着脑袋去拖那猎物，一般它准确地估算了多少援兵的，一起抬起着那苍蝇的尸体就走。我们不能让它们那样容易获取猎物，要给它们制造一点儿障碍，将早已准备了的洗帚签（小竹签子），从那苍蝇的身体穿透，另一头，我们压上小石头，它们显然是移动不了，抬不起走动，只好又回去搬援兵，到头来还是挪不动，它们无法估量猎物的重量，它们又回去喊援兵，粗大，胖胖的蚁头也倾巢出动了，总还是要给它们一点希望，我们拿开小石头，让它们飞快地行动，又复石压起，之后又还是抬不动了。有时从压微小的沙粒，到小石子，我们总是层层加码，这样还不刺激，我们又用那穿着的蝇子，去引诱另一伙蚁群，引起它们发生争端，甚至你死我活地打起仗来，我们玩得津津有味，蚁们如诸侯纷争，军阀割据，发动大规模的战争我们才觉得过瘾。

太阳像个大火球，炽热地挂在中天，爷爷从田间匆匆回来，下巴上的胡须挂着露珠似的汗水，一双浑浊的眼睛凶狠狠地瞪着我们这些小屁孩，叫得正欢的我们当然不畏怕他，他烦躁地取下头上的草帽，拼命地扇着风，似乎又跟谁赌气似的，咬牙切齿地看着天井上那没有一丝云彩的天空，嘴里挤出几个字："青石板……不下一点儿雨。"椅子上有堆鸡婆屙的屎，滑稽可笑如青螺一般，仿佛还冒着腾腾热气，爷爷似乎没有看见，屁股挨上去，在逗蚁们玩的小孩大声说："凳上有鸡屎！"爷爷抬起了屁股，旋即又将屁股重重地墩上去，嘴里又大声说道："挨死去，挨死去……怕你奶奶不洗衣服吗？"玩蚂蚁、叫回去叫大哥的游戏的小孩哈哈大笑不止，还两手拍起来，奶奶还不知怎么回事，嘴里骂着，"死老头，今天能下得雨吗，晒了豆荚子，晒了谷……"奶奶念叨个没完。小孩还是手指着爷爷，"鸡屎，爷爷屁股压着了……"

奶奶这才回过神来，知道怎么回事，嘴里毒骂着老头……四方的天井西南角上，有一个四方土堆，上面栽种着一蔸丝瓜，两根草绳成十字形连接在上下厅庭的屋檐上，绿色的藤萝在那上面不知不觉地走着；有几条长长的瓜向下吊着；还有的小丝瓜尾巴上还吐着金黄色的小花，如小女孩头上羊尾巴的辫儿。一些蜜蜂在绿色堆砌里的黄花上，如在走着秀，悠悠地叫着；那上面还有两个蜘蛛网，那网盘中，还有两只蚊子粘在上面，那以逸待劳的懒家伙蜘蛛，吃饱喝足后躲到阴凉的屋檐睡大觉了……

蚂蚁们也许感到不妙，似乎洞察到讨厌的人的阴谋诡计，显然知道在作弄它们。不再上套了，那些蚂蚁大哥也纷纷打道回府，带着兄弟们匆匆回家去，在往回家的路上赶，也在不停地搜寻着其他可取的食物。它们顷刻似乎明白，也觉得不可能吊死在一棵树上，于是放弃了那看似微小却有一根竹签拴住的食物，这一天的时光，在公鸡们一声声引吭高歌中——悄然而过。"鸡叫午，饭到肚"。家里人该呼唤我们回家吃饭了。

我们似乎也玩腻了，将那竹签子拉脱，将那些食物，如恩赐一般地抛给了勤劳的蚂蚁们，因为它们已将大哥一个个地叫来了，大哥还一路劳顿，拉动着臃肿的身材，在它们认为是遥远的距离中来回走动着，也够辛苦的了。我们又痴痴目送着它们将食物抬回家去，公鸡带着几只母鸡，踱着方步走过来，我知道是它看着那几只死苍蝇、牛虻、坚硬的饭粒眼馋嘴馋了，想与蚂蚁们争夺那些好吃的，但这时轮到我们该出手就出手了，也就是维持弱小的时机到了，我拉起我的"扫堂腿"一个三百六十度的旋转，将鸡们追赶开，公鸡将步子抬得很高，"咯咯哒、咯咯哒"叫起来了，母鸡也跟着团团转。狗儿来了，它张开嘴，咬住了鸡尾巴，公鸡用力向前挣扎，那鸡爪在地上挖上了条条的痕迹。奶奶听到公鸡夸张的喔喔叫声和翅膀扑打的声音，听到母鸡咯嗒嗒……咯嗒嗒的求助声，她手里持着响鸡杈出来了，嘴里毒骂着："绝狗毛……绝狗毛……"狗儿张开了嘴巴，鸡儿获救后，扑腾腾地屁滚尿流地跑开了，但狗儿的嘴里还留下两片鸡毛，它打着响鼻，狗嘴又在我的腿上蹭了一下，那鸡毛才飞落下来，它伸着粉红的舌头，喘息着粗气，那涎液从舌尖上滴落下来，蚂蚁们又在狗涎滴落的那里停顿了一下，似口渴了，那触须在洇湿的地上，轻轻翕动着……

我的武弟

那天,我武弟在家族群里,庄严宣告:他的第三代当家人诞生了。这时整个家族群的人都出来捧场了,放鞭炮为他祝贺,又吵着嚷着要他发红包。

武弟生得威武高大,剑眉大眼,隆起的鼻梁,阔嘴,是堂堂七尺的美男子。他是我爸同母异父的弟弟的继子。

有一天,我叔叔在长寿街出菩萨打转身回来,路过登仕巷十字路口,见一个黄皮寡瘦的妇人抱着一个还在吃奶的哭哭啼啼的婴儿,嚷着要送养人,不知出于可怜孩子,还是同情那女人,我叔叔二话没说,交涉一会儿,就收养了那孩子,也就是我的武弟。

叔叔欢天喜地地抱着只有六个月的瘦得皮包骨的武弟来到我家,他央求着我妈,要代他带养。我妈又喜又忧。当时我妈生下小妹还在吃奶,但只好答应叔叔。从此武弟成了我家的一员,与我们同吃同住。武弟也是个苦命的孩子,他亲娘连生三男两女,武弟6岁的时候,我叔叔因肺痨不幸去世了。我华姑妈将武弟接到她家带养了,但武弟经常往来于姑妈家与我家。由于生活都比较困难,我武弟只读五册书,就辍学在家砍柴烧,他非常调皮,姑妈管束不了,13岁又来到了我家生活。自此,他跟人家学过篾匠,后到广东打过工,他为了躲避治安队的捉拿,睡过荔枝树下,睡过停车场。后又回来务农。后觉得农村没出息,很难成家立业,又三番两次南下打工。好不容易进了厂,在一个厂里一干就是八年,他吃苦耐劳,一个能顶两个用,被主管看中,并当上作业组长,这时他已经写算俱全,办事能力强。谁都不敢相信,他只读过五册书。他省吃俭用积攒的第一笔钱,置了一个寡妇的一套旧房子。后娶了妻,生了两个如花似玉的小女孩。这时,农村发生了翻天覆地的变化,人家都悄悄地沿县道虹木公路建铺面,他又经过几年打拼,也赶上了时髦,在公路边建了两个铺面和两层的楼房。

我记得小时候,他很嫉妒我爸经常夸我是一个好孩子,趁没人的时候就经常捉弄我,他近乎歇斯底里地哭喊,你有什么惹人欢喜的,你说你说。然后就双手揪着我的衣领拼命地推搡着我。我真有点怕他,我现在能够想象他心理上感受的压迫、抑郁、愤怒。同时缺少关爱,是多么的孤独无助啊!我比他岁数大点,比他会说话,比他乖巧,这是不用说的。但他比我身体好,要高大粗壮。我不能吃的他能吃,如他能吃三碗饭,我只能吃一碗,我能做的事情但他不能做。一同玩的时候,总是我出主意。我们在"打马"游戏上,算得上是能征善战的两员骁将,其他孩子远远不如我们兄弟俩,我叫毛伢,他叫武崽,我使一把轻一点儿的钩刀,他使一把重一点儿的钩刀,对着那三脚叉的小树枝,钩刀嗤嗤地甩过去,那"马"就轰然倒下。我也是,轻一点儿的武器杀过去,"马"击中后,钩刀还窜出好远。做抵押的是茅柴,其他的孩子柴担还没一丝一缕,我们就有满满的一担了,我就去寻能吃的杂菇,武弟却去挖"地水牛"。开始的时候永远是早晨,太阳照在头顶上了,我们个个都不愿回家吃中午饭。爸妈看我不但有满满的一担柴挑回,还有可以做菜的野生菇;武弟只有一担柴。还有的是他干活很毛糙,割麦子,他绊倒了好多间播在麦地里的豆子苗,挑麦捆回来时,戗棍两头的麦穗捆子脱落在浸水田中,我爸就数落他,还动手打他,要他向我学习。所以我得到了表扬,武弟却没有,因此他很失落,没人的时候,就拿我解恨。他比较顽皮,每每炎热的天气里的中午时分,大屋里的人饱餐一顿饭,大人们因劳累都要午休片刻,武弟纠结一伙小伙伴将小富墩大屋吵得晕头转向。几个在大屋小巷里倚着墙壁席地而坐的人打瞌睡,武弟追赶得鸡飞狗跳,还从鸡身上拔下翅膀上的硬羽去痒打瞌睡人的耳朵或鼻孔,使他们睡不成,惹起一阵阵咬牙切齿地毒骂:"少亡鬼哉,少亡鬼哉……"更为严重的事情,武弟去讨要"争秆劲"(一孤寡老人的名字)的盐姜吃,不给,将他的水氅也砸烂了,我爸只好走到八里外的烧陶器的金坪,买只水氅赔给七十多岁的老人家,还要赔礼道歉。

  一晃四十多年过去了。真是曾记少年骑竹马,转头又是白头翁。其实人少年的苦难算不了什么,相反还是人生的一笔看不见的财富,只要不沉溺于小时候的痛苦,从痛苦的阴影中振作起来,就能成人成事成家。现在武弟也是爷爷级的人物了,期望他后半生丰衣足食,快乐过好每一天。

露丝狗哉

露丝狗哉，当然不是专指我，是指我家养的那一条狗。我见到它的时候，它还没有睁开眼看世界，跟着它妈妈与一只大猴子，被耍猴把戏的艺人，带着走乡串户耍猴把戏。

那一天傍晚，西边的天空如烧成灶膛的火一片殷红，大屋里的人，荷着锄头，扛着犁耙收工归来……屋里的奶奶、母亲们呼唤着在外面玩疯了的孩子们回家吃饭。

那只大猴子上身穿着超短裙，竖立起来，一手拿面小铜锣，一手拿着锣锤，在哐啷哐啷地敲打，我们小伙伴们根本听不到屋里人的呼唤声，都远远地看着大猴子敲着锣……这是大屋右边的巨大的樟树下，离地三尺的树干上，耍猴艺人钉了一个小铁钉，上面挂着一只藤萝编制的粗糙笼子，里面有三只杂色的小狗狗，在嘤嘤地发出叫声，也许是饿了吧。一只长长身材，四条腿短短的，身上又是长长毛发，额上的刘海儿差不多罩着了尖脸，那狗眼眶长长的睫毛从长头发上斜插出来，长毛母狗在一只瓦盆里舔着耍猴艺人留给它的残羹冷炙，红舌头与瓦盆发出碰撞的声音。小狗们微微的叫声，它似乎置若罔闻。

大屋里的人匆匆吃过晚饭，都聚拢到大樟树下来了……一个络腮胡子的艺人从猴子的手里夺过铜锣和锣锤，重重地敲起来，比刚才猴子敲的响声要大，近乎是一种刺耳的嘶哑的声音。大男人有的牵着或背着行动不方便的老人来到这里，从背上放下来的爷爷奶奶，张着空洞没有牙齿的阔嘴笑，有的老人只见那红红的舌头在没牙齿的口腔里拱着……女人们背着、搂着，牵着小孩儿气喘吁吁地奔跑到现场，生怕错过这看热闹的机会……

看热闹的人自然围成一个圈，小伙伴们都挤到了圈子的前面，我也在前面，两个卷着油纸的铁圈被点燃了，艺人示意狗妈妈钻那火圈，狗妈妈似乎记起了什么，它转身冲破我们看它们耍把戏的圈子，来到关小狗的笼子下面，昂着头，非常不安地立坐在那儿，但狗头够不着那关小狗的笼子，它又跳跃起来……艺人气呼呼地奔到笼子前，手里拿着一条皮鞭子，正飞起来的时候，母狗纵身一跃，前爪够着了笼子的小门，那藤蔓织着的小门掀开了，笼子晃荡一下，一只小麻崽子摔了出来……母狗前爪搭去抱住，狗崽还是摔在了地上。艺人大声吃喝母狗，并举起鞭子抽打它，它重重地挨了一下，嘴里发出沉闷的哼唧声，艺人意欲抬起宽大的脚板踩死那只在抽搐的小狗时，我急忙奔过去抢到那可怜的小家伙，我双手抱着它，我近乎用乞求的眼神看着耍猴艺人，手不停地摸着那还在扭动的小生命，母狗用舌头舔我的赤脚，不停地摇着尾巴，似乎是怀着感恩的心情。凶狠的艺人转移了视线又在举鞭打狗妈妈时，可怜的它被主人搀着去了跳火圈。我却没有看猴把戏的欲望，央求艺人将小狗留给我。艺人不耐烦地向我摆着手，我听不懂他说的话，但知道那是示意我抱走，大屋里的人都在怂恿我说："毛毛，你抱回去，反正你家里狗儿放了崽，看养得活吗，这是稀贵的洋狗种！"

艺人似乎也想炫耀一下："这个叫'露丝狗'。"

我将小露丝狗抱回家后，从饭盆中舀一勺米汤给它吃。它奇迹般地活过来了，它还真伸出小小的粉红的舌头，舔着米汤，真像饿慌了似的，拼命地吮吸起来。我高兴极了，将露丝小狗又抱到我家放了狗崽的母狗窝里，我家四只浑圆的胖嘟嘟的小黑狗，占着狗奶头，小露丝狗很难吃到狗奶。我将四只狗崽撵出来，将小露丝狗放到狗奶头上，那小生命似乎蛮灵敏，嘴在不停地嗅着，试探着，搜寻着，似乎闻出了异味，有种排斥的举动。折转柔软的身体嗷嗷地叫着……我家的母狗用舌头去吻它，一会儿，它似乎拒绝不了奶香的味道，很快适应过来，又贪婪地吮吸新妈妈的奶头起来……

我家的母狗确实令人敬畏，它慈善十足，为了使这只小露丝狗吃到奶，它将小露丝狗衔到离狗窝较远的厅庭里的东北角的风车下，爱心可掬地喂起奶来。于是，小露丝狗好不容易养大成狗了。

露丝狗成熟后，是一条母狗，它通人性，很灵敏，它很会保护自己。村里出现偷狗、偷鸡鸭的贼，贼子为了麻痹看家狗，将炸弹用猪油包好，很多的土狗饥不择食，就咬着那香喷喷的炸弹而死于非命，我家的露丝狗能洁身自好，不是家人给它吃的东西，它嗅都不嗅。但它是活老鼠的克星。它还带领大屋里的土狗们，追赶贼子，直到贼子弃物而去，它才指挥狗们放弃穷追。

我去放牛时，它在我前面的草地嗅着，打着响鼻，匆匆向前搜寻着……偶尔有蛇，被它赶走或咬死。牛儿早晨被我放养吃饱喝足后。露丝狗又跟着我去上学，上课时，它安静地睡在我的课桌底下，因为教室里有狗睡着，同学们总是不由自主地看着我的桌子底下。几次带露丝狗进教室后，被老师发现了，不能让狗儿在教室里睡。于是，通人性的露丝狗就睡在学校西北角的苍翠的大柏树下，下课后，男同学聚过来，与我逗狗玩……

露丝狗……与我……分辨不了，我与狗的名字交换着叫，我混淆了，第一个被"子才"给我叫上了露丝狗哉，于是同学们似发现了新大陆，一个个都这么叫，我就这样被同学们叫成了"露丝狗哉"。

我们大屋里，将其他杂狗种淘汰了，换上了我家的露丝狗种。乡村开展了禁狗运动，我为了我家的狗免遭厄运，不再将狗带着外出了。每天天蒙蒙亮，父亲就将狗牵到离家两里多远的"河套里"，还端半碗头天晚上的剩饭，父亲将狗拴在汨罗江边的柳树上，渴了可以舔清澈的江水喝。

有一天中午，露丝狗咬断破布搓成的绳索逃回来了，原来它是要生崽仔，在那天下午生了五只小崽仔，我妈妈怕"禁狗队"来剿灭狗儿，用背篓将小狗背到汨罗江边上。露丝狗又将狗崽衔回家，这样循环往复几次。狗崽也渐渐地长大，也慢慢地能吃妈妈煮的饭食了。有一天，妈妈留下两只小狗藏在家里养，还有三只在江边养。通人性的露丝狗，它反其道而行之，将妈妈藏在家里的两只狗崽，却要衔出去，与妈妈争夺，最后它还是抢着衔出了一只，从此它带着四只小狗仔在"河套里"安家落户了。禁狗运动中，大屋里的狗狗都被剿灭了，包括妈妈藏在家里的那只小狗也被禁狗队长摔死后，被他们开膛破肚，去杂，烹熟派酒吃了。

露丝狗也许觉察到在"河套里"比较安全，又能发挥它们野性的特点，它不再回来了，有时隔三岔五地咬死一只野兔、獾猪什么的，衔回来丢在厅里，又转回去了。

在有暴风雨的夜晚，我总担心它们的安危，但风雨过后，它总要衔点儿野物回来，以示它们的存在。

有一天，大屋里的活伢里悄悄地告诉我，毛毛你家的狗躲在"河套里……"我怕他告密，嘴里说不知道。他说，今天下午我看到两个打鸟铳的人，像是抬着你们的狗，往江那边匆匆而去了……

我不信，你逗我的！似乎就是他暗算了我家的露丝狗，但我的心痛了起来，我跑到"河套里"拼命地呼唤着它们，但只听到江那边层层叠叠的山峦送回我稚嫩的声音。在那一段两里多的河边，我来回寻找了好几遍，总不见狗儿的回应，不见它们的踪迹。后来我却在一处草滩上，看到了一块狗的血迹，我似乎嗅到了一种熟悉的味道，是的，是我家露丝狗的血腥味。我伤心地哭起来，这时爸爸也赶来了，他神情凝重，摸着我的头，安慰我说，不哭了，回家去……

从那以后，我家再没再养狗了……

准备过年

每到进入腊月，大人们都特别忙，爸爸在鳌鱼潭埠头的机房里起早贪黑地给本大队或邻近的社员们碾米。每天我还在床上赖着不想起来的时候，就被妈妈强行拽起来，她急匆匆地帮我穿好衣服。我喝完一碗红薯拌大米煮的粥，就跟着爸爸去机房，扫掉在碾米机下面的米糠喂鸡。

我跟在爸爸后面慢腾腾地走，不一会儿，就远远地落在他后面好一段距离了，爸在前面催着我赶上他，我爱理不理的，但却一蹦一跳的，几步又跟上了他。他挑着一担满满的谷子，踏着冰冻的马蹄凌路面，解放鞋套着防滑的稻草搓成的绳子，一步一个脚印，小心翼翼地走着。

挑担是为家里打过年米。家里有七口人，猪头牲（家畜家禽）与人四五天要吃一担米。整个新年的正、二月间，各家各户都备足了粮食，就是困难户，也会在头年年底，就是扯借也要备足粮食，正月间，一定不能去借，人人都图个吉利，都想有个欢快的新年。爸爸整天赶着给人家打过年米，忙碌得不可开交。等他挑着一担谷子喘着气到达机房的时候，人家来碾米的人，早已排起了长蛇阵，有的将扁担横在两头的箩筐上，焦急等待，有的将自种的烟叶子滚着喇叭筒在惬意地吞云吐雾；有的在呆呆地看着"八哥"之类的小鸟唼着柿树上残留的柿子或是无人能采摘到的柞子，那些能摘到的柞子，妇女与小孩早就摘下来，拿到合作社的收购站换个零花钱了，这些没能摘下来的果实，便成了鸟儿的粮食。还有的社员自觉地牵头，给每个人写了号码，免得插队。他们井然有序地排队等候打米，爸爸担去的谷子，只能在给其他人碾完米后，插空打成米，傍晚收工再挑回家。

大哥是家里的精壮劳动力，他在年前最忙碌，整个白天黑夜都是没有喘息的机会：一是进山挑炭斫柴，一包冷饭团，挑在扁担头上，步行四十多里路到大屋场深山里，匆匆忙忙赶到烧炭人的烧炭窑前，爸爸给他五元钱，买一百斤炭，他就四元买八十斤炭，其余二十斤，就靠到炭窑边，蹭那烧炭人没有烧透的"马脑"，大哥灵巧的双手悄悄地磕下那些炭末子，放在挑炭的篾篓底下，或者稍微拿一点儿"马脑"混在炭里面，那省下来的零钱，用来到九里远的长寿街，买一条红腰带，好在正月里耍狮时用，那样更显得英俊潇洒。

大哥每天将柴炭挑回来时，天已是漆黑一团，洗完澡就马不停蹄地赶到舞狮堂，练习拳棍刀枪等十八般武艺，好在正月元宵节前，在四乡八村耍狮时，虎虎生威，尽显英武本色。正月里，除白天耍狮外，他还要被各处地方的人请去晚上唱花灯，他是扮演花旦的好角色，人家只说他就是高了一点儿，但瑕不掩瑜，在台上仍然是一个人见人爱的水粉姐姐。

过年，反正各行各业都在忙，裁缝管着为自己的各家世主缝制过年的新衣服，特别是孩子，一年一新，穿着新衣服去辞年拜年，去走亲戚。每户人家每年的年底都要请上裁缝做一天或几天的衣服，请裁缝的时间长短，也是反映农家生活好坏的标准。我大妹子爱菊，13岁就跟着素师傅做乡工，要忙到腊月二十八。每年腊月二十四过小年后，会陆续收到工钱；有的要除夕下午，才赶来付我妹子的工钱。

农家妇女主要是忙着居家卫生，我二哥要在早晚帮着母亲清理鸡栅的鸡屎和牛羊栏里的牛羊粪便。因为"进九"天后，大肥猪被宰杀了，腌制后，挂在火屋里熏肉了，要备着过年的肥羊也宰割了，所以饲养它们的地方大都腾空了。只有两只小接槽猪，一只放羊崽的母羊。肥猪、大羊在的时候，我每天都要去看一次，特别是家里的那头黑猪，大大的肚子拖在殷红光滑的石块铺就的栏面上，哼哼唧唧的，很是好玩。妈妈骂我傻，说我是不懂事的家伙，猪是要睡着才长肉的。但我总是顽皮不听她的，她不在，我就去拨弄那猪。清理了猪圈和羊圈，二哥与妈妈再接着打扬尘。家里弄出来的这些垃圾，是最好的肥料，二哥挑到菜园里，倒在菜地的垄里面。

10岁的胖乎乎的弟弟，学校放寒假后，仿照学校其他同学的样，吵着要爸爸从机房里弄来废铁丝，开始专心致志地用铁丝做火炮枪，妈妈叫他去做其他家务事，根本叫不动，挨妈妈的打也不怕，制成玩具枪才是他的终极目标。一次次失败，又一次次重新研发，毫不气馁，他准备三十夜在辞年的路上，用自制的手枪打火炮。那火炮是一板板从长寿街买来的，五分钱一板，一板一千响。弟弟爱动脑筋，也爱动手，后来成了地方上酿酒的好师傅，他还跟着姑妈学疗无名肿毒，也是有名的草药偏方郎中。

我却要准备零花钱，请上屋的篾匠为我扎精致的灯笼，一角二分钱一个，油烛是要到长寿街去买的，这些钱，我是找比我小一岁的做裁缝的妹妹要的。她还没做裁缝挣钱的时候，是我外婆给我的。我属于少年了，大孩子与小孩子都在做辞年的准备。辞年的灯笼，有鼓子形的，也有菱形的、椭圆形的，我们屋里方红根的灯笼，就是油纸糊的椭圆形灯笼，他的灯笼不知道用了多少年；每年过年，他的继父跃老山从楼上的"欠栋"上取下来，抹去灰尘，刷上一层桐油，又显得锃亮锃亮的。辞年，油烛插在灯笼里面，映照出深红色的颜色，拉着长长的影子，提着灯笼的他就像在地上爬似的。小伙伴都不喜欢他的旧灯笼,因为绝大多数孩子的灯笼,都是每年一新,有的年都没辞完,不小心就被风吹着油烛将崭新的灯笼烧了,小伙伴也不觉得可惜,烧了就烧了。

20世纪70年代后期,准备过年的情景,回忆起来,非常温馨。现在由于物质生活的丰盈,快过年了,似乎都没多少过年的准备工作要做,只是一心向往乡下去吃杀猪饭,得土猪肉,买山上放养的专啃青草的羊,或是宰散养的鸡鸭鹅。

年年岁岁采摘金银花

我老家离长寿街只有四公里左右，隶属木金乡保联村，在汨罗江上游，多丘陵地带。金银花在家乡沟沟坎坎荒坡野岭遍处都是。它们属于攀附植物，灰褐色的藤蔓，每一个节骨都有白色的触须，遇土遇养分就将那触手盘旋或扎根下去，椭圆形的叶片如只只小舟，那藤蔓似拉船的纤绳，牵扯着叶叶小舟在灿烂的阳光下或烟雨蒙蒙的绿海中泛游。暮春时节，那些枣红色的嫩蔓上开着乳白色的花，长而内敛的花瓣如一个个窄颈大肚子的小瓶子。鹅黄鲜艳的花蕊如传说中虬龙的触角。它们爬一些藤蔓在落叶树上，趁树们还没舒枝卷叶时，那些绿叶、那些花儿就悄没声地将树儿周身缀满着明丽的绿叶和黄白相间的外表。略看去，好像给高大的树穿着碎花连衣裙衣服。大众化又不流露出俗气。阵阵蜂蝶飞舞……小小翅膀在悠悠滑翔，一会儿贴着花儿抚摸着，一会儿拥着花蕊亲吻。花儿羞涩了脸，那样流露出宁静、安详、幸福、满足……不远的草地上，有一排排蜂房，那是禾哥哥养的蜜蜂。他告诉我，金银花开时酿造的蜜最清香，是上等的好蜂糖，也是蜂儿不发病的季节。二十多箱蜂房不规则地摆放在那里，我问禾哥哥，为什么不学雁群成一字儿排放着？他笑眯眯地对我说，如果照你说的那样摆放，它们会产生很多误会，相互摩擦，甚至会我死你活发动战争的。是的，每一个蜂房就是一个王国，它们分工合作，忙而有序，家家户户构成了它们的家园。那些长脚蜂（胡蜂）来袭，它们围起来歼灭之。那里不但是蜂儿的家，还是它们甜蜜的酿造点。它们不知道辛苦为谁甜，那个并不重要，它们只觉得这世界来过，就要干点儿什么。它们不哀叹短促的生命，只争忙碌快乐的朝夕……

蝶儿可没有固定的家，它们只是与蜂儿结伴，它们只当春夏秋三个季节的匆匆过客。作茧自缚的它们在凛冽的寒风里做着春天的美梦：梦见牧童骑黄牛的背景下，扎着羊角辫的小女孩在追赶着穿着花衣服的它们。它们给春天增添流动的色彩，给夏天平添丝丝清凉与宁静，给硕果累累的金秋吟哦丰收的歌……它们的归宿地，也许在某个树疙瘩上，或者是某个树干受伤的疤痕上，抑或是金银花藤蔓的背弯里。当它们生命静止时，化蝶成蛹，身上盖着通体的乳白色或者浅黄色的被褥，待来年春天再穿一身花衣服，粉墨登场。它们是不死的灵魂，在蜕化中延续生命，给世界增添色彩。

在阳春里，在暖风下，金银花远远望去，如立体灵动的图案。那时头上扎着自己编织的大布汗巾的妇女都背着背篓，拿着叶钩去摘金银花，花树间一个个身影若隐若现，一阵嘻嘻哈哈笑语，醉在绿色的原野上。

金银花：有些藤蔓攀附上一棵棵大树，构成一树树繁花；有些是开在红土壤坡上或土塪边，如一面面花墙；有些是开在一堆堆刺蓬上，如一个灿若诗情画意的蒙古包，煞是好看。

我记得有一年，妈妈向我们兄弟姐妹布置了一个任务，并承诺端午节，要给我们添新衣服，但必须是自己挣钱交给她去买好看的衣料布，叫本屋的注裁缝来做新衣服穿。谁挣的钱多，就买质地好的布料做衣服，谁挣的钱少就做次一点儿的衣服，但死懒蛇筋的人就没有新衣服穿。妈妈边说边乜了一眼在专心制作"射水枪"（一种小竹筒，小篾条削圆绑上布条做的玩具）的弟弟。我们都冲着歪着脑袋，嘴角边流着口水小老弟哈哈大笑，他根本没注意到我们的这些举动。

那我们怎么去挣钱？妈妈看着我们疑问的眼神说道，挣钱可以去摘金银花，或是早晚用罾子去阵小鱼小虾，但阵鱼子要到池塘边去，上半年水满满不安全，我不放心你们去。还是去摘金银花吧，妈妈果断决定。

那时金银花晒干可以送到收购站或合作医疗站去，1角2分钱一斤。每天，天放晴的早晨，斑鸠在咕咕叫着的时候，鹌鹑在门前池塘边的蒿草丛里咯咯……咯咯……叫着的时候，大妹子最操心，嚷着叫着我们快起床，带着我们到居住的小富塅大屋后边的壕堑边上去摘金银花。当时我的小妹，最精最灵活，如一只小猴子，攀爬大树小树、刺树，比我们都要麻利得多；最消极怠工的是我弟弟，每天早晨，他哈欠连天屁颠屁颠跟在后面，将手里的叶钩拖在地上"嘎嘎"地响，地上划着一线线蚯蚓似的痕迹。我们采摘花儿时，弟弟也是去掏鸟窝，去摘"牛奶剂"（一种小野果）。大妹子不断提醒他快摘花，他总是不吭声，胜过你打烂话，反正不把摘金银花当成一回事。每天太阳升得高高的时候，我们才背着满满的一背篓或提着一篮子蓬得老高的金银花，嘴里哼着愉快的歌，回家吃早饭，不比现在七点钟家长就要将孩子送到学校去，那时小孩子们要八九点钟才去学校上学。

金银花被放进家后，花儿在厅堂里散发着缕缕芬芳，香气从窗户里飘出去又被晨风吹进来，惹来小蜜蜂也飞进厅里欢快地叫着，嗡嗡地飞旋着。这时妈妈总是珍惜我们的劳动成果，将我们摘的花儿过秤，记下数量，谁多谁少清清楚楚。

妈妈再将水灵灵的鲜嫩的花儿倒在盘箕里，去除杂质，弓着身子，腿儿张开走着，双手将盛满一盘箕的花儿，搬到屋前用乱石垒起来的爬满青藤的菜园边上的围墙上翻晒着。

每次都是妹妹们摘的最多，我们男孩摘得少，但每次遭到妈妈数落的还是弟弟。

妈妈瞪着眼睛，咬牙切齿地骂弟弟懒得屙蛇，将来不讨米，要绝叫花种，挨骂的弟弟总是嘿嘿地笑着，摆出一副死猪不怕开水烫的德行，总不把妈妈的咒骂当成一回事。

每年除晒干金银花卖钱后，妈妈还要用金银花做好多好吃的，如用新鲜的金银花煮蛋花、蒸精肉，还有金银花文绿豆子汤，吃起来的味道是清苦中带着淡淡的香味。妈妈说吃了这些东西，可以不生疖毒，不炸沙水（痱子）。弟弟是吃药不要强行灌的孩子，每每妈妈办这些单方给我们吃时，我们皱着眉头觉得难咽下去时，弟弟总是闷不吭声吃得上一炉碗，不停地打着饱嗝，肚子咕噜咕噜地叫，我们禁不住笑他是个吃货。所以，我们兄弟姐妹中，他长得白白胖胖的，从来没有见过生过疖毒。

金银花做的单方，不但是我们孩子的良药，还是爷爷奶奶他们离不开的保健药，每年端午节前后，奶奶都要拄着拐杖，迈动着小脚，亲自到屋前屋后去扯一些野菊花蔸，揽一把金银花藤，拉一捆猫公刺嫩茎儿，还拿出几个头年冬季里捡的枫树球，将这些草药放进灶台上那靠墙壁的"牛四锅"里，盛满大半锅的井水，慢慢煎熬两个钟头，停火稍微冷却一点儿后，将那乌黑的散发着香气的药水用木桶盛起来，提到她的睡房里，又倒进一只大脚盆里，只叫我的大妹子进去为她搓背，其他家人一切免入，闩上房门洗起"白白来"。她老人家如结弄花猪一般，一两个时辰还嫌短，只听见她的孙女，我的大妹子不耐烦地叫喊起来："奶奶你快点，洗个浑身（洗澡）要才久咯！"每每这时，爷爷也笑眯眯地嚷着要奶奶煎这种药水给他也洗一个。然后是一锅一锅的药水熬煮出来，爷爷洗完后，接着就是我们孩子洗，继而是爸爸妈妈也洗这种药水澡。这样一来，一年里周身舒坦，很少身上有瘙痒的感觉。

又是一年春天来了，我们虽然宅在家里，不敢轻举妄动。只能想象中欣赏春梅的意境、没有机会或雅兴观赏桃花红李花白！没机会亲历雪片般的梨花等旺盛花事的场面，但人间暮春时节，又很快会到来，那时我们掠去心中的余悸，轻装上阵，到原野去务农事，尽野趣，风物长宜放眼量。我仿佛看到一群妇女，奔走在汨罗江畔的草木中，她们搬着梯子，搁在那棵棵树上，采摘树上那周身的金银花；当酷热的夏天，他们的家人在庄稼地里耕作或歇脚，将那金银花晒干泡着当茶喝；或者在餐桌上，用金银花炖精肉，清香适口，既享口福又益身体。

我仿佛看到妇女们采撷树上攀附的金银花儿，小心翼翼地，生怕把那些藤蔓扒下来，以免减少来年花儿的数量，她们边摘边笑笑哈哈、拉着快乐的话题，话题没聊完，身后背篓里有了满满的一篓花儿了，就爬下楼梯，还恋恋不舍地回望着那树上还没有采摘尽的花儿，抬头看看，还是一树繁花，才觉得自己只摘到下面的一部分，那树儿的花衣裳根本没能脱下，并不有损于那一树繁花，一个个花苞，一面面花墙……年年如此，年年如是……

寻找五色石崖花

今年正月初一，黄石宝大清早就来到我家里，一是向我拜年；二是邀请我参加正月初六日，他们88班在金坪中学举行的初中毕业十二周年庆典联欢会。我爽快地答应参加。

金坪中学是一所乡办九年制学校。我当时任这所学校的教导主任。我记得17年前的"六一"节那天，学校小学部组织四至六年级学生，租几辆中巴车到离学校三十多公里的石牛寨旅游参观，校务委员会决定，为了安全起见，要我下放到四年级班，协助当时的班主任郑艺员老师搞好这次旅游活动。我欣然接受了这个任务。

当时四年级安排了两辆旅游车，我与郑老师各人负责车上的秩序。那时还没有现在这样畅通的水泥路，石牛寨景区尚未开发。在车到离石牛寨还有六公里的地方，我们带学生就下了车步行。为了激发学生的兴趣，我向学生交代两个任务，一是谁能发现，我们从南向北盘桓的崎岖山路上，哪处是观察"石牛"最佳位置；二是石牛寨山上，据说有五色的石崖花（杜鹃花），看谁最先寻找到这五种色彩的花（即红、黄、白、蓝、黑），但这五色花，只限在上了石牛寨沿途的山路边寻找。当时学生们都兴趣盎然，跃跃欲试。

沿途翠绿的山岭，起伏跌宕的山崖上，火红的石崖花将青山点缀得煞是好看，隐隐的山泉水在涧底幽幽作响，学生们大都陶醉大自然中，大多数小孩子将观石牛寨最佳位置的任务，丢到爪哇国去了，只有黄石宝和四个女学生落在后面，眼睛盯着远处那幽蓝的石牛山峰。

队伍进到一个叫张家里的山坳上，黄石宝如哥伦布发现新大陆一样，指着山坳那边高兴地叫道："老师，快看！石牛出来了……"

我们循着石宝指的方向看去：还真是看到了牛的整体形象：长长的粗蛮的身躯，那个三角形牛头也显得非常灵动，还隐隐见到了尾巴。其他孩子也跟着附和着：还真像一头公牛。

黄石宝胖墩墩的个头，十分腼腆，生活在一个比较困难的家庭，父亲是糖尿病患者，严重到眼睛看东西模糊，但为了生活，不得不到深圳一个厂里做手提包，他母亲出走三年了，音讯全无。他跟着六十多岁的奶奶在家生活，黄石宝每天按时上学校读书，成绩优秀。每年学校发放的困难补助，也向他倾斜。但他沉默寡言，不爱与班上男孩子玩在一起，倒是班上的女孩子爱接近他，每天课间休息，都有女同学围在他桌前，与他玩耍。

我们旅游的小伙伴不知不觉就到了石牛寨的北面，攀登比较陡峭的弯曲盘旋的山路，出现在我们面前的是一处叫"鹅颈里"的景点，细长的石峰，还真像白天鹅的曲项。翻过鹅颈里，山路比较平坦。我提醒大家，从这里开始，可以边看风景，边寻找五色石崖花了。

这山上真是神奇，走过古城墙路段，黄石宝和几个女同学就采到了红黄蓝色彩的石崖花了。我在这时，叫同学们席地而坐，给他们讲一个在民间流传的故事，同学们顿时安静下来，听我讲述：在一千多年前，有一个叫汤旷的穷苦人，不满官府的残暴统治，带领老百姓造反，官兵来追剿，汤旷将军带着农民军逃避到了石牛寨上，没有几天，山上的士兵们断粮了，汤旷将军派他手下的穿着红、黄、白、蓝、黑颜色衣服的五个美丽的姑娘去满山遍野寻找可以充饥的野菜，结果被上山偷袭的官兵杀害，这五位姑娘就幻化成山上五色的石崖花了。我把这故事一讲，同学们更加激发了兴趣，就急着要去寻找这五色的石崖花了。我与郑老师，将班上的学生编成几个组，并任命组长，在边观看景点时，可以边采摘五色的石崖花。

下午四点，到了规定返回的时间，可黄石宝与四位女同学还没有到规定的集结地来，我们有些慌张，我叫郑老师带领聚拢来的学生在原地等候，我带着三位学生去寻找，我们一路呼喊，但不见回音，我们转过了几个山坳，突然从一处山坡上传来一个孩子的哭声，那四个女学生发现了我们，跑过来说，黄石宝说没寻到黑色石崖花，哭着不肯往回走。于是，我匆匆找到黄石宝，他手里拿着一束色彩各异的石崖花，身子倚在一棵散发着浓郁香味的树下，哭得好伤心。他发现了我，哭喊声更大了"黑——姑娘不见了……"好久我才反应过来，禁不住笑出声来："没事，你们组努力了，寻到了四种颜色的石崖花，就很不错了，其他组只是两种或三种颜色的花朵。"这时黄石宝似乎如释重负，破涕为笑。

转眼过去了十七年，我简直不敢相信，站在我面前这个彬彬有礼，西装革履的大帅哥，就是当年有点腼腆的黄石宝，他笑嘻嘻牵着我的手，不等我发烟给他，他先拿出一包"和天下"软盒子香烟。我已两鬓斑白，真是岁月催人老……

四次来劝学

我在一篇文章中说到，我小学三年级时，就辍学在家，因为我出生在多子女家庭。

那时10岁的我，可以为家里做点事，如为生产队养一头牛；可以挣到三分之一个劳动力的工分；可以在家的附近砍茅草柴，备家里做饭的燃料；还可以寻猪草，剁碎猪草，煮猪潲，做饭等家务活。

当然不是要整天干活，有时可以看哥哥的鸽子飞出去觅食，那清脆悠扬的鸽哨确实好听。或许能带野鸽子回来，为他收野鸽子。有时在放牛时，挖山坡地里红土壤中的"地水牛"（一种灰色的能将沙土钻成漏斗形的小昆虫）；有时可以与哥哥他们下水边洗冷水澡边摸鱼；还可以与姐姐们一起上山寻蘑菇。

在那无知天真的童年时代，不觉得没上学可惜。于是，不知不觉过完了两年半的不在学校读书的日子。

那一年上半年，刘冬青老师到我们保联小学任教，他把一些辍学在家的学生，不厌其烦地劝着复学，我就是其中的一个。那时义务教育法还没颁布，学校的入学率巩固率，根本没有这个概念，完全是刘老师具有超强的责任感和使命感，驱使他那样做。他第一次来到我家，我爸爸刚从大队上鳌鱼潭抽水灌溉区回来，他非常生硬地拒绝了刘老师，刘老师当时没有苦劝，只是撂下一句话：这样小的孩子不上学读书，还能干什么？我爸没有搭理老师。第二天，刘老师又来到我家邀请我上学，父亲不在家里，母亲不好做主，刘老师又去了劝其他没上学的孩子。第三次，刘老师到我家来劝学时，妈妈与我在山上除豆子地里的杂草，我妈妈有点不好意思，叫刘老师明早到我家来，趁我爸在家，好说话。

刘老师果然在第二天，天蒙蒙亮，就敲我家的门，我爸毫不给老师面子："你尽来叫什么，我不送崽里读了，要挣工分搞饭吃，一家八口人找我们两公婆要吃饭。"刘老师没有罢休，坐在我家大门口，用一绺书纸滚着草烟喇叭筒，也不看我爸，卷成烟卷后，又从口袋里拿出火柴，慢悠悠地点燃，深深地吸了一口烟，黝黑的脸上略带一丝怒气，但没有发泄。我妈妈开言了："毛伢子，你还是去读！"我爸满脸怒色："你要毛猴去读书，你去搞柴烧？"妈妈毅然决然地回答说："烧火不要你操心。"于是，刘老师获胜了，我终于复学。

从此，我小学、初中、高中，大学的学业未受到家人的阻挠，知识改变了我的命运，我走上了工作岗位，成为知识领域的重要人才。

在教师节来临之际，特以此文献给我敬爱的刘冬青老师，祝他晚年幸福，长命百岁。

二、居乡琐忆

在那白鹅栖息的地方

春夏时节，邻家成群的鸭和鹅似开拔队伍一般，往那边湿地去了，它们得意地欢闹着，有的鹅还伸长脖子引吭高歌，鸭子嘎嘎嘎地附和，简直把我家左侧的湿地当成了快乐舞台。这情景常常让我想起爷爷在世的时候。

那是小时候的事了，天刚蒙蒙亮，爷爷咳嗽声隐隐约约撞击着我的耳膜，是由他吸水烟引起的，奶奶说他自害自，不重视身体。我在这时被吵醒，爷爷见我才从睡梦中清醒，就叫我跟他去野外逛。

常去的是我家左侧的开阔湿地，有三面低矮的土丘围拥着，左侧叫青龙，右侧叫白虎。在青龙嘴前，四季都是湿漉漉的，绿色植物长年不见枯萎，鸡鸭鹅常去光顾。野鸭野鹅也常在那里嬉戏打闹，叽叽嘎嘎叫着。我喜欢看那披着洁白羽毛的大鹅，长长的脖子一伸一缩，似诚惶诚恐地左右顾盼，让我浮想联翩……我邀小伙伴想靠近，企图去捉拿。每次都被悄无声息来到我身后的爷爷制止了："不要捉！不要追赶！"我被疼爱我的爷爷吓到了，又不是自己家的，至于吗？还有一次我看见一个持着鸟枪的人来到这个地方，上好子弹端着枪也想击毙野鸭野鹅，突然听见大声呵斥："不准打它们！"未见其人，先闻其声，我爷爷不知什么时候站在那人背后，吓得拿枪人择路而逃。由于爷爷这样护着野鸭鹅，湿地越来越热闹了，简直是鸭鹅的天堂，常常引来许多人观看，每次爷爷看到人多就笑容满面，有些得意地不断重复着：好地方呢！好地方呢！我真不明白好在哪里？他又说：傻孩子，地方不好能有那么多野鸭野鹅吗？你看看周围，哪里有这么热闹？也是，我确实找不到第二个。此后放弃了捕捉野鸭鹅的念头，赞同爷爷的保护政策。

爷爷是个会讲故事的人，说起这片湿地，他很自豪。我的祖辈从江西迁到这名叫小富塅的地方，在这片湿地的右边安家落户，繁衍生息至今，人丁长盛不衰。甲戌年遭大旱，别处的田地颗粒无收，而这湿地里，人工耕种，获得粮食丰收，别处的人饿死很多，我们这里都有饭吃，没有因饥饿死人。于是，越来越多的人和爷爷一样，认定这里是风水宝地，下面会有金子的。消息不翼而飞，有一次来了外地人要买下来取金。我们这里的人有一部分不同意，觉得这片好地不能糟蹋了，最后达成共识，要保护这片开阔地，要耕种农作物。以后遇上干旱时节，其他田土因缺水，造成减产或无产,唯有这片湿土水稻丰收。我的爷爷会绘声绘色地描述一番他劳动的情景,列举一些他的同伴扮禾插秧如何不及他。这时,他会点燃水烟,猛吸几口,似乎烟里藏着往事,好汉忆及当年勇。等我渐大时,才明白,那感情如同一个战士回首他激情燃烧的岁月。

其实,在这片湿地上种植水稻不易。耕种十几亩,完全靠人工操作。有一年,生产队长不信邪,赶牛去犁田,结果黄牛陷进去了,人们用木杠,费了九牛二虎之力才抬上来的。这里施化肥是没产量的,要到外队收购牛骨头来焚烧,骨灰骨油两分离。每年插秧时,有一种专门的木盆子,叫秧盆,盆底与盆边几乎是圆滑的,要在水田中漂走着,里面放着沾了牛骨灰或牛骨油的秧,这活儿是由不下田插秧的老年人干的。我看见爷爷做过,他把秧放在木盆里用力一推,盆借着水势流去,远远看去像一只只独特的小圆船,里面坐着一个个扎着小辫子的小绿人。爷爷会笑眯眯地看着插秧的人从秧盆子里拿一束秧,将盆子荡到同伴面前,同伴又拿起一束秧,荡到另一个人的面前,如此反复轮流。

湿地水冷,水稻成熟较迟,寒露霜降时节才开始收割。爷爷老早就开始念叨,把地坪仓库扫得干干净净,好像迎接贵宾举行重大仪式一样,有时他也去稻田旁张望,做不了事,感慨很多,抱怨人们越来越矫情,不像劳动的样子。稻田水汪汪的,有点冰冷,女人割稻穗畏畏缩缩,队长呵斥着,她们才慢腾腾下去。大都嘻嘻哈哈,狡黠地设局,将割下的稻穗放在那下陷得不见底的泥潭里,等扮禾汉子去抱穗子时,不小心掉进去了,拼命地往上爬,总是爬不起来,要同伴搭手拉上来。获命者成泥人了,尴尬得哭笑不得,那伙野女人们丢下手里的活儿,前仰后合地鼓掌大笑着。爷爷听到这些趣闻后,会说不像话,对土地没感情。当他又听到劳动者收获了意外惊喜,王八在脚底下拱着,或者在禾穗子下面,仰起花白肚子,被人活捉了。他又得意炫耀着自己某某时候也捉过,还有夏季晚上提灯捉泥鳅捕鳝鱼,末了忘不了加一句:好地方呢!

言犹在耳,现在爷爷却去了另一个世界,就把他安放在湿地不远处,一晃几十年,我也年过花甲,青龙白虎依旧在,野鸭野鹅年年来。只是家乡模样大变,曾经的记忆仅有一点外物可寻了。唯一可以告慰爷爷的是,湿地里的一季作物收割完后,这片汪汪的水田,依旧还是鸭鹅的栖息地了。

倒　塌

我迁到小城镇来居住，已经十五年了。父母亲给我分的六间老房子，半边厅堂，在环境整治，创建最美乡村示范村的新形势下，要强行拆除。去年"空心房"拆除，我不同意，幸免留着……为了最后看一眼我曾经居住过半生的房子，我带着妻子回到老家。满眼狼藉：池塘边的一棵树干直径70厘米的柿树被野蛮的掘土机连根拔起，还有几棵木樨树、杨柳树、樟树也不能幸免，我心里透出一丝悲凉。村民小组长见我呆呆地望着那些横七竖八的树们的尸体，背着手对我说，池塘边要拓宽，池塘里的淤泥要掏上来，池塘边栽上那"红叶树"。我看着那些哭泣的树沉吟不语……再转过身来，恋恋不舍地痴望着那几间20世纪80年代初改建的金包银（外面烧制的红砖砌成，里面是保持原来的草砖）……

我很小的时候，在这房子的对面，有一套旧房，奶奶与我哥合睡一间偏房，过来一间小厅，往东边是一间曲尺形的房子。当时我父亲与我母亲只生下我与大妹，哥哥是父亲与他的前妻生的。父母亲就带着我们睡在这间房子里。再沿两个石阶，就是一间长长的房子，靠卧室的一头，砌的是灶台，一块木屏风隔断。那边是奶奶哥哥他们养猪的猪圈，屏风背面是哥他们的茅厕，屏风这边是我们家摆放的水缸，这水缸的位置好多年未动。直到有一次，我倒水时不小心，一个倒水的桶掉进甏里，将甏打破了。当时妈妈还戳了我几个"丁角子"，我不停地摸着疼痛的头，后悔自己的大意，心甘情愿地承受着疼痛。再跨过东边的门槛，就是我们的猪圈和茅厕。

后来父亲发奋要新建一套住房，在小富墩还没有筑起新房的时候，我的父亲筹划着建房。在这块屋基上有一棵一人合抱不拢的高大的苦楝树，每到春天，光秃的枝头上吐出嫩芽，接着一些紫色的花儿开放，招来一群群蜂飞蝶舞；夏天的夜晚，奶奶摇着蒲扇在树下乘凉，我趴在她的大腿上，要她给我搔痒。在有月亮的夜晚，月儿挂在树的东边。我望着那个大玉盘，要她给我讲嫦娥的故事，她不讲，却给我念着：梭椤树梭椤丫，梭罗树树上吊金瓜……冬天，我们小孩子在树下捡那些打锣槌似的果实，用脚踩，用手指捏拿着那些果子，捏开后，揭开那层黄色的皮，就是一些糊状物，我们好想吃，大人说，是吃不得的，说是"打药"。

爸爸就是要砍掉这棵树，在这儿建两间房，一个厅。这块空地是我早年逝世的爷爷与"老公"（爷爷的哥哥）分家留下的家产，以这棵树为界：东边的地是老公家的，西边的地是爷爷的祖业。新中国成立了，农村土地属集体所有。但我爸尊重祖宗的遗嘱，给了老公家15元钱，算是将老公的份额买过来了。屋地基是有了，但老公还是打父亲的退堂鼓，林伢子（我父亲叫方林生），家没余粮，不做房屋……患有慢性支气管炎的老公上气不接下气地劝着我父亲，父亲不听。生怕夜长梦多，先拿斧子伐掉这棵大树，当树轰然倒下的时候，我们几个小屁孩子还真有点舍不得。

接着父亲请外公带他到内山采树。外公是内山辗转迁到小富塅来的单姓独户，有几百亩山林在距离四十多里的共和山里。外公就带着父亲到属于他的山里巡山一遍，指着绿林掩盖的山谷丘陵，哪块可以砍，哪块可以斫……他交代父亲，只管选又大又直的杉树伐。于是，父亲带着哥哥和叔叔以及亲房的人到山上去砍树肩树。随后又如喜鹊垒巢般的，将那些八米多长或四米多长的树肩回来。

木材备好后，又请人在名叫屋土湾的田里制砖（又叫"提砖"），泥砖有了，又到鲇鱼潭的窑棚里买青砖和白瓦……木匠砖匠请进来……真是做屋造船，日夜不眠。爸妈身上掉了一身肉，好不容易才使一厅两房一层土木结构的房子拔地而起。于是，我们住上新房子了，但厨房厕所还是在老房子里。我们原来睡的房子，又改成了哥哥的新婚房子。我们睡在新房子里，吃饭也在新厅堂里吃，但盛饭要跨过下厅。因为哥哥的房里，有了妻室，多有不便，特别是晚饭时，要从那房子里路过，黑咕隆咚，我觉得好怕啊！有一年夏天，一个球形闪电从间壁河桃的黑房子里钻进，穿过我家的老灶房，破壁又逃出后，才听到炸响……我后来听到大人们说：雷公是在追赶一条蜈蚣精，才光临我们家的。我去盛饭时，那灶台上落满了一层厚厚的烟尘子和击碎的砖土，还有浓浓的硫黄味久久不能散去。

起居室还是没有彻底解决，于是父亲在还清了做屋的欠款后，又计划着添加一间正房、一间厨房和厕所。这时我已经读初中了。我们家又生了弟弟和小妹。添置的房屋建筑起来后，我又要结婚。靠厅堂的正房中间又砌了一堵墙，成了两间小房子。我几年后就在靠近北边这半间房里结婚生女儿。小妹睡在隔起来的半间房里。

1976年，县工作组到我们生产队办队，我们家靠西边的两间房子，也就是我和小妹妹分别睡的房子腾出来，给当时的工作队的程队长和工作人员小徐住。我当时正在读高中，住到厅堂里的东边正房里，两个妹妹与父母住在内房里。

堂兄铁凡新到窑前嘴去做屋了。我家兑换一块自留地和一块茶树林给他家，他家的四间老房子拆除后，也又添加了大小屋子四间。这四房子的木材，都是星期天，或者寒暑假从外公的山里砍伐，两根一根扛回来的，当时还请过我童年起就玩得很好的伙伴扛过树。那个中劳累和艰辛，更加体味到父母那时造屋的不容易。

结婚生女儿后,父亲为我与弟弟分了家。分家后,这六间房子,半边厅堂归我与妻子所有。我在这里居住了十来年,在金坪中心学校教书,每晚都是回来睡觉的,有时上午上完课,我下午就回家来侍弄田土和饲养猪鸭鸡鹅,牛羊狗儿猫儿什么的。或者是下雨天,看书或写作。1996年8月份,我调到金坪中学教书后,分配我临时的住房,两年后分了我一套两室一厅一厨一卫的楼层房,我在那里又断断续续地住了十多年,但老家还是经常去的,有时早晚都要去一趟,因为只相隔五百多米。同时毕竟父母都住在那里。是生我养我的地方。我母亲在那里生活到75岁去世。父亲在那里活到88岁。我在老家送父母上山。那里常使我魂牵梦萦,也是我精神的家园……

挖掘机启动了,冒着一股浓浓的烟雾,那巨臂也伸起来了,我的心似乎在颤抖……我又仿佛看到那老屋在哭泣。又似乎隐约听到父亲在振臂高呼:不要拆我的房子……我的泪水模糊了双眼,但我强忍着眼泪,理智地拍下了老房子最后残留的照片和拍摄了拆除整个老房子整个过程的镜头……是的,我精神的家园随着老房子的惨叫声夷为平地,也顷刻坍塌了……

洗衣槌声声

横跨故乡的门前，有一口巨大的猪肾形水塘，清清的水面不会长浮萍等杂草，即使长了也会被鱼儿吃了。经常见扎堆的"滩子"（一种小白鱼）在水面上嬉戏，无风时，它们在如镜的水面上露出碧玉似的背脊，或是将白肚皮在水面上翻滚。初升的太阳或者夕阳染红那塘池水时，是一道令人着迷的美丽的风景线。暖春时节，潜鸡婆（鹌鹑）在塘边的蒿笋丛中，悄悄地结草垒窝，将暗红色斑点的蛋儿生在里面。阳雀花在池塘边欢快地怒放着，散发一种甜润的香气，爷爷奶奶们伸出枯槁的手，小心翼翼地躲避小刺棘手，将那黄瓣白蕊的花朵们摘下来，煮蛋吃，是顶好的滋阴补血食品。过江鸟（子规鸟）从池塘上空划过，反复叫着"过——江等我"，如一个个流动悦耳的音符，悠悠的鸽哨从我家的屋脊上响起，掠过池塘，向绿色海洋似的田野飞去。

在池塘边的中段，一块长4米左右，宽约50厘米的青石板，一头衔在岸边，岸边是麻石堆砌的，与青石板呈"丁字形"。大人们收工回来，立在这石头砌的岸边洗锄头犁耙。青石板伸入水中的那头，底下是吃水的麻石墩托起的。我们把这儿叫"洗衣埠"（集结妇女洗衣服的小码头）。每天天蒙蒙亮或者夜晚八九点钟时，三两个妇女蹲在青石板上，挥起棒槌，一起一落在拍打，一串串富于节奏感的棒槌拍打衣服的声音，如古老原始的提示音，宣告着新的一天开始，或者劳累的一天将要结束。

"啪—啪—啪"声音在水面上回荡，好像将那水浪推着在彼岸回响……那蛙儿也静下来聆听，那"潜鸡婆"在晨曦抹过塘边，或者迷情的良夜时分也停止了"咯——啦，咯——啦"发情求偶生蛋的叫声。那"王八"从水里钻出来，悄悄地欣赏这动听的声音……

这声音，是不同的人拍打发出的，清晨，是上了年纪的婆婆敲响的，她们为了减轻媳妇的负担，或者是相依为命的老伴多歇一会儿，或者是娘崽俩过日子的，让传宗接代的崽种多睡一会儿，她们趁着清晨将衣服洗完。最美的是，每天清晨，年轻女人们肩上搭着毛巾，蹲在青石上，低头静静地自赏一下水中的女子，清水中照见自己姣好的面容，掠一下乌黑的秀发。再掬水洗一把脸，那脸蛋儿似乎被天然的水滋润了一下，更加舒爽，更加散发出动人的魅力，给异性更大的吸引力，世界色彩缤纷，人类生生不息。给劳苦男人带去生活的希望、甜头、美妙的滋味……

春夏交替之后，每天人们吃过晚饭后，男人们或者老爷爷老奶奶搬一把木椅子，拿一把大蒲扇，或者会弹琴、会吹箫的，拿着乐器，会集在"洗衣埠"后头的大坪里，这里成了热闹的俱乐部。有时队长或者驻队工作组要召开会议，也在这里举行。年轻女人们给孩子们洗完澡，将鸡鸭鹅关进栅里，将羊儿拴好，将碗筷洗好，提着满满的一桶衣，匆匆赶到"洗衣埠"面前来，排队浣衣。那青石上，只容纳得两三个人拍打衣服，她们踮着脚尖，使拍衣服的动力在前头，那衣服里拍出来的污水，不钻进裤管里，那上下耸动的身影随着"啪——啪啪"声律动着……天上的月亮、星星似乎在女人们那"啪——啪——啪"声响中，眨巴着眼睛；那萤火虫也聚拢来，随着那"啪——啪——啪"的节拍涌成一团团，欢快地跳起舞来。那青蛙王子们也在高亢地拉着伴奏音……女人们满身的疲劳也随着"啪——啪——啪"声得到释放；她们都沉浸在这种律动中，会乐器的男人：琴声、笛子声、洞箫声……交织着，进入了热闹的高潮。蒲扇摇晃的声音，赶出了老奶奶嘴里夸耀谁家的媳妇贤惠勤劳。没婆婆的媳妇羡慕有婆婆的女子；有婆婆管束的媳妇羡慕没婆婆的媳妇，她们在纠纠葛葛，扯扯拉拉，矛矛盾盾中纷争不下……夜色在弥漫着，我们小屁孩在捉迷藏，捕萤火虫，疯疯癫癫，累得满头大汗的时候，被浣衣完了的妈妈们拉去，用漂洗干净的毛巾擦一把身子和小脸蛋。鸣虫宿鸟似乎要睡觉了，萤火虫也散去了，在寻找回家的路，我们也哈欠连天，妈妈们将盛衣服的木桶挽在臂弯里，手里拧着那洗衣槌，另一只手牵着我们这些孩子回家去。

往事随风，时光荏苒，"啪——啪——啪"那声音似乎还在耳边回响。一晃，又被风刮过，渐渐远去……

保联村酿蜜图

田野里的油菜花疯闹起来的时候，百草都抖落了浑身的束缚活泛起来，"油菜虾"等昆虫类也悄无声息地忙碌着，整个生物链全被激活了。

一群群鸭子扑啦啦下了水汊沟渠，伸长着麻黄的扁嘴觅食，那蛋黄色的蹼儿似一双小船桨悠然地划拨着，顺流而下，飞扑到了汨罗江水域，那一个个人字形水痕在春阳下呈现优美绝伦的图案。这时，蜜蜂储备的过冬糖，也啜饮得差不多了，一个个到蜂箱门口晃动着脑袋东张西望，扇动着有些僵硬的翅膀，做着热身运动。其实蜜蜂冬天也没闲着，那些白色的山茶花丛中，就有它们"嗡嗡"的小身板，只是它们谨谨慎慎的，不能有半点闪失，倘若坠入那蜜罐子里去了，它们就会因贪吃醉死在黏稠的花朵中，成为一粒永恒的蜜丸。

蜜蜂最忙碌的季节还是在春天里，金黄的油菜花开满田野和山坡的时候，蜜蜂旋着圈儿，循着一种人们看不见的"航线"，直奔那灿烂的花海。它们滑翔到花儿荡漾的波面上，落座到花蕊中，如一个个莲花童子，可它们不是坐享其成，其小脚丫子抖动着那金黄的粉子，嘴上的触角微微噏合着，吮吸那略带苦味的汁液，这朵花吻吻，那朵花嗅嗅，轻盈地反复地飞翔着盘旋着游走着……

在春天里，它们简直二十四小时都在忙乎。由于劳累过度，工蜂的寿命大大缩短，50天左右就"往生"了，有的在某一朵花瓣里停止了工作，耷拉着翅膀定格在那里，有的在回巢的空中坠落，生命就这样随风而逝。它们即使在越冬季节里，也只有三个月的寿命，但它们从来不哀叹生命的短暂，它们也不知道自己辛苦为谁甜，只觉得来过这世界，就要做点儿什么。

小时候，我们常常在油菜花中寻一种"黄花子草"给猪吃，会看见一只只小蜜蜂腿上沾满着黄色的花粉，肚皮鼓鼓的，那是花蜜吃得饱饱的了。一个蜂箱中上万只蜜蜂，除了蜂后和少量雄蜂外，绝大多数都是工蜂（雌性）。工蜂白天采蜜，晚上酿蜜，从来不休息。而一只工蜂一生酿出来的蜜只有0.5克左右；也就是说，1升蜂蜜，是2000只蜜蜂的一生所得。

蜜蜂采不同的花，酿不同的蜜，把花蜜储存在自己体内，经过转化酶的作用后，将其吐进蜂巢，然后扇动翅膀把水分蒸发掉。它们酿造出来的蜂蜜，让人们品尝甜蜜。

油菜花蜜滋阴润燥，补益气血。血压偏高，体虚心慌，便秘，全身肿胀等症状，可以吃这种蜂蜜。紫云英清热解毒，养颜消炎，适用于风痰咳嗽，牙痛喉疼火眼疔疮，便秘。半枫荷（又名鸭脚板）蜜活血化瘀，消肿解痛。适用于风湿骨痛，手足酸麻，腰肌劳损。

工蜂还将花粉喂养幼儿，也将花粉酿造出高级蜂王浆供给蜂后，让蜂后老人家延年益寿，多产卵。蜂王浆提取出来后，是人们的一种高级的保健品。蜂后因终身食用蜂王浆，其寿命是工蜂的40倍，日产卵的重量超过自身的体重，由此可见，蜂王浆是具有神奇功效的天然保健品。蜂王浆含有丰富的蛋白质、氨基酸、维生素，并含有自然界独特的10-羟基-癸烯酸（又称王浆酸）等数十种生物活性物质，王浆酸有抑制和杀伤癌细胞的作用。

那时我家也养了蜂，油菜花开的季节，爸妈都喜欢大好的暖和晴天，因为可以摇糖，分房，收蜂，给蜂儿灌药水。要繁殖，必须先培养新蜂后，所以蜂后也是在这个时候取下的，新"王胎"从胎胞里破壳出来的前一天，老蜂后来不及见上新后一面，它就要带上蜂箱里一半的蜂群准备出走了，这时爸妈就要适时将未出的新后胎割出来，栽放在另一个蜂箱的巢皮边上，抹上蜂蜜，移一部分蜜蜂出来，叫分蜂（分家立业）。

新蜂后出生不久，要完成一生一次的绝恋，那可是最壮观最隆重的仪式，是由雄蜂来与她举行的。雄蜂在蜂群中唯一的职责是与新出巢的蜂后交配，这种权利是通过飞行竞赛来获得的，获胜的雄蜂才有资格与蜂王亲近，但成功与蜂后痴缠后的雄蜂几分钟内便会死亡。好悲壮啊！这样看来，世间男女的生死绝恋也不是什么新鲜离奇的事了。

蜜蜂放养，分布在山里和垭里，在垭里，金黄的油菜花花期过后，接着就是嫣红的紫云英（草子花），蜜蜂可以就地取材，不要跋山涉水，奔波劳累，所以每年这时，在屋前的池塘边，呈"之"字形摆放着我家的十几个箱蜂，在大屋后园的不远的草地上，也有错落有致地放着蜂箱，那是养蜂技术最好的堂兄禾哥哥养的蜜蜂。

我当时看到他二十多箱蜂房不成规则地摆放在那里，我问禾哥哥，为什么不学雁群成一字儿排放着？他笑眯眯地对我说，如果那样，它们会产生误会，把邻居的蜂房当成自己的家园，会相互摩擦，甚至我死你活发动战争的。

这个时候，也有远方来的放蜂人来到我们这里，他们一般不轻易进我们的家，只到我们老水井里提水，到家户中来买点儿蔬菜什么的。他们是打生的人（说外地话的人），我们很难听懂他们说的话，有时交流必须辅以肢体语言。我们很少问他们是哪里人。他们逐花而居，伴蜂而行，一个帐篷设立在田野或坡土的边上，他们率领着嘤嘤嗡嗡的"千军万马"，每搬迁一个地方，就雇请我们当地的脚夫挑上两箱蜂或四箱蜂送行，佣金非常高。

塅里的蜜源不足后，人们就将蜜蜂一箱箱挑到东岸山里或西岸山区去。如二三月的天气里，千万顷金灿灿的油菜花海凋零之后，屋前屋后桃李梨花蜜采尽了，就要再上山岗，采血红的石岩花（映山红）等野山花。

　　我那时看到父母取蜂蜜抖落巢皮上的蜂儿时，战战兢兢的，非常害怕，生怕它们蜇伤人。但爸妈不戴手套就摇糖，一只一米来高的木桶，一根轴心连着一个长方形铁架子，将蜂蜜欲滴的蜂巢立放在那方框里，咕咕地摇起来，那黏稠的花蜜散发着浓郁的香气，洒落在桶里，我会嚷着要妈妈舀上一汤匙蜜放进茶杯里，我进屋倒点儿温开水，搅拌一下，几口喝下去，回肠荡气。

　　一转眼，禾哥哥已经七十多了，他当过30年大队（后改为村）干部，他自告奋勇地参与值班守卡，还拿出蜂蜜，泡蜜糖水给一同值守的人喝，说蜂蜜能够增加免疫力。

二、居乡琐忆

脚　夫

　　我在一篇文章中，提到过"脚夫"这种靠为做生意的人挑东西挣钱养家糊口的人，在 20 世纪 70 年代以前，他们长年累月为人家挑货物，除了吃喝拉撒，其余的日子里，都是挑着担子风尘仆仆地行进在路上的。这也是在交通不方便的年代里，为我们的衣食住行，成为一条脆弱的运输线，带来便利及做过贡献的一个群体，他们完全靠力气挣钱过日子，当地人叫脚夫，又叫担脚。

　　时间上溯到 20 世纪 30 年代，烈日炎炎，知了也懒得鸣叫，麻黄的触角搭在树皮上，怕灼伤似的，不时撬动着。过了汉口，继续往西北，十个人似小蚂蚁在艰难地行进着……

　　昔佬山是货老板，他为自己雇请的九个伙计，付了中饭钱，又起程了，他殿后，将脚夫缺了长柄稻草扣儿丢弃的草鞋，稍稍拾起来，瞧了瞧，只断一个"组"……还能穿，等在下一站的凉亭里歇缓时，再补上一个组，安上一个布搭，还能将就，他背着的长长的布袋里，就有很多备用的破布条子，在漫长的风雨兼程中，晓行夜宿中，常常不停歇地修补破草鞋，有的脚夫嫌他小气，轻视他惜财惜物到如此地步，有意与他作对，将脚上的烂草鞋甩飞在荆棘丛生的路上，昔佬山也爬到那绿荫下，荆条划破他的手也在所不惜。

　　昔佬山就是做这长途和短途的脚夫生意发了财的。我们这个地方叫"担脚"。长途的，从平江长寿挑着平江本土种植的白术（经过简单的加工，烘干）又曰平术，挑到西北的西安等地卖掉。去时 100 斤左右的担子，回来挑回六十来斤枸杞子、棉花、食盐、布匹等物资。时间是半年左右，如果身体不好，或者暴病而亡，尸首是不可能运回来的，死在哪里就埋葬在哪里。最多形式上，留件死者的衣服，回来用他的衣服放进棺材里，葬个衣冠冢坟，为后代人留个空坟茔，每年上上坟，所以担脚的人是非常悲惨的。抗日战争时期，担脚的人冒着枪林弹雨，爬过鬼子或伪军的岗哨，被打死的也大有人在，有时担花的（指棉花），要跨过探照灯摇曳的碉堡林立的岗哨，棉花盛在布袋里，用长长的绳子拽着，慢慢地，提心吊胆地边拖着边爬行，闯过这生死地带。有的碰上山大王打劫，货物留下，两手空空只能讨米要饭回家，也有的被中途路上的寡妇拦截睡了一觉，不回老家的也有。老家人认为死了。

新中国成立后，昔佬山的大儿子腾达觉得担脚可以营生，在无正当固定的职业可做时，当时交通尚未发达，也悄悄地做短途担脚的行当。他从长寿挑猪肉到五十里的黄金洞大利里，为了赶时间不使肉类变质，每天天断黑，挑上一百二三十斤肉，挑担里放着罗布手巾，用罗布手巾的一头裹着一个饭团，那一头是用来拭汗的。流汗多，口渴，水就不能备用了，其中有四十里崎岖山路，渴了，只能赶到两处有山泉水的地方，猛喝上几口，也不能过分喝水，不然肚子里咕咕响不好受外，走路都不利索。

　　天蒙蒙亮，赶到接货的地方，交了货，拿着一元八角钱多几分的报酬，这还是20世纪60年代后期的工价，白天睡个囫囵觉，太阳偏西的时候，优哉游哉地下山来，一般不挑担，拖着悠扬的声音，唱起"对门姐嫩姣莲啰，冬天想到大热天……"的山歌来。又去接受老板的任务，路途多半是下坡路，赶到宰猪的地方，慢腾腾地吃完饭……

　　腾达继续进行头天晚上的营生，他们日复一日，年复一年地负重，为的是身上衣着口中食，或是寻几个烟酒钱，度日子对他们来讲，很是简单的，活命吧！

井 堓

井堓，其实就是井前，难听懂的湘东话。在小富塅的青龙嘴上，有一口古井，吃水不忘挖井人，但年老到年少都不知这挖井人是谁。古井周围有很多树，小富塅人叫不出这些树的实名，只能说出俗名：樟树、木子树、傲春檀、霸王树、柞树等。还有叫不出名字的藤萝似个个多情的村妇缠绕着那些高大男子汉似的古树，不许离开自己半步，厮守自己终老。古井北面树枝如伸长的手臂，纠结成一个农家正厅的大门口，迎接着朝来夕往挑水的男女老少。

老一辈的人说，这些树，前辈人是费心了的，这些树有益心身健康的，那树根滋润的井水，比起别处的井水特别好吃，冬天，暖暖的甜甜的味道；夏秋天，井水是清凉甘甜的。附近的横洞和杨家洞两个队的人都来这口井里挑水。奇怪的是，取水的人多，也不见水浅多少，早上起来看井里的水，也不见水溢出来，总是那个老样子。

这口古井，也有神奇的故事。

人们敬畏据守古井的泉神爷爷，都知道他老人家是人们的保护神，一传十 十传百，对泉神爷爷就亲近多了。除了寒冷的冬天，其他时光，一天里多个时辰，这里都有人侃大山，男男女女嬉戏，唱山歌或夜歌的，哼新歌曲的，讲故事的，外来算八字敲着小嘭嘭挂着拐杖到这里来，写流年的，看面相的也到这里来；外来的货郎也摇着铃子或拨浪鼓到这里卖货，姆妈婶娘大嫂姑姑姨妈姐姐妹妹小娃聚拢来，围着货郎水泄不通。夏天卖冰棍的，卖黄瓜的都聚拢到这里来，这里俨然是北方式的："集"和西南方的："圩"（墟）。

热天的夜晚，这里是纳凉的好地方，不知什么缘故，没有蚊虫叮咬，但老年人说这里阴气太重，女人们不欢喜到这里来。只有年轻的女子，将大池塘里洗的衣服，拿到井弦来漂洗，一手提大木盆，一手提着盛满衣服的木桶，嘴里哼着小曲儿，也有男人们跟来的，笑笑哈哈的，打诨骂俏的，调脚捏手的……夜慢慢深沉，只剩下一些中老年男人，有些咳嗽声，有些蛙声也是单调的，没有成片的聒噪声，有时也传来猫头鹰一两声凄凉的叫声，更显得井弦的静谧……迷蒙中似有轻轻的乐器声，似金属小乐器，似诵经堂那悠远的伴奏声，睡意也悄悄来袭，使人生起一丝丝怕，人就坐不住了，搬起木椅匆匆回家睡觉……

风　床

"风床"，湘东方言，就是指瘫痪的人睡的床，吃喝拉撒睡都在那上面。

20世纪四五十年代以前，为了照顾缺胳膊少腿而不能动弹或终日瘫痪在床，需要终身护理的人。有的家人没这个能耐，或者照顾一段，父母早丧，总不能让瘫痪者坐以待毙，左邻右舍就发明了一种最为人性的办法，善待瘫痪者。就是制作一种小型屋子似的能在野外朝晒夜露风吹雨打躲避霜雪的小木屋。它能容纳瘫痪者在上面吃喝拉撒睡。拉撒最为难，在屁股下面，有一个"眼"，下面有一只便桶，盛污秽物。

这种"风床"是能四乡八村抬去的。每到一个村庄或一处居民聚居地，各家各户安排一天的饭局。也就是早中晚各送上一碗饭，上面扣着菜，一碗茶水，东家轮到西家。这个聚居地轮流尽了，就要被这个村子里的人抬到另一个村子里去。这个乡或这个堡轮完了，新的一轮又重新开始。

送饭的人有迟有早，迟迟没有出现送饭的，风子就会喊叫："这么晚了还没有送饭来！"

"才晏没送饭来啊……"

往往大多数风子认为人家前世欠了他们的，习以为常，看成一种理所当然。人们就戏谑风子这种行为，叫："风子要饭了！"迟迟未去送饭的，也感到一种愧疚，生怕别人说自己怠慢了"风子"，赶快送饭送茶水去。

新中国成立后，这种现象慢慢杜绝了，有了社会保障制度，敬老院和光荣院的成立，不能自理的残疾人都有了生活保障，都有了温暖的归宿。

说到"风子"的故事，很多上了年纪的人都会想起天保。天保的娘在生他以前，生了四个女儿。夫家家娘家爷嫌弃她，家爷逢人就叹息就数落，说香火就断绝在儿子这一辈身上，就赌气与儿子分了家，与夫人另立锅灶过日子。丢下老实巴交的独生儿子、媳妇、四个孙女，由他们去过日子。天保的父亲也不会营生，只给本堡的昔财主专门跑湖北担脚挣钱养家。

天保的爷爷是一个篾匠，也没脱过鞋袜子干过农活。真是这样，天保的父亲、爷爷到左邻右舍做竹器生意养家糊口。但令他爷非常失望，干了三年活儿，不要说脱师，拿起篾刀破不得篾，只给人补得破竹垫。人家请他们爷崽俩做生意，天保的父亲不要工钱，人家还嫌吃了他们的饭，天保的爷爷只好放弃了子顶父职的愿望，让儿子跟昔财主去做挨死气力的活儿。

天保的娘除了会生妹子外，其他手上的活儿也会做。9岁的大女儿喜燕寻猪菜，帮她干家务活。7岁的二女儿欢燕帮娘看管5岁的三女儿又燕，或者摇箩窝里两个月的四女儿尽燕。天保的娘还下地耕作家里唯一的八分面积的水田，两分旱地。每天夜深人静的时候，她趁孩子们熟睡了时，还要在织布机上织布给家里人遮体或暖身，如不停地鞭打的陀螺一样转悠。

天宝娘始终没有忘记必须生上一个儿子。当四女儿尽燕3岁的时候，她如愿以偿，生下了天保这个宝贝儿子。这下天保的爷爷喜出望外，他看到希望了，觉得后继有人了。呼朋请客，将自己多年的积蓄，连苑连底掏出来，为喜见龙孙大摆满月酒四十九桌，请地方上的戏班子唱了一夜花灯戏，又请人家还菩萨老爷的愿，将城隍庙的菩萨扛到自己的厅庭里，一字摆开，另唱了四本影戏专场给菩萨看。眼子来给龙孙送"童关"的，三朝半月不停住，打起桐油不断线……

谁知一场"泻血病"瘟疫（痢疾）稍稍降临到天保的大屋里——小富墩，这场瘟疫也是天保的父亲从湖北担花惹来的。天保家差不多遭到灭门之祸，大小死了七个人。天保的爷爷觉得大祸临头，就急忙抱起只有八个月的龙孙子，逃到相隔三十多里的深山里，避起瘟疫来。逃出的爷爷和天保保住了性命。天保在爷爷的艰难呵护下，带到5岁时，还下不得地走路，天保的爷爷在绝望中忧郁而死，天保成了冇娘冇爷的崽了。

族人没办法，只好轮流带养天保，天保12岁后，地方上叫满了"童限"。族长出"援簿"写钱，邻居族人上下帮衬帮衬，好不容易才为天保置了一只"风床"，放在四邻八乡，熬日子了。

天保没有爹娘的概念，同时也不知道公公、妈妈（湘东方言：奶奶喊妈妈）是称呼谁……

太阳惨白地悬在天空中，知了在风床左方的两人才能合抱的苦楝树上有气无力地叫着，疯疯癫癫的献波将屎尿屙在那口百二十人的饮水井里，小富墩大屋里的男女老少恨得他咬牙切齿，两个中年人用麻绳将剥光衣服的瘦小身躯的献波绑在苦楝树上，如缚着一只粽子似的。他们每人持着留有凌厉的刺角叶的狗公刺棍狠狠抽打着他，两个打手赤着膀子，那汗水从脸面上流到背脊上，油光可鉴的……嘴里吐出叱骂的语言"还乱屙血吧……还乱泻血吧……"

献波随着一左一右的抽打声吆喝声，如杀猪似的惨叫着……

毒辣的秋阳似悬在空中不动不拉。知了这会儿似乎惊骇着不叫了……汉子喘着粗气，大汗如雨，停止了手里的鞭挞，献波周身似针扎了似的，密密麻麻地渗出血水来。

血水与汗水腌着献波在说着胡话：我是武判的大将，哪个敢勒我，我要收拾谁！

大屋里的人根本不信他这一套。天保觉得献波比他还可怜，他有些心酸，看着眼面前的他，泪水在眼眶打转。风床前小池塘水面上倒映着绺绺秋阳，一闪一闪的……在抹着桐油的风床的帆布顶上，呈现出一缕缕惨白的光束。

大屋里对献波的最后处罚决定是：不许献波近水井半步，若再犯禁，对他进行致命的惩罚——沉塘（绑在木梯上浸死他）。再不让他饮水。献波在头脑清醒的时候，也非常内疚。于是，他不声不响地在一间半茅草屋的右边，大屋里的排水沟边，挖了一个水凼，作为自己的饮用水。

日本兵从小富塅的屋前面过，小富塅的老老少少躲反去了，有的好心人议论怎么将天保藏匿起来……

献波自告奋勇地说他来招致天保……

两个穿黄衣服的日本兵准备闯进小富塅大屋里来。献波怕天保受到什么不测，献波持着一根短棍向日本兵冲过去，一个日本兵端起步枪瞄准了献波，还没近身，"叭……"的一声，献波向前扑倒了。

那两个鬼子觉察到风床上有人头攒动，觉得有诈，不敢贸然闯进大屋来实行"三光政策"，折转身向长寿街方向匆匆走去。天保吓得回过神来，号啕大哭起来，池塘边的莴笋叶片，在金风的摇曳下，沙沙地响着，发出了若隐若现的哀鸣声……有只蛤蟆不知死活地叫了一声，高大的苦楝树悲苦地呆立着，大屋里一片死寂……

风床里的天保也许是哭累了，肚子似乎饿了，等待着大屋里的人重返家园，煮熟饭菜，给他送过来。

冬阳下

进入了朔风天，人们都巴不得天天是晴朗的天气。上午九十点钟以后的热头（太阳），能给人一种周身透骨的暖和。它可以穿透铺棉绒不多而薄薄的棉袄，给人最惬意的感受。于是，一堵背北的墙壁，一处朝东南的土坎，爬满常青藤的乱石叠砌的挡鸡鸭鹅牛羊的给菜园围起来的围墙，都是晒热头的好地方。

我的七十多岁的老公（这里指叔父的父亲）一手端着水烟筒，一手提着垫着汗渍斑斑的破棉絮的躺椅搬到背西北风的旮旯里晒热头。他是纯粹打土巴脑的农民，养过两男一女，妻子在他30岁时就离他而去。他身子骨还很硬朗、只是背有点微驼。他出来先要看看屋檐前那棵百年来的老柑树，"柑树落叶婆婆老子死绝。"还好！树底下只有几片虫子咬坏的叶片，没有大把大把的落叶，他还可放心地活下去。他咳了一口痰，接着安放好躺椅后，就舒坦地坐在躺椅上，吧嗒吧嗒地抽上了水烟，水烟抽多久，就咳嗽多久。叔叔瞪着眼睛数落着他，有过，像个痨病鬼那样咳，还要吸那背时的烟！叔叔不抽水烟，只抽纸烟，所以他半是心疼半是带火气地骂老公。靠西边墙壁处，伯婆也坐到那里来了，他们是叔嫂关系，相处起来，井水不犯河水的样子，总是相互爱理不理的样子，各人过各人的孤寡生活，伯婆也是31岁守寡到80岁，她落座后的第一件事就是将头上六尺来长的丝绸包头取下来，抖掉上面的头屑，谁都不看谁都不惹，总是嘟着那张阔嘴，如谁借了她的米，还了她的糠一般。此时只有那青色的布片子才是她唯一的最爱，弄了一阵后，又慢腾腾地重新包裹住那还没有多少白色的头发。

其他的老爷老太也聚拢来了，随后是幼干娘，她一手抱着襁褓裹着的孙儿出来了。后面是儿媳妇提着火炉，端着一把椅子也相继而至。儿媳妇做好交接工作后，就是到田间地头去劳作，他们是没有闲空晒太阳的。殿后的是崇干娘。伯婆笑干娘、幼干娘和崇干娘都是年纪轻轻就守寡，在20世二三十年代，小富塅后生家（青年人），听到大部队从邻近的杨家洞过了三天三夜，杨家洞的三个娶了媳妇的后生家一起嗑嘴，毫不犹豫地一纸休书，将自己的夫娘休了，在一个秋夜跟着路过家门口的又一队军队跑了。但小富塅有了妻室的人不忍心那样做。就不管不顾，在一个上午挖番茹的时候，一起去了攻打长沙，但伯婆的丈夫被同去的人苦苦相劝回去，因为伯婆生下小女孩还未满月，父母亲患痢疾病刚恢复，所以他在浏阳东门时，折转身回家照顾病床上的老父亲和抚养幼女。去吃粮的（参军）人，都在攻打长沙的时候战死了。所以，幼干娘和崇干娘都是烈士家属。如笑干娘的丈夫，也就是我的伯公，在家种田，但好人命不长，有一次打叫鸡吃，有冻（指感冒），死了，因为在六年以后改坟时，发现棺材里面的骨头，翻到一边去了。

那些棉絮被退去被套子，被套用涝米水浆洗在太阳下晒干，那裸着的棉絮搭在枯草上晒着，中午时分，用竹竿子拍打着，似乎是要将暖暖的太阳赶进絮中去，冬夜捂在被窝里更加温暖。那枕头，那些坐褥……都躺在太阳底下了。

日头节节地升高，狗儿猫儿也聚在一起了，它们相互逗趣，狗儿张大嘴巴，要将小猫咪的头吞噬进去，猫儿夸张地叫着，但不是那种拼命地叫，带着软绵绵的感觉，狗儿随即放开口，一闪身猫儿又跃到了它的脊背上。一只母鸡抱着一群小鸡，小鸡觉得暖和了，纷纷从鸡妈妈的羽翼下走出来了，在日头下，又暖和空气又好的空地上不停地啄食着，似啄着了什么又似没啄着，唧唧地叫着，那母鸡踱着方步赶上来了，咯咯地叫着，显得好是亲切。

山坡上红土地上，九豌十麦（农历九月播种的豌豆，十月间种的麦子），从不太肥沃的土壤中长出来，那瘦弱的身躯在暖暖的太阳下，慢慢抬起头，那白粉似的霜花也被日头烘干了，泛着淡淡的浅绿。锄草并带松土的人、施肥的人，脱掉污垢斑斑体臭很浓的棉袄，张开在生芽边的土坎上晒着，好收工时，带着满满的枯草的香味，穿在身上更加舒适暖和。

那田野中的油菜田里，出牛羊栏粪猪屎的人，用爬丝将那些肥料抖开，给绿色的庄稼铺上，如护上保暖的被子一般。

趁晴朗的天气，做完这些成堆的农活。就要在日头底下，解年猪，宰牛羊。在厅堂里放血祭祀过老爷菩萨和列祖列宗后，将牲畜拖到日头底下来作业。狗猫们此时也活跃起来，它们都可以沾上腥味了。开膛破肚，肉块精肥搭配，就是在热头底下，吃杀猪饭，可以大块吃肉大碗喝酒，农家的欢乐气氛如热头一样慢慢升起，年年好景此时现！

腌制的肉，也要在日头下晒上一两天，盐水湿气干爽后，再到火屋里，急火熏肉，再改成慢火熏，将肉炕得泛成金黄色或褐色时，在热水中洗干净，然后拿到日头底下晒上几天，再贮藏起来。还有那酢的鱼块儿，也是要趁热头晒个半干，再在热头下，将鱼块在烧酒里蘸一下，沾上五香粉，一块块夹到浸坛里去。

隆冬的太阳，确实是一个好东西。那是 20 世纪七八十年代的情景。现代人闲着没事做，也爱成群到野外或公园里晒太阳、拍抖音，或者野炊，也有一番风味。

打凉粉

薜荔，又名木莲，我家乡人称"巴藤寄"。属常青藤萝。灰褐色曲曲扭扭的躯干，绿色椭圆形的叶片。叶片紧紧地贴着树干或者墙壁。叶片下有触须，就是靠其吸收养料的。它结着鸡鸭蛋形状大小的果子。周身深绿色有白色的小斑点。如果欲举手去摘，很难摘到。它一般寄生在高大的古树上，或者是断墙残壁上，抑或是背阳的山崖上。也就是采摘起来比较困难。一般是要爬上树，或者登上山崖，还要用竹竿绑着镰刀去割，抬着头踮着脚尖去采摘。

采摘下来的结实的果子用刀劈开，外壳有乳质状的胶汁渗出。内面有白色的麻子大小的籽粒，如小蝌蚪似的有尾巴。抠出来太阳底下曝晒，就变成黄色的粒子，我们家乡人叫凉粉子。每到初秋的时候，果子成熟了，就可以摘下来，弄出籽儿，晒干打凉粉。是天然的冷饮料。大人小孩都爱吃。

我老家是一个叫小富塅的地方，屋场左青龙右白虎，两边各一丛几百年的古树相拥。右边土地神坛后面，有柞树、香樟、乌桕树等。乌桕树与香樟树挨着最紧，岁月轮回使其相依为命，后来成了连理树，结凉粉子的藤蔓就从它们树底下起攀附而上，稍没声往上爬，就爬到了枝丫上，藤萝如虬龙的爪子，年积日累藤蔓慢慢长大长长努力上向攀缘，与连理树融为一体了，那藤蔓如老农手臂上突起的经络，藤蔓上又长出密密麻麻的椭圆形的叶子，贴着树皮长，有的已植入树周身的表皮里去了，层层叠叠，如果不是有细细的叶片裹着，隐隐约约地又如有些年头的根雕图案。金黄或暗红的叶片点缀着，又如慈禧老佛爷身上的翠袍。往上看，那藤蔓渐渐变粗变大，曲曲折折，凸凸陷陷，堆堆砌砌，慢慢变大变长，冒出来，爬到了树枝上的就如悬着的绿色秋千。那叶片也与它依附而长的乌桕树、香樟的叶子，差不多大小了，相比之下，叶比其要狭长一点儿，生命的活力还充沛一点儿，滋润一点儿，似乎树木的养分都被它们贪婪地吮吸尽了。

初秋的时候，那碧绿的果子如吊着的小宝塔，或如绿色的灯笼。它的果实有两种，一种是空空的皮囊，华而不实。软瘪瘪的，挖开，败絮其中，没有果实，我们当地人都叫它公凉粉籽。还有一种就叫母凉粉，那果实相比较要小一点儿，充实多了，也没有公凉粉籽那么招摇，如低调做人一样。果子的底部相对突凸一点儿，打凉粉，就采摘这种。

进入秋天，非常燥热，太阳热辣辣地晒，空气干燥，只有金风吹来才有舒适之感。这个时段，我们说要过"二十四只秋老虎"，气候才慢慢变凉爽。而是在这段燥热的时间里，日子过得特别漫长，为了打发这悠长的时间，家家户户就相继打凉粉吃。今天方家打凉粉，明天李家人叫你去吃凉粉。聚会的地方都在屋场右边的古井前。你来我往非常有人情味，大人或小孩都喜欢往这种热闹的地方凑。一般是上下午"吃烟"时段（又叫歇缓），俗语云，"盘古开天三缓四烟"，或者是午睡醒来的时候。

打凉粉非常简单，两把晒干的褐黄色的凉粉籽内放两酒盅研成飞沫的煨烤的石膏，用一块疏密有致的筋子布（纱布）裹着，制作者端着一只大陶钵到屋外头的左边的老井里，盛大半盆水，放在井边的红石上，将包裹的材料，在陶器里，用手不停地挪捏，搓揉……

太阳被参天古木遮盖了，古井边有一口巨大的猪肾子一样的大塘，很多"撑梗"、（水生蜉蝣）在水面上弧度不大跳跃着。风吹来，枝叶轻轻地摇曳，一群群"滩子"（又叫小白条鱼）在一塘吹皱的池水中，向聚堆吃凉粉的人们游拢来，沙沙地欢快地泺上水面，好像在怪人们忽视了它们的存在。十来分钟后，凉粉制作者手下那无色的水就变成澄明的液体，一般是村姑制作，她们停住纤瘦的手，似笑非笑的脸上格外灿烂。她将包裹的渣子抖落在池塘里，一手提着筋子布的一角，在碧玉色的池水里荡涤几下，拧干、抖开，轻轻地盖着陶钵子，动作是那样的灵巧熟练，聚来的人痴痴地望着……

还没几分钟，小孩子就急不可耐了，要揭开那陶盆上盖着的筋子布，制作的女人就嗔怒着：还冇，蓄一会儿嗒……小孩缩回手，口里下咽着口水，长久地企盼着，又继续流下了口水。好不容易等到揭开时，陶钵里如半透明的冰块了，"哇！"村姑脸上洋溢着成功的笑容。用勺子一层层舀，一层层地刮……一层层舀一层层地刮……碗里又如非常稠稠的"豆腐脑"了。抖点砂糖，撒些姜丝在上面。色香味都来了。食客们咧着嘴笑，小孩们大口大口吃着碗里的，看着陶盆里的。但都沉浸在食欲的膨胀中。一勺勺送进嘴里，一句句好吃的话从口里倾吐出来。

现如今多数人只知道到商店买打凉粉的原材料，不知道可以就近取材，制作这种原汁原味的凉粉。

勤劳的富农

老干原来是一个没有土地的人，家人靠租种地方上富豪的土地过时光，他父母患痢疾双亡后，他正好17岁，生活无着落，就不顾一切地到长寿街一个寡妇家里包家，将寡妇的两个孩子拉扯大后，孩子很是排斥老干，寡妇心里过意不去，稍稍地给了他一些银圆，打发他回家，置了三亩薄田。

老干讨了一个父母双亡、其兄参加秋收起义的大脚女子做了老婆。老婆的哥很疼爱老妹，将他在军队里当敢死队的赏银，拿给妹妹买了六箩谷的助嫁田（即两亩田），也就是他妹妹不种地，将田出租给人耕种，也能收取三担多稻谷。他也不需要再牵挂妹妹……

当时没牛耕种，夫妻俩用人工，老婆在后面掌犁把尾，老干在前面当牛走。起早贪黑，一年三百六十日，除了除夕下午，祖坟墓前装香灯，新年正月初一，去各家各户喊拜年，其他时间都用在侍弄农活上：人家的水田里只插一季中稻，他要弄两季，每年种的花生，没劳动力收取，老干就拖到农闲时节，打霜搅凌时，将花生地灌入池塘水，用牛在花生地里耕耘，泥巴散落，花生就浮在水面上，用篾匠做的细竹豁口、后面流线型圆底的"箕"，却捞起花生，比直接去挖花生，省工省时，地方上叫"洗花生"。因为是四九寒天，屋檐下吊着长长的冰凌子，下田的人，紫铜色的腿冻得起了鸡皮疙瘩，他们追赶着牛在水田里快跑，那在泥水里跑的牛们也兴奋地疾蹄飞奔着，下面的耙齿推着层层麻壳子花生，在泥水里笑着打着滚子，一层层的盖满了水田。花生捞上来后，晒干或烘干，再在锅里拌沙子炒熟，担到长寿街去卖，这些土产品很受欢迎，当地人叫"熟花生"。

那时农田水利基本建设，根本没有这个概念，田土灌溉怎么办？老干自有办法，挖池塘蓄水，老干当时五亩多地，就忍痛占去一角田，挖上水塘。做蓄水池，农作物旱涝保收。庄稼活在老干手里，弄得格外有味，他一个心愿就是聚银添置田土，做梦都在想着，把靠近自己周围的田土，想办法买进来……后来老干田土似滚雪球一样，十一年后，他已经有了二十三亩（其中，有两亩是他大脚老婆的助嫁田，他老婆经常在人面前炫耀，不要他老干侍弄农活，助嫁田租出去，她单独过日子也有饭吃）。

他挖出的蓄水小池塘，就有四口了，水是不能直接灌溉的，要用水车，将水畚上岸，灌溉到田土里。水车有手车和脚车。手车顾名思义，就是单独一个人，左右两手持着把柄，上翻下滑拉扯起来，拉扯得越快，舀上来的水越大越猛。再就是老干与人家兑换劳作，或者雇工，用脚车车水，脚车分两人头，三人头，顾名思义，两人头就是两个人车水，怎样计算工效呢，用锭子滚着丝线三十六庹（左右手伸成一字形，到两中指尖的长度）。一头插在车轴辘上，一头在车架下面的线轴上，脚踏车拨子，线轴就缠绕到另一个锭子上去。一天车一十二线水，双倍记工资，可得报酬六斗谷，三斗谷为一个单工的报酬（相当于现在75斤稻谷的报酬）。车水是劳动强度最大的工夫，每个人必须费力蹬着拨子，像跑步一样，但脚要费劲得多，每天要吃五餐饭，如果要车夜水，那就是六餐饭。有的人体力不支，从水车上下来就倒地身亡的也大有人在。

收割季节，人家两个人扛方桶，老干一个人肩起来，一阵风似的肩到稻田边。他中等粗壮的腰身，大肚子一餐能吃一斤大米的饭，他与他老婆很节省，一般要到三节时（除夕、端午节、中秋）才舍得吃上肉，其余的岁月里吃园中蔬菜，没菜的时候，盐子在锅里炒熟放点儿油也能吃完一顿饭。

农闲人家都穿着鞋袜子走东家串西家，他就四处捡石头，砌塘边，或者将菜园用石头砌围墙围起来。老干反正有干不完的农活。

1949年初，平江快要解放，他在济南当上了政委的老舅子写信来告诉他，叫他不要再置买了田土，他还固执地要再买田土进来，幸好他明智的老婆比他开窍，将他的一小坛银圆藏起来，使他寻不到。

当上大军官的老舅子，回来过长寿街，在警卫人员的陪同下，叫他见过面，给过他两个干海参，他总是念念不忘地说老舅对他好，逢人就说。人家都知道他有一个当军官的老舅。他90岁时，无疾而终。

叔叔是队长

爸爸临终的时候，紧紧扣着叔叔的手交代，整个家族的事情就由他打点了，叔叔泪眼婆娑地呜咽着声音，连连点头接应道，好啊好啊。曾当过生产队队长的叔叔，治理好大家，绝对是不错的选择。

在我的记忆里，叔叔最疼爱我。妈妈常对我说起，我麻疹高烧不出"麻"时，他冒着雷阵雨，来回步行三十多里路，为我请郎中。当时最昂贵的点头自动啄米红公鸡玩具，他买给我。我读书时，又资助我。他与我爸也有争吵的时候，但总是叔叔主动与爸和好。叔叔是个高大英俊的男人，一张白皙的脸很讨女人喜欢。他那时走路生风，会圆口算（心算），小富塅大屋里没人能比得过他。

搞大集体那会儿，生产队插完早稻过"五一"；插完晚稻过"八一"。意思是南方雨水充沛，田里都是要栽上双季稻的，早稻要赶上，过"五一"节栽完，晚稻要赶在8月1日建军节前插完。

叔叔办事雷厉风行，队上的男女老少都敬他怕他，叫他火神爷。每年双抢，全大队九个生产队，我们生产队最先搞完双抢，全大队的先进现场会，都会在我们生产队召开。每年的先进队长的光荣称号，都少不了叔叔。

有一年搞双抢，队里的三个青年劳动力，下午午休时间超过了十多分钟，才来上工，他揪着他们要关进牛栏里，我爸悄悄叫住他，与他耳语几句。待我叔叔训斥他们后，我爸才上去打圆场，好好，你们几个家伙耳朵记事，今天我给你们讨保，快去干活。三青年逃也似的，跑着上工去了。

每年双抢上岸，队里都要安排"洗秧田"，就是安排社员从队里的猪场里拉出来一头肥猪，宰杀，大块切肉，从池塘里网上几网鱼，将新收获的黄豆磨浆打成豆腐，用香喷喷的菜籽油，把新鲜豆腐，煎成大块大块的，搬出队里去年收割的高粱酿成的烧酒，揭开密封的红纸……各家各户聚在一起，打牙祭。

这一天上午往往收工比较迟，社员们聚拢来，将秧田耕耘后，要赶着插上禾，在栽插过程中，可以打泥仗，男女可以对阵。这时，当队长的叔叔成了众矢之的，年轻漂亮的女子深情地望着他，咯咯地笑着，抓起一把把泥巴悠悠地抛向他……有的青年围拢来，将叔叔压在稀泥水田，这时的叔叔似温良驯服的老马，似乎有意让他们报复一下。只见他泥人一个，只有一双大眼睛滴溜溜望着大家尴尬地笑着，泥水从剑眉上不停地滴落下来……

现在叔叔已是年过古稀的人了，高大的身躯有点佝偻，有神的眼睛陷在眼眶，不那样有神了，我每次回老家看望他时，买点儿小吃给他，他张开嘴让我瞧，说牙不行咬不烂了，不要为他再买了。他只想亲人陪他多说说话。

叔叔为家为集体贡献了自己的一生。常言道，好人必有后福。这在我们家族得到验证：儿女在外面闯出一番天地，孙子更是如日中天，身价已有几千万了。现在只期望叔叔健康长寿，快乐每一天。

冬　修

九豌十麦：就是繁忙的农事做得差不多了。九月间挖出了红薯，做成了薯片薯糕，晒干了薯丝，人与老鼠都备足了过冬粮。又播种上了大豌豆、小豌豆。还有剩下的土地播种上小麦。接着就要忙上冬修……

冬天的白日短促，除去早晚的时光，上下午总是那样暖暖的一晃而过。太阳像个晏起的带崽女子，将孩子的尿布屎单垫换了，洗完了，又是家里捡堂面搞卫生，接着又是搞昼饭，吃了饭，下午哄了孩子睡了，又是晒箩窝。反正整天就是不得消停，农民也是这样忙忙碌碌的。

冬天，池塘河汊，水圳渠道被太阳翻晒得裂了缝儿，水坝堤排塌陷的塌陷，老鼠黄鳝打了洞的，唯恐明年春雨连绵，影响蓄水，或者塘坝水库排面要加高加宽的工程。都列入在这冬修的项目里。公社、大队、生产队上上下下都有任务，公社就是安全水库要将水库的坝面，要挑土加宽加高。这属于突击任务，各个生产队的男女劳动力全部上马，叫万人会战，公社设有总指挥部，有总指挥长，有专门负责质量的工作人员，有劳动力的管理人员，有安保工作人员。全公社人民要团结起来，打好冬修水利这一硬仗。各大队都打着红旗。上面有标榜什么"青年突击队""铁姑娘战斗队""娘子军连"……高音大喇叭整天放着革命歌曲和表扬稿，一天分早中晚时分播放：哪个队超额完成了任务，哪个队为完成任务，早上四点钟就到工地干起了；哪个队里的新婚夫妇，不在家里摆结婚酒席，嫁妆就是两根扁担，两担箢箕，上面红绸子系着，新婚夫妇在工地上举行新式婚礼，惹得全乡劳动力围拢来看，他们成为新闻的聚焦人物，大队长为自己的大集体创造了如此好的典型人物，喜上眉梢，在婚礼上的致辞中洋洋洒洒，口若悬河，惹来喝彩声、呼喊声、鼓掌声一阵高过一阵，生队长也在前前后后忙个不停。

筑土坝，首先要取土。一般取土就在水库的两边山坡或土坎上下取土。取土方要取新土，池塘底下的污泥不行，每个生产队安排一处取土的地方，一般是几个精壮劳力，他们光着膀子，拿着大锄，双齿锄头，有的铤而走险，挖"神仙土"：就是看好一方土，将底部挖进去，成为凹陷的形状，再挖成一方孤立的土方，用木杠撬脱，土方就轰然倒塌，那工效成倍或十倍地显现。比一锄一锄地挖，要省时而又高效，但这被安全监督管理人员看到了，要受到严厉的批评的，不允许这样干，因为太危险了。曾经背里屋的方取芝，就是挖"神仙土"，塌方而死在崩塌的泥土里。但为了提高工效，大家又心照不宣地干着。神仙土照样弄着，不弄大的，弄小一点儿的。

挑土的是每个生产队大部分劳动力参加的，每挑一担，一百斤，挑起一百担土，就是一个工，有的能挑一百五十斤一担的，挑一百担，就是一个半工，这些挑土的，有专门计担数，叫"记码"，记码的人坐在倒土方的前面，一般都是正直的老共产党党员记的，免得徇私舞弊，你挑一担土，就画上一横或一竖，每五担画成一个"正"字。再发放一张"筹子"（硬纸片，盖有大队的公章），完工时，你去核对，免得说给你少记了担数。过秤的也在这里守候，如果发现你挑的土，估计没有一百斤，或者没有一百五十斤，就按过秤的实际重量计算。他们不定时在这里监督着，管理着。

为了给挑上坝面的土夯实，几个年老力衰的人用田铲将泥团磕碎，整平，再由中老年妇女牵着牛儿将倒上的土踏实，为了免得那富于灵性的牛们重辙现脚迹，将它们的大眼睛捂住。那些妇女将自己颈上的围巾解下来，代替牛儿的掩眼布。

为了更加夯实土坝，又有打硪的人再过一道工序：就是四个或两个力气大的男劳动力，嘴里齐喊着原始的号子，一起抬起杠，他们个个光着膀子，汗水在背脊上油光闪亮。让那"硪"自由的落下，如此反复地进行着。那些"硪"，是一个几百重的长方体红石或麻石，石头四面，都有穿眼，长长的木棒从中穿过，木杠四端，就是抬手的。土坝的两侧成梯形，两块竹片钉着的扇形的硬木板，高高地，晃悠悠地举起，又重重地落下来，"啪啪"地扇在坝侧面，使侧面充实而不垮塌。来年，划成菱角花，植上草皮。

每天在工地上吃一餐中饭，那些饭菜都是每个生产队从原处所做好挑到工地上来吃的；两个女人，一个挑两甑香喷喷的米饭，另一个挑着两木桶菜，一般是一桶南瓜或冬瓜、一桶辣椒炒锅鱼子，或者是煎豆腐。饭菜挑到工地上，正好是午饭时候。本生产队的人就聚拢来，饭自己去盛着，菜由炊事员个个来分。吃饭后的茶水，自行解决，或在沟壑边的沁水眼前，掬两把解决；或是到邻近不远的地方，去饮用。解溲，指挥所专门备了一排草棚子的，排队等候，免得随地大小便。

公社的大工程结束后，就是大队上的冬修水利工程，之后就是生产队小塘坝进行冬修。反正整个寒冷的冬天，你不觉得冷，反而觉得是热乎的，都在度过一个热烈的冬天，因为——冬修。

灌　塘

　　湘东方言：将池塘水，架起水车车干，将池塘里的鱼捉起来叫灌塘。一般有两个时段：农历六七月间，高塝上的中季稻田缺水灌溉，要车水灌溉那干旱的稻田，水塘里的鱼就要捉起来，所以每家每户就可以分到一两条鲢鱼，就着早稻收割时，将新鲜的稻谷翻晒干，碾成新米，将菜园里的刚成熟的鲜蔬摘起来，将收割的新鲜黄豆打成豆腐，将灌塘捞上来的鲜鱼，拌上新鲜白豆腐清炖或油煎，美餐一顿叫"吃新"。

　　或者农历七月半：俗称"中元大会"烧祖宗包，也灌塘，生产队分每户一条鱼，办烧包饭。因为供祖宗的供品里，不能缺少一条油煎的新鲜鱼。有的池塘浅水不能蓄鱼了，就要将鱼苗移到深水池塘里去。

　　另一个时段是临近过旧历年，各生产队水库或大池塘，抑或各家各户的小池塘。将那一口口池塘里的水，拉开溶灌眼的塞子，或者干脆在池塘排上，挖掘开一条沟，将池塘水放干，放不干的，就架上水车，将池塘里的水车干。这时，男女老少都欢呼雀跃地提着木桶，拿着网兜早早来到池塘周围的岸边，准备下池塘捉鱼子。尽管寒冷冻得他们直打哆嗦，那小腿肚子冷得起了鸡皮疙瘩，但都将寒冷置之度外，捉鱼的兴趣盎然……

　　水车的槽口在咕噜咕噜地吐着浑浊的泥水，大鱼小鱼在池塘的浅水里慌乱地跳跃着，有的梭拉拉乱窜着，岸上的人眼睛跟着那些鱼儿转；有些小孩儿流着清鼻涕，脸蛋冻得通红，早将裤管挽起来，脱掉了鞋袜等着下塘捉鱼。人们都似打了鸡血一般，指手画脚的，高声叫喊着，表现出各种表情，有的用手指点着，似发现了外星生物一样：那是一条大青珠（鲭鱼），平时网不着它……有的叫着，催促快下塘捉鱼……首先几个为生产队集体捉鱼的人拿着大筛箩下池塘了，那淤泥没了抓鱼人的膝盖了，冷得啊啊地叫着。他们将鲭、草鱼、鲢鱼、鳙鱼（叫家鱼）等大鱼，快速草草捕捉一阵后，那些在池塘边不耐烦等候的捉野鱼的人就呼啦啦地下塘抢捉鱼儿了……他们叫喊着谈笑着，以此驱逐寒冷，释放捉鱼的兴奋。那车屁股里咕噜咕噜响着，也将小鱼吞进肚子，一些妇女拿着网兜到前面的车槽口张那小鱼了。也有第一个网漏网的小鱼，有的在前面张网，又撒开了第二或第三个网兜。一些老人怕陷入淤泥里抽不动腿，就在塘边拾蚌壳，拾掇那硕大的青螺蛳，或者捉那企图藏在淤泥里躲过一劫、但要呼吸不得不悄悄露出头儿来喘气的才鱼（蛇鱼）。有的拿着标枪一下一下向泥土戳着，有的悄没声地戳到了那大小茶盘大的王八（脚鱼或者叫团鱼）……

在池塘里抓鱼的更加热闹：有的在深深的脚印底下，又捉住了大鱼，大鱼的尾巴在泥水里摆动着，那泥水溅满了捉鱼人的脸，一个个"三花脸"，你看着我笑，我看着你忍俊不禁……有的捉到了大鱼装进木桶里，鱼儿拼命地跳跃着，将装鱼的桶折腾倒了，鱼儿又在泥水里拼命地逃跑，鳍拨动着泥浪，被其他人捉到了，原来捕到的人大声地叫着，我的，从我桶里跑出去的……

那个捉到逃跑的鱼的人，装作没听到，将擒拿到的猎物，装进自己的桶里，那个逃出鱼的人，就涉过淤泥，艰难地奔过去，争夺那条属于自己的鱼……那情趣真是太棒了。在人比鱼多的泥沼里又惹来阵阵喊叫声……池塘的淤泥里，人头攒动，妇女一般头上包裹着毛巾，以减少污泥溅到头发中去。

筛箩里盛满了的鱼儿，还在挣扎着，舞动着尾巴，那活鼓鼓的眼珠子，放着绝望的光；有的周岁孩儿，用胖胖的小指头，去戳那鱼眼珠子……煞是好玩。鱼儿只能扇动着尾巴……泥水里捞上来的那些小鲢鱼、小鳙鱼，又叫鱼苗，大家都自觉地从自己的桶里拣出来，丢到盛有清水的鱼盆里去，一般都不会捉下来据为己有。让其留着，蓄养到明年再捉，就成大鱼了……

鱼捉好了，就将那筛箩里的家鱼，倒在池塘岸边的草地上，队长和会计、保管员负责将鱼按大细搭配好，做上一个个阄儿，各户主就去抇阄儿，再对号入座，拿上自己的那一份，再过好秤，记上数量，各家各户都有了过年的鱼。

他们回去就处理这些鱼：剖鱼，清内脏，风干，盐渍……醋鱼是各家各户通常要制作的。鱼儿风干几天后，拌上烧酒、红曲粉、茴香粉、辣椒粉，放在陶瓷坛里，一直可以吃到明年整个上半年，是招待宾客的一道好菜。人们的脸上露出了满意的笑容，年年有鱼（余），幸福的生活写在村人的脸上……

挑塘泥

冬天干了的塘，是不会马上蓄水的，涵洞也不塞上塞子。挖开的塘坝，也不垒起来。都要等到正月走完亲戚，由生产队部署挑塘泥。挑塘泥是比较繁重的体力活。有顺口溜"担塘泥，扯大锯，爷去崽不去"。意思是：这重活儿，爷崽都不愿意去干。

塘泥是最好的有机肥料，整个池塘底面看去，冬天捉鱼留下的足迹，被雪雨淋漓或朝晒夜露，抹得平平的了，像巨大的盆钵盛着光滑罩着一层油渍的水豆腐，等着社员用宽宽的田铲，一铲铲挖起，盛到筻箕里面，挑到田野里去……

挑塘泥，一般在天晴气朗开工，条件好的，穿着套靴，肩挑着一担筻箕，一手拿着宽阔的田铲下池塘。条件不好的干脆打着赤脚，勾着脚趾头，那腿肚子上的汗毛冷得竖起来，嘴里一股浓浓的寒气直往外窜，缩着脖子，给自己鼓劲下塘，急匆匆地干起活儿来。干活的人一般只穿两件衣服，内衣套一个破罩衣。有的腋窝里爆出破絮的棉袄，有的纽扣也没了，就马马虎虎地搓一根稻草绳系着。他们快速地一锄一锄地将那豆腐块的乌黑发亮的泥，铲到筻箕里，盛得堆积如小山的两筻箕，拴上扁担挑上肩，似一阵风奔跑起来……

岸边戴着毛毡帽，身着棉大衣，脚踏一只篾编织的火炉子的记码人，就给挑塘泥的人，画上一笔，满五担画成一个"正"字。有的挑担人提醒记"码"的人，不要发呆，记得给他记担嘞。记码的人有时不作声，有时回敬一句："都记了，想多记也是没有的。"

干了一阵子活儿，大家身上热乎乎的了，有的肚子有些饿了，就提出："谁家还有年糕吗？"

有年糕的人家会马上回答："有啊，我家还有几块……"

于是，干活的人都附和："快去煎着吃。"有年糕的男人就唤同在挑塘泥的老婆快去煎年糕吃。老婆停了手里的活计，笑容可掬地上岸去，先在池塘边的老井前，舀半桶泉水，洗涤一下手脸和白嫩的腿肚子，套上塞在口袋里的袜子，穿上便鞋，拢了一下盘在头上的秀发，又重新盘上去，匆匆赶回家去……

主妇手脚很麻利，一会儿工夫，就煎好两大脸盆的年糕，还有两钵晒干了的油豆腐干子拌点儿梅花盐，煮熟盛得满满的。还有两大碗大块切成的香气扑鼻的腊肉，还有两碗烧酒，这些就摆在大屋坪前的太阳底下，这时歇息的人恰好也到桌前，有的坐着了，凳子或椅子少了，有的就站在桌前。

主人家一般都不坐，招呼来者快吃，大家都不客气，风卷残云地吃起来，喝酒的汉子，放在两边的酒碗就端起，你呷一口，又传给我，我咪一口又传给他，如此半圈，那边也是酒过三巡。酒嗖嗖地喝完了，主人又问："还喝吗？"

回应道："坛子里有，就还去筛点儿来。"于是主人小跑似的又去了。东西吃尽，巴掌随便抹一下嘴巴。饮用一碗烟茶又上工。明天又接着有另一家相约。劳苦的人就是这样打发如水的岁月的。

挑塘泥的人也稍有收获：在铲乌金似的泥块时，有胖嘟嘟的泥鳅睡在淤泥里，锄头拨出来时，它们蜷缩在那温暖的地方，似没睡醒似的，醒来时，被人们挑进了早已备好的木桶子里，有时还有鱼鳖、乌龟、大蚌壳，大蚌壳里还取出过莹莹亮亮的天然珍珠。有的在塘泥里挖出了日本侵华战争时，丢下的没爆炸的哑炸弹，一个个小冬瓜似的，被水锈得黑不溜秋的。了解的人会小心翼翼地拧开那螺丝钉，抠出那炸药做疗病的单方。

塘泥是挑到下片紫云英田野里的，每亩放下两百担左右，倒在那里，风干个把两个星期后，用锄头捣碎，均匀地撒在红里透紫的植物上。在这些紫云英疯长到一定的时候，人工驱牛犁翻，这一片栽种的稻子肯定结实饱满，色泽金黄，没有一个虫儿来咬，定是丰收在望。

这些可喜的收获，就是挑来的塘泥带来的，塘泥也不是年年挑，每隔十年或者二十年挑一次，或者更久。塘泥除了给庄稼提供综合上等的有机肥料外：还有清淤疏浚的作用。淤泥清理后，池塘里的水更加清澈，那里的鱼儿在水中游弋，也看得清清楚楚。同时，妇女们在那里洗的衣服也更加干净了，孩子们可以在那池塘里洗澡，呛点水也不那样堵心了。更能看清水面哪里深哪里浅了。于是，我们盼望挑塘泥的周期缩短。

可惜现在不用人工挖了。池塘水有抽水机快速抽干，塘底的淤泥，由那长臂的挖掘机，抓几把，就是整整一个大汽车皮的污泥，载着倾倒在那片荒地改成的田畴中，作为肥沃的土壤，种上庄稼，收获满满，劳动效率提高了。只是，那些挑过塘泥的老农有时怅然若失，看着挖掘机庞然大物，常常出神发呆……

岁尾年头

蜡梅在枝头绽放，油菜蕻不怕风雪的欺凌，它们在白雪点缀下显得绿意盎然，一片葱茏。进入腊月，人们都被岁尾撩拨着静不下来了：忙着备足取暖的柴炭、油盐酱醋茶，锅碗瓢盆的添置或修补，年货的张罗，收进付出。特别是工匠结算工钱更忙，那些泥瓦匠、木匠、篾匠、铁匠、剃头匠路头巷尾常碰头，都在为收取工资而忙活着。狗儿殷勤地叫唤着，迎进送出，主人家呵斥，它们停下汪汪叫声。

那时，年头到年尾工匠所获得的工钱，大都在过年结算清，即使有赊欠，债务人要先去与工匠打招呼，今年无法付账，明年端午节前一定会付清，决不滞后。各工匠陈年老账也不会少，只要不欠大头，欠小头或尾数，心里还踏实着，意味着来年的生意还归他做。特别是剃头匠，年尾最后那个头没让他剃，工钱一个子儿都付清了，就说明翌年被炒了鱿鱼，他就少了一家顾客生意。

如今，年是越来越近，但人们淡化了那种急切兴奋的心情，放慢了匆忙的脚步。各种杂芜的交涉越来越减少，城镇的或乡村里的人们，如果不是到乡里买信得过的土猪、土羊、土狗及鸡鸭鹅，一般情况下人们都懒得去忙乎，反正超市里应有尽有。人们大多不为闯年关而愁眉不展了。农村或城镇的困难户，都有乡镇发放过年的救济款，有各公益组织爱心捐助，发放过年物资。不用为过年操心，日子都舒坦，年味却越来越淡了。

现在的孩子考试一结束，大多家长担心孩子犯上作乱，就让孩子们去参加各种补习班或培训班，免得自己操心，孩子没有过去那份盼过年的心情，新衣服家人买好，吃的喝的丰富多彩。现在过年，大人腾出时间打牌，或者玩手机，或者朋友相约K歌喝酒，少了点儿过年的期盼。孩子疯狂玩耍的野趣被压制了，基本待家里玩。难得见有人打扫堂前屋后的卫生，也难得见张灯结彩，张贴春联等热闹场景，个个只暗恨自己口袋里少了钞票，过年的气氛越来越淡薄，受捐赠的对象看不出对送关爱、送温暖者的感激之情。

正月初一，人们也懒得成群结队去团拜，打电话拜年、发微信、制贺年卡，还要一串串群发信息、恭贺新禧、拱手作揖拜年，程序在悄悄简化。

原先拜年有情趣多了：拜年拜到十五六，家里主妇忙里忙外，一天要张罗好几桌饭，虽劳累但高兴。正月里闹元宵，初一到十五是热热闹闹的。白天看耍狮、春牛灯、彩龙船，晚上城隍庙里看皮影戏，各家各户的厅堂里都有来玩：青龙灯、鸡笼灯，等等。小孩们乐此不疲，这个大屋赶到那个大屋里去看，伢子妹子成群结队的，好不快乐。有时候饭也不回家吃，口袋里装着薯片或炒玉米粒，算是充饥的干粮。有的大人，骑着或背着小孩子跟着舞狮队，去看热闹：沙和尚、孙猴子、猪八戒三人走在前面，后面跟着鸡毛扎成的狮子头和狮子尾，殿后的是耍十八般武艺的武术队员，后面还跟着的是赶着看热闹的男女老少等看客。

  正月间，走亲访友是必须的：初一崽，初二郎。意思是正月初一，是儿子向父母拜年请安之时；正月初二是女婿去给岳父母拜年之时。以后的日子就是三姑六婆来走亲戚的时间。那时除了紧跟着看狮灯外，还可赶着看打"莲花落"的、"打道钱筒"的、"打春锣"的。这是三类遍地奔波游走的民间艺人。莲花落以即兴吟唱，敲打竹板为乐器的艺术活动。打道钱筒，又叫敲渔鼓，也是边吟唱边击打一个长长的竹筒一头绑着的蛇皮子面上，发出沉闷的声响为伴奏音。主要唱本有历史脚本《马金龙叹苦》等，以及一些即兴之作。打春锣的是相比之下要高贵一点儿的艺人，打发其他艺人，可以随意地用小茶杯盛一点儿米给他们，就可以打发走，但打春锣的，就不能随意的这样打发走，要用碟子或小巴盘盛米给他们，如果用碗装米，他们拒绝你的施舍，扬长而去，嘴里嘀嘀咕咕，说不满的话语。人们常戏谑他们说，一打春锣二拜年。他们用巴掌大小的红纸片，上面印有二十四个节气的具体日期，还印有牛头的图案，家人接了以后，张贴在厅庭里的大门上，家长可以显而易见，不误农时。还有送财神的，各家各户原先给一碟子米打发，现在对送财神的也重视，最少给送财神的也要一元钱，或者更多。

  总之，那时岁尾年头特别充实：腊月里年关闯得有劲头；整个正月间是热闹的，也是有看头的，孩子们觉得最好玩。那时的寒假也觉得比现在要长而且过得特别有意义。记忆总是美好的，我很怀念过去过年的气氛。

积 肥

  那时生产队重视收集有机肥料，一般化肥还没有普遍使用。在草木茂盛之时，各早稻田里，都有一个长方形或弧形的沤肥坑或者是粪坑。里面沤上草皮拌着牛粪，就会发酵，散发着浓浓的臭味，滋生了一般蚊蚋……于是一排排青蛙站在沤肥的坑边，如南极海岸线上立着的企鹅。我们这里的人叫"蛤蟆围粪坑"。因为它们在这里可以逸待劳，时时都能有美食。那时环保意识没现在强，田鸡（青蛙）是可以随便捕捉的，傍晚收工吃过晚饭后，大屋里的中青年人就拿着刚上了新买的电池的手电筒，去捉青蛙了，贼亮的光照射着它们愣在那沤肥的排上，逮捕者手脚灵活地，猫着腰，可以悄无声息地在一个沤肥周围，就能捕捉上几斤田鸡，将那皮儿剥去，拌上紫苏叶，炒着，就能美味一顿。那时似乎有捉不尽的田鸡，人们也为能搞到吃的，乐此不疲。因为那时农药化肥还没普遍使用。

  养牛户，也早夜割青草，垫在牛栏里，吃不完的，便成了它们松软的地铺，由于它们吃得多，排泄物也多，不几天，就能出十几担牛栏粪，每一担牛粪就是五个工分，每天劳动力上一天工，最多也只能记十五个工分，所以养牛户也在忙于积肥。我家养了一头花脑牛，记得当时是一个扎着灰色头巾的巴陵牛贩子牵着它来我们生产队里的。队长二话没说就买了下来。我父亲对队长说，花脑牛由我家毛伢子养。队长看了我一眼，就将牛儿的绹塞在我父亲手里。

  牛很温驯，每天早、中、晚各排泄一次。每天天蒙蒙亮，父亲就叫我起来放牛，我一般不敢放，只牵着花脑牛在田埂上或土墈边啃青草，它爱吃。有的放牛娃将牛绹挽在牛角上，放在有松杉树的山坡上，一般牛不饥饿，是不爱啃那种草的，所以整天吃不饱。我的花脑牛，跟着我算是食饱喝足。早晨放一会儿吃饱了，我就将牛关在牛栏里，睡觉拉屎尿，造肥料。但石富家养的牛，它一般不愿意在牛栏里拉屎尿。那是一条"屎肚子"牛，每次从栏里牵出来，浑身沾满了牛粪，那粪疤子，头几天的干了，又沾上新的，一牵出来，散发着浓浓的臭味儿，蚊蚋嗡嗡地飞来，贴着它硕大的身躯，叮咬得它不停地甩着尾巴，脚也不停地抬着，有时将后腿曲起来，那沾着粪便的蹄子，狠狠地刨着肚皮，但显然不是那里搔痒……它一出来就拉屎拉尿，每每这时，石富或石富的爹，就用竹鞭子狠狠地抽打着黄色的牛牯，嘴里也恶毒地骂着……牛儿围着主人悠悠地转着圈，喉咙里发出含糊不清的声响，凸起的眼珠子周围，似乎有委屈的泪渗出……因为它逃脱不了鞭挞，从鼻孔里横拴的卷儿上系着缰绳，这头攥在主人手里，常说，人怕八个字，牛怕一根绹。它被打的原因，就是屎尿没排泄在牛栏里。也不能尽怪牛，其实它是最聪明的。石富的牛栏里，是满栏稀拉拉的屎尿，晚上牛儿实在撑不下了，拼命地要合上眼了，才睡在湿漉漉的屎尿中，因为它的主人没有经常割草或放干稻草进去垫栏，这样形成了恶性循环，它坚决不拉屎尿在栏里，要打要抽随主人的便。我们家的牛栏不同，每天都要垫好多的野草或干稻草，保证牛吃足外，就是有一个舒适温暖的窝，保证不等屎尿露在上面。所以它非常通人性，为我们家多拉屎，多出它产的肥料，多为我家挣工分……

　　除了牛栏粪外，每家每户也养猪，架子猪、母猪同时养，于是又有猪尿粪，还有羊粪、狗屎、鸡鸭鹅屎等有机肥料。生产队还有专门负责的粪组长，他专门负责安排社员收集家畜粪便，再具体地统计和记工分。

姆妈的笑声与歌声

"妈"这一称呼,世界上各民族貌似是通用的,英语"妈"的发音"mother"。牛羊等动物的叫声似乎与"Ma"接近或者有关。小孩子自小时咿呀学语,闭着嘴,一张口就自然发出"妈——"的声音。我们湘东人喊妈妈为"姆妈——"闭嘴,张口拖长音"Ma——",母亲的亲切称呼就音出来了。

姆妈在我的印象中,是一个乐天派。尽管那时整天劳动,她还生养过六个孩,还打过两个"小生"(自然流产或人工流产)。五个长大成人。

那时父亲总没有一副好脸色对她。我还认为那句,不是冤家不聚头是千真万确的。总认为他们的结合完全是一个错误。但她从来没有向我们兄弟姐妹诉说过她的不幸,也没发现过她向其他人诉说过。

姆妈很漂亮,水蛇腰,高挑的身材,一双乌黑的长辫子拖到了屁股后面。但有一次父亲毒打她,觉得打得不过瘾,将姆妈打倒在地上以后,一手拖着她那对非常招人喜欢的长辫子在我家门前的地坪里,龇着牙,发疯了似的转悠,姆妈双手死死地用尽力气护着靠近头皮的那端,尽量减少发丝的脱落。手臂上、背上的皮肉都擦破了,渗出血,她也没叫出一声。事后,她忍痛割爱地将长发剪掉了。那活蹦乱跳的长辫子掉在地上哭泣着,被一个打生(说外地话的)的人一块六毛钱收去了。姆妈买了两张发夹将短发调起来,鹅蛋脸被新剪的短发衬着,显出迷人的神韵。她双眼皮周围有黑眼圈,总掩饰不住她的劳累,缺少休息的痕迹。似蓝天白云映照、微风吹动秋波的眼睛,一下能读懂站在她面前男人们心里的小九九,同时也给你暖心的感觉。除了我爸从来对姆妈不屑一顾外,但其他男人总以能与我姆妈说上话,厮守着,玩笑着,或者打诨骂俏,抑或对唱山歌,感到无上光荣。她会笑,那哈哈哈……大笑,很夸张,很震荡,能将水塘的鱼儿震得飞翔起来。那鸟儿听到也会在头上滑翔,也会俯瞰着,绕人三匝,久久不肯离去,辨别着这是同类的声音,还是万物之灵人的动听声音。那笑声也很灵动,男士呆呆地听着,不知东南西北中,那痴迷劲儿似乎被摄走了三魂七魄,能伴着那笑声去死也甘愿,于是也能感染其他女人大笑不止。

在田间地头劳作的人,要是我姆妈在,发出哈哈大笑声和悠扬婉转的山歌声,大家顿时疲劳悄悄消散。晚上要驱邪避鬼专门从事巫师工作,养着九口之家的佛长子,也为之一振,滔滔不绝地说笑起来,还有那个一上工就打瞌睡的活伢里,也同这伙野娘们嗨起来,劲头子顶大。队长也会安排,男女搭配,大家欢喜,都心情愉悦地劳作着,集体劳动起来,都有使不完的劲头,功效也高。

姆妈还会拉开嗓门唱山歌,什么"一更明月正眼山,照见情哥路上来。早来三步有露水,迟来三步打湿鞋,要来怜姐三更来……"接着其他女人也跟着唱起来:"摘茶要摘条蕻茶,怜郎要怜后生家……"就是那长篇叙事吟唱的《岳思姐》《十叹姐》《十劝郎》……她一个人也能一字不落地唱完。她的歌声扬起,男人也打破了沉闷压抑的氛围,抢着与她对歌……

社员劳作歇息的时候,姆妈还要手脚麻利地去扯一篓猪菜。有时还要为餐桌上的菜肴操心:到山坡上寻野生蘑菇,还寻一种叫"野蒜头"的野菜,寻回去后,拣尽杂质,拌鸡蛋打匀,煎着,芳香扑鼻,食欲大增。有时在水圳或塘叉边捉到小鱼儿、泥鳅、田螺……这是顶好的荤菜。

那时猪肉是很金贵的,家里年头到年尾,养两头猪,膘肥体壮后,是要送到肉食站卖掉,换来人民币,用那来之不易换来的现金,为我们兄弟姐妹买布做衣服。每个农历佳节:如端午节,中秋佳节,过旧历年前,都要请裁缝师傅来我家,为我们五个孩子做上新衣服,在佳节走亲戚时,我们能高兴地穿上新衣服。平常来了亲戚,妈妈就要准备吃的,总要想办法弄几个荤菜。记得有一次,姨奶奶与外婆要来我家,姆妈头天晚上交代13岁的我,到离家十里的长寿街,斫两元钱猪肉回来,她在凌晨二点就叫我起床,我睡得正香,怎么也叫不醒,她扯着我的耳朵,放肆叫着"毛伢子……"我才擦了一下嘴巴边的梦涎,嘴巴嘟嘟地骂了姆妈一句,从姆妈手里夺过两张一元面值的红票子,往黑暗的外面踉踉跄跄地走去。我摸黑走到橙花江边时,黝黑的天空上的星星倒映在江水中,一些蛙声此起彼伏地鼓噪着,一只宿鸟在江边的树上,凄惨地叫了一声,我跨过江面上的石墩时,映在水中的倒影似传说中的鬼怪,我的心脏一阵阵紧缩,心里好怕。这时又发现一道耀眼的白光从空中倾泻而下,如同白昼,这样持续了几秒钟。我吓得喊叫起来。但没有人回应我,我只有拼命地哭喊着向前冲……好不容易在凌晨三点多钟才到了卖肉的店铺门口,我前头站了两个人,一个男的和一个女人的,他们紧紧地挤在一起,那样默契,似乎相互靠对方的体温取暖。我算是第三个排队等候买肉的。一直排队到早上八点钟,那个秃顶肥胖的石屠夫才哈欠连天,慢悠悠地把那块块油迹斑驳的店门卸下来。那屠夫接着聊侃起来,问我前面的人都要斫多少肉,一个说一斤,一个说八两,他又瞪着牛眼大的眼睛冲着我说,你这毛猴子要斫多少。我并不喜欢与他搭讪,冷冷地说:"两元钱。""没有那么多给你!桂桥公社要二十斤,区政府要十八斤……""他们来排队了吗?"我好气愤。"嘿嘿……茅针出世就要扎人！"屠夫挽起袖子，装作似乎要收拾我的样子。

后面排起长蛇阵的队伍也骚动起来，但我听清一句："应该一视同仁……"

"他们头天挂了钩的。"屠夫辩解说。

"没排队的不算！"我大声说着！

"小家伙，我一两都不给你，看你去告天吗！"屠夫气势汹汹地说着。

"怎么啦！"是我姆妈的声音。我姆妈气喘吁吁地来到我面前问道。排队的齐盯着我姆妈，屠夫那双眼睛痴痴地看着我姆妈，似乎要在我姆妈的脸上，戳穿两个洞。并讨好地又不乏刻薄地说道："一个这样漂亮的女客家，养了一个横斗部一样（横蛮不讲理的意思）的伢子。"我妈妈哈哈大笑起来，缓和了那紧张的气氛，并轻松地道起歉来："师傅，大人莫记小孩过，等几天，我送点儿我捉的新鲜泥鳅给您吃，不要你的钱。"我们要买的两元钱肉，那屠夫不再说二话，给了我们足足三斤重的秤，也就是多给了我家一两多肉（回家后，姆妈复秤后知道的）。

在回来的路上，母亲问我走夜路怕不怕。我说很怕。她追问我怕什么？我讲了我见到的那道白光。她惊呼地说那是"人殃！"她说天上降下来"人殃"，就有人要非正常死亡。她还说前年，天降下"人殃"，与我爸开机子的那个叫春财的人，在启动内燃机时，就被飞转的车轮打死了。她顿时如像记起什么的，马上将手里的肉放在路边的草地上，双手在衣服上擦了擦，非常严肃地拧起我的两个耳朵，嘴里念念有词："不怕不怕，我哩毛伢子不落吓……"我扑哧笑出声来。姆妈爽朗的哈哈哈笑声又飞上天空，那些飞翔的鸟儿也欢快地附和着叫着……

五月端阳挂旗艾

春节和端阳节,是民间重要的两个节气。至亲好友为增进亲密度,在这两个节气必须来往走动,也必须送好这两个节气的礼数,叫年节二礼。

当然讲来历:一是纪念爱国诗人屈原,当时为了保护屈子囫囵的尸体静卧蓝墨水上游的汨罗江,以达到超凡脱俗。因此采取措施来转移大鱼小虾的注意力,不去蚕食尊敬的屈大夫,丢下一些包子、粽子、盐蛋给鱼虾们吃。所以,后来遂流传五月端阳吃粽子和包子等习惯。

再就是当地流传着五月端阳节,各家各户在门口插旗艾挂剑菖蒲的风俗。传说黄巢起义时期,有一个深明大义的女人,她的丈夫与她夫弟在战乱中死去,她丈夫的弟媳妇被官兵杀害了,留下侄子与自己的儿子由她带着。有一天,她得到一个重要的消息:如果各家各户门头上插了旗艾、挂上了剑菖蒲,就可以免遭杀身之祸,如果没弄上这个记号的,全家杀绝。她为了让更多的人免遭杀身之祸,她背着自己的侄子,手里牵着自己的儿子,从家里喊了一路:"乡亲们,请在自己的家门口插上旗艾,挂上剑菖蒲……"于是人们一传十十传百,将这致关人命的重要消息传出,果真所有知道了这个消息的人家,都免了一死。这一消息传出时正是农历五月初五,那天早晨朝阳如血,山坡上细长的旗艾,在晨风中颤抖,散发着一种可怕的幽香,那池塘或水汊边扁平的,如出鞘的宝剑似的绿菖蒲,放出一种惨白的光泽……山坡上、水域边有人头攒动,那是人们悄悄遵照妇女的吩咐,全民在自己的居所地,实行插旗艾、挂剑菖蒲。于是从此以后,这避祸趋吉的风俗流传至今。旗艾和剑菖蒲都是芳香植物,同时又有驱虫杀菌作用,每年端阳节过后,各家各户畜养牛羊的圈里,都要割很多的剑菖蒲和旗艾放在圈里垫上,起着驱虫蚋杀病毒的作用。

端阳节这一天,除了这两个风俗外,端阳节宴请宾客的丰盛的午餐过后,妇女们还到野地里去摘夏枯草,这是一种很好的降血压、明目的良药,妇女们将这些虫草似的个个小球采摘下来后,在端阳节灿烂的阳光下晒干,间或泡点儿做茶喝,保你没病没痛。

男人们也不闲着。他们肩扛着锄头,到汨罗江边的深草丛中去挖"青木香"。这也是一种良药,在农历六月,人们上了火,伤了水肚子疼痛难受,患者是成年人,将青木香切碎，就温水吞下，保你立刻见效。如果是小屁孩患者，将那瘦拉拉的浅黄色青木香根儿，在陶器钵碗中盛一点儿清水，捏着青木香在那里磨水喝，饮下这清香苦味的泛黄的药水，孩子们顷刻就不哭不闹了。

有心的婆婆老子，也在忙碌着，到枫树下捡枫球，采摘艾叶晒干，煎水洗澡，是止痒的特效药。

端阳节是热闹而有意义的节日，是怀念历史，牢记民族脊梁有仪式感的节日，是弘扬中华民族传统、扬善除恶的纪念日，也是益寿延年，强身健体等好举措实施的季节性的良辰吉日，也是聚焦快乐幸福生活的重要时刻。

五月端阳琐忆

家乡农历四月尽间麦子熟了。那丘陵地带逶迤的小山包层层红土地上的麦穗饱满圆润地弯下腰了，如待嫁的新娘等着上轿。太阳刚刚从东山那边露出半个红脸蛋，乡亲们赶早已将那垄垄麦穗割倒了。他们边拭着汗水边唱起了声调高远悠扬的山歌，将抱抱沉甸甸的穗子收拢来，用稻草绳缚起来，用钺棍插起两捆，一担一担地挑回到家里的厅堂里，摆好方桶，插上围折，立好竹筏子，将其脱粒，筛去空壳，赶晴天晒干，一把把放进石磨上面的阔嘴里，长长的推把手一头衔接着石磨边上倒卧的转柄，一头拴进屋梁上吊下来的棕绳套子里，双手来回推着推扒，直线运动转变成了旋转运动，推着石磨呜呜作响，黄色的麦粒从石磨边挤出来时，成了浅黄的麦麸子和乳白的面粉，散发出浓浓的香味，过粉筛后，将这些面粉一筛筛聚拢来，这就是准备为端阳节前两天做包子所备用的。那包子是将面粉放清水糅合成一大团，待发酵后渗入一点儿冰碱水，捏拿成白胖胖的包子，在锅灶上垒蒸笼蒸熟，一个隆起大肚子的包子，腾飞一缕缕诱人的香味，冷却一点儿，盖上有五角星印花的朱砂印，十天半月不变质，用草纸包着走亲戚，或者自己家施客待客。

每家还制作"兰花豆"：将新收获的大豌豆去杂质晒干，再接着浸泡两天，捞起来，一粒粒的，捉刀刻成一些兰花似的图案，在香油里炸熟，吃起来脆嘣清香可口。

家里人还忙着包粽子，端阳节前，需要准备的是妇女们从山坳里采摘新鲜的粽叶，一片片的碧玉似的如小船般的叶子，散发一种幽幽的香味，将去好杂质的糯米淘净后，浸泡一下，撒上一点儿冰碱使糯米化成了金黄色颗粒，将去核的红枣、斫碎的腊肉，放在黄灿灿的糯米中间，包成菱角或羊角形状，用那撕碎一缕缕棕榈叶拧起来的粽子，再放锅里煮熟，一串串提拉起来，给人美的享受，又促着你食欲大增，恨不得抢过来，一个个剥开，骨碌碌地在嘴里转悠，顿时口腔里觉得温软清香刺激着味蕾，感叹民间这么好的美食。

家里人还制作油包子，那就是将糯米在清水里浸泡几天，待到有点发臭的味道，捞出沥干，趁大日头晒干，再磨成粉，调成糊状，滚成一个个圆坨坨，在新收割的油菜籽榨取的香喷喷的清油里，炸出来，又脆又甜又香又不粘牙。

新订婚的姑娘，在劳作之余，在煤油灯下，精心地心里甜甜地赶做一双双凉鞋，那凉鞋是棕榈面粘上煮熟的糊状面粉，一层几层的，衬上碎布片，那里面还掺着初恋的羞怯和使人燥热的幸福感。外层是崭新的龙头布裹着的面料，用五色丝线绣上的栩栩如生的鸳鸯戏水，成双成对蹁跹飞舞的彩蝶等图案，那凉鞋的鞋带，也是绣着缠缠绵绵好看的并蒂莲、藤蔓花卉或回文图案，绣工精细，古典好看，精心制作出来的这种凉鞋是为自己的新郎准备的，到端阳节前一天，新郎的父母亲就要备着用草纸包着的包子，草纸上面铺一个红纸条，用灯芯草扎成长方形，里面分两层，放十二个包子，象征着月月红。还有一包挂面，也是与包包子那样的草纸、红纸条、灯芯草弄成的。送节的礼物中，还有一只缠了红布条的拳头大小的子鸡子，还有两把大蒲扇，新青年兴致勃勃挎着篮子到新夫娘家送一个节，吃一个昼饭，再乐滋滋地，脚下如腾云驾雾般轻松地将新娘接回来，同房（也可说是试婚），这是最美妙的热身赛似的新婚仪式之前的最羞怯最快乐准新郎新娘式的生活，是最初的梦幻一般的云雨之情的初试。

生了孩子的媳妇，则为自己亲爱的宝贝儿女，做涎夹（围在脖子下面的），做那皇冠似的帽子，做小凉鞋，这些都是细工的东西，也是用五色线绣着好看的图案。还用彩色线编织着盛盐腌蛋的丝袋子。

孩子们这几天却玩疯了，因大人们忙着闹端阳，到田塍边摘禾泡，那是一种非常清甜的野果子，那时不用担心喷洒农药的忧虑，还到浅山上去寻野鸡蛋，去挖野莓根，去掏红土地里的"地水牛"（一种灰色的有一对触角小昆虫，能在红土壤中挖成漏斗形的穴儿）。

大哥哥们也如疯了似的，一条裤衩或者干脆赤身裸体到池塘里，或小河里洗冷水澡，潜入水中或水边的坎里摸鱼鳖。还真有收获，一串串鱼儿、一个个鳖儿被他们捉上岸，端阳节那天，就又添了两道新鲜菜。

端阳节这天，我只知道好玩，每个端阳节气，我家几乎都是在外婆家过的。外公每每端一碗芳香四溢的白酒，里面放着黄泛泛的雄黄，我总是偷偷地用小手指头捞着那不易融化的东西放进嘴里舔着，苦涩涩的味道（长大后，才知道里面含有砷，是有毒物质），外公也不说这是吃不得的，又笑嘻嘻地将那东西涂抹在我的额头上，说是能避邪，不生疖毒。饭后，外公还给我们讲"癞蛤蟆躲端阳的故事"。我们孩子们出于好奇，白天或黑夜，去搜寻捕捉那癞蛤蟆，果真不见它们，原来是一些偏方郎中，端阳节前后，捉住一些癞蛤蟆，用银针插进它们的皮囊里，取出身上的蝉汁，可以治疗无名肿瘤；更奇妙的是，那些生在致命的毒瘤，将蝉丝点在毒瘤处，牵扯到不致命的某个部位，让毒瘤转移一个地方再接受治疗，患者会转危为安，根治那个毒瘤。那些被抽尽了汁液的癞蛤蟆会死去，为了逃脱死亡，瘦小丑陋的癞蛤蟆也有心灵感应器似的，也知道会趋利避害。

外公还给我们讲白蛇精吃了雄黄朱砂酒，现出蛇身将许仙吓死，后来，白蛇精求她的妹子青蛇精去山上找灵芝才救活许仙。外公还说灵芝是山林里的稀有的珍贵蘑菇，能找到可以疗百命，吃了可以长生不老，如果你外公外婆吃了这种灵芝就不会死去。我于是真信了，吃过端阳节丰盛的午饭后，我急着要外公带我到后面山上的树林里寻找灵芝，外公被我缠着不得开跤，只好同我去了，折腾到太阳西下时，灵芝没寻得到，可寻了一堆野生菌，没东西盛着，外公变戏法似的，用长长柔软的草茎搓成细小的绳子，将那菇菌串联起来，提回家。

保联青龙灯

保联的青龙灯是店头塅最好的青龙灯。它有多个名字：又名火龙灯、稞疤脑灯。

据传说，青龙灯始于宋朝徽宗晚期，那时地方上瘟疫流行，道士各种法事做尽，也没能止住瘟疫。

一个有本事的道士与他九个弟子，使了一个法子：每人举一根七尺七寸七分长的竹竿子，竹竿顶上扎着绑紧的一把稻草，里面装着苍术、雄黄、朱砂等中药，外面密密麻麻地插着点燃的草香，独家独户去驱邪逐鬼，结果奇迹发生了，瘟疫马上止住了。

自此之后，每年农历正月初一起，就开始在本地方玩耍火龙灯到正月十五元宵节。久而久之，约定俗成，也有了堂堂正正的节目名称——青龙灯。它深受地方上人的欢迎，因为象征着庆吉平安。

青龙灯由龙珠、龙头、龙身、龙尾组成，舞动时由七个或九个精壮的男中青年人组成。

龙珠是地方上手艺精湛的篾匠用细软的丝篾缠绕成一个篮球大小的球状形，表面有很多的菱角花孔儿，再用红色的油纸糊好，里面有一个小插座，插上小红蜡烛，按在一个有活动扣环的竿子上，不停地滚动着，红玛瑙色中透着殷红，煞是好看。龙头龙身龙尾都用稻草扎的，上面插着密集的焚烧的草香。

每年在耍青龙灯的时候，先安排有到各家各户发请帖的人士，发请帖的人士一般选用在乡里乡亲中有名望的乡绅，乡亲们看到他，不高兴也会高兴，困难的户子也要忍痛割爱打上赏封或封个厚厚的赏封。

一个提马灯的当头，擎龙珠的紧紧跟着提马灯的人，擎龙珠的作用就是相当于举指挥棒的，各种动作都在他的掌控之中。相继是青龙队，殿后的是五个敲锣打鼓的。大家在提马灯人的灯光引领下，顺序行走，进正门、转小巷、过横厅，不会走错门道，如果有走错路的，主家会认为不吉利而不高兴。

夜幕降临，寒星在天上眨着眼睛，狗儿舔着有些油气的嘴巴，在青龙队里前窜后窜，爆竹燃响后的火药味在屋场里弥漫，孩子们蹦跳着跟在青龙队的后面。

青龙队先来到湖岭庙城隍老爷面前，先问他的卦，听从他老人家发话：龙灯是从庙西头江哉背屋里发起，还是从庙东头门前屋发起，免得人们争嫌兴。点燃三根草香和三片纸钱，就由后面那个专门背着草香、蜡烛、纸钱、爆竹的人，放下笨重的大布袋，卜起卦来，如果老爷赐许了，就会连续付三"巽阴"卦，按老爷的意愿发灯。

每到一处神坛社庙，青龙队就要先向土地公公和泉神爷爷们行拜年礼。再接着进屋耍青龙灯了，远远看去，真似一条火龙在挥舞，那根根燃烧的草香似一个个龙身上的火鳞甲片。队员协调配合，动作灵动，一招一式形象逼真：如饿龙戏珠、画眉跳涧、蜻蜓点水、龙卧深潭、龙腾虎跃、泥鳅扭腰、雪花盖顶等招式串联，如屋内大厅里有立柱的，还要屋柱盘根，在神庙还要耍金蝉脱壳……蹲的、立的、跳跃的……各种优美绝伦的动作，使你目不暇接。

耍青龙灯，有些人悄悄抽两根龙身上的燃香，插到猪栏或鸡鸭鹅的栅栏上，预示着六畜兴旺，抽香时，耍灯的队员看到也不会说什么。还有一些规矩：做了新房屋的，旧年结婚或生孩子的，或是外地的人在那里做客的，抑或死了人（叫新香贴）都要另外发请帖。帖子上右手写上：某府某老……中间写上：即刻草灯庆贺……左边写上：保联青龙队顿首拜。

耍青龙灯开始或结束时，各家各户都要敞开大门，有的门前早就挂上了大红灯笼，没挂灯笼的，端来明亮的青油灯（现在是雪亮的电灯泡），放鞭炮迎进送出，热情的主家或生活过得好的户子，还要办水酒给青龙队吃：有腊肉、油豆腐、年糕、笋丝、百叶丝、红白萝卜丝等，还有两碗美酒，队员们也不推辞，因为耍青龙灯是体力活，需要体力的补给。队员们将火龙按前至后立稳在厅中央，看似是青龙静静地卧在厅里。他们狼吞虎咽地吃起来，吃完向主人家说一些吉利致谢的话，敲锣打鼓，舞动青龙致谢退堂，后面殿后的是两个收赏封的，他们说些恭喜发财、出一进万的吉利话，打躬作揖道别……之后又到别的一个屋里耍灯。本社的耍完了，就到别的社区去耍，路上碰到同行或其他玩灯的，就要响锣鼓，举起青龙做拜年的动作。

到了正月十五元宵节，各种玩灯的都要聚在湖岭庙闹元宵：牛仔灯、采莲船、鸡笼灯等云集这里闹元宵，又叫耍回头灯。地方上有说法，叫除夕夜里的火，月半夜里的灯……

日复一日，年复一年，保联青龙灯一代又一代地延续下来，成为民俗中一个不可或缺的传统项目，绽放着它特有的异彩。

寻找旧日里的情景

2020年11月1日早上8点半,长寿秘境景点园门徐徐开启了,小雨也有情,悄悄地停下来。门前两边的花草在微微颔首,见游客来,露出了羞怯的笑容,静然不动。

进门后,我们《潇湘原创之家》文学平台采风团的文友们簇拥着中国作家协会一级著名作家张步真先生,在警花吴维英的引导下,好不容易从迷宫阵中走出来,各自笑笑哈哈奔向自己喜欢的项目。

我们尊敬而亲切地称张步真作家为步老,他83岁高龄,却健壮如中年人,红光满面,豹子头,一双智慧的眼睛炯炯有神。他步履匆匆,脚板踏得"噗噗"响。昨天从人民公园向左登上昭公山主峰时,那山梁如鲤鱼的背脊狭窄陡峭,我意欲去扶他,他老人家连声说不要,行动敏捷地跨过去了,粗气也不要喘一声。脚步矫健,飞快地下到北面的半山腰长春古寺,漫游长春禅寺。今天步老如同昨天一样,精神状态非常好,他似乎不知往哪里去,我提议去"知识青年上山下乡"景点看看,他爽快答应。随行的文友谭湘岳、摄影记者何志贤,平江乡友雷莉莎女士,赶到那里时,步老的爱人李老师剪着手在那里伫立观看良久了。

出现在眼前的是20世纪60年代的场景:仿制的泥瓦房的墙壁上有红色的书写标语。开阔场上,柴垛一字排开,古老的木制织布机摆在场地的北角,还有土车子,小孩蹒跚学步"推带子",步老背着手凝神瞅着那乌黑的土车子,那眼镜镜片里面,闪耀着穿越时空的光芒,他说,那时强壮的劳动力,一车能装载两三百斤的泥土,还要你追我赶奔跑着。他还说,这土车子两边的把手还缺有一个横担,套在肩上,两手推车,要掌握平衡,躬身前行。他还回忆起自己在20世纪50年代后期,在瓮江营(工地上一个民工营),他打土车子装载过泥土的劳动场面。

20世纪六七十年代,干部群众打成一片,吃苦耐劳,以一不怕苦,二不怕死的精神激励自己,为了抵御肆虐的洪水年年侵害,男女老少发扬愚公移山的精神,一起上阵,万众一心,肩挑手挖,箢箕、扁担、石碾做工具,打碾号子劲冲天,白天黑夜三班倒,没有月亮的夜晚,昏暗的马灯高悬照着工地,外村的民工借宿当地,一钵白米饭、一勺南瓜汤或白萝卜丝汤算是伙食,渴了,掬一捧江水或池塘水往嘴里送。我仿佛看到劳动大军中,一个个赤裸着古铜色的背脊在汗水中闪着光……他们赤着脚拢着草鞋，那隐隐作痛的冻疮裂着一道道浸血的口子……红旗招展猎猎舞，红歌如潮战天斗地，人定胜天转乾坤，风餐露宿不言苦，挥汗如雨不畏艰险，严寒霜雪添浪漫。奋斗在每一年的农闲时期，四九寒冬，一块块人造小平原；一条条巨大的防洪长堤横卧在江河湖海之畔。一处处池塘水库为农田基本建设，奠定了最初的基础。步老还说，那时农村青年结婚，戴着大红花的新郎将穿着朴素的新娘装在土车上，在劳动工地转悠的情景。在这启发下，我随即叫雷莉莎女士坐上土车子，我慢慢扶起车把手，那土车子不胜重负，发出"拆，拆"的声音，又似乎要散架一般。步老在旁边开心地笑着，边叮嘱我：小心点儿，掌握平衡……但在工作中，他总是服从安排，如牛负重下乡去干活儿，甚至不论晴雨，与农民下地挥汗如雨地干着活儿，如一个普通百姓劳动生活着，他从没有过怨言或不满情绪的发泄，积极地接触基层群众，工作、生活中的苦难磨炼，也丰富了他的人生，是他取之不尽的生活素材。给他写作极大地积累了写作的素材。创作中，一个个鲜活的有灵有肉的人物形象在作品中生动地展现，他硬朗结实的身体，也是在那时打造出来的。

  这时整个场面热闹起来，摄影记者何志贤举起了相机，咔嚓地拍下一组组镜头。

  不知什么时候，狗队（我对文友谭伟辉的昵称）从另一处疯玩的游戏处赶来，先声夺人地叫嚷着：毛毛，这么好玩的游戏，怎么不叫我一声，我要开除你的狗籍，并调皮捣蛋地瞪了我一眼。她风风火火地提着那供人观赏的"潲水桶"，效仿农村大嫂"啰啰"地喂起猪来。这时拥来一堆美女，笑哈哈嚷着要何志贤摄影师为她们拍下精彩的镜头。并且出现了很多文友上场表演旧时光里的劳动，生活场面……

二、居乡琐忆

寻找金色的纪念章

爸爸是有六十多年党龄的老党员，17岁任区团总支部书记，第一次上台讲话是面对着万人聚会，区长叫他不要紧张，亲自盛一搪瓷碗冷水叫他喝掉，就不会紧张的，后到地方各个乡各个村组去进行社教。区乡领导又安排他到当时的湘潭地区学习操作内燃机车的技术培训，为乡村农田水利灌溉，辗稻米十多年。

父亲中等个子，没有成为大腹便便，他说胖了喘气不过，说明他平常注意减肥。他恢复工作后，一心扑在工作上，在公社任创业队队长时，要修桥备石料，必须点燃炸药炸石头，雷管炸药是危险品，班车里又是严禁装载的，从县城到工地上可是有六十多公里路程，又没有专车配送这些爆炸雷管等危险物品，他就二话不说，安排好工地上的事情后，自己亲自到县城去肩挑这些炸药雷管，一个白天兼黑夜，第二天早晨，将急需用的炸药雷管挑到了工地上，由于他身体力行，以身作则，工程进展顺利，提前完成了任务。

他在公社林场工作时，每天带领林场工作人员，巡逻两千多亩人工造林，防止乱砍滥伐，由于他的负责，忠于职守，没有出现过盗砍林木的现象。

林场附近至今还念叨他救被毒蛇咬伤小女孩的故事，那是一个炎热的夏天，一个小女孩随母亲在山上割芦花被一条棋盘蛇咬伤，山上传来母女俩的呼救声，正在巡山的父亲听到了，他循着声音赶去，急匆匆地将被毒蛇咬伤的小女孩背到山沟里有泉水流动的阴凉处，马上为小女孩处理伤口，为了不让蛇的毒液侵入血管里，他将自己的草帽带子解下来，扎紧小女孩的腿肚子，不顾自己的生命安危，用嘴去吮吸伤口的毒血，后又急切地将人背到公社卫生院，小女孩得救了，他自己毒气攻心，差点丧命，幸好医院拼尽全力抢救，我父亲才没有成为未老先死的革命烈士和舍己救人的英雄。

我父母尽管只念过一年半老书，但他写算俱全。地方礼仪应酬知识也略懂一点儿，毛笔字写出来也拿得出手，我记得我小学四年级的时候，就教我迎书发柬、做喜事请客等。

我爸虽然没当上国家干部，但是乡村有什么突击任务，都请他去帮忙，特别是邻里出现矛盾纠纷，一般都请他去调停。族人们红白喜事，都请他去当总管的，显然是大能人一个。

父亲八十多岁的时候,他是村里唯一一个还健在的,有60年党龄的老党员,县委组织部为他颁发了一块金色的纪念章。他如获至宝,他对我说:"你是我们家里的下一代的共产党员,你退休时,这块金牌就归你。"

他88周岁时,无疾而终,我们在清理遗物时,可谓是翻箱倒柜,还到处打听,终不见那枚金色的纪念章,难道父亲说话不算话,送给了他要好的朋友,这给我与家人留下一个悬念……

去年"七一"建党节,乡庆典表彰大会上,我被评为优秀共产党员。在领奖台上,我老家保联村党支部书记方金山把一枚金色的"共产党员"纪念章,也送到领奖台上,并说明是我父亲要他交到我手上的,他郑重地授予给了我。这是在我恰逢退休后的第一天,即2018年7月1日(我6月30日退休)。全体与会人员面对着这个特殊的仪式,反应过来后鼓起了热烈的掌声……有心的父亲,有心的支部书记……

我的父亲

在我先前的一些文字中，对父亲是一种抑的写法。他到底是怎么样的一个人？整体来说，他是一个表面不可一世，内心自卑委琐的人，他活了88岁，这88年来，小半生是在艰难岁月度过的，大半生是在愤恨中度过的。2017年6月10日去世。一生中，我很怕他，但他只打过我一次，打得够狠。那时我15岁，有一次他打妈妈，我愤怒地推搡了他一掌，他一个"筑坐"（向后跌坐下去），那时我蒙了，我呆呆地看着他，他默不作声的，眼睛死死地盯着我，像那鼓鼓的死鱼眼睛，似乎猛然发现我长大了似的。他不动声色地爬起来，抓着我的衣领，在我头上罩了两拳，我顿时觉得眼冒金星，摸着头上那个突起的"包"。妈妈尖叫着从地上腾起来，嘴里恶毒地诅咒着父亲："你这个遭雷劈的东西，你要不得好死……"她用头撞去，父亲这会儿没有动手，如木偶一般，愣愣地看着我们母子俩……

父亲是1929年初降生，6岁的时候，他的父亲被乱军杀害。他的母亲抱着三个孩子，还有一个家娘。在贫困潦倒中，靠出租三亩土地，纺纱织布生活。父亲7岁的时候，比他大三岁的我的伯伯，也就是他的哥哥患痢疾死亡。比他小两岁的弟弟，也就是我的叔叔，在去田间寻找在劳作的妈妈，溺死在去田间的一个水凼里。我父亲又接着赶上了中"水痘"，差点也丧了命，在全身"水痘"痊愈初，浑身结的那痂子奇痒，特别是脸上，每用手抠去一个疤子，脸上就留下一个小坑儿，就是上辈人所说的"麻子脸"。他母亲为了防止他用手去脸上身上乱挠，还是农历七月的天气，强制他穿上死去的爷爷（他的父亲）的长棉袄，手短袖子长，父亲的小手被捂在长袖里，出手不得，无法去挠脸面和周身，他只能忍着虫子咬着似的奇痒，嘴里发出嗷嗷叫的声音……

我奶奶在遭受丧夫和丧两个儿子的打击后，精神也几乎崩溃了，她娘家人要她改嫁。父亲被本屋没有子女的连老倌收养了，由于缺少亲情，父亲就经常偷偷跑到两里多路的奶奶那里去。因为去奶奶那里时，要跨过一条小河，特别是遇上涨水的季节，父亲来来往往，存在安全隐患，奶奶跪在我父亲面前，要他答应，不能那样乱跑了。父亲不说话，只是伤心地哭着，奶奶也抱着父亲哭起来。这时我干爷爷，也就是我奶奶的后任丈夫，佝偻着身子，心痛得擦了一把泪，叹了口气牵起我的父亲，并说道："我也养不起你,你只能回到你继父母那里去。"他还将我父亲送回家。

我父亲好不容易熬到了15岁,但他后来养成了玩世不恭的态度。我继爷爷要他耘禾,稻田里的水满满的水,他也不放出一点儿,就那样象征性地在里面弄浑点儿水,悄悄地与邻居的楚斌、友山去长寿街看热闹。他们到长寿赌吃糖包子,一个人赌吃10至15个,谁后吃完谁买单。我父亲每次都能做到白吃他们的。人哄庄稼,庄稼也自然会哄侍弄庄稼的人,结果田地长满稗草等杂草,庄稼没有好收成,继爷爷痛心疾首,捶胸顿足。但父亲简直玩疯了,继爷爷要父亲去除花生地里的杂草,父亲五天没能将三分地的杂草除完,(我麦叔一天就能锄六分田花生草)。谁知他又溜着去玩耍了。我父亲天黑后空着肚子回家,在锅里扒冷饭团吃时,继爷爷偷偷地打了他一锄头柄。我父亲也不喊疼,凶神恶煞地夺过继爷爷的锄头,差点将继爷爷打死,继爷爷投诉到当地的乡公所,并暗暗地叫乡公所的人,将父亲抓去当兵,后来父亲真被抓去当兵了,所征的兵被押解到江西时,我父亲又奇迹般地逃回了。继爷爷拿他没办法,就与他分家。我的继奶奶为了笼络父亲的心,将娘家的比父亲大四岁的侄女许配给父亲做妻子,父亲看到给他配了个牛婆一样的大夫娘,他死都不高兴。但他的大夫娘仗着姑妈是自己的家娘,她也不欢喜我的父亲,每次我父亲在田间耕田时,到了吃饭的时候,他的大夫娘不喊他的名字,只喊:"牛啊——吃饭啦……"

他们夫妻生下大哥后,不久,妻子患淋巴癌死了。

当时我父亲当上了区政府团总支书记,在万人大会上做过报告,并参加了社教工作队,与当地的群众同吃同住,1953年加入中国共产党。在1957年,父亲又与我母亲结了婚,新婚燕尔后,我父亲远离母亲去了湘潭学习培训。回来后在村上开内燃机,从事抽水灌溉稻田和碾米等工作。

20世纪70年代末,父亲被乡政府安排到"创业队",安全水库,金坪公社林场做管理人员。我印象中父亲没有干过繁重的体力活,穿鞋袜子的时候多。农村联产承包责任制时,家里分配的田土都是母亲及我们兄弟姐妹耕作的,父亲很少揽活干。很少见他吃苦耐劳过。我们兄弟姐妹的婚娶,他也很少操心,要钱开支,父亲只负责交钱或者借钱给母亲去操办。

但母亲总是费力不讨好,不知道他们哪根筋没有对接好,总在一种敌视及愤恨中熬着日子。母亲也不要买他的账,我行我素。我父亲更加愤恨,动辄打骂我母亲,由此我们对父亲也对立起来。

父亲晚年的时候,也不与我们一起生活,我姑妈、叔叔们都给他做过很多工作,他决意个人在乡下生活,也不与住在乡下的弟弟一起生活。我只好经常去看看他,给他一点儿零花钱,他也优哉游哉地生活,晚年时性格还是非常暴躁,打麻将时，爱斤斤计较，常与人吵闹，我与他聊天时，经常启发他，输钱赚钱不要太计较，只要快乐就好，他口里应得好好的，但总有人在我面前打小报告，我也无可奈何。

临终前的最后十天，我除了工作，我一直守护着他，晚上与他睡在一起。他也没有跟我交代过什么，也没有临终前的遗愿。在2017年6月10日14时31分停止了呼吸，享年88岁。

远去的外公

因我从记事起,没有爷爷的印象,所以我总把外公想象成爷爷。

我5岁的时候,因母亲生下了大妹。门前又有一口大塘,尽管未溺死过人,因为它横跨我居住的大屋的南北两端,出门就面对着这个池塘,于是,我被外公接到他家里吃住。

说起住房,外公是没有自己的房子的,无偿居住在一个原先比较殷实的方姓家里。大儿子在县立第三中学教书;二儿子在抗美援朝战争中,一块儿参军时母亲给的贴身放着的银圆,奇迹般挡住了一颗射来的混账子弹。又一次炸弹开花飞来的一块弹片也没有砸在胸前的致命处,死里逃生后进了军区总医院。转业回来后,又当上了县人民医院的院长,他们兄弟分别住在县城和学校里,所以,方姓家有两套两大间式的房子,厕所是当时三家人公共的。

外公住的屋宇右侧也有一口池塘,且这口池塘边又是这屋里人外出的必经之路。但这口池塘临水的那边,密密麻麻地栽上了一溜儿的"狗公刺",孩子即使不慎摔倒,也滚不到水塘下去,因为那叶片真宛如一只小狗狗,那四角如狗爪子,但比狗爪子更尖锐,很会刺痛人,所以再顽皮的孩子也不敢挨着它们过,相隔开距离走过。但外公却常常侍弄着这一溜儿狗公刺。他拿着铁夹翻动那厚厚的叶片背面,一手捏下那溜黑的一芝麻般微小的东西,又随手放在一个小小的衣褡裢里,那布褡裢有一根布片搓成的绳子,挽了一个小扣环,每采集一小粒,就放到那布兜里,有时一个上午或下午,就拾掇那些微小东西。

我问外公那是什么,他说是蚊子的屎。我追根究底。他说冬天里手脚皲裂,用那东西涂抹在裂缝里,很快会愈合。他采集那东西后,回家放在一个小碗里,趁着煮饭时,放在蒸锅边煮着,饭熟后,那蚊子屎也就化开成一整块胶状物。冷却后,就重新捏成绿豆粒的丸子,放在一个小瓦罐里,每每洗脚后,就涂抹在那有皲裂的手指手掌或脚后跟上……

长大后,我知道外公当过生产队的保管员。

保管员主要是管生产队粮食的,不要小看了这个不是官的官,特别是在那缺吃少穿的年代。

他姓黄，队里的人大都姓方，他是作为沙子掺在生产队的管理者中的，因为其他：队长、出纳员、会计、贫协组长等管理人员都是一个大屋里住着的，保管房子也在大屋里紧挨着的。唯有外公住在离大屋一里左右的"新屋里"。

那时外公就是掌管队上一百来口人的粮食仓库的——铁将军把门，有三把钥匙，队长、贫协组长、保管员各持一把，外公就是这要员之一。每当开仓放粮，外公公事公办，他掌握着长长的秤杆和铁铁的秤砣，称粮一律平平的发秤，一视同仁。

外公还兼办厨，生产队或邻近队里的人做好歹事，他都去掌勺，是地方上有名的好厨师。

后来据我妈妈介绍：他们家原来祖居住在内山，是富裕的山主，有几千亩山林。后来，他们家泥土垒筑的房子被烧毁了，那埋在土墙里面的银圆，被烈火烧得倾泻下来。后来，外公一家无家可归，流离颠沛好多处地方，最后才在小富塅这个地方安身立命，中年才娶上外婆，生下妈妈一个女孩。后来是他的堂姐过继了一个儿子给他们传宗接代，就是我后来的舅舅。

外公身子骨垮下来，病了一年多，在他去世前的三个月里，舅父要我先给外公印好发丧时的"闻帖"（人死后的讣告）。我印好这些东西后，舅舅粗心地放在家里的大柜里，回光返照的外公，有一天走下病榻，打开柜翻看到这些闻帖，他自言自语地说，今年硬要我死的呀！（我当时印上了逝世的年份）。我听到后，心里疼疼的，哭笑不得。外公果然在这一年的农历九月二十日下午去世，享年74岁。

难忘老井水的甘甜味

我离开老家居住到长寿街已有十五年之久了，但我总恋着故乡那可口的井水。可能家乡人也都丢不下那口废弃多年的老井，集资重新整修，将三十多年前砌的青砖拔掉，恢复原来古老树木的树根缠绕的井沿，让那些盘根错节，虬龙的爪子脱去羁绊，继续团团圆圆地纠结着，自由自在地蔓延着。

在水井周围砌起四个水泥柱子，三米多高的顶面，钢筋混凝土现浇倒制，边缘镶嵌着有花纹的瓷砖，以求成为千秋伟业，一劳永逸的纪念性建筑。那天盖可以防鸟屎、枯枝败叶、雨雪落到井里。

大屋里的人，以及附近的人都相继来挑水喝，可令人大失所望，水是与先前一样清澈见底，可就是原来那清冽甘甜的口感没有了，人们又冷落它了。但我不信，执意要盛来老家的井水饮用，结果是如家乡人说的那样，失了往日那般清甜可口的味道，一种涩涩的寡淡的味儿，在口腔里乃至腹腔里打着旋转儿，使人吞了一口，不想再喝下第二口了。我通过搜百度、找资料，以及现实情况的分析和了解，渐渐弄清了一些原因——现在老家那井水或农户家里的摇井水，是浅表性地下水，因猛施化肥农药。头几年，人畜粪便乱排放，水质早已被污染，尽管这两年来得到了整治，但不是短时间能解决得了的。所以，远远不如黄金洞水库引水工程的水质，我们现在的生活用水，都是那里专供的，普遍都能作为饮用水了。

家乡老井的水以及各家各户摇井里的水，均失去了原来那口感很好的味道。每每这时，我就回忆起原来故乡那可口的井水……

我老家居住在汨罗江上游——鳌鱼潭地段，老家附近有三井好水：小富塅、瓦窑坜、薛家里。特别是小富塅井，有很多神话传说故事：什么借桌凳……井下丘有一片湿地，20世纪湘东地区，遭受百年不遇大干旱，历史上叫甲戌年遭大旱。其他地方都颗粒无收，唯独那片田地获得丰收，小富塅大屋里百十口人丁，喝粥呷米汤，总算救下了那么多人的性命，没有被饿死。

邻近好几个地方的人都来挑小富塅井水喝。挑水的人盛着满满的两木桶水，为了行进的路上少荡水出来，在池塘边，摘下硕大的荷叶，如一个个绿色的盖子罩着那两桶甘甜的泉水，或者摘四片莴笋叶，每桶上面呈十字放上那样狭长的两片叶子。

我们大屋里的人，春夏秋冬四季几乎都是喝生水，只有客人来了，才烧开水泡家家都有的一种烟茶，招待客人喝茶。尽管我们从小到大，喝井水煮的饭菜，将不煮沸的井水当茶当饮料喝，但大人与小孩个个都是健健康康的。

　　每年的初秋天气，小富墩屋里的大人们，总要耽误一个午休时间，从家里拿来小木桶、小木盆，或者带上勾刀，来洗一次井，我们小孩子也从躲在厅堂里或小巷中纳凉或捉迷藏时，突然转换了兴趣，屁颠屁颠地跑向井边，在那一丛古老的树下，边乘凉边看起热闹来。洗井时，大人们都只穿一条短裤，那短裤不是现在一般意义上的裤衩，叫打折裤，每人都系着一条裤带，都只穿一条单裤，不像现在裤衩外面套短裤。有时候有些人边舀水边将旁边的人的裤子拉下去，那滑下了裤子的人，慌忙提一下裤子，拉扯裤带套上裤头，手里的工具早就掉进水里面，一拳打在那轻脚轻手的人的手臂上，惹来岸边女子哈哈大笑，那些人又不停地舀水去了，倒在井边的沟渠里。年老的人用勾刀将井周围的杂草刈掉。不到一个时辰，井里的水舀得只有脚背深浅了，那只刻有"小富"二字的千年乌龟，伸出长长的脖子，四下里张望，惊恐万状，那两条金丝鲤鱼，似乎与去年一样大，没有长大多少，水族们一个个被捉起来，人们小心翼翼、双手虔诚地掬起来它们放在一只木桶里，那里面早就盛了半桶水，将井里的水舀得差不多了。只见井底西北、东南两股泾渭分明的涓涓细流幽幽流出，冲撞、交合、排斥、融合、缠绵……一会儿清澈透明了，大自然真是神奇。老年人说，这两股细流，一股是幕阜山中的"沸沙池"来的，一股是"壁沙坂"来的，阴阳两股水合二为一。人们慢慢地爬上井墩，顷刻之间，就有半井水了，人们又将鱼儿、王八、乌龟放生到井水中。洗井的人凝视着，将它们作为泉神的将帅侍奉着。冥冥中回到现实，抬头看了一下天空，似乎有乌云聚拢来，风也止息了，井周围的古树上的叶片也肃然起敬。一个个看不见的精灵俨然都飞上空中去迎接那乌云，又似去将那乌云撕碎，洒下雨点来。也就是每每洗一次井，泉神就会显灵一次，下一次不温不火的雨来，滋润那失去色泽的万物。

　　乡亲们在凉爽的雨点里，也不急着去避雨，长长手臂的大人拿着那长柄竹筲，舀上一筲刚洗涤过的甘甜的井水，长幼有序地分享起来……古树的枝枝丫丫似乎在欢快地跳起舞来，婆娑的树影倒映在井水里，轻轻地摇曳着……

打年货

常听人说，叫花子也有个大年三十日。意思是说，不管家里怎么贫穷，但对旧历年是要器重的。爷爷曾经交代过我们，过年厅堂里敬菩萨老爷或祖宗要响鞭炮；团年饭桌上肉要切得大；除夕夜，辞年的灯笼要美观大方；守岁的火要烧得大，所以才有"三十夜里的火，月半夜里的灯"。于是，农历腊月二十四过小年前，爸爸总要带我上一趟街。

在这一天，我是非常快乐的，一是街上的包子、炸麻坨、盐皮干等小吃，我可吃了个饱。二是我可以买一个灯笼。至于爸爸要打什么年货，不是我最关注的事。但我知道的是，他先要将挑到街上的两皮箩熟花生卖完，才能换来现金再去打年货。

我记得那一年，是农历腊月二十三日，另一天就是过小年。天蒙蒙亮，他就要挑着一担炒熟的花生上路，妈妈叫醒我，揭开了我温暖的被褥，冷飕飕的风使我打了个激灵，我哇哇大叫起来。妈妈却吊起我的胃口来："不同你哩爷（指父亲）去街上打年货是吧？"听到说去街，我为之一振，睡意全无，一骨碌爬起来，洗漱、草草地吃过早饭后，我跟在挑担的父亲后面。

这是一个没有太阳的，天上布满铅灰色云块，寒风凛冽的清晨。我上身穿着一件哥哥穿过的旧棉袄，头上戴着伯父在江西搞副业昨天赶回来过年，给我买的一顶红帽子，下身穿一条半奶奶纺织的土布缝制的裤衩和长裤。冻得我直打哆嗦。爸爸似乎知道我冷，在换肩那刻转头对我说道："麻利点跟着我走。"我一阵小跑起来。几只在灰色田野里觅食的白花八哥，认为我是去追赶它们，腾地飞起来，飞过小河那边的稻田里去了……

步行了九里多路，我们到了长寿街口西溪拱桥上，爸爸将挑担放下歇息，将扁担搁在两个皮箩口上，将胸襟解开了，灰黑色的春蚕似的布扣子，破棉袄里子露出了花白的棉花絮，我倚在爸爸的身边，一股股难闻的臭汗气味扑鼻而来。

一会儿走来一个女的，问我们的熟花生多少价钱？我爸开价说："5角2分钱一斤。"那女的还价说："通街市上，都在打击提篮小卖，你怕难得卖好价钱吧？就是做贼一样零秤称也只要5角钱一斤，你怎么漫天要价？"她鄙夷地看着我爸。我爸瞟了她一眼就随口说："那就5角一斤吧，省得多费口舌。"那女的又说："都给我，4角8分一斤，可不？"我爸不同意，那女的还是软磨硬泡，我爸知道她是贩子，他最讨厌那二手贩子，起身挑起担子往街中走去。那女在后面大声地说道："那你等着被没收吧？"我爸不信那一套，挑担往前走着，我一步三回头看着那还在唠叨的可恶女人。

我左顾右盼沿街两边的店铺。一会儿来到一个叫"火烧坪"的地方，那里早就聚了山里担柴火、硬炭的人，在等候街上的买主。但没见有卖吃的。我爸将担子放在那里。一会儿一个戴军帽，穿军大衣的高个子男人来到面前，久久地盯着我爸，严肃地斥责着我爸说道："你倒胆子不小。"他耸耸肩膀继续说道："你知道你这是投机倒把行为吗？"我爸显得惊愕不已，怯生生地叫了一句："王书记！"但军大衣没有理我爸。只是大声地说道："你这担花生被没收了，你挑着跟我到办公室去写检讨！"其他在场的人都同情地看着我们。我吓得哭了起来。我哭的原因是，花生被没收了，我们就不能打年货了，我的好吃的、我的灯笼将泡汤了。我爸爸呆呆地站着没有动，王书记又高声说道："要我叫工作人员来吗？"我爸才好不情愿，挑起那担花生跟着军大衣亦步亦趋地走去。走过一段街道，来到街道办事处。我爸将挑担放在那不太宽敞的房里。王书记才向我爸发话："林伢子，你才没垄路了，堂堂党员带头搞起投机倒把来！"他发了一根纸烟给我爸叼起来，我爸如找到救星一般："我也是没办法啊，一家六口人找着我要吃，明天就是过小年，想卖掉这两箩花生，换点儿钱，打点儿过年货回去，家里大小也总要跟着我这个当家人，过个热闹年吧？"王书记："你这花生是不能够挑到街上叫卖了的，影响不好。花生在家过了秤吗？折价给我算了。"我又惊又喜，用冰冷的手背擦了一把眼泪和鼻涕。我爸难为情地说："那怎么可以要你出钱买？""不要婆婆妈妈了！到底多重？"我爸爸才脸带笑容地说："来时称了一下，48斤多。"王书记说："就当50斤算，5毛钱一斤，五五二十五，25元，二百半，就算24.5元，算钱给你。总可以了吧？"

结局出奇的好，我也高兴，熟花生换成了现金，我们可以全心全意去打年货了。

爸爸挑着一担空皮箩，与我逛起街来，嘴里哼起了花灯小调。我知道爸爸那时的心态，口袋里有票儿打年货了。街两边有临时摆摊的，想赚两个钱过年的居民。爸爸首先带我到摆着火纸、草香、爆竹、红蜡烛等摊位前，这些都是要买的，明天小年夜，要给逝去的先人"装灯"，就要这些东西的。但爸爸没有先买这些年货，而是先带我到副食品店，让我挑选一些好吃的东西，解我的馋虫。我的肚子也咕咕地叫了。那里有大个的雪白糖包子，在蒸笼里冒着白气，那盛在玻璃橱窗里的香油炸的炸麻它，咧着嘴似乎在笑，那抱头拥尾的麻花格外逗人眼馋，那放进口里咬一小口生脆生香的麻圆花根，都是我最爱吃的东西。

我饱餐一顿后，爸爸才带我去挑选灯笼，我吵着要买那5角钱一个的菱角形灯笼，但爸爸只允许我买2角4分钱的上面只印有喜鹊噪梅的鼓子形灯笼。我任性不要，不满地对爸爸说:"刚才王书记不是给了你很多买花生的钱吗?"爸爸笑嘻嘻地说:"毛毛,钱不多啊,还要买其他东西,还要回去付艺匠工钱啊!"我不管不顾,吵着哭着要。这会爸爸也生气了:"你到底要哟子?"我看到爸爸的眼睛鼓着灯盏大,我也被震住了,只好随爸爸买那我并不喜欢的,年年都用这种灯笼辞年的讨厌的东西。我非常失落地跟在爸爸后面,去买其他的年货。

夸夸保联村党支部

主要人物：

方金山，男，59岁，中共党员，复员军人，企业家，保联村党支部书记；

方一中，男，39岁，中共党员，企业家，保联党支部副书记，该村村长；

杜平辉，女，43岁，中共党员，支部委员兼村妇女主任；

方爱庆，男，67岁，中共党员，保洁员，该村最美村庄建设的理事会成员；

方旦村，男，48岁，中共党员，最美村庄建设的理事会成员。

在汨罗江上游，青山护卫，绿水掩映，在这里有一片神奇的热土——保联村，今年3月份以来，以方金山、方一中为首的党支部真正起到了战斗堡垒作用，他们齐心协力打赢了一场"空心房"和"四房"拆除的攻坚战，对全村脏乱差进行彻底整治。被规划为"最美村庄"示范村的建设，上级政府高度重视，计划拨款，预计投入资金100余万元，用于专项建设。

村支部与村民同心合力精心打造最美村庄第一张名片。他们用脚步丈量着全村每一屋场，用实际行动践行立党为公。为每个角落的改观，都付出了他们艰辛的汗水和不懈的努力。方金山家里办着食品加工厂，"方爹"系列食品畅销省内外。厂里雇佣着几十号员工，每天每个都得给付工资，他自己却在村上谋划着，事事亲历着，多半是无偿劳动（就是上级补贴一万多元）。副书记兼村主任方一中以大局为重，自己经营的"香格里拉"茶座和"168"大酒店由老婆去打点，生怕村上工作塌场，默默无闻地工作着，毫无怨言。年事已高的方爱庆除做好分内保洁员工作外，还将精力集中到最美村庄的筹建改造工作中来；任妇联主任的杜平辉每天推着一辆单车，早出晚归在村上做着各种繁杂的事务。支部委员，最美村庄理事会成员方旦村为资金周转垫付到位，千方百计填补空缺，脚踏实地努力工作着。总而言之，他们是一个合作默契的战斗堡垒。他们廉洁奉公，乐于奉献的精神，影响着其他党员干部和村民，都配合他们开展各项工作。还着力打造四个屋场的"微型公园"的筹建，原来的保联村已是锦上添花，成为秀美保联村庄。

保联村民风淳朴，农耕文化为主题的产业链延续到如今，祖祖辈辈耕作着这片肥沃的土地，旱涝保收，粮食自给有余，是有名的"平术"等药材的生产基地，三百多年来，"平术"漂洋过海，畅销国内外。还出产豆类、百合、苎麻等作物。汨罗江水如腰带缠绕着，这里有神奇迷幻的"鳌鱼潭"风光带；这里有千年古刹——紫光寺遗址。几百年以来，口头流传着范仲淹为民除害，收服藤精的故事；流传着朱洪武醉白沙洲的美丽传说。

近年来，根据上级政府的指示，遵循绿水青山就是金山银山的理念，这里没有人乱采沙采矿，人们执着环境保护这一理念，致力营造乡村田园风光，吸取西方城市化进程带来乡村荒芜的教训，村民们都认为是明智的抉择。

承载着历史的汨罗江从东向西滚滚而过，奔腾不息，两千余年的农耕文化沉淀于此、经久不衰。这是一片钟灵毓秀的洞天福地，耕读栖居，农闲时：非物质文化遗产——皮影戏，半月整月在湖岭庙上演。花灯草班子白天田间劳作，晚上在各个屋场搭上戏台，敲着铿锵的锣鼓，表演精彩的喜闻乐见老少咸宜的历史花灯剧。

这是一座芳草鲜美的世外桃源，这里没有现代工业废水废气的污染，人们享受着惬意的田园生活。

来到保联秀美村庄，您既能够在江堤上的杂木百卉中顾盼流连，这里斑鸠成群结队，能与天敌鹞鹰和睦相处，娃娃鱼们不时站到岸边来打情骂俏，求欢作乐，你用手电筒照着它们，它们举起光滑乌黑的前爪冲着你做欢迎状，做出一副毫不惧怕的样子……还可以背着手看农夫欢乐农耕，在搅得浑浊的泥水里，抓鲫鱼捉泥鳅；还可以品尝特色风味土菜，在春夏秋的时节里快乐采摘鲜菜果蔬；更可以携妻带子、邀朋聚友，迷醉着乡土气息，赏古庙湖岭社香烟缭绕的老爷菩萨，抽签问前程，对爱情婚姻的预测。赶上庙会，你还可以吃到廉价可口的斋饭或不菲的宴席，在东汉末年就有的古樟树下的排排石凳上，坐下聊着世事拉着家常，还可以到大鱼塘、藕塘、海叶塘垂钓……尽享田园生活。

这里有丰富的湿地，有薛家、小富塅，"瓦窑堪"清冽甘甜的泉水，被当地人称为"神仙水"。竹因泉生，村民绕泉而居，砌流石为房墙，青瓦为屋脊，还有竹林隐茅舍（牛羊圈），家家临清流，田园瓜果香，安居者乐而长寿……

保联秀美村庄位于平江县东北部，至少有上千年的历史了，村内保留着江南丘陵地带最典型的农家大屋——洼竹山，是清朝时期的建筑，竹林摇曳，水塘密布，（农历）六月荷花盛开，夏天到后，姑娘小伙子嬉笑着在凉沁的阔叶下采莲蓬，秋天里摘菱角和"鸡婆菱角"（芡实：名贵的中药材，又名滑灵丹）……这里流水潺潺，恬淡宁静，是湘东难得一见的桃花源式田园居，村支部为了拯救这座古老的农家大屋，争取政府及社会各界人士的支持，争来资金，招聘民间的能工巧匠，进行了修缮，保持原来古色古香的风貌，成为文物保护单位。

保联村被定为平江县秀美村庄的示范村。它隶属于木金乡管辖，人口有1400人，耕地面积有1800多亩，是有山有水有故事的一个田园风光的村落。

保联村凭借着其独特的地理位置，悠久而丰富的人文历史，是集古河道、古遗址、古村落文化、自然风光于一体的一处最美村落。随着逐渐被更多人的广泛认识，揭开神秘的面纱展示其独有的魅力。真正成了"秀美保联村庄"，随着我们一起来到保联村，了解独属于它的魅力。上邓大屋场、瓦窑堪大屋场、门前屋大屋场都属传统村落。中国传统村落是指"中华民国"以前建村，建筑环境、建筑风格、村落选址没有大变动，具有一定历史、文化、经济、社会价值，蕴藏着丰富的历史信息和文化景观，具有独特民俗民风，是农耕文明不可再生的文化遗产，承载着中华传统文化的精华。保联村党支部就是利用这一得天独厚的环境条件，凭借这一历史契机，利用这一系列优势，成为田园风光的示范村，名副其实，保联村将在新时期重放异彩，在世人瞩目下以新的姿态出现。当我的采访将要结束时，又传来振奋人心的消息，上级已立项：3.1公里的油路计划铺就；上级领导还在争取专项资金：高标准农田基本建设将在本村启动。

一个更高更全新的最美村庄——保联，指日可待。

风景如画的保联村

在汨罗江上游鳌鱼潭风景区，有一片神奇的土地，千年古寺紫光寺的遗址灵光闪现，传说当年范仲淹在汨罗江上寻幽探胜，夜宿这里，为民除害，收伏过藤精。还有刘伯温访主、朱元璋醉卧白沙洲的民间传说。600多年前的古香樟树，如巨伞蔽天遮地，又如一尊弥勒佛笑脸相迎，斜坐在如今的湖岭庙左侧，见证着保联村民其乐融融的生活。

进入21世纪初，乡村干部配合村民，展现了脱贫攻坚激动人心的画卷，这里的村干部描绘了保联村民开创村民富、生态美的多彩保联的新篇章。村支委、委会传递了温暖向上的力量，散发着正能量的新风尚的同时，又呈献了蕴含优美的诗意。

这里人多事农耕，粮食自给自足，商品经济意识总是那样淡薄。人们的生活幸福感特别强。

当地乡镇的人谈到木金乡保联村人居环境建设，秀美乡村时总是带着羡慕的口吻夸赞道：确实不错，面貌焕然一新。人居环境整治力度大：确实，可以用一组组数据来说话：建设秀美屋场四个，建设道德广场和法律广场各一个。将过去的臭水凼整理成微型花园四个，总投资150万元。

各个项目总是抓住了机遇：村级公路，除去年以前3.2公里长的环行公路白改黑（水泥路倒成柏油路），又整合资金和上级部门拨款120万元，过去那"天晴一把刀，下雨一团糟"的泥泞黄泥土路一去不返了。今年在此基础上又从邻村引道过境，拓宽6米宽的公路3公里，又准备达到白改黑的目的。全村农田基本建设的配套设施：水库、水渠，都得到了彻底的修复和整治。农田基本建设投资200余万元，全村基本上达到：环境已美化绿化亮化。

本村历史以来因饮水质量问题，患各种结石疾病的非常多，上级政府非常重视这个现象，为民办实事的作风，在他们的具体工作中得到体现。于是饮水工程在2020年初开始实施。为了保障村民饮水安全，杜绝污染的地表水对人体的伤害，又已完成了安全饮水工程建设，跨在全乡前三个村之一。建设资金达125万元。使村民过上了安居乐业，低碳健康的生活。

秀美屋场的修缮，其中两处为"中华民国"时期的建筑风格，都按原风貌，修缮一新，投资 20 万元。

农村，家畜散养放养带来的环境污染是历史旧俗痼疾，但全村人民从根本上解决了问题，家家户户已实行了圈养或笼养。猪是农家宝，家家户户养猪，除烦琐的事务外，带不来多少经济效益，但大的养猪场，又是大的污染源，上级政府也非常重视，只有从猪场污染物净化系统打开路子：于是想到干湿分离机，想办法引进这种设备；于是村干部协助养殖户，花 20 万元，其中，向上级争资 10 万元。购滤波器一处，对污染物排放量有效地处理好了。谈起这个，不得不说到木金乡纪检书记胡旭东同志的好，他努力做好村民的贴心人，群众财产的守护神。他努力跟村民探索，猪肉是民众餐桌上不可缺少的食物，村民各家各户不能散养猪，但各家各户不能不吃猪肉，完全靠外地的供给，也不是长久之计，必须有自己家乡的猪，于是在有计划地缩减养猪户的同时，竭力扶持有潜力的养猪户。所以，保联村的两个养猪场，办得越来越火红。

这些成就，离不开上级办村干部的重视和工作引导，保联村村民不会忘记：木金乡人大主席王继，他为农田基本建设引来投资 20 万元，还为引水工程个人捐资 3000 元。这是从他个人荷包里掏出来的钱，他家条件并不特别好，他的工资收入 4000 元左右，家里无其他经济来源；妻子是供销合作社的下岗职工，娘爷都已是风烛残年。村干部李成才虽然工资收入低，也慷慨解囊，捐款 2000 元。在他们的带领下，掀起了党员村干部和村民的捐款热潮。如电商做得有点起色的有为青年方鹏就慷慨捐赠 10 万元，还有方拥军捐款 1 万元，方响如 5000 元……尚差的缺口资金在悄悄地拉小距离。这就是榜样的力量。这就是党员战斗堡垒作用，也是群众巨大力量的重要见证。聚沙成塔，集腋成裘。更为可喜的是，招商引资，在本村荒山野岭建立了 1000 亩的油茶基地，村民与商家互惠互利。

让有能力的年轻人上，这是这个村老干部们的共识，刚满 60 岁的党支部书记方金山，主动辞职，甘当人梯，确保上级"两委"村民工作一肩挑落实到位，送新书记村主任健康走上岗位，在全乡起到示范作用。如今的保联村，是一个年轻的领导班子，他们充满朝气，精力旺盛，都有使不完的劲儿，有开拓进取的精神，带领全村人民勤劳致富，安居乐业，两委会平均年龄不到 40 岁，他们打破重重顾虑，树立新观念，村支书兼村主任的方一中同志，是一位在外干得风生水起的、大有作为担当的实业家，为了带领全村人民富起来，他要为生他养家的家乡，力尽反哺之恩，他脚踏实地，勤勉敬业，是有实力有魄力的人，深得群众信任，在两委一肩挑之前，他担任了三年的村任，他的实力和才华，得到广大群众的认可。

我见到副书记方向国时，他正与村妇联主任为发放扶贫资金的数据实行核实签名，从一位生病引起困难的方宽民走出来，傍晚 7：20，还未回家吃晚饭。方向国是退伍军人，也是一位返乡农民工，虽然他在外工作能力强，是企业管理，工资 8000 元以上，在而立之年，他毅然决定辞了工，回家搞种植业。还有村支委方四根，他也决定协助书记工作，助一把力，凡事都务实合作肯干，与其同德同心，办事效率高，他协助党建工作，一步一个脚印做着实事。这里还有一位新上任的村妇联主聂小丰，她来自美丽富饶风景如画的怀化，苗族，今年 35 岁，总是有她自己独特的个性，中专毕业后，一直在外做销售，她性格开朗，这里引用一段她的独白："来到保联村这个大家庭，喜欢跟群众一起聊天说话，特别是知道他们的所想和所做时，自己能帮上他们解决一些需要的事情，特别高兴。因为一直在外很少住在老家，觉得认识的面孔太少，当别人认识我的时候，我还不能叫出他们的名字来，希望往后的日子在这个家庭中能听出更多人的心声。"她是一位人见人爱，花见花开的女孩，为了爱情，离开自己的父母亲，不远千里与心爱的人到夫家保联村安居乐业。新上任村委会，兼妇联主任，万事开头难，但她温柔贤惠，聪明伶俐，虚心请教，各项工作指标都做得到位，不计工资报酬低，只讲奉献。

在快要结束采访时，我见到了挽着裤脚，汗水淋漓，一手提着一纤维袋垃圾，一手拿着铁夹的年过七旬的老党员方爱庆，在六年前，就主动请缨，担任村保洁员，除做好本职工作外，还要干好多额外的工作，不管天晴还是下雨，一张铁夹一个纤维袋，一片飞漏的纸，一个遗落的瓶盖，一丝丝路边的垃圾，都不厌其烦地拾起来，由于他的标杆作用，其他保洁人员，都积极做好分内的工作，使保联的环保工作一直受到上级嘉奖。

亲爱的读者，我所记录的是一些平凡的人，琐碎的事，但不管看点什么样，点击量多少，我还是非常认真地搜集资料，写了这个专稿。我总觉得他们平凡而却伟大。

木金乡保联村人民，在这个和谐的社会主义大环境中，开心快乐地生活着。保联村的秀丽风景也在尽情地显现，美好的明天将会更加美好。在社会主义的和谐新农村建设中，将会谱写新的篇章。

再生稻

那是20世纪70年代后期，科学家袁隆平同志成功研发出"三系法"杂交水稻。并在中国南方推广播种。各公社都建立有农科所，省市县安排在海南岛三亚制杂交良种的人，都有计划地陆续地撤回来了，都成了各公社制杂交水稻种子的技术人员。他们下去指导各大队制杂交水稻种，但推广全面种植杂交水稻，毕竟还需要一个过程。上面分下来到各生产队的粮种只有一两斤，显得非常金贵，都按上级要求计划插上早稻。

我们生产队当队长的是我叔叔。叔叔根据公社农技干事的指导，杂交水稻生育期长，为了抢季节，杂交水稻种子早早放在温室里催芽，但生怕有什么闪失，用塑料袋装着，绑在腰身上，晚上捂在被窝里伴着睡。发芽后，在尼龙面料做的棚子里育着秧，如呵护小宝宝一般，当嫩嫩的秧苗有了3寸高左右，再在平整的田里一棵一棵地栽上禾。也就是一粒谷子一蔸禾。一根独苗一担谷那样重视，刚插上去，软绵绵的，伏在泥水上，风一来飘来荡去的，没有腰杆似的。

叔叔队长见此情景，脸上的表情显得非常凝重，似乎对亩产千斤以上的谷宝宝，持有怀疑态度。更使叔叔受到打击的是，公社办队干部的吴干事责怪叔叔没按公社"4×5"尺寸密度规定插秧，勒令叔叔耙掉，重新插上常规品种，叔叔坚决不同意，情急之下，差点动起武来。队上两位党员和几个说话有分量的人出来护着叔叔，那队干部只好悻悻而去。

一星期后，禾苗立住了根基，挺正了腰身。一个月后绿油油的苗舒秆展叶了，叶面变宽变大。两个月后分蘖力比常规种多两三倍了。叔叔队长和队里的社员们望着两亩田新品种长势喜人，如释重负地松了一口气。

插上早稻，队里社员们精心中耕，适时施肥打农药，两亩田的杂交早稻快要熟了的时候，惹来各生产队的干部和社员都来参观，因为别的队对杂交水稻的栽培缺乏信心，分发下来的两斤种子，只播种在一两分田里。因为常规品种，每亩的种子重量是20斤左右。他们后悔不迭，摸着我们队里田里那长长的穗子，算了又算，与常规穗子比长短比粒数，左比右比，都是成倍的优势。结果收获下来，杂交水稻亩产1200多斤。常规品种只有400多斤一亩。小富塅生产队成了试播杂交水稻的先进典型和栽培杂交水稻的示范队了。

当时袁隆平研发的是"三系法"杂交水稻，种子只能年换年，也就是今年收获的谷子，明年就不能作为种子留用了。但当年的禾蔸上冒出来的青苗可以作为"再生稻"（当地称"禾个蔸"）培养。于是，叔叔决定利用再生稻成为晚稻种植。

计划容易具体做起来却是难事。割禾，在当时的方桶上脱粒，拖桶，会使很多禾蔸压倒损坏。于是，叔叔亲自上阵，我当时在学校读书，正值放暑假，假期里与队里的社员一起参加队里的劳动，给家里挣工分。我叔叔比较看重我，认为我做事沉稳，安排我与几个妇女割禾，割禾有严格的要求，一是不能图快，平常割常规品种的稻子，可以下镰一手扯得两三蔸禾，但割这杂交水稻，只能割一蔸，割一蔸要轻轻放下，那茬不能留高了，一寸以下。立在田里的脚不能乱动，免得踩压了禾蔸。打禾的拖放方桶，只能将桶的拖拴在禾垄中滑行，不能拖到禾蔸上去，每将脱粒的方桶拖换一个地方的时候，叔叔都要去后面看看，如果有哪个禾蔸压下去了，要小心翼翼地扶起来。两亩地收割下来，劳动量非常大，工作效率也比较低。我们侍弄这两亩田杂交稻田的，可算是腰酸背痛啊。叔叔却劲头十足，接着又安排队上几个上了年纪的人将杂交水稻田面上的杂草扯掉再深埋在禾蔸的垄中间，接着施肥，叔叔他自己亲自背上农药桶，喷洒农药。那精耕细作的场景，如今都记忆犹新。

果然功夫不负有心人。晚稻又获得了1300多斤一亩。叔叔成了名人，在全公社队长、党员会上做了试种杂交水稻的经验介绍。

山水丽人，白龙神水

我总陶醉在家乡——平江的山水之间。我决定在有生之年，踏遍家乡的每一处名山秀水，去寻幽探胜。平江有四十八寨。在我的故乡原金坪乡的保全村就占有四十八寨之中的名寨三处，那就是："麦帽寨""铜鼓寨""燕眼寨"，相隔不到三里远。在新年的第一写作计划中，我准备将自己的秃笔，试图伸向这三处风光独特的名寨。

在一个冬阳暖和的中午，我吃过早中饭，小憩一会儿就出发。我欲在徒步去登"铜鼓寨"的途中，先去看看近段炒得沸沸扬扬的白龙岩。离这名寨一里处的白龙岩，确实使我看到令人意外的情景。

不知从什么时候起，白龙岩古井中从山缝里流出来的泉水成了能疗百病的神水。人们在奔走相告，在微信中疯狂转发，朋友圈和各种微信群里有照片、视频翻晒。有文字等相关报道。仿佛一夜之间成为网红。惊动了四乡八邻，山中弯曲狭窄的野鸡路，在人们的慷慨解囊中拓宽了，现在能走小车与摩托车。求水者无数，前来汲水者日夜不停，至井水濒临枯竭，泉水供不应求。汲水者只能满足用矿泉水瓶装。还有蓝眼睛、白皮肤的外国友人也来凑热闹。县级公路口有路标，"去白龙岩由此进"。

这地处幕阜山逶迤起伏的余脉的东南方——木金乡保全境内。离"虹木公路"四公里左右。这白龙岩分为上岩和下岩，上岩悬崖上有千万年来凝固成的石钟乳（当地人叫石浆），如在峭壁上腾身欲飞的白龙，是治疗胃痛的良药，患者家属铤而走险，用柔软的葛藤绑着腰身，从峭壁上用刀斧凿下这乳白色的东西，在陶瓷碗中磨点儿水喝，一会儿就好了。正因为这样，人们在过去的岁月中，为取这种良药，割掉后段的一截，似龙非龙了。显然，白龙岩就是这样命名的。岩里有两百多平方米的面积，临西南方洞开，狭长如刀豆形，三百六十年前修建过寺庙，记载是清乾隆年间。洞里厅堂里左上方有两个小函，谓之"油罐""盐罐"。传说每天早晨，庙中住持在这两个罐里，就能伸手取到油和盐，每天那样多，不多不少刚好够用。长年累月用之不竭，取之不尽。住持也不知其奥妙，是神仙所赐，还是施主施舍？但人的欲望是膨胀的，某一天，该住持鬼迷心窍，企图多取一点儿油盐，将函凿深钻大，结果另一天早上去取油盐时，什么也没有了，住持后悔莫及，最后吐血身亡。

20世纪80年代以前，有一方姓人家穴居这山洞里，过着世外桃花源式的生活，夫妻俩一连生六个孩子，五女一男孩，女孩长得标标致致，水水灵灵，白净细腻，亭亭玉立，恰似西施一般；男孩长得赛过古代潘安。女孩成人后，一个个不长青春痘，不生痱子，经血有条不紊，活脱脱如没有瑕疵的美玉雕琢而成，但却是有血有肉的美人坯子。

沉寂的山野，白天黑夜总有人头攒动。有欢呼声，有歌唱声，在漆黑的夜也有手电筒光的晃动，如小型探照灯在摇曳。那都是青皮后生家为爱情而来。亦步亦趋，慢慢地，青皮后生也敢进洞造访，一个个循规蹈矩，如西方绅士一般。所有来者，方家烹香茗以款待，要知道那些香茶，都是方家靓女们在后山草木之中如花蝴蝶一般，遍山野采摘的野茶，经她们鲜嫩的红酥手，细心搓揉成微细的鱼苗形状，小心翼翼地用木炭烤干，用古井水泡其制成，缕缕清香扑鼻而来，饮茶者陶醉其中。但到谈情说爱的轨道上，却戛然而止，追偶者好不容易接触到如百花仙子一样的姑娘，却个个垂头丧气而归。因为孩子的父母出身知书达理的大户人家，满脑子孔孟之道，他们的祖先为何迁到这洞穴里来，是兵匪追杀而躲战乱，还是避苛政猛于虎，不堪交缴苛捐杂税而来这里，人们还是谜一样猜测着。方家人总告诫自己的女儿：男女授受不亲。孩子的母亲也是大家闺秀，女儿们在正统的教育下，一个个都是规规矩矩的，父母悄悄地向孩子传授国学知识。山外的男孩子趋之若鹜，想方设法与方家的靓女套近乎，正应了一家有女百家求，但是却总得不到，更觉得方家女优秀。方家只致力于山间开荒种地，溪水养鱼，上山挖笋寻中草药，生活也算滋润，地处偏远，政府也懒得管他们，他们在九嘴十三窝播种着农作物，可谓是勤耕苦读，粮食自给自足，孩子一个个会读书。

可是有一天，桃花源式的生活戛然而止，白龙岩闹起了鬼，在夜深人静时，听到哭哭啼啼，大人们脸上愁云满布，担惊受怕。孩子们抱成一团，晚上度夜如年，瑟瑟发抖，再也不能睡一个囫囵觉了。

最后举家而走，迁往三里外的中寨去安家落户。这处洞穴就无人居住了。那口滋润着方家人的古井也就废弃了。若干年来水草丛生，遮天蔽日，成了飞禽走兽饮水的好去处。

某一天，93岁的村中老人杜公身上突发奇痒，其儿子带着省内各处大小医院求医，银子倒花了不少，就是不见疗效。一气之下，拒医回家，坐着卧着站着不停搔着，睡梦中也在不停地搔着。最后浑身溃烂，流着桐油水。整日里哼哼唧唧，求死无门，活着又受罪。

在中寨落户的方家主人悄悄地对杜老大爷说，到白龙岩古井里汲水洗洗浑身（洗澡）和喝喝试试。杜家的儿子虽然半信半疑，但孝顺的儿子还是把死马当作活马医，当日就带上一把镰刀，一只装水的有盖的木桶到白龙岩古井取水去。

近白龙岩时，天空腾飞着一群啁啾的鸟儿，白龙岩里的悬崖峭壁上的石钟乳似乎比原先拉长了，茂密的丛林似乎将原来只长灌木的群山完全覆盖了。但给人一种冷飕飕的感觉，杜儿不禁打起寒战来。那井的周围被树木环绕着，但出人意料的有一条踩踏得光溜溜的小路进去。他那心惊胆战的感觉，似乎减了一半。他麻起胆子将树桩挂着的一个竹筲郑重其事地拿起来，一筲一筲将井水舀入木桶里，这是一个深秋的季节，层林尽染。山外还是非常闷热，这里可凉沁沁的。他身上可太舒爽了，不经意间，一条锄头柄大小的白蛇缠在井前的一棵树上，吐着红信子。杜儿吓一跳，魂魄似乎出窍了，但那蛇儿嗖啦一声，飞向了对面的草木中了。

杜儿将白龙井水取回来后，在锅里稍微烧热，用新毛巾给老父周身擦拭，病恹恹的杜公起先嗷嗷叫起来，死命地挣扎着，他边叫边嚷着："虫子咬我啰……虫子咬我啰……"一刻钟后，悄没声了，却倚着他的儿子舒服地睡着了。杜儿草草地擦干一下老父的身子，将其抱到床上，阿弥陀佛，整整睡了半个白天和一个夜晚没醒。就这样，老人在儿子的悉心照料下，天天一个澡，口服这神奇的井水；一个星期后，杜公的奇痒消失了；两个星期后，杜公身上结了暗红色的痂子，他的痒病被白龙岩古井的水疗好的奇闻趣事，不胫而走。无独有偶，县城一个患痒病的和本乡木瓜一个老头，也被这种水治疗好了。他们都是被镇、县、省等三级医院各种繁杂地检查，又各自为据，各自的检查结果互不认可，重复耗费了几万元钱财，最后却说不出一个子虚乌有的结果，他们都是放弃了对生的渴望，特别是那男的，身上搔痒得周身散发一种难嗅的血腥气息，人们一个个如避瘟神一样远离着他。

我是一个无神论者，我曾对妈妈信老爷菩萨胜过信医师的言行，总是嗤之以鼻，我不知挨过她多少咒骂。但经历人生的苦难历程后，现在想起来，有些时候是，面对疾病的治疗态度是：有钱的钱当，无钱的命当。只怪大多数乡里人是草根的命，他们只能无奈地采取这种唯一的心理加精神治疗法啊！祈求神来祛邪除病，偶尔康复的患者也有。

挖 泉

这座山叫龙王山，其实是幕阜山东北西占据了居多地盘后，一溜烟奔向南、连绵起伏的一个峰峦。它三面是陡峭的山崖，北面唯有一条小道能爬上山顶，但稍不留神又会使人粉身碎骨。

黑漆漆的山崖下，有九嘴十三窝。如果用现在时髦的航拍，真如龙王的爪子。它与直径距数里的砂岩夜合山同脉。结合那里的两泓碧水，构成一幅巨大的山水画，让人流连忘返。龙王山半山腰，有七棵千年古树——大樟树，如巨大的阳伞，遮天蔽日。褐黑石头下有一缝隙，炎热的夏天，嗖嗖的凉风吹个不停，给人凉爽舒坦的感觉，坐在这里纳凉，都不想挪动脚步了，并羡慕居住在这里的洞府神仙。冬天那风又变成暖气，给人能驱寒。风孔下是一个簸箕大的泉水井，那幽幽的水从来不溢出，也淘不干。这泉水非常神奇，据说可以疗百病，特别是对体内的各种结石，有神奇功效，能排出体外。取水的人川流不息。

下面一字排开也是三口井，给人净手，远道骑马骑牛来的人，就让劳累的牲畜们饮水解渴。再向下面看，有百平方米来的，宽敞的斗拱飞檐的马公泉庵：里面蹲着胡子拉碴的马公元帅菩萨。传说他原来是一个有道法的大法师，曾走过大茅山，有一年天干地枯，娘没水吃，马公元帅在家里焚香设坛膜拜后，悄无声息地驾阴车到幕阜山沸沙池捉一个泉神来，娘就有水喝。返回时自己却被泉神的兵将，持钢叉追杀，情急之下，自己摇身一变，一个石头堆在山路上，企图挡住追兵的去路，那神兵穷追不舍，不小心被石头绊倒，追兵恼羞成怒，拿铁叉砸在石头边上，灰心丧气无功而返。马公泉庵里的马大元帅落下一个残疾，成了一个跛子。雪上加霜，家里炼九条龙神水未成功，被不知情的母亲将一碗神水倒在米汤盆里。

他的神功也算出神入化了，身躯能小能大，伸缩自如，可以在厍桶（盛粮食的器皿，两厍为一箩）转动。从此他在龙王山安身立命，河水由冯夷专管，他管辖着方圆千里的山溪池塘田畴的灌溉，他可以左右天上雨水的降落。

塅里三个月没有下半滴雨，庄稼枯死了，稻田干得裂缝使青蛙王子都无法跳过，跳过的蛤蟆都拼命并悄无声息地逃到有水影子或潮湿的地方去了，在途中脱水而亡。鸟儿们逃到有泉水的深山老林去了。连牲畜饮水都成了问题，塅里人干渴得快要疯了，百年水井里都枯竭了，小河断流了，池塘的鱼虾都干死了。到估计有地下水的地方掘井，挥汗如雨，却不见丁点儿水滴。村民们就仰着头，对天骂骂咧咧："青石板！"绞尽脑汁地求天降雨。又找不下雨的原因。有传闻：有个屋场出了菩萨，弟子神附体批曰："雨从天空过，马公泉庵有原因……"

啊！塅里人如醍醐灌顶。太阳在天空燃烧，生灵在哭泣嗟叹。塅里人捡大场，这是继第一次挖泉失败以后大规模的行动。

第一次挖泉队伍仓促地赶到龙王山马公泉庵挖泉时，龙王山团方地转的人，有备无患，齐心协力，极力阻挡塅里人上山挖泉。龙脉就是他们山民的命脉，他们所以要誓死捍卫着啊！龙王山附近的山人，别看他们平常待人毕恭毕敬，点头哈腰，关键时刻，是非常凶猛的。龙王山的人之所以有备无患，得益于李家出嫁到塅里人家方氏媳妇敏儿的准确消息，她毕竟要顾娘家人。所以，龙王山人有一套完善的应对措施。龙王山附近的人也不是吃干饭的，由于得到李家的出嫁女的准确消息，他们也是有了一套应对措施。龙王山洼地里也有百来号人聚居，山里人非常有凝聚力，一旦有难事，北面有大青芬、平坳那边的山民救援，南面有龚家洞和坳上人帮助，有很多山民善武功。如当时的窍窝里有著名的10根短棒组成的小分队：如李月清擅武功，十来人不敢拢他的身，国民党抓兵的时候，知道难得捉到他，在一个漆黑的夜晚，抓丁的人非常鬼脑，在他家大门口搬一张大风车挡住去路，抓兵的从后门蜂拥而来，见到他，齐喊着叫捉拿他，他夺门而出，不好！他反应灵敏，手一撑，如风似的跨过一张风车，不见人影。如这小分队里还有身手不凡的李又秋、王龙山、李谷清。龚家洞搬来的救兵有：打教师黄河中，他有一路杀火的子午棍，打遍上中乡；邓大文拳脚功夫扎实，当地人都称他大将军。当时流传着这样的说法，大文的并盘河中的棍。后来知情人士透露：塅里人主要是吃了这两人的亏，参加保卫马公泉庵的还有得力干将：龚海斌、黄毛平、龚文斌、龚河忠、李胜晃，都有不凡的武功。他们每人腰间插一把刀，斫一根杂树，个个都铆足了劲头。

塅里人给人的印象褒贬不一，有些人觉得他们很豪爽，有些人则觉得他们很粗鲁。所以在第一次进剿龙王山挖泉，以失败告终。受伤无数，当时龙王山人布下口袋，让塅里先上山，没登上几步，哨探就鸣放一鸟铳，算是信息。第一守护队聚在龙王山顶上，备了好多大石头，旋即将巨石从中推着滚下来，方桶大的巨石，搬不动，几个人将巨石用铁棍撬动，轰隆轰隆滚下来，巨石碰撞着冒着一片片白烟，灰黑色的石头，击中庙宇后的后墙，砸一个大洞，又继续下滚，冲断门槛，把和尚寺正殿也撞个稀巴烂。

这险象环生的场面，首先使塅里人闻风丧胆，无形中被打下威风。在塅里人进退维谷时，龙王山人呐喊着从埋伏的侧面山坡上跑下来，就开始抢塅里人扛着的老爷菩萨；就捉拿塅里的人；就肉搏战。塅里被打伤的人、被捉拿的人，都放进茴窖里或关在秀老子牛栏房里。被俘的人痛哭流涕一个，骂处师不得诀，骂大神杨四将军，在家附体，到了龙王山就不附体了。还忏悔地对龙王山人承认，大多数是强迫式的来挖泉的，不来的每家要按人丁罚一箩谷。龙王山人也够狠，不但打得塅里伤残无数。还将抢去的老爷菩萨，立在大油锅里，菩萨身上还浇上桐油，上面倒扣着铁锅，不让见天。据说这样，老爷菩萨永世不得翻身，也永不显灵了的。

第二次塅里人组织去挖泉，是在第一次失败一七期后。他们吸取前次血的教训。特别是那些在前次行动中流过血受过伤的人，对龙王山的人恨之入骨。受伤的人头上还包扎着敷着草药的大布手巾，旧伤还没治愈，如早就忘了痛似的，义愤填膺地又加入了挖泉的大队伍。队伍壮大了。这次广招阳兵399名，下死决心到龙王山"挖泉"。

挖泉设神坛的地方选在鲁塘北面的阴坪里。由两个"人字棚"改成"方棚"，这次反攻倒算，塅里人算是铆足了劲儿。有道法的处师像煞有介事地说："听我的，再重新招阳兵300名，主事的人马上接应，与计划内招的399个，总共就是699个。"

挖泉的队伍向目的地开始进发：1952年7月13日下午午时过后，处师们"呜——呜呜"地吹着牛角，敲着锣，击打着牛皮大鼓，扣人心弦，震耳欲聋。擎着九面杏黄大旗，塅里几个习武的耍狮队伍，作为这次挖泉的精悍人员，成为先锋军。他们手持短棍、钢叉、大刀、铁尺、流星锤等兵器，雄赳赳气昂昂地冲在最前面，那50只苍狗（还未开眼的小狗）装在三担丝箩里，分工由6个人抬着。苍狗惊骇不已，嘤嘤地叫着，还未开眼看世界，就要去赴死，牺牲在混账的马公元帅面前；雄鸡50只装在两个篾制的笼里，不时发出喔喔的叫声，犹如以此抗议愚昧的人类。它们相继艰难地伸展一下身子，再接着只能非常绝望地无可奈何地如大祸临头地扑打着翅膀。

向龙王山进发的队伍浩浩荡荡。最前面的是四顶神轿，轿夫们汗流浃背，每个轿夫只穿一条土白布裤头的打折短裤，都是清一色的布带子系着的，有一个精瘦的轿夫裤头溜出了裤带子，一只手扶着轿杠，一只手去提裤头，由于太瘦，裤就越滑下去，他叫前面的同伴停住脚步，前面的装作没听到，继续踏着"厅步"。神轿里就是三个菩萨，分别是关圣帝君、文武判官，还有显威灵的杨四将军。接着的是印有"神力无边""扫邪除恶"等字样高高举起的红色横幅。相继的是头上系着"花红"（披在神轿上的布帘子）的处师和大神附体的弟子。继而就是手持短棍的699名阳兵。

长蛇阵队伍先锋兵到了离龙王山三里的申家垅时，山那边翻涌过来大块的乌云，顷刻之间，太阳被遮蔽了。顿时狂风骤起，天空中发出呜呜的声音，有一种"车辚辚马萧萧"的气势，似天兵天将在空中驰骋着，摆着各种各样的阵势。两边山上的杂树林，黄叶裹着青叶在飞舞，电闪雷鸣。

大暴雨啦！当队伍到龙王山下时，瓢泼大雨夹杂着蚕豆大小的冰雹砸下来，处师丢下了铙钹，双手抱着头，黑色的道袍裹足不前，躬着腰身，使受伤面积尽量减少。在山上驻守的龙王山人，手中持刀或持棒的，禁不住号叫着，跳跃着。山下的塅里人也非常释然地跟着哈哈哈大笑起来。首先是尴尬地笑，接着是欣喜若狂地笑。老爷被塅里人丢弃在山路上，歪东倒西的，那雨夹冰雹打在神轿上"噗噗"地响。神轿上的污垢被水洗刷下来。轿子内菩萨身上的花衣服，被风雨撩了出来。乌不溜秋的神轿上的污水似泼一样，一层一层地继续流淌下来，流淌向下来……

拉布拉多

拉布拉多是一条狗，不是指哪个外国人或国家，而是从加拿大纽芬兰岛引进来的。它一岁零五个月。刚来中国时，因水土不服，狗粮狗药都是进口的。

我见到它时，是被一个戴眼镜有一绺刘海儿露出来，身上穿着与它身上穿的黄底镶黑边同色雨衣的人牵着的。她是一个彼此见面打招呼，但没有深交的退休教师。狗嘴与狗的半边脸露在外面，那雨衣罩着不舒爽，不停地耷拉着耳朵，整个胖身子，也不停地抖拉着，那狗毛抖着雨衣剥剥地响。但看不见躯体的毛色，从半边嘴脸与四只脚看，是黄色的洋狗……

这个冬天的早晨总是晦暗的：下了一个多月：雨雪无休止轮着下……

人窝在家里不舒服，何况狗，外国的狗与中国的狗都应该也是喜欢溜达的，喜欢晴朗的天。毛毛雨，不动声色的，河水悄无声息，岸边的草木还在失色中悲戚。

狗脖子上套着皮圈，上面拴着一段铁链子，50厘米左右，再接连一段布条搓的绳子，共有3米，一头是拉布拉多，一头牵着在戴眼镜的退休女教师白胖胖的手中……狗儿一出来就转着校围墙外跑，首先在附设着江边栏杆的对面的草地上撒了一泡尿，又屁颠颠地跟在女主人前后跑着，并不时打着响鼻，耷拉着脑袋，雨衣有些滑落，狗颈上系着雨衣的带子，脑袋差不多都露出来了。毛毛雨，不当回事，狗头上有了一层薄薄的雾水。狗见我跟着，转过来嗅着我，我后退了几步，怕它咬着我。

女教师转过头见我惊恐状，露出来的脸，似有小酒窝，眼镜片那边似乎也是双眼皮，笑容有些迷人。安慰着我说道，它很温和，用不着怕，从未咬过人，在宠物狗中，最温和，最不容易兽性发作的一种狗，拉布拉多犬最通人性最智慧的一种狗，世界上现居第一位。它只与同类，才打闹才撕扯一下，但从不生大气。她并告诉我，它是从她女儿那里带回来的，她是为女儿代管的"拉布拉多"。她说起来很有自豪感。她还告诉我，女儿33岁，还未生孩子，年年盼生，年年计划落空。说起她女儿，她也是津津乐道，大学毕业后，又考研，又考到硕士研究生后，读得有些枯燥，不想再读博士研究生了，就去就业，从上海到北京，又转杭州，后才去深圳。在此之前，没混出什么名堂，特别是在杭州，那个单位的头儿处处找碴儿，她待不下去后才被迫离开那里，来到现在的深圳，刚开始时，年薪约定15万元，现在年薪过百万。

拉布拉多还是前后跑着，她见我与它的主人拉着家常，也没嗅了我，碰到路边有草地的地方，爱在那里停下或放慢脚步，头儿低着。狗儿很少昂扬着头。它总是低着头匆匆赶路的，嘴鼻不停嗅着，似乎在时时刻刻寻找着什么，如人一样物质生活丰厚了，又在追求一些看不到影儿的东西，有时觉得有影儿，如彩虹，如五颜六色的肥皂泡。

我问她什么时候退的，她说在2017年就退了，我问她多交的社保，退了没有？她说退了。我说，我是2018年6月30日退下来的，没有退多交的社保。

她非常健谈，与我说个不停，似乎都找到了倾诉的对象。她也许与我一样，似地球人遣散在月球上一样，寒冷孤寂，也许她不是我这样；或许是我自作多情。我是说有时候，总觉得是这种状况。我问她现在的工资多高？我也说我的退休金多少。于是一问一答，知道了对方的经济状况。我问她什么时候晋的中高？她回答我后，我又说自己早在1988年任民办教师时就进了中级职称，那年全日制师范招考民办教师，中级职称可以加15分，偏偏将我的名字：方绪南，错写成方绪兰。后在另一年参加考试，可没了那加分政策，没考上，第三年才考上。我又说我是重复学历：原高中毕业，后又参加中师函授毕业，再又读全日制师范学校，学历还是中专，一直拿着中级职称的工资，2017年下半年有晋副高的机会，校长回来学校传达晋级精神，要退休的人员，是如何如何沾不到好处的，是如何如何的难，好似站在月亮上要摘到地球上的花朵那样难，我也没争。于是，校长先生不费吹灰之力，击败了我这个懦弱的对手，如愿以偿了。当然自己也畏烦，想着要整理那烦琐的材料，头就觉得会涨大。这主观原因也是存在，当然学区也没告知我晋副高的条件、精神。

牵狗的女人也说，整理那几大本材料如何有难度。有的为突击整理那些材料，四天四夜没睡觉。她还说，其实这些材料，也可叫人代办的，如"一长"快印店就轻车熟路，有多少奖状证书、多少节备课，还有什么附加的材料，他们可以包给你备齐，只要1000元辛苦费，包你过关。我惊讶地看着她，这个也能让人代为？

她说完全可以！

似乎她是一个万事通的人。

我心里泛起一丝丝复杂的情绪：自己没请上人代办，又没拿上比现在每月高几百元的工资。本人虽非济世才，唯操孺子业也四十一载啊，错过了这最后的机会，我顷刻似乎觉得肠子都要悔青了。

拉布拉多又趴腿在那草丛里，轻松拉了一堆屎，那屎如人屎差不多，黄金色的，显得非常有色泽的粪便，嗅不到那难闻的狗屎气味，我记得原先狗拉的屎，又黑又硬又臭，过年吃了一些肉，一些残羹冷炙，也是一塌糊涂，远不如拉布拉多屙的屎那样好的呈色。我顿时嫉妒起讨厌的拉布拉多。

牵狗的女人说，就走到这里，该转身了，你……

我从嫉妒拉布拉多的心态中猛然醒过来……

我也继续跟你们往回走。

我似乎觉得我脸上挤出了一丝笑，但肯定不是那样自然。

天还在下着毛毛雨，拉布拉多毛茸茸的头，有一层厚厚的水雾，还有一些晶莹的水珠，退休女教师用胖乎乎的手给它抹了一下，那狗儿很默契地抬起了头，由主人给它拭抹……

当狗主人立起身来时，我看到她雨衣没有遮住的刘海儿，也沾着小水珠，我意欲给她——用我的手去抹一下，但我只是内心有这个冲动，我还是不敢贸然伸手去，尽管靠得那样近……

吃"新"

湘北一带,每年早稻收割一开始,叫出"新";晒新谷碾米,蒸煮第一餐新米饭吃时,叫吃"新"。

小孩盼过年,大人盼吃"新"。往年,农家人非常器重吃"新"。吃"新"那天,很讲究,一切搞着吃的东西,都带有新鲜味儿:刚碾的新鲜稻米,晒场上刚炸开荚的黄豆打的新鲜豆腐,刚下塘捕捉的新鲜鱼儿,就是菜园中刚要采摘的鲜蔬,也爱留到这一天吃个新鲜,还要买肉打酒……用芳香的新鲜菜油或炒或炖筹备好的荤素,请至亲密友痛痛快快地饱餐一顿。大男人脸上一扫往日的愁云,婆娘们弄得锅碗瓢盆叮当响。在他们的笑语中,无不流露出吃"新"的喜悦。

贫困的年代,青黄不接时,父辈们巴望出新,隔壁的河叔还留着一个惹人讥笑、细想却又顿感辛酸的故事。

贫困的年代,饿得他昏昏欲倒,一张"胖乎乎"的蜡脸,指儿一压,一个深深的坑。他望着探出头来的稻穗,做着一个大碗盛白米饭吃的梦,却牵动了辘辘的饥肠,冥冥中,他喃喃地说:"新出了,我要煮它三升半米,胀死了不后悔。"还有邻居鹤伯伯,儿时吃"新",家里煮了一餐白米饭吃了,他带有几分炫耀、自豪的口吻,对小伙伴说:"你晓得我吃了么哩吗?"孩子们猜不出,他才神秘兮兮地轻声道:"我吃了白饭,我爹说,明年新出了,还要煮一餐白饭吃的。"

搞集体时,每个生产队都要插上几亩早熟品种,以便趁早收割。吃"新"时,从猪场里拖出头把肥猪宰着,下池塘捕上担把鱼,各家按丁均分。好酒的大人叫崽俚上供销社买上半斤四两红薯丝酿的烧酒,乐呵呵地吃起新来。

当今,温饱不成问题,农家的风味,农家的乐事也在悄然变更,仓里陈谷未尽,人们对吃"新"的盼望当然也就不那么急切了。农家那份团坐桌前分享挥汗如雨、背晒黄天而获得的芳香果实的欣然神情,如今似乎难得觅到。也许是另有一种什么乐事取代了,谁家盖了新楼,谁家买了彩电,谁家赚了好多的钱……人们脑中的"新"早已有了新概念、新内涵。

三、乐山乐水

碧玉青箬笠，汨水盘石洲

　　温软舒缓的汨水浏览着湘鄂赣交界处的奇峰、迷峡、沃野，悠悠扬扬地流淌过来，从盘石洲的东南方绕了一圈后，恋恋不舍地向北流去，周围的山峦手牵着手企图围拥这蓝墨水，但水毕竟不会停歇，她见带不走盘石洲这个碧玉琢磨的箬笠，只好绕西北向南而再流往西。环绕的群山全身心呵护着这四千平方米的盘石洲，用母亲慈爱的环抱，用日月精华研磨的紫色的氤氲昼夜抚摸。明知道神奇的大自然鬼斧神工，但人们总在探究：这圆盘到底是怎样画就的？

　　盘石洲又宛如一盘立体感很强的天兵天将排兵布阵的大沙盘，抹上翠绿的色彩，半倚在温软如玉的汨水江边。汨水清澈透明，站在南面的路桥边，盘石洲似灵动漂浮在水面上的大玉盘，又如天上倒映的蓝月亮，天上地下有两个月亮，但天上的月亮有圆有缺，地上的这个月亮，永远团团圆圆。亿万年来，山水荡涤和雕琢，呈献出这般绝妙的景致，唯我汨水江边才有。古往今来，她是人们看不厌的景致。

　　从迷茫的政治圈子中走出来的屈原，他涉湘水，过洞庭，到汨水江，他看破宦海官山的险恶，将头上的桂冠丢在这（农历）五月迷蒙的汨水边，他痴迷这里的好山好水，肯定在这盘石洲流连忘返过，他不是怀沙自尽，是灵魂的救赎，是自我的升华。

　　山本寻脉，水系有源，山重水复，山因水滋润，水因山曲折。山脉东北贯幕阜天岳，又东南连带于罗霄，通福寿山气脉，山山水水透迤而来。在四百多万亩群山怀抱，汨水摸爬滚打而来，山水依依，接纳七十二江水，绕四十八险滩。这山水两百多里的行程，棱角在千万年的琢磨中荡然无存，方慢慢形成了这圆形的洲。这洲，中间高，山坡舒缓，沟壑纵横，有大小山峦二十来处。洲的边沿薄薄地舒展入水中，如乐师手中的铙钹，在颤抖的声音中，祈祷平江人安泰祥和，驱邪扫恶，吉祥平安。

　　春天的盘石洲。和煦的阳光在她周围洒上碎金，青山不甘寂寞，也要将绿色的峰峦放倒在水面上，水流想悄悄地卷起这山水画，但春风悄悄而来，又将静止的画面吹成了变幻莫测的动态画面了，山风送来了百花的芬芳，软软的，好使人提神，春困的人也为之一振。水鸟从绿洲上的树林中，滑翔在春水中，蝴蝶在洲边轻轻飞舞，蜜蜂掠过水中央，飞到洲上的繁花丛中夺蜜。

　　汨水是青山染绿的，那一缕清风也浸泡在这水中，于是这水也显得清凉，你不知道这是夏天来了！在这里你不觉得酷热，晚上你可以不开空调，还可以盖上薄薄的被子。清晨，太阳还在山那边，有白鸟带着崽儿在洲边觅食，梳理着羽毛。中午游人不用撑起阳伞，不用戴上草帽，因为你不会觉得闷热，你痴痴地望着西去的江水，你顷刻觉得这就是慢生活的节奏。你还可以坐在小木船上，体验船在江中游，人在画中走。不知是盘石洲在转悠，还是人绕着洲在漫游，一种飘然欲仙之感油然而生。天上飘来一缕缕云彩，突然间筛下一阵雨滴，你绝不会怕雨淋湿自己，从你的头上滚落下来，如童子或少女的手抚摸着你，你会感觉到一种凉爽和舒适。就是骤雨降临，雨点落在洲上的密集的树叶上，听不到喧嚣的声音，落在洲周围的江水中如农夫在抢收黄豆筛着豆粒。

盘石洲的秋天，天高气爽，漫江碧透，层林尽染，鹭鸶、鹤鹩悠闲地抬着高腿在水边觅食，寒雁寻到今年最后一顿食，赶往南方去，很多妇女与小孩子上山摘野果；月夜，传来锣鼓的声音，演影戏师傅抑扬顿挫的喊唱声，那是五谷丰登的农夫在还菩萨老爷的愿。走进盘石洲民俗文化村落，有农耕时代各种农具的摆放陈列，让你感受那种日出而作，日落而息的充实的劳作氛围。洲上六畜兴旺，膘肥体壮，盘石洲是如此殷实厚重朴质。

不知不觉，盘石洲在薄雾中若隐若现，静卧在水中央，坡坎上树枝肩搭着肩，耳鬓厮磨，天显得低矮，山也显得凝重，水也显得消瘦。时序递进，冬季来临，雾霭沉沉，白雪皑皑，只有江中盘石洲，穿着白花衣，周围还缭绕着一缕缕紫色的雾霭，似幻似真，如仙境一般。

盘石洲隔江的屏障——南山顶上，平伍公路凌空而过。它距岳阳市180余里，到长沙市176华里，从平江县城到盘石洲只有20里，交通便利。早在2002年，盘石洲就获得长沙鹏程实业的二千万投资，用于兴建盘石洲度假山庄，总建筑面积11000平方米，有水上运动乐园、垂钓中心等项目，是理想的休闲旅游胜地。为了保护这块风水宝地，政府动员村民们整体搬迁到东南面的开阔地带民俗村落居住，虽然村民万般不舍，但他们深明大义。

2009年，盘石洲生态园被纳入湖南"251工程"项目。随后开发建设现场、规划设计方案、项目开发前景令人振奋、令人期待。通过十多年精心打造，盘石洲初具规模，成为享誉长株潭、辐射湘鄂赣、影响全中国的著名生态旅游景区。盘石洲将成为平江旅游又一张亮闪闪的名片。

汨罗江上鳌鱼潭

碧水映着蓝天，两岸树木叠成翠绿的屏障，熏风微微荡起沁凉的绿波。水道上有突突的机帆船在游弋，布谷鸟从那蜿蜒曲折的长堤绿化带的树梢上飞过，"布谷——布谷"催得好紧，清脆的声音似乎震得绿绸缎般的叶子在沙沙地响。这是汨罗江上游的一段水域——神秘莫测，清幽诡异的鳌鱼潭。

鳌鱼潭在我的记忆里烙着深深的印记。鳌鱼潭有鳌鱼精的传说，有蛇与脚鱼砌搭的不可思议的稀奇古怪的形状。一方水土养一方人，每到夏天，江边的人劳作了一天后，为了换个零花钱，在凉风习习的傍晚时分，悄悄地肩着宽阔的板锄，背着篾编的鱼篓从农舍中走出来，来到江上浅水的地方"围滩捉小鱼"。夏天里，江水里也是孩子们的乐园，他们在江水中嬉戏，打水仗，洗冷水澡，捉"沙鳅""沙甲""油木楞"等小鱼……

鳌鱼潭的上方，有一块巨石，传说中，在夏天的凌晨或傍晚，那条巨大的鳌鱼就躺在那石板上透气或纳凉，它那小孩手臂粗大的触须毫无顾忌地伸展到侧面的过往行人的路上来，充当诱饵，惹得小狗小猫前来张望，那贪吃的鳌鱼精以迅雷不及掩耳之势，将猎物舔进那阔嘴里，后来竟发展到吃小孩。有一天，一个能施法术的和尚从这里经过，鳌鱼精胆大妄为，用那触须缠着和尚的腿就要往嘴里送，和尚急中生智，一个弹跳，从长长的袈裟袖中，取出两片铙钹，旋转成V字形杀向那乌黑闪亮的丑陋古怪的东西，顿时血水染红了那褐色的石块，鳌鱼精从此被制伏。鳌鱼潭地名由此而来。

鳌鱼潭南岸，住着一个八十多岁的精瘦高大的老头，整个夏天只穿着一条短裋，他水性极好，潜入水中，可以一个时辰不换气。据他说，鳌鱼深潭底下有岩洞，每年仲夏后，有蛇与脚鱼在那洞穴里堆砌出七七四十九层宝塔，他每年这个季节，都要潜入水中，轻轻地取下那九层脚鱼，怕有几十只，但这是每年唯一的一次。他拿到长寿街换油盐钱，还打上几两烧酒喝。人家问他，你怎么不将那脚鱼砌的塔，兜底掏尽，那不是有几十箩筐吗？他总是鼓着他那金鱼似的眼睛说，用得着这么贪吗？赶尽杀绝了，我以后到哪去赚油盐钱呢！

鳌鱼潭令我神往，因为那里有我父亲的足迹，他在那儿做基层工作，老百姓常常念叨他。鳌鱼潭有着诗画般的美丽，两岸有肥沃的土地，有绿树、花草。江水是土地的补给，是滋润沿岸田野的主命脉。江边趴着一道十五华里的长堤，也是木金乡东南部抵御水患的屏障。绿林遮目，斗折蛇行，长堤内坡有摘不尽的降血明目的夏枯草球、野芹菜，有夏天农家必备的良药——青木香、大青叶、老君丹、香茵草、车前草……这里也是天然的湿地，天鹅、鹤鹨、猴面鹰……在这里悠闲觅食。长堤外坡密匝匝的混交林，是抵御洪水猛兽的卫士。沿着江堤往前走，使人神怡气爽，不时有鸟儿在绿色的枝叶间扑腾着翅膀，但不见其踪影。汨罗江水平缓流淌，碧水在绿树林带中时隐时现，天空的云朵探头探脑。江对面也是青山绿树，层层叠叠如绿色翡翠，不时有一丛丛芦苇似箭斜插，倒映在水中，似幻似真。清脆的山歌《采茶歌》《问郎歌》，踏水而来，悦耳动听。

街道上待腻了的人，还有村中闲散的老人常来散步，这里是天然氧吧。我与姜兰经常在江堤上邂逅，她也许是在追寻她父亲的踪影。姜兰告诉我，她两岁时，她爸就因公牺牲了。那一年发大水，汨罗江水与田地一片汪洋，有一些农户被洪水围困，作为金坪公社党委副书记兼武装部长的姜兰爸爸，身先士卒，撑着一块大木门，将困在洪水中的一户户农家的男女老少转移到安全地带，最后剩下一个八十多岁的老太太死活不肯走。姜书记做通了她的思想工作，把她转移到了安全地带。可老太太遗落一个簪子、一个包头在水淹的房子里，她不停地念叨着，姜书记表示，去帮老太太找回她的心爱之物。姜书记将老太太的东西拿到手后，用竹篙撑着大木门，在浑浊翻滚的水面上顺流而下，可接近三根篙索打不到底的鳖鱼潭时，一股漩涡围着大门打了几个转，大门似被一股可怕的魔力吸引斜插而下，姜书记也被暗流吞没了，当人们在几十里的下游打捞到姜书记时，他的手里还紧紧攥着银簪子与黑色绸子面料的包头布。他牺牲时，年仅26岁。

姜兰沉浸在痛苦的回忆里不能自拔。她母亲为生活所迫，改了嫁，姜兰被她爷爷抚养大，后来上了大学，成为一名大学教授，现已退休回到老家，将爷爷留下的旧房子翻新，改成别墅式的房子，与同在深圳大学退休回来的先生，乐享晚年。

20世纪70年代，木金人为了防御洪灾，男女老少一起上阵，万众一心，肩挑手挖，筲箕、扁担做工具，白天黑夜三班倒……一条巨大的长堤修起了，横卧在汨罗江畔。修筑了防洪大堤后，汨罗江水似一匹被驯服的野马，一江碧水向西流去。

夏天到了，汨罗江绿色长堤好乘凉，这里竟然没有蚊叮虫咬，父老乡亲们常常开玩笑说，前人为我们栽种了一种驱虫蚁的草木。

夏日的一个傍晚，漫步汨罗江大堤，透过青草、树丛，望着若隐若现的鳖鱼潭水面，我感慨万千。

快乐西乡行

壬寅岁季秋月廿日，天高气爽，文友相约平江西乡游。车子在308S省道行驶一小时后就上了平伍公路，半个时辰左右，就到了湘北第一名刹东山古寺。

东山古寺位于伍市镇东山村，建立于唐朝元和年间，至今已有1200年历史。东山古寺总占地96000平方米，建筑面积8000平方米，大小佛像24尊，是平江县重点文物保护单位，湘北著名的佛教胜地，全国百大名寺之一。

我们走近古寺，寺外古木参天，绿荫掩映，曲径通幽；寺院错落有致。古朴典雅，寺内香烟缭绕，梵音清唱阵阵，令人耳目一新，芜杂的心情顷刻得到净化。主体建筑布局井然有序：有山门、天王殿、大雄宝殿、法堂、观音阁、祖堂、延寿。东山古寺有门楼，设有全景堂、功德堂、钟鼓楼、客堂、僧寮。

寺院现有宗教教职人员52人，尼姑和尚各立门户，清规戒律分明。寺庙住持为本智法师。

我们在东山寺逗留一小时左右，不知不觉就到了中午12点。伍市镇政府工作人员，也是我们的好文友卢树仁先生盛情邀请我们共进午餐。车行短时间，就到了一处风景秀丽，停车场宽敞的名曰"云栖小院"农家风味的美食府，通过设计别致的小桥流水，水榭楼台亭子，就跨进古朴典雅餐厅内，卢先生邀我们到一个包间，在吃饭的蛮多，但不显得嘈杂。餐桌上是特具平江西乡味的十大碗，客随主便，饮酒的饮酒，不喝酒的喝饮料。作为东道主的卢先生、才俊李国忠、天姿国色的向金辉医师向我们热情地介绍各道菜的特色，热情洋溢地为我们夹菜，我们满满的感觉到文友的真挚情谊。

中午东道主邀请我们进KTV唱歌跳舞后又接着陪同我们参观了：武岗村集体经济产业园的示范村。伍市镇武岗村集体经济产业园位于平江县最西端，与汨罗市的新市镇、罗江镇隔河相望，美丽的汨罗江绕村而过。全村人口1819人，共有472户，20个村民小组。近年来，武岗村支村两委依托已有的"嘉湘城投有限公司"的光伏大棚，通过返租土地、申报项目、吸引投资等方式，将闲置钢架大棚转化为现代农业产业基地，同时采取"党支部+合作社+农户+基地"运营模式，光伏大棚实现农业经济和能源发电效益双赢，实现一年四季"地不荒、人不闲"，带动46户贫困户就业，全年累计为172人增加劳务收入38万元。武岗集体经济产业园现已投入资金460万元，建成蔬菜基地 1200 亩，其中，1050 亩为武岗村农业产业化的龙头企业。150 亩大棚蔬菜采用多效益反季节性种植。建成桃园基地 1000 亩，先后引进春丽、黄金蜜、油蟠、富硒枣蜜桃、中蟠、锦绣黄桃、映霜红、冬雪王桃 8 个品种，游园旅客可通过边观光，边采摘这些鲜果。采摘期可以从 5 月份延续到 11 月份，供货周期长，经济效益高。改造光伏发电大棚 1000 亩，建成育秧大棚 100 亩，催芽密室 1 个，实现水肥一体化，生产作业一条线，浸种、育秧、插秧一条龙社会化服务机插秧田 10000 亩。

  这里有优越的地理优势，开辟了水稻万亩育秧基地，领导带领技术人员指导集中育秧观光农业（经济作物）模式，增加集体经济收入。村集体经济合作社投资 320 万元，改造光伏发电大棚 100 亩，规范建设工厂化育秧大棚，实现水肥一体化，生产作业一条线，浸种、育秧、插秧一条龙社会化服务体系，有效地提升了伍市镇粮食生产的规模化、产业化、集约化、机械化水平。武岗村一位有魅力的年轻漂亮的女干部热情洋溢地为我们介绍了这些情况。我们从这里见证了新农村建设的挖掘的潜力和未来发展的广阔前景。

  掌灯时分，我们又被热情好客的文友赵训国邀到他家吃晚饭。赵训国是我多年神交已久的文友，他内敛，但是有一流的文学素养，他不但文章写得好，而且是具有影响力的养殖专业户。他们夫妇同德同心，吃苦耐劳，饲养的土鸡非常受顾客青睐。鸡饲料绝不放添加剂，完全是自己按营养成分配制的。每年只养两批次群鸡，养殖周期长，土鸡蛋和土鸡，供不应求，需要的顾客必须预订。我们在餐桌上吃到了他们家的特色菜——"盐焗鸡"、红烧土鸡蛋。都夸他来自郴州的老婆心灵手巧，会做拿手菜。

  西乡的文友，个个都是热情好客的。我们在家住周公塘的熊永贵大才子的盛情邀请下，又兴致勃勃地夜游了周公塘。对周公塘的描述和介绍，早有卢宗仁大作家的优美散文在省市级报纸杂志上发表过。夜晚的周公塘，在四周灯光的映照下，似幻似真，如一幅有动感的画面，又如通人性的百花仙子在沐浴，那是半塘荷莲若隐若现，如似在窃窃私语，又在温软的秋风下轻轻摇曳，岸边的中国平安结泛着通透的红光，那广场上的村姑在缠绵的音乐声中，快乐起舞，妙曼多姿。我们总是一步三回头，挪不动回去的步伐。

栈道上的情思

从石牛寨"一线天"景点,拾级而上就到了堪称"天下第一斜谷",脚腿就有点酸疼,碰到向上爬登的游客的问话:"还有多远啊?"我们装作漫不经心地回答道:"就到了。"我们一行人再踏上石佛山悠悠的栈道。

雨雾中行走在这10里栈道上,真有些迷离的感觉。感觉似乎进入洪荒末路,同行的有恐高症,出现了昏厥,不敢迈开步子再向前走了。感觉这栈道不安全,走起来胯下有阵阵痉挛的感觉。脚下是万丈悬崖绝壁,幸好被白云遮蔽,但感觉一旦坠入,肯定会被粉身碎骨。他嘴里哼哼唧唧地说不敢走了,我心里笑着并说道:"要不要打求救电话?"他唯唯诺诺,听不清说些什么。只见他背脊贴着石壁,眯着眼睛,凭感觉侧身移步行驶,我走过去挨近搀扶着他向前行走。

"快看!野百合花!"距离我们一个山弯的地方,只见着穿着红绿雨衣的同行者,好如紫色的雨雾中仙子款款而来,显出一种朦胧的美。又有女生接着在惊喜地呼喊着,随后又有人说道"野百合也有春天……"还有的人凑热闹似的,快乐地唱起那首《野百合也有春天》的歌来。

我停住脚步,俯视那在白云时隐时现的悬崖峭壁上,深绿色的耷拉着长而狭窄的叶片,躬着腰似的长长的幽蓝的茎上撑着白里透紫的翘起来的喇叭花。我在栈道上似乎闻到了那淡淡的清香。

它们在百花齐放的季节里,抑郁着自己,不张扬,不去喧宾夺主,却在初夏的季节里,悄悄地在深山幽谷里、陡峭的岩壁上开放,人们很难采摘到它。一般人也很难见到它的花开,不是错过了花开的季节,就是它还含苞未放。组织这次《九曲原创》文学平台文友采风活动的东道主魏悦来先生半开玩笑半认真地说:你们来得正是时候,真是有福气的人,恰好赶上它开放的时节。

那褪色的岩石,似乎在紫色的烟雾里燃烧,穿越历史的隧道,我仿佛看到660多年前的汤旷将军身着战袍,身后箭筒里插着满满的箭羽、挂着强弓,腋窝下掖着两块粗糙的大门片,从那熠熠生辉的岩石上飞翔而下,飞跃到"鹭鸶坪"(露尸坪),40多个月里,在山寨的坚守,他的心备受煎熬,他的初衷是:保家卫国,但结果却引来了生灵涂炭的战火,乡亲们有田土不能耕耘,为躲避战乱,胆小的经受不起血雨腥风的考验，拖儿带女离开了家园，大多数青壮年都跟随他据守在石牛寨上，凭着得天独厚的险峻优势，当时所向披靡的朱家大军视汤旷的护卫家丁为眼中钉肉中刺，也视为前进路上的绊脚石，床榻之下，岂能有老虎的鼾声。故此想办法要剿灭他，但汤旷将军是久经沙场的将士，多次击败了前来进剿的朱元璋的起义军，据守在湘赣边界的5万多子弟兵最后因寡不敌众，陆续遭到杀戮。汤将军在痛定思痛中，精神的世界里备受煎熬，他感慨不但没有救乡亲们于水深火热的痛苦之中，还给他们带来了灾难。他觉得辜负了生他养他的这块故土，愧对乡亲们，他觉得不能再连累他们了，是该要在此时结束自己了。

在那个夕阳如血的时候，他飞翔而下，飞跃到那个坪上，伏击在那里的起义军一起乱箭而起，他完全可以凭门板阻挡，但他不想再费力徒劳，尽管他是万人莫敌的傲汉，一顿乱箭射击，鲜血染红了那坪地，与夕阳幻化在一起。在这时，有一群白鹭鸶徐徐飞过来了，在上面盘旋着，发出凄惨的叫声。似乎是在哀悼人们爱戴的汤将军。它们在空中，也似乎涂抹了如血的夕阳。

秀丽的山水风光，也孕育了英雄豪杰。在石牛寨下，习武之风盛行，可谓是人才辈出：如文武双全的巾帼英雄胡筠：在黄埔军校期间，还是黄埔军校生中少有的女杰，与游曦、赵一曼、胡兰畦被誉为黄埔军校"四大女杰"。由于她的射击非常精准，同学们还称呼她为"神枪手"，由于兴趣志向相投，胡筠和赵一曼还成了最好的朋友，被赞誉为"北赵南胡"。

我们走完栈道，到了石佛寺，转身望去，挂在悬崖或绝壁上的栈道，如少数民族连接起来的吊脚楼，给人神奇且望而生畏的感觉。还对自己有一些小小的佩服，自己能坚持走过来，同时惊叹工匠的伟大和勇敢，他们先要悬崖边，冒着生命危险，用钻机钻第一眼，拴进第一个钢筋，再依次排列，他们都是手工，然后竖起横条，扎上钢筋，再浇上混凝土。工作都是那样的小心翼翼，那样的艰险，不能打半个马虎眼。他们每一次高空作业，安全系数非常小，稍微大意，就会粉身碎骨。我真信奉那句经典语录：历史是劳动人民创造的。他们与荒凉、寂寞为伴，繁华的都市风景，他们很少欣赏到。这里完工了，又要另一处危险的作业区去，他们都是些打生（说外地话）远道而来的工匠师傅，他们的高空作业是那样的危险而淡定，操作技术的娴熟，质量是那么的高。

我们站在石佛寺边，抬眼望去，那些栈道在蜿蜒曲折的山岩边时隐时现，有如悬在半空中的横卧着的云梯。

石牛寨正是山奇水秀之胜景令游客流连忘返，石牛寨镇也因山奇水秀而秀美、兴盛！

神奇的龚家洞（一）

农历癸卯岁头二月十二日，应龚春林相约，我们一行10人到龚家洞踏青。小车从长寿街出发，驶过西溪桥、邵阳大桥，西行两公里横穿平益公路长寿木金公路连接线，我们就被群山相拥。山水怡情，鸟语花香，金黄色的油菜花映照着我们。同车者说说笑笑，好不开心。小车徐徐驶入群山腹地，驾车者保光神情专注地开着车，翻过几嘴几坳，小车在丹霞地貌的群山环绕的水泥路上下飘逸……

龚春林是我结交30多年的好朋友，缘起共同爱好，20世纪八九十年代，他就在省市级报刊上发表优美的散文，我先在《岳阳晚报》副刊栏目里拜读他的文章，从他描写的地标性的景物里知道他是相隔30里山路的龚家洞。我13岁与父母亲进西岸山里砍柴，就要从他家附近的陈家塅后面的方山坡路上经过。所以去他家，大概位置是熟悉的，不需要问路。

我当时是骑自行车去的。在此之前，我寄去过一封信，内容无非就是喜欢读他在报纸副刊上发的文章。不到一个星期，我就收到他的回信，我又被他那铁画银钩的钢笔字所折服。所以，我急于见到他。那是一个细雨蒙蒙的寒冷的冬天，路上很少有进山的人。开始骑车时，手被冻得麻木了。为了驱赶寒冷，我热烈地蹬着自行车，一会儿身上就热烘烘的了。骑车到麻棚下面山窝里时，小雨雾换成雨帘，山野一片寂寥，鸟儿也栖身于密林中，听不到鸣叫声。尽管披着雨衣，但前胸已经湿透了，我不禁连连打着寒战。我快速地推着车，奋力登在那曲折的被雨水洗刷得凸凹不平简易的上坡土路上。轮胎沾满泥巴，那雨篷里已塞满泥巴，车推不动了，索性来了一个车骑人，我扛着自行车气喘吁吁地上着那泥泞坎坷的路，绿树掩映的坡坳上面传下来连连的狗叫声，好不容易才到达有几栋房子的麻棚里，我将车子从肩上卸下来，全身被汗水和雨水湿透。我找了一截小树枝，急切切地将雨篷里的泥巴抠出来，一只麻色的狗婆，耸着被雨水打湿的绒毛斜奔过来，我双手握起车架，用力将车子一顿，装出要狠打一顿落水狗状。它就绕着我叫个不停，开始时，我蹬了几次脚，舞动着手里的小树枝驱赶着它，它夹着尾巴慢慢地逃避，等我停下来继续干着我的活儿，它做匍匐状，又拉着干干的瘦腿走到我面前继续叫着，越叫越狠，越叫越认真，我干脆不理它了，它就越来越近前，我看到一股股热气从狗嘴里丝丝缕缕而出，也嗅到了狗嘴里呼出来的臭腥味，那嘴巴边还沾着白色的唾沫。它见我继续不理它，减轻了那夸张的吠叫声，主人打开了门，两手抱着一只猛火烙得小孩巴掌大小的焦黄迹印的篾制的炉子腔，内面的炉子钵盖着的烟灰被寒风寒雨吹得旋转起来，殷红的炭火眨着迷眼似，忽明忽暗，他立在门前，不想再迈出来一步，畏畏缩缩出来呵斥着那狗婆："绝狗毛的！"

不负我望，应访者春林在家，我与他交流了个把小时，他留我吃中饭，我婉言谢绝，君子之交淡如水。我顺便在他家附近买了两纤维袋木炭，才原路返回。从那以后，我们不时交流。后来他南下打工，在深圳做了文学编辑，我才隔断了与他的联系。2018年之后，我又与他联系上了。

车在曲折的路上行走了十来分钟，就到了两岸青山相对的一条南北走向的长长的峡谷地带，那畦畦块块网格状的金黄的油菜花开得格外灿烂。一条小溪依附于公路边涓涓流淌。

这是一处风水宝地，形似硕大的猪腰子状的盆地，数百亩肥沃土地育养着数百口山民，他们怡情悦性，朴质醇厚，过去除了食盐，稀贵的药材外，几乎都可以自给自足。他们过着与世无争的日子。南北两条崎岖山路走向山外，东北面是凉亭坳，新中国成立前，由山大王把守，但一般不侵犯百姓，与内地的山民从来都是井水不犯河水。只有从那里进龚家洞贩卖山货的人，才要强行留下买路钱，但很少害人性命，所以对当地的老百姓生命财产，还起到了一定的保驾护航的作用。倚西北面是幕阜山的余脉，一泓清泉从袁家山背面淙淙流淌，流到凤形坑，传说这附近的山上有大片大片的梧桐树，经常有奇异的五彩缤纷的光辉映照山野；有好听的仙乐不绝于耳，某一天飞来一只金凤凰，栖息在这里流连忘返了，于是幻化成现在形象逼真的凤凰山，前面有一泓清泉，是她洗浴美丽羽毛的地方，后人取名为凤凰坑。这里有层层叠叠的梯田，也生养着七八户人家，某年某月某日初夏山洪暴发时，将栽插中禾时规范行距地放在田边的"轮子"打下了一个石潭，名叫"轮子潭"，山洪停止后，轮子的所有人顺流寻找那流失的轮子，结果掉进了那三根箩系打不到底的深潭，传说因此得名。走过去有著名的十八盘，十八盘中有一处名叫"烂柴弯"的地方，传说有一个40岁不近女色的人，但他修身养性，处处做好事，从不作恶。有一天挑担从后来一处叫"阿弥石"的陡峭的边山路经过，不小心柴担一下掉下去了，他向下俯瞰视着使人昏眩的峭壁，又怕下去捡得，就一屁股坐下来，如一个娘儿们一样嘤嘤地哭个不停，哭累了，就迷迷糊糊地睡着了，他梦游到了一个神仙洞府，不知不觉玩了三天。结果猛然想起，自己还有老母在家要侍候，就幡然醒悟，他记起那一捆柴还堆放在那山弯里，去寻找时，哪有什么柴捆！就好奇地问起往来的人，过往的行人就非常好奇地盯着他并言语，我们只听说这里叫"烂柴弯"，没看见谁丢柴捆在这里。后来才知道，在神仙洞府待了三日，凡世间却是三千年。

　　溪水继续跌跌撞撞而下。又流到了一个名叫流水洞的地方。溪流继续倾泻而下，如长长的白练，过去山民们利用那水带做动力，安装一水排在垒起的石堰边，推动碾盘，悠悠转转昼夜不停，染碎着茶子、菜籽、桐子、芝麻、花生米之类的油料，榨取的油，销往长寿街。换取食盐、酱油、醋、药品等简单日常生活用品。其他的都是自给自足。山民们过着与世无争的日子。我们那时去砍柴时，这里叫"油铺里"，这家人家的主人叫立佬金，人家说，打油师傅可以油淘饭，可这师傅这是滴油不进，只吃清汤寡水的饭菜，更不要说吃荤菜。据说他死时，只剩下五十来斤骨架子，断气前简直就成了木乃伊，事后吩咐家人叠一堆柴，将其火化，他就会成仙的。别看他干皮捏屎，可他生养了两个漂亮的好女儿，是双胞胎，我们搞柴上山下山时，总爱有意无意多挖那漂亮妞子几眼，立佬金总能看出我们这伙墩里崽俚心怀鬼胎，他的嘴巴上挂得十二只盂桶，显出老不高兴的样子。有时，干脆撂下狠话：我俚妹子是绝不嫁墩里崽俚的，要嫁就嫁长寿街里的伢子。

　　龚家洞这里有全县著名的四十八寨之一的西寨，守寨的人，只要手持一把刀、一棍棒，就万夫莫开。传说明末清初的农民领袖人物之一的李过，在此据守好一段时间。

　　车到了春林家门口，进去打个招呼后，就被热情好客的邓新荣夫妇带着我们去踏青。在金黄的油菜花中，有机耕路段，同行的中国摄影家协会会员何志贤就为我们拍照。同行的甘静才女为我们摆造型。接下来，拍了一张张情景交融的照片。我在杂草丛生的田野里除杂草；见人在点菜，我又笑嘻嘻征得人家同意，拿起尿篼给菜地里的蔬菜施肥，泼尿水。我们如回忆到了从前四十多年的时光里，在农舍门前的秆堆旁，懒散地瘫坐在那里拍照，挑着柴火，或肩背，或戗棍插上两捆，做肩挑柴担下山造型；还如原先一样，"放牛秆"（给牛喂饲料、给牛饮水）。

　　最后我们站在邓新荣的油茶基地和杉木基地边，听他介绍：一棵油茶树长大后挂的果，可以采摘三箩茶球，按现在市场价，一棵茶树能获利900多元。我们看到了农民作家邓新荣脸上幸福的笑容，憧憬着美好的未来。

　　同游者：明宗满姐夫妇、亚明飞飞夫妇、郑保光院长、喻奇驹夫妇、拙荆婷娥。

　　非常感谢中国著名摄影家何志贤一路同行，不厌其烦为我们全程拍照。

神奇的龚家洞（二）

　　春林亲自为我们掌厨，炒了十多个菜：有自己养的土猪熏的腊肉，有山泉水打的豆腐，茶油煎得两面金灿灿，香喷喷，还觉得有点嚼头；那圆滚的鱼是小溪里捕捉的刁子，煎得枯黄，拌着自己菜园里扯的芜荽菜和自己秧的老姜切成的土黄色的丝，还拌有从樟树港文友寄来的"斑椒酱"，没有些许腥味。那清炖的土鸡火候恰到好处，不显油腻，还有羊肉炖薯粉皮、豆角干，回味无穷。炒的竹笋很好吃。牛肉拌辣椒酱炒出了最佳水平，还有一道你想都想不到的菜，那就是野藠头（岳阳人喊野藠子）煎蛋，那个味道，你只有尝试过，才知道那个独有的味道。林林总总。这伙食客们眼睛死盯着那桌菜，个个狼吞虎咽，没听见说话声，只有那嘈杂的咀嚼声显得格外夸张。这时如果侧边有人拍照，每个人的吃相，一定会觉得自己笑死个人。

　　酒足饭饱之后，大家又溜达到了小溪边。这条溪流分上中下三段：上段是龚家洞人田地灌溉的主要水源，东西两岸有用玄武石垒起的千年水堰。中段一年中，只有夏天的时候才见水流，两岸黄贼贼的断肠花开得格外凄美妖娆，山溪水面铺上的断肠花如不怀好意的小贼崽儿，给人神秘莫测，迷幻虚荣的空洞感，那些刁子鱼贪婪地啄着那些花瓣，不停地吞噬着，它们似乎将生死置之度外。我们当地人，称那褐色的断肠草为藤蔓黄藤，有些人对生活绝望时，煎熬一罐子那黄藤水喝掉，就会七窍流血，死于非命逃避现实，抛弃亲人，免去生活的磨难。可那金色花瓣却是刁子鱼可口的美食，这些鱼儿似吃了迷幻药一样，情欲旺盛激情似火，不要命地产卵散子，这个时候，如果谁捕捉了这种鱼吃，就会断肠裂肚中毒死亡。可见世上万物都有独特的自我保护能力。

　　这山溪在其他时季节里，溪水销声匿迹，有如西北的戈壁滩。当地人都叫这段小溪为干江里，传说古代罗汉秀才遍游南国时，从凉亭坳过来，走到溪流的中段，到一个农户家讨水喝，一位美丽的村妇刚采摘茶叶回家，汗水淋漓，累得要命，加上那"羊辣缚"使周身奇痒无比，本想急匆匆赶回家，关上门，赤身裸体洗一个热水澡。谁知不早不晚来了这个讨厌的陌生人，就恼火地想将讨水喝的罗汉秀才轰到别人家里去，谁知罗汉秀才也是一个死板硬套的人，就是不肯到别家讨水解渴。他听到村姑说没茶喝，又提出喝凉水也可以。村妇又回敬秀才一句，水缸里也没了水。

那秀才狠狠地丢下一句掷地有声的话，你们这里是干江里！从此以后，流往中段的水突然消失了，人们知道是罗汉秀才钳死了，据说那村妇后悔莫及，系颈于楼脚上，香消玉殒了。

当然这些都是无稽之谈。前些年，探矿队在这里忙碌了半个月，说这里有一段阴河，阴河下面有取之不尽、用之不竭的石油，还说流水洞上面有丰富的铜矿。

春林当了两届村长，觉得琐事缠身，在一次全镇三级领导会议上，镇长在台上讲话，他不管不顾当着与会者的面，口头向镇长提出辞职，镇长觉得自己没有了退路，还有一个重要原因——他不是中共党员，不符合两委一肩挑的条件，就叫春林递交书面辞职报告上去。春林很快就成了无官一身轻的窝脑村民，后来本村书记兼村主任，力举他当上了村上护林员，他一如既往地尽职尽责，林业护理得好，生态环境保护得非常到位，野鸡生蛋到田塍边，也没人捡，让其孵化成小野鸡归回山野。野猪闯到农户家中来与家猪抢食吃，也没人捕杀；麂子混到饲养的黑山羊群里，也没人想放。

春林看管的山林非常广阔：南面连接着加义镇的咏生乡，西面毗邻瑚珮三墩乡，北至虹桥镇的桃花洞，东通木金乡，这些山地可谓是山高水远。离春林家最远的林地管辖范围在虹桥、加义镇交界处的大屋场，在20世纪70年代后期，这山沟沟里是一个热闹的地方，这里驻扎过一个国有林场的伐木队，有小卖部，还修建了一个座小水电站发电照明。我们塅里用纤维袋挑两个沙包进去，100斤，可以挣到1元钱，相当于一天的社会工资，担80斤沙子这是0.8元。那修小水电站的地名叫驼子坦。现在没人住了，杂草丛生，遍地荒芜。

龚家洞人是非常勤劳的，多数家庭是靠勤劳致富的。这里略举一两个事例：一个龚姓人家，新中国成立前，就因养猪致富的，他养猪细心呵护到了令人感动得流泪的境地，猪可吃白米粥，家人大小人员却吃薯丝饭，小孩子吃得有些厌腻了，就对他妈妈央求道："我不要吃这饭，我要吃猪崽粥。"又引起笑话。这家的当家人，在炎热的夏天，每天毒日当头时，他就只穿着裤衩，汗水淋漓地给盖着杉加的屋顶浇水以便降温，使热得躁动不安的猪们舒服睡觉而长膘。三九寒冬，怕猪圈里的猪受冻，就烧炭火给它们取暖，由于不透气，猪们差点一氧化碳中毒死了，幸好他儿子读了一点儿书，还懂一些知识，才免猪们中毒牺牲。

龚姓人家的儿子，带着长工下地干活，总是消极怠工，劝长工悠着点儿，不要拼死拼活。如秋天打中禾，箩底盛禾毛须，上面盛稻谷，轻轻松松挑回家。

龚姓当家人是个守财奴、吝啬鬼。有一天，与老婆走亲戚去了，儿子就与长工下池塘捕新鲜鱼吃，他们倒有办法，就是拿大盘箕浮在水中央，人在池塘边扑打着水，那些鱼儿就腾飞起来，活蹦乱跳地落到了盘箕里，人就将大盘箕抬上岸，摘紫苏薄荷煮新鲜鱼吃。当家人走亲戚回来,发现盘箕里沾上了鱼鳞,儿子与长工饱了口福,却被骂一个死,特别是儿子还受了皮肉之苦。

春林白天在岭上巡山或作田种菜,晚上阅读或写作。是悟性极好的岳阳市境内著名的农民作家,得到政府文化部门的支持,今年准备资助他出一本书。

罗浮山的云

在罗浮山,很难遇到碧空如洗的天气。这里却可以说是云的温柔之乡。

罗浮山清晨的云,是最吝啬的,只有那丝丝缕缕的——薄薄的,如鹅绒,如轻纱曼舞在飘逸。如昨晚仙女在这里沐浴后,酣睡着,美梦连连。乳白的缎子散发着奇异的香味晾在溪水山涧的高树丛上;又如轻笼着贪睡少女的紫色被褥被轻轻卷起,但被她任性地紧紧搂抱着不肯放手。紫色的云朵总是从山洼里向上浮,还毫不吝啬地紧紧地拥抱着野树或原是荒山野岭上工人栽种的片片林木。

站在山中望山望云,那是一种不可言喻的奇妙感觉。也总给人心旷神怡的感觉,使人是何等惬意,那新鲜空气,那负离子,似乎伸手可抓一大把。置身于此,一个个深呼吸,觉得空气是甜的,清香的,让人亢奋的。总给你一种虚幻得飘飘欲仙的感觉,你还觉得就是最棒的养生者。你自然会抛弃俗念,你企图成为罗浮山的最受欢迎的人。你忘掉了旅途的疲劳,希望长居于这里,成为世界上最幸福的人。绿色养眼,溪水可洗心革面,但又不想弄脏这里的每一泓清泉。

一会儿后,那缕缕似乎透着甘醇味道的云朵,向上飘逸,一个钟头后,爬到了山顶,慢慢堆积着,就那样不动不拉,如泼墨的重彩,下面的云被融化了,上面的云又叠堆下来,与天际相接,展现着各种各样独特的形象,如不同艺术家的美术作品。下弦月想慢慢靠近这些云,又似乎没那信心。

四十多年前,罗浮山植被覆盖率还比较少的时候,省委书记积极倡导垦荒植树造林,引进了一批南洋楹和本土成活率比较大的桉树,罗浮山东面现在这批树木都成林了。阿叔(我跟我妹妹这样称呼的)就是走在前面的响应者,被当地人称为种树大王。如大桉树、南洋楹种植面积和规模比较大。他带领本村村民就种植了数十万多株,他当时动员党员起先锋模范作用,一对一地帮助村民,绿化工作做得非常突出。贷款,或引进外资,栽种了易成活又能速成林的树种,在荒山变青山做出了很大成绩。

但近年来,一些专家却提出种植大桉树、南洋楹这种速生林不好。说破坏土壤,地下水吸收量大,板结土块,还产生重金属。所以,阿叔现在很是纠结,担心这满山遍野的林木,某一天被全部砍伐,被一批新的林木苗所取代。

早晨 6 点，我起来后，屋里静悄悄的，我到另外成一统的三间低矮的一层房屋里看看，妹妹是不是在做早餐。但不见妹妹。我记起昨晚妹妹说去拾一餐坑螺给我们尝尝。我循着一段弯曲的简易下坡路走到一条小溪边。水流潺潺，紫色的雾轻盈缭绕。"咯——咯"是一种东西丢在木桶里的声音，但植物覆盖，看不到什么。"汪汪"的一声狗叫，一只胖胖的黑狗从小溪里蹿上来，抖落身上一串串晶莹剔透的水珠。随即听到一声家乡土语的"绝狗毛"骂声，我辨认出是妹妹的声音。胖黑狗如代主人当向导似的，折转身，我跟着狗子钻入小溪里。妹妹在一条向西北伸延的小溪里拾坑螺。这溪边长的是五味子树、黄皮树、奶果树等野生植物。狗儿在打着响鼻，在浅浅的溪滩上，搜索而上。我干脆脱下拖鞋，赤脚躬着身，用手小心地拨开藤蔓，跟着狗子在小溪，小心地踩着溜滑的鹅卵石走着。我叫了一声妹妹，妹妹回应了我。大妹子立起腰身亲切地笑盈盈地看着我。鹅蛋脸，大眼睛，柳叶眉，高鼻梁，与我母亲一个模子印的高个儿妹妹，一点儿都没有发福。

她远嫁广东前，经过一次失败的婚姻。离婚后带着小女儿回娘家居住不到半年，来介绍她再婚的人，几乎踏破了门槛。妹妹却非常反感，一气之下，狠心丢下小女儿，由我母亲带着，她只身南下广东打工，好不容易找到一个制衣厂，踩电车，后来与现在的阿荣结了婚。刚结婚，妹妹家条件非常艰苦，为了创造一个属于自己稳定独立的家，他们夫妻俩在罗浮山通往外县的路边开了一个南杂百货小店，是简易的砖木结构的一层平房，利用当时修路、垦荒造林的外地民工在附近餐宿的机会，赚了一些钱，总算可以安身立命了。带过去的小女儿也长大成人，读书深造有了一份稳定的工作。

可妹妹命运多舛，好日子没过上几天，宫颈癌几乎要了她的命，可女儿和夫家亲人想尽办法解囊相助救了她。她才从死亡线上挣扎过来。后又备尝艰辛几年，才盖上现在三层高的别墅式的小洋房。

妹妹觉得差不多了，提上来大半桶的坑螺（坑螺又名山螺），估计也有五六斤，按市场价 60 元一斤，也值三四百元了。她取下头上的细碎花的头巾，脸上露出满足的笑容，欣喜地对我说，哥，等我做一个我最拿手的"坑螺"炖排骨头汤给你们尝尝。这种坑螺排骨汤，是比较讲究的：除了洗涤干净的坑螺，其实也不要过分地洗涤，坑螺生长在浅浅的山溪里，小溪沁凉，小溪水清澈见底，溪水中散落的黑色的玛瑙似的小石头上、泉水叮咚的石缝里都爬满了山坑螺。它个头小，壳硬，色泽乌亮，像一个个精巧的宝葫芦，因为这罗浮山坑螺是生长在环境清净的长流水中，无污染，无泥臭和其他异味，还含有多种有益元素，有祛毒解暑的作用，是罗浮山颇具特色的小吃。妹妹他们家泡汤还佐以菜干（芥菜、生菜、娃娃菜）。坑螺，由于是未污染的罗溪山深谷里生长的，没有泥腥味，不必担心有寄生虫，容易洗净那少许的青苔。这是泡汤的主打菜料，还有猪的排骨头，就是那两排胸脯前的排骨，割下来，只选前端的那小段。还可以做坑螺菜干汤：这也是罗浮山餐桌上一道独特风格的美食，它的配料是晒干的青菜！主要是芥菜、白菜、焯过晒干的菜干等配坑螺。

  我们在罗浮山做客数日，我每天晒朋友圈。给那些急着想尝鲜的亲人和朋友，妹妹让我带回去罗浮山里的新鲜果子，当天采摘下来的：百香果、香水柠檬、黄皮、荔枝（奶果）等，给他们解馋。

游砂岩水库

农历辛丑正月十六，我们在春林家吃过中饭，太阳懒洋洋地从云缝里钻出来，新荣叫上开船的昌老板，文友一行九人，步行三里山路，去游平江县长寿镇西北面的砂岩水库。早就听说这是湘东一处尚未开放的旅游景点，有独特的魅力，正所谓"养在深闺人未识"。大家都想去揭开她神秘的面纱，零距离接触她，观赏到她的真面目。于是，大家怀着极大的兴趣，沿斗折蛇行的路往深山进发，女的嘻嘻哈哈拍着照；男的观赏着漫山遍野的野花与新绿，默不作声的。春林看到女同胞走走停停，他剪着手皱着眉头说，这个速度是不行，要快点啊。女同志不把他的话当回事，我行我素，拍照的继续拍照，观景的观景，傻傻地冲着这位作为东道主的龚才子挤眉弄眼。

巴陵的六个女子好像待在城里腻了，如王母娘娘面前的仙女，偷偷下凡似的飘然而至，来到了龚家峒，说要进山挖笋、观美景，吸过滤了的新鲜空气。于是，邓、龚两才子听到美丽才女要踏进世外桃源似的家园来，高兴得夜不能寐，并在当天接到消息后，又通知了我，要我去打下手，进山挖竹笋、捡野菇杂菌什么的。

中午一点左右，到了砂岩水库尾，一艘白色的驳船泊在两岸青山相对的峡谷的浅水中，摆渡人正蹲在船上，将舱内的水舀出来，我与春林想去帮忙舀水，却没有器皿，只好眼睁睁地看着他慢慢地将里面的积水舀干净。一会儿积水舀尽了，我们一个个陆续登上船去，穿上救生衣。摆渡人解开缆绳，船儿慢慢向深水中驶去。船儿在窄窄的山峡里的水面上摇摇晃晃，磕磕碰碰艰难地向深水处走着。我感觉大家都有点怕，都想用点儿什么驱散这小小的害怕，于是说笑的说笑，嚎歌的嚎歌，有的将手机的音乐栏的歌曲开到大大的音量。声音在水面上荡漾，两岸的青山似在慢慢倒退。山上色彩斑驳中有深绿与浅绿交织着，倒映在水中，如朦胧的山水画，水鸟在水中探出头来，但见船儿驶去，慌张地又钻进水里。大家被山水陶醉，有些忘我，只为山水如画的美丽。

春阳微醉，峡谷的水面泛起涟漪，暖风拂面。坐在船舱里，四周而望，水波浮动，峭壁如削，午后阳光在云雾中钻出来又躲进去，好像与我们捉迷藏，我们都在夸"李半仙"（蓝莲花）出游的日子选得好。

砂岩有 600 亩水域，转一个来回，有 7 公里长的距离，深水处有 28 米。阳光灿烂，云消雾散。水域碧波荡漾，水面橙黄。两岸丹峰峭壁对耸，形状各异：有的高耸着，有的匍匐着，有的相互搂抱……高处石壁危峰，有高高昂着头的"马脑埂"，整个水域就是围绕着它转着圈，它如远征待出将军的坐骑，每当春夏之交山洪暴发时，附近的山民可隐约听到它在嘶嘶鸣叫。"象鼻山"如巨象把守家门，时刻防范来敌袭击，那灵动的鼻子防患于未然。还有那"鹰嘴岩"，形象如虎视眈眈它的猎物。一有逃逸的现象，它就会瞬间抓起猎物，搏击长空到另一处孤峰上，去尽情享受。还有那"鱼塘峡"，仰望去如一线天，低头看，见小船只能循规蹈矩地直着游过去。

那仙指崖崖壁上，如条条嵌入的泥鳅痕迹，有的如个个手指印，也有的如盛泥鳅的器皿。这里也有美丽的传说：在很久以前一个夏天的月夜，一伙神仙下界戏耍，看到溪水中有活蹦乱跳的泥鳅，他们挽起长长的水衫袖子，忘我地捉起泥鳅来，没有盛泥鳅的器皿，仙人就将捉起的泥鳅拍在崖壁上，仙人掌有的拍一下，就有了深深的穴道，泥鳅盛在里面，还跳跃着想出来，但总是跃不出那坑穴。一个放钻篮的人呆呆地看着那情景，傻眼了，禁不住惊叫起来，凡人这惊叫声吓醒了仙人！这还了得，天机不可泄露啊！于是，仙人丢弃捉下的泥鳅不要，急急忙忙地返回天界去了。捕鱼的人倒好，捡了一个落地杨梅（意外收获），所以后来人们叫仙指岩，又叫仙人捉泥鳅崖。除了这些景区，还有东南西北四大门出进砂岩水域。响墈为东门，鹰嘴坳为南门，松木冲（上岩）为西门，大毛坳、小毛坳为北门。单说这两坳：传说这里阴气太重，阴雨天或夜深人静时，常有鬼唱歌，或嘤嘤地哭泣着，闻者毛骨悚然。可见这水域与山谷的错综复杂。当地人传说，如果陌生人误入了这迷谷里，是难得逃出来的。

20世纪70年代初，长寿镇的邵阳人民为了灌溉数千亩农田，达到旱涝保收，他们发扬愚公移山的精神，劈山筑坝（这坝筑在百余米墈下鹰嘴坳），后来浇灌成钢筋混凝土大坝。这建筑是造福子孙千秋万代的伟业。山风吹皱了这墨绿色的山水，粼粼波光的水面上有水鸟们在钻进泅出，似乎我们这一船的外来客惊扰了它们平静的生活。我们依着刀切似的悬崖绝壁，感觉那歪斜的山崖似乎要倾倒压下来，给人带来些许害怕。泛舟游荡，不知不觉联想到范蠡功成身退带着西施泛舟西湖，去过远离乱世的隐遁生活；想到苏子的《赤壁赋》……感叹白驹过隙的仓促人生。这会儿灵魂深处有一种净化超脱的感觉，灵魂似乎要出窍似的。船到莲花崖下的摇窝里的一处稀疏树林的矮山坡下，艄公将缆绳丢上岸，系于小树枝干上，我们小心翼翼爬上岸，去参观那山崖下的数百年前的小土屋。船工与我们九游客恋恋道别，这一短短水程，我们拍照，唱流行歌曲还兼哼山歌民谣，颇是其乐融融。

已近后午，天色阴晦起来，我们踩着败叶枯枝，男女攀藤附葛或执手相牵爬到那山的半山腰，我们回头俯视，回行的小船在水面上如一片小竹叶，一群野鸭子扶摇直上，向山那边飞去，我们似乎有点歉意，它们是因我们的贸然行动所致吗？那青山倒映水中，那隔水的对面映山红开得灿烂，那叫不出名字的白色小花开得野性而狂放，似乎要压倒那热烈而怒放的火焰似的映山红。我们中间的一同伴惊叹不已，"家花没有野花香"。但见溪水清澈，山重水复，两岸石壁或被植被，或裸露，或显巍峨耸立，姿态俊美。我们有些恋恋不舍地转过身来，继续登峰攀顶，去欣赏崖下那几百年前先人居住过的土木结构的房屋。

听云书院小记

农历壬寅年七月廿五日未时从县城出发，文友相约游听云书院。

秋老虎还余威凶猛，燥热非常，车子在弯曲的山道上斗折蛇行，幸好是水泥硬化路面，不是那样颠簸，只是急转弯处，似乎揉着五脏六腑，只差没呕吐，我从小就怕坐车，一坐车如要送去死神那里一般。

透过玻璃窗往外看，满眼绿色，树影婆娑，路两边的草木不时亲吻着艰难行进的小车，似乎行温馨亲切的贴面礼。

车行进40分钟左右，在一处陡峭的急转弯处，一块"听云书院"的指路牌，指向左边的柏油路，车内的亚哥咋呼着，到了！车里的人为之一振。

听云书院坐落在平江县三墩乡（原瑚珮乡）"统销村"境内，何为统销村？

在20世纪六七十年代，当地山民粮食不能自给自足，靠国家计划经济，按人丁平均返销稻谷200多公斤，本地山民拿钱去仓库里籴粮食，价格与当时"吃国家粮"一样，都是平价。

这里又属高寒山区，只能在土壤比较厚实的坡土上种植高粱、红薯、马铃薯等，经济作物以秧老姜，打药米繁殖"平术"种子，为单一的农业生产。富余劳动力多，只能外出挣钱养家，那时叫搞副业，后来时兴叫打工。

书院坐东北朝西南，四面青山相拥，满眼苍翠墨绿。朝西南面往下看，是南北走向的弯曲峡谷。对面隐隐农舍，遥相呼应，若直径走过去，但可能是两个时辰的山路。

书院占地面积5800多平方米。正门上面有斗拱飞檐，青色小瓦叠砌，"听云书院"四个字，显得灵动飘逸，真似山岫中飘过的山岚紫气。上下一对灯笼相挂，真有客者联想到"大红灯笼高高挂"的意境。大门口是汉白玉栏杆和三等台阶。

书院是以前、中、后厅为中轴线，左右两边分别是"吟风馆""松语堂"。书院主体建筑两旁大小各六七间房。

从正厅进去，两扇古色古香的大门，上有凸起的如鼓钉的简朴装饰。正方有名贵木质屏风，上面雕刻的是以迎客松为主体，下有喜鹊噪梅，幽幽兰花等奇花异草，灵动的小鸟飞翔等图案。

走过前厅，是一个四合院，左右两边是人工栽培的花木，小长方形青石板砖铺就地面。

从中门进去，是中厅，中间有"室雅何须大，花香不在多"隶书匾额，古筝弹奏《听雨》乐声在院内轻轻飘扬；好闻的檀香香味给嗅觉一种洗涤的感觉。仿佛是置身于苏州园林景观之中，院内透出浓浓的书香气息。

穿过中厅后门又是院子，两棵移栽的柞树，活得很好，显得有一百多年的树龄了，树周身长出新叶，如一对相依相守的情侣，几经劫难，恢复了正常健康一般。

两边花卉在阳光下泛起亮眼的色彩，中间也是青石铺就8米宽、9米长的地面，左边7间房，藏有万卷线装古书。

接着是上厅，厅中是三灵官坐镇堂中，静观主人家岁月静好，康泰祥和的生活。

一流的室内装饰，显得富丽堂皇，见证着主人家雄厚的经济实力。

菩萨倚后是：颇有功力的书法"本宗紫阳堂上朱氏一脉先神之神位"家神龛，并书写着"忠孝传家遵祖训，读耕为本效先贤。"祖训。

右边大理石三蹬台阶，后院右边是长廊，五根木柱支撑，倚偏房玻璃盖板，通右边是客厅，木质太师椅七张，仿古方桌立于中，四个小茶几、大电视，背景为优质的白玉背景墙，右巷道内通主卧、洗漱间、小餐厅，厅内摆设木质大圆桌、椅子等，小厨房相连。

此陈设不落其他书院的俗套，透出浓浓的烟火气息，不但使读书人正襟危坐的书堂，不显得呆板，使你觉得又是生活在芸芸众生之中。

我正沉浸在欣赏这别具一格的建筑风格时，文友春林叫我到后面去参观地窖储藏了5年以上的一吨多的东家老爷子自酿的高粱和谷酒。

山洞傍后山，热情好客的70多岁的，脸色清癯但精气神十足的朱老爷子向我们介绍，这是一个质地坚硬的"金石岩"形成的山坡，建房时，山体切割了半边，倚坡度，是用金刚钻掘进去的30多米的山洞子。

主洞进去，洞门前，一只洁白无瑕的"金毛"卧于地，不躁不吠，显得驯善的模样，但人进去还是惧怕，朱老给我们壮胆，说没事的。

我们嘻嘻哈哈地靠近了她，还拍了几张人狗相偎的照片。洞呈"丁"字形，进去不用弯腰，10多米的主洞，能容3人并排进去。

洞的左边是5米左右长，开凿成一水潭，在柔和的灯光下，甘甜清冽的山泉涓涓渗出，水滴潭面，大半潭水清清幽幽，泛起涟漪，如碎银点点。

我们真想掬一捧尝尝，但是够不着。只好折转身向右边的藏酒洞走去，四五十个陶坛排列在那里，每个坛能盛50斤，用塑料纸内衬一层红纸封着，密封得很好，没有透出一丝酒的味道。

靠外还叠放着储藏了两年的用纤维袋盛着的本地老姜。朱老爷子从一只小瓶子里倒了一点儿纯正可口的酒给我们尝尝，我们装着迷醉状，拍了几张照片。

恋恋不舍出洞后，向左边的柏油路走上去，这就到了山梁上，这里有移栽的百余年的野梨子树、桂花树等，有立式夜景灯柱。有六角亭，亭内有五把长椅，能坐十五六个人，亭子左边有一个长廊，两排靠背木椅，也能坐二十来个人。

还有山上的假山水榭楼台。山风徐来，围墙外竹林树木摇头晃脑，显出山野的宁静，凉爽的风吹过，使你忘记是在闷热的初秋。

沿着60多个青石阶逐级而下，眺望层层叠叠的山峰，纯蓝的天，丝丝白云如布达拉宫里专赠游人的哈达，你顿觉忘却人生烦恼，精神世界似乎飙升一个档次，有一种超然脱俗的感觉。

又转回到书院的前面，这是2000多平方米柏油铺设的宽广坪地，停了十来辆车，显得非常宽敞。大理石护栏，各种雕花图案，造型显得非常古朴典雅。

倚栏看风，看林涛声声，嗅潺潺溪水声，如有身临仙境般的宫阙边，下看人间情景的感觉，淡云飞到那边山上，溪流潺潺作响，又觉得是脚踏实地的凡间。右边"松语堂"外墙是通透木质护栏，镂花窗棂。进去是大型客厅，客厅后面是客房。

从侧沿扶梯下：是100多平方米吟诵堂，黑板上还残留着："半山听雨又听云，声声入耳在清晨，听云听风听书声，诵诗诵文诵古韵……"

听云书院，是崇古典文化和国学和家庭人员组合的休闲好去处。可容吟诵学员五十来名，是湖南理工学院的博士李统兴国学大师利用节假日，在这里设绛帐授生徒已两载，成功地主持了两届学员结业，授业生接受古典诗词歌赋的吟诵，反响良好。

他是国内优秀传统文化课的主讲老师。也是全国著名的国学大师，平江吟诵总推广人，属于全国三大吟诵流派之一的代表人物。

吟诵堂隔壁是棋牌室、台球室，靠右边是卧室四间，每间客房有两个铺，30多平方米。卫生间宽大，咖啡色基调。内窗帘素净，几明窗净。

紧挨着的第一间是客厅，有投影，大银幕，音响设备悬于左右上方，六组沙发、茶几、点歌台，上悬彩灯。大理石地板。

地下层是成梯形的大餐厅，200平方米左右。隔壁是大厨房，也有八九十平方米。有大巷通卫生间、空房。上面的柏油路通活动室。

总之，"听云书院"用有限的地建宽敞的房屋，足见主人家精心打造，耗资巨大。

华灯初上时，我们似乎置身于虚幻的宫殿之前，却又是脚踏实地，色灯变幻莫测，夜景宜人，你又顿感人间真美好，同行者笑笑哈哈哈，有的在拍美照，有的在观景色。

　　成功企业家，听云书院的创建者、40多岁的英俊潇洒，身板硬朗的主人朱益平非常低调、好客，他留我们歇脚，我们行程匆忙只能恋恋不舍地离去。他欢迎我们下次再去。

欢聚"莒江"

这是一个特大的包间,名曰"莒江"。我办完事后,就去赴《三湘四水文学平台》总编苏浩邀约的晚宴,地点是"江南饭香"。

我有个说不上好坏的习惯,每进一个房间,就是爱开窗或临窗看窗外的风景。这儿恰好是汨罗江横卧窗外,碧绿的江水从东流淌向西。夕阳涂抹在绿林带上面又透射下去,有的落到江面上,流光溢彩,淡黄色尽给人养眼的舒坦感觉。让人仿佛置身于无人区,偶尔人语声、汽笛声,又提醒你,又顿感是在闹市区的边缘上。

我正沉醉在暖和初冬的景色里,省作协会员钟有富与文友"欢癫婆"来了。钟作家中等偏高的个子,乌黑的头发,男人英俊的国字形脸,如果不是下巴颏儿上那一撮向上飘逸的半尺长毛茸茸的灰白色胡须的提醒,你还认为他只有四十来岁。

他的作品很有区域性,也很有特色。如《茶盘里的婚礼》,正在参加世界吉尼斯申遗活动。平江有品位的文化人正在联系省外的影视公司的大咖,拍一部平江新郎官与新小娘抬茶呷的特色影视片。

"欢癫婆"并不癫,她瓜子脸,画眉眼睛(宋备战大夫说她会扯蛇丝眼),不太矮的个子,但中看。总给男人多想看一眼的感觉。

她智商情商都很高,是个很有涵养的女人,生活上先甜后苦,虽然进入知天命的年龄,但总觉得她只有三十来岁。《干妈的蘑菇汤》是她的代表作。《平江文学》春季号,一次就刊登了她两篇作品。

接着东道主苏总匆匆赶来了,标准的美男子个儿,天然卷发,甲字形脸庞上,总是布满笑容,给人诚实信用的感觉。他是夜猫子型的人,白天处理好必要的事务后,头等大事就是睡觉,晚上编辑文章。

这是一个很琐碎很缠人的工作,有一天晚上,推出作者一篇文章,老是通不过,重复推出四次都是"等候通过",况且每次相隔的时段是30分钟,他就是有那个耐心,如和尚面壁呆坐着,目不转睛盯着电脑屏幕。好不容易等到东方升起红太阳时,才通过。

新的一天又如蜜蜂采蜜一般,他忙忙碌碌地又重复新的采编任务。这也就是一个文学工作者的使命及情怀的具体写照。为伊消得人憔悴啊,到底为哪般?

> 悠悠古镇，长寿情

亚哥与明哥来了！高个儿的亚哥，头上几绺头发总是没有团结性，拢不到一起，如穷山恶水的山岗上几个数得清的茅草蔸，在慌乱中逃窜的小兔子，恨无处隐身。

他戴上墨镜，如一个江湖老大，但实际上，他为人和善率真，敢作敢为。他科班出身，高校教师，前些年走下神圣的讲台，跟他教过的学生搞房地产发了一笔，不时带着我与长寿街的文友，下县吃香的喝辣的。

但你可不要小看他，他并不是纨绔公子，他很有才华，文学天赋非常高，《浮生万象》一书出版后，长寿街境内男女老少争抢着要那本奇书，没得到的，排着队预订，一时间洛阳纸贵，出版商跟着他可要赚一笔啊！准备二版三版再版。

明哥像个官二代，别看这个大腹便便的家伙呆头呆脑，他不但能盛食物还有满肚子故事，把长寿街的市井小民、风土人情，写得十分诙谐，活灵活现，那些老少咸宜的文章，总是尽收他的笔下。

长寿街的形象大使、星之火公益协会会员、蓝天救援队队员等多个领域的工作者、经常喊我绪姑父的小美女子仪也悄没声地来到，她一张迷人的脸蛋，适中的个子，身着白色上衣，下穿牛仔裤，显得非常摩登。但戴上眼镜又显得文雅内秀，如 20 世纪 30 年代北平城里的女大学生。她不时在文学平台发出高质量的作品。

邓荣生，是我今年新结识的一个文友，我非常嫉妒他有一个男人范儿的好身材，高大，不胖不瘦，一张很有女人缘的保养得很好的白净脸膛。"久违久违"，他先声夺人地进入"萏江"了。

他是平江地方方言的收集爱好者，并且有专著出版。他还出版过《杜甫传》，他唯一的愿望就是，想成立一个平江杜甫文学研究会。他谈吐优雅，举止得体，行着军人的步伐，永远不会忘记自己是行伍出身。

这时外面的暮色降临，柔和的灯光将室内的氛围营造得恰到好处。

市作协胡主席，摩丝抹得恰到好处，金丝眼镜内透出智慧的光芒，但总是露出温文尔雅的气质，他是殿堂级诗人，在繁忙的工作中，常挤时间创作上乘的诗篇，不时在国家级刊物上发表。

儒雅气质的文联喻主席，我估计他每天如数着米粒吃饭，只呷半块肉一般，永远保持精瘦的身材，他睿智幽默风趣，与他在一起，使你欢快无比。由于给人没有拘束感，文友们爱与他打交道，经常去单位蹭饭吃，讨要新出版的刊物阅读。他的《数说平江县城的一江两岸》《夜的刻度》系列散文行云流水。

军人出身的文联彭主席，身材魁梧。但他人很和蔼厚道，并有扎实的写作能力，《人民日报》副刊版《大地》专栏里，不时冒出他老弟的文章。他文思敏捷，还有神速的功力，一夜可以完成一万字的报告文学稿。你不得不佩服为人低调的他。

巢湘平，一个文友圈子里，有他一出现就疯狂起来的作家，他的赋作得特别好。在今夜良宵，正值饮酒酣畅之时，他抑扬顿挫，拉着平江普通话，即兴吟诵《乳赋》《金枪赋》，将气氛升华到了最高峰，文友们锣鼓喧天，鼓掌呐喊，如打了鸡血针兴奋得跳跃……似乎个个都变成疯子了。

　　医师兼诗人的宋备战携妻到得最迟，他非常能饮，先罚酒三杯也不当成一回事。非常健谈的他一来到，就使气氛更加活跃了。

　　他同时又是我们这个文学圈子里的活跃分子，做诗作歌词都很有水平。他的一个愿望就是，某一天他的一首歌词，唱红整个中国乃至世界。

　　文友相聚确实快乐，那种忘乎所以的感觉，真是回味无穷。人来世上潇洒走一回，就是要多寻乐子，为何要被生活重压或苦闷的情绪所俘？

森林里的小木屋

女婿提议到福寿山歇两夜，我同意，就一早驱车前往，先是一路《嘴巴嘟嘟》，观望车窗外的景色，还蛮惬意——

车转上几个山弯，就开始晕车了：恶心，冒冷汗，真想下来走；女儿开始呕吐了，小孙女极不舒服地躺在老婆的怀里。我提示叫女婿停一下车，他没作声，车继续盘桓几个弯，在一处比较平坦的山弯停车了，后面赶上来的车生气似的鸣了几声喇叭，丢下了我们大小七个人。

凉风习习，鸟语啁啾。好在笑语声缓解了一下晕车的感觉。车子又继续前面艰难地爬行，心里盼望快点到达目的地……福寿山森林公园。又开始晕车了，恶心，冒冷汗，又好像有大便的意识，仰卧在靠背上，有要死掉的感觉，在死之前，又盼望早点儿停下车来，紧闭着双眼，不停地深呼吸。

到了，外孙说。我睁眼一看，有福寿山森林公园字样的指示牌出现在栅栏侧面，一个不大的水泥坪，横七竖八停着几辆车，管理人员在催着购买门票，生怕托关系的说情，免费进车，而减少门票收入，女婿不紧不慢的，也不搭理那些催着入关的人，慢腾腾地才买了门票，将我们带上车，开进一个弯，在有"云雾山庄"字样的建筑物前停下车。挂有匾额的小木屋，散落在柳杉林中，阳光格外金黄。女婿头几天联系熟人，我们住宿到一片高耸入云的柳杉树林掩映下的小木屋里，这屋大约8米长，6米宽，前面有走廊、立柱，有木质窗棂，底面悬空，进门小厅，左右两间小房，里面放置两张小木床。

12栋这样的小木屋，是福寿山森林公园最有野趣的地方。绿荫浓密，鬼曲奇趣之树荫盖，如一座座树叶和繁藤搭起的凉棚。12座小木屋像藏进福寿山怀抱中的蜂屋，不经意间夜宿的游人，成了多彩的蜂鸟和殷勤的蜜蜂，他们用另一种方式在这甜蜜的趣园，享受着著名作家彭见明的泼墨翰香。

此处，从我老家的一个同事名下收购进去的，2002年，120万元，我同事他们三伙计每人40万元，后我同事拿那40万元去投资办厂，又翻倍赚了。这小木屋前面或侧面有著名作家彭见明的题词做成的匾额：如"山啸""菊园""鸟语"，等等。同时彭见明在这里写出很多长短篇小说在全国各大名家杂志发表。当时这里住一个晚上只要

200 元住宿费，现在涨到 400 元。

　　蝉鸣与雷鸣很难交织，早上与晌午后，如果天放晴，蝉儿就争先恐后地鸣叫，但你绝对不会觉得烦躁，幽幽树林下，有太阳吝啬筛下的金色斑点，山风微微吹过，不作声的，那些高傲的银杉正襟危坐……若是风雨欲来，蝉儿便默不作声了，替代它们的是雷声滚动。这里的供电设备也突然跳闸，供电也停止了，接着就是玩手机的，看电视的，唉声叹气的，只能呆呆地望电来。

　　这里的天暗得早，下午三四点就天色灰暗了，气温降到 20℃左右，穿得了夹衣。银色的雾纱缭绕而来，我们与房子都被轻轻朦胧起来，一种归家的情愫油然而生。但看钟，不是傍晚的时分，到下面走走，想去看白莲教遗址，走下一段沙石铺成的下坡路，问了一下一个在吃饭的山民，他说白莲教遗址只剩下一堆石菩萨（石雕像），路边杂草沾着水珠，要去观看，又会弄湿裤管。转身回来，6 点的晚饭，一个南瓜汤 26 元，吃起来变酸味了，舌头下有点发麻，一个炒水笋，也变酸味了，一个农家小炒肉。一个白萝汤，总共 160 元，吃的东西没给我留下好印象。

　　但山林、瀑布流、稀有的树种，拍了很多照片，彭作家的手迹也留下一种墨迹的余香，想起晕车的苦楚，想起吃的金贵。

　　下次与谁再重游？再见了，野趣横流的小木屋，翰墨飘香的福寿山。

四、古镇风情

悠悠古镇长寿情

读初中时，在教室里挂着的全国行政区域地图上，找到"长寿街"，犹如哥伦布发现新大陆一样。大多数乡镇在中国地图上是找不到的，于是，一种优越感在我们心里漾荡。那年第一次去省城，在汽车东站怯生生地张望，那挂着"长寿街"的牌子，如母亲的一张盈盈的笑脸，让我安然。我们一直沿袭着习惯上的叫法，叫长寿街，不按现在的行政区域划分叫长寿镇。

这是一个物阜民丰的小镇，汨罗江的上游如白色纱巾系在她的脖子上，自东北向西飘逸；幕阜山的余脉成为她北倚西依的靠山。长寿镇的地形又如有汨水滋润的两条鳌鱼，天然形成一个太极图案。这个地处湘、鄂、赣边陲的小镇，素有"小南京"之称。这儿远山如黛，黑土肥沃，物产丰富，人们安居乐业，长寿的人特别多。罗霄山余脉与幕阜山余峰挤压的凛冽泉水，甚是甘甜可口，据说含有多种人体必需的微量元素，是人们长寿的奥妙所在。

相传，元末明初，从江西过来的翁氏始祖，是一个出色的地理师，他一路跋涉而来，想为子孙后代开辟一片安居乐业的净土，他来到一个叫"古江洲"的地方，就留下不走了，被这神奇风水宝地吸引住了，决意安居此地。这里山水相连，旱涝保收。这里还出产一种特色的药材——"平术"，传说在19世纪初，长寿出产的平术（白术的一种），特别芳香，加工成"小瓶子"的模样，深受潮湿的东南亚诸岛及寒带人的喜爱，传说他们那边的子民，不论富豪或者平民，都追求一种时尚：娶妻生子，生日盛宴，以在胸前挂上一只系着红绸子的"平术"为荣。但这药材很有区域性，一出平江境内，就不香了，怪就怪在这里，神奇就神奇在这里。

翁氏始祖居此地耕种为生，勤劳俭朴，唯养生特讲究，传说他喜欢吃豆制品，还喜欢吃汨罗江捕捞的鳌鱼和小鱼虾。他上了百来岁，还鹤发童颜。有一天，遇一僧赠以锦囊，嘱云："待三甲子寿辰，有异客趋贺，方可视。"他180岁寿诞时，邻里相庆，适逢明朝始祖朱元璋的军师刘伯温经过此地，也前往祝贺。翁氏始祖遂令人开锦囊观之，内有偈语："寿年三甲子，眼观九代人，若问送终子，青田刘伯温。"翁阅后大笑而逝。刘伯温军师唏嘘感叹。遂以"长寿"命名此地，此时正值元末之时。原先"古江洲"地名从此更改为长寿街。

古镇现有 90 岁以上的老人 30 多位。

长寿街的历史可追溯到 600 多年前的元朝至正十二年（即 1352 年），有江南诗人胡天游《寄友》诗作为证：河南桥头旧酒垆，酒边曾共歌呜呜。高楼百尺应频上，还有诗人共醉无。"河南桥"是长寿老街的南大门，也是昔日交通不便之时，长寿街连接外界的水运埠头处，上游下来的有杉松木材、茶油、桐油、山货，从这出去的有大米、菜油、黄豆、棉花、茶叶、平术等。下游上来的有洋布、洋油、食盐、海味等。

北大门在西溪桥。这西溪桥如半月衔接桥的两岸，是单拱，桥长 15 米左右，有 6 米宽，据说是一个有远见卓识的寡妇出资修筑的，已有将近 300 年历史。

长寿镇 2000 米的老街是当时的最高行政机关，就是"衙巷里"。在元朝时，这里设立过巡检司，也是长寿最早的官府衙门。200 米左右长的巷子，青砖灰瓦，八人抬着官轿，不会觉得拥挤；就是现在，巷子原貌未变，小车也可以溜过去。在衙巷尽头向左拐，有一棵巨大古老的银杏树。传说当年"长寿老人"170 岁的时候，人家问他见过什么新鲜事吗？他捻着胡须说："只见过这棵银杏树移过两个位置，从西岸移到河中间，现在又到了河的东边。"

长寿镇南有太尉庙，北有上市庙。每天早上 6 点，庙里的洪钟敲响，给人纯净、空旷、悠远，天籁般的和声，如一泓清泉轻轻地流淌。长寿街总体包括"四街八巷"，四街即东来街、西进街、南福街、北清街。八巷有：罗家巷、登仕巷、次青巷、永竹巷、傍斜巷、衙巷、复兴巷（又名拖尸巷）、担水巷。那时街道都是依水设埠头而建，便于船只货物运输。新中国成立后，长寿街主街道，以上中下街为商铺、作坊，街民各分散居住在八巷：如其中的"拖尸巷"，街上人老了，悄无声息地从这巷子里，八大金刚抬出来，如诉如泣的唢呐跟随在后……

随着城市化进程的加快，长寿街由原先的 2000 多人口，急剧增加到将近 10 万人口。长寿老街除拆除重建外，现在新增加了"将军路"，长 3000 多米，还增添了"益民路"，"太平路""环城路""长寿大道""长富路"等诸多街道，这些新扩建的街道商铺以高大宽敞著称。平江县第二人民医院已从老街整体搬迁到致富南岸，车站也将搬迁到太平路以北，一个全新的长寿街以原来十倍的建筑面积拓展了。

随着时代的前进，长寿镇的旅游业带动着传统产业的发展。过去作坊生产的酱干、糜豆腐（腐乳），熟食等远远不能满足顾客的需求，只能加大规模，扩建工厂，流水线生产熟食，长寿街成为平江东片地区最理想的休闲度假的好去处，吸引着湘鄂赣及其他地区的商人游客，每天接纳的旅游客流量平均达两万多人次，黄金周期间，长寿街的大小宾馆、旅馆都挤得满满的。长寿的小吃特别著名，如腊肉面，夜宵摊上的油炸得喷香的"龙虾"成为旅客的最爱。长寿街内的主要景点有"长春寺""教堂""仿古街""上市庙""太尉庙"等,晚上也可到金河边垂钓。镇周围也有很多景点:往西南方向,有沱龙峡、连云山漂流;往东北方向30公里有著名的石牛寨,往东5公里处有红色旅游景点仙姑岩、红军营,往东北方向有全省著名的道观——穿崖,等等。

旅客一般都是到附近的旅游景点旅游,到长寿街休闲,购特色食品。

这里没有重工业,过境车绕道而行,环境无污染,是居民安居乐业之所,外来客理想的休闲度假的天堂。

长寿街上长寿人

长寿街位于一块亿万年造地运动中沉淀下来的厚土上，三面青山相依，层峦叠嶂，远山与近岭交错，黛青与翠绿分明，它犹如青丹妙手作的山水画。长寿街又如黄金河与官溪水围拥而滋润着的一条巨大的鳌鱼，在太极图中俯身静卧，镶嵌在汨罗江上游的东岸。得天独厚的地理环境，世世代代繁衍着长寿的子子孙孙，长寿人，人长寿。

长寿街处于北纬29°—30°之间，罗霄山余峰、幕阜山脉相夹，这里的水又是修水黄龙山至浏阳大围山之间的一个地下断裂带，优质的水源是长寿街人延年益寿的秘方，这里的水富含钾、钠、钙、镁、偏硅酸等人体需要的微量元素。再就是长寿街人乐善好施，无为而恬淡，热情洋溢心耿直的好脾气，造就了长寿人的长寿基因。从长寿街走出的"一街四顾委"，都是寿星老子：1987年10月，党的十三大在北京召开，长寿街的四位老革命家出席了大会并均当选为中央顾问委员会委员，分别是：刘志坚（94岁）、张震（101岁）、方强（102岁）、李锐（102岁）。会议期间，这四位长寿街老乡高兴地在人民大会堂合影留念。

长寿街的百岁老人现在有25名。他们几乎都有一个共同点，那就是闲不住，勤劳，对很多事情都保持着好奇心。一位叫刘段凤的嫔妃，1920年生，她门牙还好，还能啃酱干和炒豆子。她几乎不吃晚饭，不知道这算不算她的长寿秘诀之一。另外一位叫刘窈媛的老人，也是1920年出生，她老人家还说平益高速公路建设好后，从家门口就可以上高速，她想要到首都北京的天安门、故宫看看。她说她坐车就晕，出不了远门，但她觉得平坦的高速公路好走，不颠簸，就会不晕车的……

长寿街90岁以上的老人有129个，他们舒心快乐地在这块宝地上颐养天年。长寿镇政府民政办业务主管刘升告诉笔者：镇政府非常关心每位高寿的老人，除上级发放的养老金外，百岁老人每月发放400元保健费。对90岁以上的老人，每年重阳节，都送去慰问礼品。我曾经写过一篇《百岁老太带着孙儿开面馆》的文章，这个老太名叫吴利华，她今年农历六月十九满了100岁，镇政府民政办的工作人员还登门慰问了她。她自己争辩着说她应该是102岁了，要将闰年闰月算进去。这位百岁老人耳聪目明，身体健康。她每天早起早睡，凌晨三四点就起来为孙子揭开煤盖，烧起汤锅来。孙子起来后，没事时，她就坐在面馆门前，来吃早餐的人都爱跟她聊上几句，每当有人问她吃了什么长生不老药，才会这样健康长寿，她总是咧嘴一笑说："吃了亏……"在座的人都跟着她开心地笑起来。长寿街人津津乐道着这样的故事：20世纪80年代初，长寿街106岁的爷老子去接斫柴回来的73岁的儿子，老人接过儿子的柴担，健步如飞，年过古稀的儿子空着手还跟不上老爷子。还有，97岁的老太在隆冬季节里，爬上阳雀垅漫山遍野的油茶树上，去吸茶花糖吃。这两个故事说明：生命在于运动，适当的运动有益于健康；盎然的情趣，同样有利于健康。

长寿人长寿者诸多，《同治平江县志》记载：自1253年起至清朝同治年间1875年，有名有姓的百岁老人共32位。并且是三寿星同出一里，后故取名长寿里。当时皇帝还封长寿"期颐"和"仁寿台"牌坊两牌，足见长寿街人长寿，闻名朝野。

长寿文化是长寿街的一道历史风景。长寿光荣院内有一尊长寿老人翁伯文的塑像，关于翁伯文的传说、故事，长寿人老幼皆知：他生于宋代淳熙五年，性格豁达，乐观开朗，粗茶淡饭，乐于农事。有一次，翁伯文到夜合山斫柴，突然暴风雨骤来，翁伯文到峭壁下避雨，恐慌中见千丈悬崖边吹脱一株异草飘然而下，饥肠辘辘的翁伯文将异草抹掉泥尘，咀嚼起来，顿觉周身舒爽，宛如生机勃勃少年。就在这时，一条大蟒昂起头，张口血盆大口，向他扑来，慌乱中翁伯文又跌下第二道悬崖，竟然奇迹般地毫发无损，仿若有人用手托着他。回头一看，一个白发苍苍的老人飘然而去。据说翁伯文咀嚼的那株异草是千年灵芝。翁伯文120岁生日时，一个神秘兮兮的算命先生举一个指头在翁伯文面前晃动一下，翁伯文问道：难道我只能活一年了？八字先生说还有一个花甲。八字先生酒足饭饱拿出一个锦囊，叮嘱道：60年后，江西一个姓刘的贵人会来到府上，到时才能让贵人打开锦囊看。白云苍狗，转眼又是一甲子。翁伯文180岁大寿这天，果真来了一位姓刘的客人。刘打开锦囊边看边念道："寿逾三甲子，眼观九代人，若问送终子，江西刘伯温。"翁伯文老人仰天大笑，无疾而终。来者正是明朝开国谋臣刘伯温。刘伯温按照长寿地区风俗，披麻戴孝，为翁伯文的家人举行了隆重的葬礼后。刘伯温又将这儿的地名永宁改为长寿。

平江先贤李元度在"耆寿篇"曾曰：寿高而多皆"上之恩德所休养而生息者也。平为山川，云气多寿，幕阜连云之间，泉甘而土厚……"次青所言，也揭示了长寿人长寿的秘诀所在。

长寿人·广东人

长寿人和广东人有关系吗,不是八竿子打不着吗?有时候看似无关联的事情,其实有着千丝万缕的联系,且听我慢慢道来。

20世纪70年代末80年代初,长寿人的物质生活和全中国一样,慢慢发生着变化,比以前强了很多。与此同时,一些人悄悄离开自己的家,外出做事,那时还不叫打工,叫搞副业。如我的堂姐夫,就是在70年代后期到了湘赣边界的江西铜鼓贩笋。长寿人的情席上必须有一碗笋丝,这笋丝就是压榨晒干的竹笋泡发后做出来的。

江西铜鼓那边的山多竹子多,那边的山民就做起了专吃笋蔸脑的生意来。长寿地区沃野百里,广种水稻,种田人就用白花花的大米,去换他们的干笋,四斤大米,可以兑换得一斤干笋,表面上是等价交换,但实际上,长寿人觉得占了便宜。

其实长寿本地也产笋子,但周边的黄金洞山里,龚家洞那边连绵起伏的群山峻岭间的楠竹破土而出的白牙笋,根本不能满足红白喜事席上的需求,于是干笋就成了紧俏商品,只能找铜鼓人要。除以上的交易方式外,还有就是,给那边的山民挖笋,栽中禾(中稻),以工换笋。

有些人搞副业尝到了甜头,就想将买卖做大一点儿了。以物换物外,还可以用票子进货,设个差价卖,越来越多的人慢慢悟出想办法挣到钱才是硬道理,于是悄悄地开始出远门挣钱了;有的竟然跑到千里之外的广东那边去了,后来还将"副业"转换成了"打工"这个新鲜的词语。

当时,长寿人到那边主要是承包大片的土地耕作,种荔枝,种三季水稻,这可比在家里强多了。慢慢地,长寿街人跟着打工的人如潮水般涌向广东。那时,一些没出息的广东男人跂着拖鞋、穿着汗衫,背着手踱着方步,东坐坐,西看看,这家吃早茶,那家消夜,扯着四季乱谈,潇洒得不得了。女人不修边幅,泥一脚水一脚地干着活儿。但有的力气活毕竟还得男人干,于是,长寿人就有了机会。

长寿街人头一批闯广东的男人,也有不少是一些背水一战的下海经商的人,有的为了挣钱宁愿舍弃前程,有的仕途上不得意想"人挪活",也有工作中寅时支了卯时粮的教书的年轻人(那时还没将"月光族"叫响),都没钱娶妻,就辞职下海去闯。那时有点资本的人,悄悄组建车队或者建筑工程施工队南下,猛赚了一把,成为长寿街的第一批富人。这批暴发户中，也不乏女人，女人就算没挣到钱，身上的衣着也是沾了那边港澳的气味，回到长寿街一身光鲜，肩上挂着长长带子的坤包，劣质香水，熏得近前的男人神魂颠倒，惹来同胞姐妹背后骂着：在广东干不正经的事，回来臭美什么。

从广东回来的人，总会带回一点儿粤地的生活习俗。广东的靓汤和早茶，在全国是有名的。他们喜欢喝汤，什么食材都喜欢煲汤，如长寿人喜欢吃爆炒猪肠，可广东人变着法子处理好猪肠，煲一顿鲜美的汤出来。在以前，猪身上的下水——子肠，在吃食方面近乎苛刻的长寿人是不正眼瞧的，一般都是喂狗或者干脆丢弃，可看到广东人做着好吃，长寿人先是皱着眉头看人吃，慢慢地也跟着弄来炖汤，觉得味道还真不错。

20世纪80年代初，广东人离开自己的家园，走出国门出去打工赚洋钱，他们的大片土地谁来耕作？长寿人觉得去广东那边种田去也强些，打理果园或者种植橡胶林，虽然辛苦，但只要有钱赚，吃苦算什么？当然也有到那边做工业致富发财梦的。如我的连襟，20世纪90年代初丢下自己的砖匠工作不做，到深圳那边去了，没事干，就去收集化工废料，并土法上马提炼。通过蒸煮、过滤等工序，第一桶"天蓝水"卖到了好价钱，几天时间的工作所得胜过在家里做一年的匠人工资。

他这样日复一日，年复一年，兜里的人民币也慢慢鼓起来，如滚雪球一般。后来发展到自己开办进出口公司，淡水深水泊位，都有他的投资股份，还投资修了一段几公里的高速公路路段，成为拥有亿万资产的老板级人物。但好景不长，最后还是宣告破产。短暂的富贵荣华如过眼云烟，但雁过留声，水过留痕，公益事业史上，还是留下了他最精彩的一笔。

如今好多的长寿人在广东已办厂开店，发了大财的，还带动一大帮人富裕起来了。也有的广东人被长寿街水灵灵的漂亮女子迷住了，到长寿街做上门女婿，安家落户来了。凭借长寿街优越的地理优势和密集的劳动力，与长寿人合伙办企业的也屡见不鲜。有志有为的长寿人引资和引进技术人才，政府也积极推动招商引资，筑巢引凤，在长寿把生意做大了的人大有人在。在不久的将来，长寿人准备开辟一条颇具特色的"长寿酱干街"，在食品安全、保鲜技术方面加以改进，与时俱进；在物流方面，效仿菜鸟行动，使全国各地的人们能及时吃到最新鲜的长寿酱干。

看到这里，你还会问长寿人和广东人有什么关系吗？

长寿人与木金人的清明节

汨罗江上游沿岸的长寿镇与木金乡这个区域，清明节前后，总会给人营造一种"洒洒沾巾雨，披披侧帽风。花燃山色里，柳卧水声中"的意境。但从我记事起，对我家而言，这个节日，毫无一点儿节日气氛。父亲在外工作，他一生既没供奉过神明，也没有给先人举行过三牲贡献、上灯的祭祀活动。爷爷在我懂事以前就去世了，我脑海里没有一丁点儿对爷爷的印象。

小时候，我观察到，很多家庭的人对挂山颇有仪式感，总见他们肩上扛着草锄，一手用火纸卷着一束香，后面跟着满了童限（12岁）的男孩子，小孩手里拿着几挂"百子鞭"，每每这时，我总是觉得那些家伙有意在我面前炫耀一般。汨罗江的南面长寿阳坪村离我家也不远，那边的人先是脚穿草鞋或者干脆打着赤脚，清明节前后几天里，逢下地干活不利索的阴雨天气，大大小小几十个人，前面总是一个佝偻着腰戴毛毡帽的、腋下夹着油纸伞的老爷爷当向导，队伍中有的扛着锄头，年纪大的人腋下夹着钩刀，还有一个人箩筐里盛着撰了印子钱的火纸和几挂千响的爆竹。还有十来把火铳，一个力大的壮年用绳子绑着，用扁担挑在肩上，不停地晃荡着，远远地似乎还闻得到火药的味道。

大部队路过我们小富墩大屋门前，一副旁若无人的样子，他们是到我家前面的犁家嘴来挂一座大坟的山。我们大屋里的人，见那大队人马总要悄悄地说上一句嫉妒而又讽刺的话：宗老子死在我们大屋里一个野老婆家里，就地葬在我们这里，怕蛮光彩……不过，那座坟确实大，还有墓碑，两边还有牌坊。我们小富墩的坟茔，都没有这座大，更不要说气派。不由得我们小富墩人心生妒忌。

阳坪人挂山很隆重：他们到大坟墓前，要先放一两排铳，那引线点燃后嗞嗞地响着，放铳将脸部反向一边，生怕那铳炸裂似的，两秒钟后，轰隆轰隆巨响，震撼着山上的杂树林抖擞起来，那冲击波撞在与其对峙的窑前嘴山坡上又回荡过去，那红土地上的石岩花（映山红）虚惊一场后又故作镇静似的嫣然一笑。那些斑鸠、驼尾鸟、八哥等鸟儿惊恐万状地飞起来，飞到我们小富墩大屋的后边的壕堑上安顿下来；那紫色的硝烟从林子里散漫出来，顷刻被轻笼的朦胧雾霭吞噬了。

我们家的挂山，起先是由我大哥去完成的，有时，他心情好，才带上我去。并告诉我，哪座坟是爷爷的，哪座坟是伯伯的。有一年，大哥在黄金洞里搞副业，奶奶要我去挂山，一共给四座坟打了草皮，那天倒有成就感，当时我只有13岁。另一天，我放学回家，在回家的路上，小富墩人看到我，都不停地哄笑着我，说我坟都没找得到，乱挂山。我羞愧难当，我欲准备去掀翻盖在爷爷并排的那座坟上的草皮，再盖到爷爷的坟上去时，奶奶赶到了，她慈祥和蔼地对我说："毛毛，不要掀掉的，你另外给爷爷上一块草皮就是。"原来，有一些没有后裔的孤坟或者是夭坟（小孩子死了葬的坟，亲人不忍心睹物思人，一般父母亲都不去挂山的），有些好心人也会去给那些坟盖上一块草皮，挂一下山的。

有一年清明节，小富墩人突然从阳坪大规模的挂山队伍得到了启发，120余人丁，分成小禧公、巨山公两股挂山队伍，集体去挂山，后来也被人们称之为清明会。起初是每家去一个男丁，也有的是各户的当家人，按人丁凑份子钱。后来觉得不能亏了家里的其他人，就整家整家的人集聚起来，男丁都参加挂山的队伍，女的聚在一家有宽敞厨房的户子家里，办起十大碗清明酒菜来。吃饭时热热闹闹，边喝酒吃饭菜的同时，夸哪家人发得多，财喜也好。诸如此类的话，反正是皆大欢喜，也有不点名地批评哪家崽女不孝顺父母。响鼓不要重锤敲，于是那些忤逆的年轻人，反省着自己，短期内就改邪归正了。清明会这样热热闹闹地搞了几年后，又停歇了，又各挂各的山了。

真正树立礼敬祖先、慎终追远的礼俗观念，还是直到我奶奶去世，父母作古以后，我才萌生真感情真愁思，怀念起先人来。我奶奶76岁患脑出血后遗症，半年多的时间，卧床不起，每天要给她喂饭，大哥大嫂还要服侍她解大小手。父亲还在安全水库工作。所以，这些事落到了我们身上。母亲要下地干活，照顾三个半大孩子。母亲生前可谓是含辛茹苦，生下我，刚满月，就在二月间还很冷的天气，打着赤脚下塘挑塘泥。稍微迟一点儿上工，就被罚着跪在塘排上，冻得瑟瑟发抖。有一年的春插，脚背被泥蛆咬了溃疡腐烂得了破伤风，差点丢了性命。母亲75岁时因尿毒症去世。每年清明节挂山，我都会边在母亲的坟头上砍去灌木丛，一边伤心地流着泪。七年后，我的老父亲88岁时与世长辞。他六十多岁时，还在水库、林场等地工作。可说是父亲为党的事业奋斗终身。对我们子女，教育近乎到了苛刻的程度，我们五兄妹都非常害怕他。他与母亲感情不好，动不动，就是给母亲一顿好打。但死之将至，其言也善。他弥留之际，直说对不起我母亲。

每年的清明节，挂山，都会引起我的伤感。

长寿街的中秋节

　　那棵千年银杏树,是长寿的镇街之宝。夏天翡翠绿堆砌的叶子已换上了泛黄的秋装,脱去了稠密的翠绿后,大树显露出累累果实,缕缕秋风吹来,它们有的掉在地上,"剥剥"地响。老人和孩子便将那银杏拾掇起来,剥出果子,它们可以制作出长寿人"情席"十大碗中的一碗好菜——冰糖炖白果。

　　阴历与阳历,总是如两个孩子在追追闹闹,为了不将季节错位,农历每隔几年闰一次月,于是十来年中,会有一次中秋与国庆严丝合缝地重叠在一起,有时会相差一两日,十几日也正常。人们在这喜气的日子里,总要安排很多喜事,如婚娶,孩子出生三朝满月;或某店铺开张、升级,抑或超市几周年庆典活动;等等。节日的喧闹中,长寿街张灯结彩,歌舞升平,乐队、鼓队、花灯、狮舞龙腾,好不热闹。

　　如今的中秋节,给人以感观的吸引;昔日里的中秋节,给人以味觉上的快感。我小时候住在离长寿街不远的保联村,那时农村确实太苦了,各生产队总有一头年老不能耕地了的牛,人们会精心地把它饲养壮一点儿,在中秋节的前一天宰杀出来,把精肉分成若干份,用鲜绿的粽叶穿着,按人丁计算分到各家各户。牛的头骨及脊椎架子,所有的内脏淘洗干净,放在特大号铁锅里,盛入井水,先是猛火然后温火炆上整晚,第二天早上将锅里已经与牛骨头分离的肉捞出来,又将那内脏也捞上来,切碎,就成了人们喜爱的"烂熟"(牛杂),于是在中秋节的上午,人们都拿着钵碗和炉罐,排队等候保管员分烂熟和原汁原味的汤。那原汁的汤,每家都要盛上一点点去,牛肉用辣椒爆炒,大塘旁、水圳边的蒿笋剐出来,白嫩嫩的,散发着清香,将其一只只切成片,放牛杂汤里一起炖得烂熟,味道鲜美无比。

　　101 岁的彪老子与 99 岁的妻子霭干娘相濡以沫 60 多年,他们原来住在乡下,中秋前后是乡下最充盈的季节,天气少了那份燥热,蔚蓝的天高远空阔。近 20 年来,每年的中秋节,他们几乎都与几个老人,都在那株千年银杏下赏月。身边点燃着自制驱蚊的艾条,彪老子拉得一手好二胡,悠扬的琴声袅袅升起,似去迎接东天边的那轮皓月。就着茶几上的几样果子、烟茶、清酒,他们快乐地过节。他乱世时跟着守寡的母亲生活在山里,新中国成立后迁到垻里生活;2000 年初,随儿子们住进了长寿街。

　　那时,中秋是乡人过得最愉快轻松的节日。生产队上粮仓里有了新收获的谷子,老百姓心里就不慌。中秋节里,包上一包麻子饼、一包挂面、一只拳头大小的小鸡,作为礼物,去走亲访友。联产到户后,随着生活水平的提高,不拿实物送节了,改换拿现金打红包。后来,干脆现金也不拿了,亲戚之间,团团圆圆吃顿中秋饭。

  过去的中秋晚上,每个屋场都按汨罗江流域的习俗"烧塔"。传说元朝后期,老百姓不满当时朝廷的专制统治,那时元人时时提防汉人造反,朝廷要求老百姓每五户为单位,共用一把菜刀,不能有其他利器出现,人们晚上不能外出,每户晚上不准关门闭户,以便元兵出进自由……哪里有压迫哪里就有斗争。有反抗精神的湘东人决定组织一次杀鞑靼子的行动,就以明月高挂的中秋夜戌时为准,每个屋场,用瓦片堆砌的"塔"被烧得红彤彤的时候,暴动开始。烧塔,谐音为:"杀鞑靼",此习俗一直沿袭至20世纪六七十年代。

  除烧塔以外,中秋夜里赏月当然必不可少。一家人团团圆圆欢聚,每家的小方桌摆放在屋前的地坪里,有拼盘摆放:中秋月饼,还有由麻片、米泡糖、薯片、大豆、芝麻、炒米泡合成的果子。水果有梨子、枣子、红瓢柑……中秋节,各家各户并不像过年一样花很多的钱备很多吃的,只是斋果子多。人们说说笑笑,唱唱民歌,吹吹洞箫或笛子,拉扯一下二胡,度过一个很有仪式感的中秋夜。

  每年的中秋节,玩得最开心的是孩子们,他们胸前挂着红线编织的网袋装着用白芝麻做底层,镶嵌着正楷"秋"字的月饼,寓意为五谷丰登,大人们愁苦郁结的脸松弛了些许,孩子们口袋里盛的是熟花生、芝麻豆子炒米泡。还有米泡糖、芝麻糖等,这糖不是如今的砂糖果糖加工而成的,而是纯天然的大米熬煎出来的"小糖"或白糖。夜晚,他们天真好奇地望着月亮里的桫椤树、蟾宫里的嫦娥大姐姐,还有桂花树,仿佛还听到吴刚伐桂花树的声音,还有玉兔"唧唧"的叫声。跟大人坐不了一刻钟,就静不下来了,到月光下去捉迷藏。去门前大塘边采摘莲蓬,或嗅着还在开着的荷花的清香;更加兴奋时,拉扯一片硕大的荷叶蒙着脸做"牙乌"(一种大孩子吓唬更小孩子的游戏)。

  彪老子回忆,他们刚来街上的那几年,长寿街各斋铺里,在中秋节前几天都要热热闹闹地忙碌几天,做中秋饼的木槌子在夸张地响着,满街充满着一种五谷杂粮的好闻的味道。在中秋节的前几天里,做饼师傅是最忙的时候。人们都用麦子来兑换中秋饼,准备送节。街上的各店铺比往常要丰富多彩多了。各种馅子的麻子饼和酥饼摆在显眼的位置。还每每见到中老年人在街边摆上矮矮的小方桌,几样别致的食品:有传统的松软的酥饼、盐皮干、豆子芝麻炒米泡合成碾碎的粉、枣泥,炖泡的梨子等小吃,茶壶里有烟茶,酒壶里有乡里打的谷酒或浸得很酽的药酒。中秋的月又圆又大,与人挨得那么近……他们都在静静地赏月呢!

随着人们生活水平的提高，吃文化嬗变了。人们唯恐"三高"，常常在运动中体现快乐，以家户为单位赏月的形式，在不知不觉中被大集体，大阵营的队伍所取代。中秋的月夜，太极拳协会成员在如水的月光下舞拳，"秋韵合唱团"在金河广场，搭台唱歌跳舞。很多商家作为赞助商，在拓展各行各业的商机。赏月的意义被扩大化了，人们的幸福和快乐指数值也升级了。

　　唯有彪老子夫妻俩，以及那几个德高望重的90多岁以上的高寿老人们，如玉龟一样静养，深居简出，千年银杏树下，才是他们最理想的乐园，才是赏月的最好所在。看，那玉盘似的月亮不是搁在稀疏的树枝上吗？四街八巷边荡漾的桂香，使人心旷神怡。鹤发童颜的他们沐浴在如水的月色中，不时地抬眼仰望着挂在千年银杏树梢上的明月……

长假里，人来客往长寿镇

今年的"十一"长假，连续的天清气爽，碧空如洗，汨罗江的蓝墨水自东向西流淌着，清冽、澄澈。清秋晴朗的早晨，鸽群的翅膀浸染在金红色的流光溢彩中，它们在朝霞印染的长寿镇上空盘旋着，欢唱着。

长寿的各条街道，弥漫着浓浓的节日氛围：长寿镇政府与"长寿诗书协会"创立了一块30米长3米宽的"诗书"长墙，它热情奔放、耀眼醒目地摆放在老街金尔嘉侧面和金河广场的南北走向的甬道边上，诗歌精彩纷呈，主题突出——描摹祖国的光辉岁月，讴歌日新月异的崭新时代，尽显长寿人的精神风貌。

大大小小的店铺门口都悬挂着鲜艳的五星红旗和横幅，漂亮时髦的女郎与天真烂漫的小孩子的脸上，贴着国旗图案的小贴画，欢乐喜悦的心情写在脸上。平江长寿太极拳协会与"秋韵"合唱团，在国庆期间的两个晚上，分别主办了一场丰富多彩的篝火晚会以及载歌载舞的综合性群众文艺活动。

食品街道两旁，摆放着长寿各种特色食品：黄灿灿的，油炸得脆香的油豆腐，外来的旅客笑哈哈地购买着，一个劲儿地往袋子里塞个不停。没放石膏打的醋水豆腐、麻辣酱干，不放辣椒的酱干、菜干、盐皮干，都是外地旅游者青睐有加的食品；还有用麦芽为催化剂伴山区高寒稻米熬制的白糖搅制成的黑白芝麻糖，也很受外地顾客的欢迎；多家"长寿腊肉面馆"宾客盈门，早在两个月前，店家从本土"汨源生态农场"运来生态黑猪，从深山老林里拉来专门熏制腊肉的杂柴，熏制好腊肉，以备顾客的需求。

来了就是长寿人！这是一句温馨、暖心的欢迎词。在AAAA级景区石牛寨、红色旅游景点——仙姑岩等景点游玩的旅客们大都到长寿街来住宿来购物，住宿的地方都提供有停车场所。步行街上人来人往，购物者摩肩接踵。

很多人慕名而来购买通过绿色食品认证的，用碎米和蔬菜喂养的不含重金属的"汨源黑猪肉"，供应商可说是想得太周到了：对热鲜肉进行快速冷却排酸，减少在包装运输中细菌的滋生，锁住运输途中的水分流失，让鲜味百分百保留，经验丰富的分割师傅全程无菌操作，通过冷鲜运输车全程冷链安全快递到消费者家。一时间，猪肉供不应求。

游客们来了，重要的一项是购买各色长寿食品、小吃，它们不放保鲜剂、防腐剂，让你吃得放心，有现买现吃的，也有不少打包带回去的。只有想不到，没有做不到，顾客就是上帝。来长寿休闲旅游的朋友，不买长寿酱干或油豆腐，可谓是白来了。

当然，有名的"长寿腊肉面"，只能现买现吃，整个制作过程尽收眼底，6元钱一碗，便宜实惠味道妙：殷红醇香的肉质让人看着就口舌生涎，加上当地手工传统制作的酸菜、深山老林里的野生香菇、切成条状的泡豆腐（油豆腐）丝、五香酱干丁子作为和菜，派在热气腾腾的面条上，让你一番风卷残云，然后打着饱嗝，恋恋不舍地放下碗筷，有的外地人，早、中、晚三餐都会选择腊肉面，过个足瘾。

下午，或者华灯初上时，是长寿街最热闹的时候，一对对情侣穿梭在人流中，涌向热闹非凡的大街小巷，一群群男女老少来往于步行街或者仿古街。长寿人淳朴忠厚，热情好客，各摊位前，你可以免费品尝各种食品，好吃就买，不满意就走人，店家总是笑脸相迎；如果你难为情，不好意思品尝，店家就捉住你的手让你去拿，还口口声声说"喜欢吃就买，不中意没有关系，买卖不成仁义在"，老板们不会因为生意火爆，而随意涨价，也绝不会因为你是外来客而"宰"你。

老街的南头踞着太尉庙，北头衔接着上市庙，秋凉的惬意在夜色中弥漫，铿锵的锣鼓声、响亮的唢呐声连接着白天与黑夜的缝隙，那也是阴阳交替的节奏声，是获得平和或者攥住了发财机会的人，在为保佑了自己的神明唱影戏还愿。通明的条桌上供着各种好吃的美食，来看戏者，就给你发烟请吃，不介意你是生疏人，你也可以大大方方地入乡随俗，客随主便，融融洽洽，皆大欢喜……

子夜时分，不惊扰熟睡的家人，于静悄悄中，很多游子在家与亲友吃上一餐欢聚的团圆饭，走一两天亲戚后，又踏上了返厂的征途或者是组团到远方去旅游，抑或带上一桶家乡的山泉水，三三两两相约，浩浩荡荡的车队到洞庭湖区或者铁山水库垂钓去……国庆长假就这样充实地度过，国泰民安就在这静谧的时光里得到见证。

巨变中的长寿街

　　长寿街发展到当今，可谓是翻天覆地的巨变：特别是近十几年来的时间，脏乱差得到彻底整治，成为耳目一新的文明整洁的小镇。城镇建设日新月异。已将长寿街拓展到了原老街的三十倍以上的面积，并且规模宏大。

　　长寿街常住人口由20世纪50年代初的2000人，猛增到现在的11万多人。有"小犹太人"之称的邵东人，在这里生意做得风生水起，还买屋置铺安家落户，还有各省各县拥来的生意人变成了名副其实的长寿人，在这里安身立命。

　　因为长寿街人历来不欺生，生意场上没有欺行霸市的行为。城镇化建设一日千里，将军路如一条五颜六色的腰带，不经意地围绕半圈又顷刻止住，宽阔的街道两旁高楼、商厦、店铺两边的桂花树、香樟、广玉兰，如颇具魅力的妙龄女子，迎接四面八方的来客。

　　将军北路如昂起的龙头，啜饮着从官溪水系流淌的九曲清溪水，吞吐自如，溪水又蜿蜒曲折流淌到西溪桥下，再向汨罗江流去，你仿佛看到600多年前，明成祖朱棣决定从南京迁都北京，不惜巨资大兴土木。

　　钦差大臣到湖广督伐名贵木材，耗时十年，选楠木、红豆杉伐之，每遇春夏淫淫大水，将圆木随水流放到汨罗江再过洞庭，入长江，逆南北大运河抵达京城，真所谓："皇宫出，南山兀。"如今长寿境内仍密林覆盖的南桥（楠乔）就是由此得名。

　　长寿大道如龙的脊梁，北首衔接着古江路，它摇头摆尾，伸延于长富路、中段连接沿江路、致富路。连接了"平益高速"线。这里也是过境车往返的主干线，车辆昼夜往返不息。

　　长寿镇的政治文化交通中心也在这一带。从北至南分别是：有建筑面积5901.44 ㎡，总投资3400余万元的平江县第二殡仪馆；有建筑面积4675.34 ㎡，总投资1600余万元的长寿街三级客运站；有耗资巨大建筑面积颇大的、缓解了学生就学难的将军学校。

　　诸如，便民服务中心、镇政府大楼、税务局办公大楼都在这黄金地段林立。湘东最大的供水枢纽客户中心，已将饮用水安全输送到了县城；还有净用地面积16.75亩，建筑面积4128.62 ㎡，主体工程总投资2500余万元的长寿图书馆即将竣工。

　　还有平江县第二人民医院，硬件设施是全县一流的水准；规模宏大的长寿图书馆也已竣工。

集镇污水处理工程改扩建项目：总投资5300余万元，包括污水处理工程（一期），提质改造工程和集镇污水处理工程（二期）扩建项目，日污水处理规模达8000吨。

政府部门扶持这些重点项目，总投资1.6亿元人民币。

将军中路与南路、黄金路、新兴路、虹木公路、太平路、益民路如龙须龙爪龙鳞，这条平江上东乡的巨龙，展现长寿富康平和的无穷魅力。长寿街人多长寿，多寿星已成为不争的事实。

如今长寿街更注重生活高质量，保健意识加强，在优雅的生活中，全民健身计划深入人心，饮食习惯卫生与时俱进。抚今追昔，长寿街自明朝以来，其管辖范围就是平江县整个上东乡，它是这个地域的文化和经济共同体。

原长寿老街：有"四街八巷"：四街是：东来街、西进街、南福街、北清街。八巷为：罗家巷、登仕巷、次青巷、永祝巷、傍斜巷、衙巷、复兴巷、老衙巷。西南相通，街衢小巷如一个"非"字贯通东南西北，原南北两门进出，朝阳门和福来门，东进北出。

在不太平的日子里，有专门护卫把守，外人不能贸然闯进，可疑人员不能溜出。长寿街人的安全确有保障。古老风情的河南桥与西溪桥南北首尾相连。街道巷里青石或麻石铺就，街巷井然有序，房舍铺面青砖碧瓦，古朴透出典雅大方，非常养眼。

长寿街是辐射湘、鄂、赣边界的一个政治、经贸、文化枢纽中心。明朝时，其行政管辖在长寿衙巷设巡检司署，其机构有正厅、吏房、仪门、牌坊、公廨、校场等。最高长官享受副县级待遇。

其管辖范围：伸延至虹桥、石牛寨、龙门、木金，加义等区域。其经济圈辐射到鄂赣两省的通城、修水、铜鼓，万载等县。

长寿街钟灵毓秀、远山环拥，汨水如玉带，官溪水流淌经过富有传奇色彩的如弯月似弓的西溪桥洞，如一个多情的女子恋恋不舍地在双江口驻足片刻，才汇入汨罗江。

黄金河水流经老河沟，清澈见底，小鱼游戏，水鸟或浮或沉，时而泛起人字水痕，时而划拨银色的细浪；银鹭时起时伏在河畔悠闲觅食；金河广场绿树葱葱，四季花卉交替，倒映在河面，似幻似真，如山水名画一般。

长寿街是富甲一方小集镇，在三省交界处，如一颗璀璨的明珠，在边陲小镇中又似是鹤立鸡群。清代至"中华民国"时期，长寿街有钱庄，可银票兑换。如人们常常提起的"洪栖所票子"，在县城与长寿街随时都可兑现。

长寿街的经贸吞吐量与旧时的县城媲美。当时的长寿街有江西会馆（如今的德和公馆隔壁）与福建会馆相对峙，天后宫和万寿宫，据说是江西同乡会出资建造的。

广东客商还在长寿街设立商贸行三家。广东、江西与福建的客商能在一个小小的边区小街道设立据点，确实稀有。这些会馆以及商行，既是外地商贾云集的聚宝盆，也是长寿街人的摇钱树。

黄金河水系与官溪至西溪河是旧时长寿街运输大动脉。如今沿江公园在静静流淌的黄金河边，建有朱栏、名贵木质长廊、水榭亭台，彰显出古色古香。每天清晨，紫色的薄雾轻笼，小鸟啁啾，给人平添闲云野鹤的情调；也象征着长寿人岁月静好。

河南桥边，那些麻石和流沙堆砌的埠头，镇街之塔，威武的石狮子，虽经风雨侵蚀，但依然如故，栩栩如生。人们眼前仿佛重现当年景况：船只交错穿梭，目及至陡壁里一带。

据资料记载，一次停泊过五百多条商船，专门从事码头搬运的工人就数以千计，你仿佛还看到他们手里拿着麻索子和扁担，从埠头跳到船上，汗水淋漓，匆匆忙忙挑着或装卸着货物。

邻县邻省蜂拥而来拣茶的少妇如赶庙会一般，数以万计。昼夜川流不息，那烧着桐油照明的灯笼挂在高高的树上、店铺檐边上，如一串串琥珀色的夜明珠，光彩夺目。花船、商船倒映水中，影影绰绰、朦胧诗意。所以，长寿街素有"小南京"之称。

从长寿街远销外地的土产品就有：白术（长寿地区与购买者称平术）、百合都是国内外市场的名牌产品。《岳州府志》载："平江产有白术，以紫花者为上，取有平术之称。土之宜物，供上者用，平江起运到京五十三斤四两四钱。"可见平术在明朝就是贡品之列。李时珍1578年将其编入《本草纲目》《中国药典》："平术有健脾益气、去湿利尿、止汗、安胎的功效。"素有"北参南术"之称。

茶叶、茶油、酱干，桐油、楠木等稀有木材运出。运进来的有：洋布、洋油（煤油）、食盐，药材，等等。如今的太尉庙香烟缭绕、仿古街幽静绵长；巍峨壮观的天主教堂，历久弥新，气势磅礴，是江南数一数二的近代化西式建筑。

长寿街东南面，遍地黄金。黄金洞金矿开采至今有700年历史了，仍然是我国南方重点金矿，黄金产量居全省第一。几百年来，长寿街民间"土汤金灶"提炼黄金和沙金淘洗，圆就了好多人的发财梦。如今的黄金洞金矿有序开采，绿水青山覆盖着地下深藏的采之不尽的矿床。

长寿街富饶的黑土地沉淀了厚重的历史文化，现今不但是"长寿之乡"，还是"将军之乡"，又是国家授牌的"楹联诗词之乡"，"群众文化艺术之乡"。

现今长寿街，是平江的东大门户，常住人口还在猛增。这里有"将军镇"之誉，有"五里十将军""父子同上将""一街四顾委"的美谈。

长寿街宴请独具风味，餐桌上的十大碗曾作为标志性美食进入美食电视节目《舌尖上的中国》，长寿人说起此美食无不自豪。

长寿街也是酱干之乡。在长寿，酱干是真正把一块豆腐做成了大产业的。长寿五香酱干的特点是豆香、卤香、烤香、鸡肉香、芝麻香，谓之"五香"，酱干形状方正，色似古铜，味道醇美，曾是清宫贡品，为文人雅士所喜爱。

长寿五香酱干尊崇古法秘制，是长寿老少钟情的特色食品。日常，从百姓餐桌到宴席，酱干是备受推崇的一道美食，或大碗，或小碟，美味而精致地呈现，透着诱人的清香。

民间传说，清代书生赴京赶考，殿试时纵论三湘特产，提到五香酱干，皇上闻之，御点进贡。

五香酱干的制作工艺和配方世代单传，后来的传承与发展。采用现代保鲜技术生产酱干，配上真空包装，酱干产品从此走出长寿街，畅销各地，饮誉海内外。前些年，远在京城的老将军们，一年四季都可以品尝到家乡的原汁原味的酱干、霉豆腐等豆制品。

长寿酱干企业也多了起来，发展到现在，长寿镇已有酱干食品加工企业 27 家，小作坊、个体户近 100 家，年产值 3.5 亿元，解决了 3000 多人的就业。在口感上有多个品牌：原味、五香、鸡汁、麻辣等 11 种口味，食客可以各取所需。长寿镇打造"酱干特色小镇"已几年了，并且初见成效。

在金河广场对岸，现正在展开蓝图，20000 平方米的"鸿富·商业中心"，正在兴建，集大型综合性商场住宅楼盘于一体，它处于长寿正中心，被称为第五代商业综合体。就征收土地这一块，投资就是将近一个亿。因为长寿街房地产价格一直不高，所以在这里看不到房地产业低迷的现象。

在老河沟两岸，有宽阔坚固造型美观的新河南桥和古色古香的老河沟连接，还有维夏中学连接外操场的学子桥，水岸连接处处方便。在不久的将来，还有凌空高架的索拉桥从长富路衔接双杠坪。这梦幻诗意般的临江建筑，将以新的姿态展现在世人面前。长寿街宜居家，风水宝地人长寿，在新时代跨越性发展中，长寿人将永远走在康庄富强和平幸福的大道上。

长寿的育婴堂和仁寿堂

清同治年间，也就是19世纪中后期，（1862—1874年）。长寿西南街社区，育婴堂在这里诞生。位于现在的粮站、邮局、采育场及延伸到后面的丧降坪，那时高峰期，收留女弃婴100余人，为平江孤儿院或育婴堂之最。育婴堂是在19世纪初，长寿地方上一些乡绅或发财了的商人建立的慈善机构，如吴德星、吴谦吾、方砚秋等义士贤达就是发起人。他们慈善性地收养一些贫困户生育的却无能力抚养的婴儿，或者天灾人祸父母双亡的孤儿，他们的近亲属也无力代养，只好将孩子投育婴堂，由育婴堂收养，代请乳娘哺乳的民间慈善活动。

育婴堂将这些孩子代养，等孩子长大后，生身父母仍可领回。假如是无家可归的，则继续在育婴堂接受启蒙教育，学习技艺，以谋生路。育婴堂将孩子养到12岁，地方上叫满了童限，又有一拨孩子选出去了，如被百姓选去当童养媳，男孩子被大户人家领去当用人或者长工。我的伯祖母曾经在育婴堂当过剂娘（为孩子喂奶），我伯祖母曾经说过，在育婴堂吃香喝好的，红枣炖猪脚的汤和助奶的鸡汤，各种能发物（助奶的食品）都吃腻了。

因为伯祖母在育婴堂当奶妈的时候，就收养过一个12岁的漂亮小女孩，后来这就成了我堂姑母，我们小时候一直叫她凡姑姑。

我稍微懂事后，问过我凡姑姑，她是怎么被送去育婴堂的？我记得当时她红着脸反问道：小孩子问这个干吗？长大后，我母亲悄悄地告诉过我们：凡姑姑的母亲本来是一个富家小姐，与一个长工好上了，后来怀上了我凡姑姑，但这怀上孩子的小女子的父亲却是一个很正统的士大夫，他读过很多老书，对人世间的色情视如洪水猛兽，等他发现时，羞愧难当，准备把女儿用楼梯绑架浸死去（沉塘），但这样叫宣自己的丑闻，认为女儿倒了八辈子脸，最后在父族的劝阻下，放女儿一条生路。孩子出生后，做外公的父亲还是六亲不认，让与他女儿好的小长工抱着小婴儿滚蛋，无奈小长工无力抚养，就送到了育婴堂。

因为凡姑姑是从育婴堂来的，我更加对育婴堂好奇，我参加工作后，就到长寿街四街八巷去打听。育婴堂到底在哪个位置，是谁人开办起来的？弄清育婴堂的前世今生。于是，我开始了对于长寿街这个经历了一个多世纪的产物，进行了溯源。

可惜许多老人没有了清晰完整的记忆，不过都是一些碎片化的传闻。但都对育婴堂里曾经的善行、功德，均露出赞许的口吻，并被一代代传承下来。而我那个凡姑姑也已作古了。

长寿街下街头有一座富丽堂皇的巍峨壮观的建筑物，是西欧哥特式建筑风格。那就是天主教堂，始建于1821年，坐东朝西向，教堂的前面是二层青砖扣栋的一排房子，木窗棂、木楼、木扶手。

年老的人介绍说：这里有一个很大的院子，还有一个漂亮的花池，里面混养着鱼类，那水池里的鱼捉上来活蹦乱跳，扁担长一条，要两个大人才能捕住。还有大脚鱼和千年乌龟。春天来时，蛙声阵阵，鱼儿的嘬嘴声如好听的音乐，这里有二三十间房、几十亩地。光种地和庭院管理、照顾孩子的人员就有二三十个。当时这里是葡萄牙人掌管天主教会的，花池那边有穿透的护栏，护栏那边就是后来建起来的育婴堂，育婴堂是天主教会倡导建立的。育婴堂里还收留无家可归者，有很多被育婴堂里收留的孤寡老少，自愿成为堂里的员工，死后不愿回家，埋在育婴堂相隔不远的坟地里。

育婴堂里收留的婴儿多时，剂娘供不应求，这里的员工就抱着婴儿，四处寻找能哺乳的年轻健康的女人，除在长寿街境内找之外，还到邵阳和店头那边去寻找。每逢三节，还雇请地方上的裁缝为小孩儿、育婴堂里的大人做衣裳。

育婴堂是在20世纪50年代中期取缔的。葡萄牙人也驱逐回国了，大部分人员被解散。有的回家种田，有的成了街道工厂的员工或沦落为街上闲散人员。建筑物后来成为标件厂的厂房和住房。靠近东北边的改建成长寿粮站。房子被占用，空的地盘渐渐地成了建筑群和采石场。

说到对育婴堂贡献最大的，可不能抹杀仁寿堂的吴德星的功劳（字拔桂，号斗轩）。他是当时长寿街的首富，他与当时不可一世的贩卖药材"平术"暴发户"细皮匠"，正名为方砚秋势均力敌，在显富方面，进行了一段时间角逐，他们是长寿街的头面人物，都想占据登仕巷整条街，但吴德星肚子里喝的墨水也许多一点儿，抑或人情世故看得透彻一点儿。不知什么原因，一天他猛然醒悟，顿感浮财是过眼云烟的事，还是做点儿眼前的实事来。他是搞贩茶、锻造：如写锅、犁头夹板……以及开布庄发了财的，因家里人丁不旺，就行起善事来。长寿街曾经流传过这样的说法："生靠育婴堂，死靠仁寿堂。"

长寿街人都讲，生看荣华死看结果。育婴堂是善待新生儿，那么仁善堂就是对死者的安抚和厚葬。

仁寿堂东北抵井塅上，西南至如今的火烧坪，中心位置在如今的佳和小区后面。现在保留的还有仁寿堂的前厅正厅后厅（三栋上）和几间偏房，当时占地面积7000平方米。那时为建筑这个庞大的仁寿堂，招募了乡下采石挑砖的民工，以计码的方式给付报酬。

两年以后，格局整齐的仁寿堂竣工，首先是把长寿街境内的孤寡老人请到仁寿堂来居住，供他们衣食住行，使他们有宾至如归的感觉；其次是对死无葬身之地的无依无靠的人捐一具棺材。给予银两，请僧延道朝庙告祖，奉帛，颂经礼忏，超度亡灵。

仁寿堂还办过新学私塾，方朗初教授曾执教于此。

人们都讲因果报应，吴德星后辈有人，香火延续已到了第六代来孙吴魅成，现年83岁，人长得高大威猛，国字形脸庞，身体健康，耳聪目明。他们家族在各个领域都有杰出的人才出现。

长寿地区的人都对育婴堂和仁寿堂的义举和善行，津津乐道，会发扬光大，一代代传承下去。

乡里人·长寿街人·城关人

以前,平江长寿地区的人,分为街上人、乡里人。居住镇上的自然是街上人,而长寿镇四边的农村人便是乡里人。

街上人嫌弃乡里人吃饭吃得多,一炉罐饭一个人差不多可以包圆,暗暗骂乡里人,是投胎到世上收粮食的。乡里人上街来,街上人一眼就看得出来,一是肥大的打折裤,有一个长长的白裤头,一根土布裤带子从衣服里面伸出来老长,土里吧唧的。他们挑担转着龇牙肩(咬着牙换肩),步子永远是快而生风,袖子也是撸得高高的。二是上街后总是东张西望,什么都觉得新奇,眼睛里泛着一种好奇而又怕惹麻烦的慌乱。见到那打扮得花枝招展的漂亮女人,更是死盯着看,身子不好意思转过去,头却扭过120度,脖子被扭得酸痛还忍着。

那漂亮女子似乎知道被人死盯着,尽管欣欣然(哪个女人不愿意被人仰慕呢),却似很反感地扭着身子,嘴里狠狠地骂道,看什么看,乡巴佬。于是,乡里人如获大罪一般,头低得缩在肥大的领子里。

乡里人屡遭羞辱,暗暗记恨着,搜肚刮肚找着街上人的毛病:客来了,锑沙炉里的饭煮得眼屎多,搞得乡里来的客人饭都怕添得,做一次客半饥半饱的。

平江县城的人,称为城关镇人。但只要过了长寿界,加义以下的人,说话,就渐渐有了"下头生"(有别于长寿地区的方言),所以这样一来,就有了假冒是城关镇的人了,问起你是哪来的人(何处来的人),"呵里城关镇的"。神情中带着一种自豪的优越感,语调中有一种向上扬起的滑音。缘起他们是衙门前后的人,充满着一种霸气和自信。一则小道消息,如果是城关镇传出来的,采信度都要高得多。长寿街的人,自然有种自惭形秽的感觉,便弱弱地问道:"是县城里的人?"于是,城关人也晓得提起长寿街人的精神:"长寿街好啊!酱干、油豆腐,霉豆腐好呷。但是,长寿街人身上普遍有一种特有的味道,酱干的气味。长寿街说话嗓门大,在拥挤的车上特别占空间……"

长寿街人很敏感,心里暗暗地要骂娘喧天,脸上却露出僵硬的笑,不甘示弱地顶回去,"我哩街上的酱干确实是一种好嗅的味道,也好吃,你们吃我们的酱干,两个指头捻着,吃完了,还要将两个手指头放到嘴里吮吸着上面沾的汁水,那个馋劲,使人肚子笑得痛。同时我们看到你们县城里的人,脸上都现出青菜色(指营养不良)。你们的饭也吃不惯,普遍带着一种煤气的"。城关镇人心里骂骂咧咧,嘴里却吐出权威性的话语:"也不见得。你们吃我们城关的元宵砣,一口狠咬,滚烫的馅子烫了嘴巴,羞怯得不敢喊疼。同时我们有钱买煤烧,不像你们不时都要上山搞柴火,你们长寿街人上九岭山上斫柴,累个死吧?"

这当然是四十年前的情况了,俱往矣。现在不论是城关人,还是长寿街人,都肥胖壮大一个,红肉滋滋。妹哉(姑娘)恨不得个个都是瓜子脸纤纤细腰天鹅般的长腿。但不能否定的是穿着打扮方面,还是效仿县城的妹子家,或者是上海的时髦。

时代发生了变化,人们的活动范围扩大,生活圈子似乎打破了界限,城关镇人、长寿人、乡里人没有了隔阂和明显的界限,无形中那森严的等级,那种相互鄙夷的情形早已冰释了。

不过长寿镇人很大一部分人还是习惯慢节奏慢生活。上辈人留下的那份薄薄的家产,靠出租的铺面收入维持生活,也使他们活得滋润,自得其乐,超然物外。他们早起,在街道边散步,或者坐在街边上,一壶茶,一瓶自己用补药浸泡的谷酒,一包烟丢在桌子上,等有人围拢过来,大家便跷起二郎腿边扯四季乱谈,边看上街来匆匆过往的乡里人,这样就可以慵懒地打发一天天的时间。尽管旧的街景慢慢消失,他们旧的铺面却不想改造,宁愿如火柴盒般被挤压在水泥钢筋混凝土结构的高大铺面之中。

而乡里人再不满足耕作那一亩三分地,他们到市镇打工,甚至放弃耕作的责任田,抑或成片地承包给了那些开发商,有的甚至抛荒,于是引来街上的人到乡下来作田种土,或者投资办养殖场、开农家乐。他们与乡里人称兄道弟套近乎,俨然一家,他们沉迷那空旷的原野,那二十多年来慢慢绿化的生态环境,那酽酽的负离子氧气。

年的脚步越来越近,很多街上人、城关人喜欢到乡里吃杀猪饭,带上自己精心制作的美味,如糕点、肠皮等小吃什么的,作为进门礼,相约好友到乡里饱餐一顿,不还价地买上土猪肉,或者与养殖户干塘捉土法放养的鱼类。捉鱼时,他们没有多晒太阳的雪白肌肤的腿儿,陷在池塘的淤泥之中,艰难却又乐观地扯动着、傻笑着,欢天喜地地抱着活蹦乱跳的肥美的鱼儿,那快乐满足感写在脸上。

乡里、街上、城关人在北上广打工的,他们会在腊月里早早回家筹备过年。就是乡里的也大多在镇上、城关买了房子。回家后,住几天城关镇或者长寿街后,有人会相约到乡里小住一段时间,在自然的田园风光里,穿上从都市中抢购的光鲜亮丽时髦的衣服,拍上几组美照,晒在朋友圈里,接二连三的美赞和好评把朋友圈都堵塞了。

我总是想,再过一些年,乡里人、街上人、城关镇人这几个词是不是会干脆消失,或者渐渐融合成一个什么新的词?

乡里看重一亩三分地,城里人看重一丈三尺铺。乡里人带着泥土的芬芳,乡里乡气,城里人带着财物的奸商，娇里娇气。所以，乡里人从泥里浪里滚滚爬爬，城里人从钱波物浪中爬爬滚滚。乡里人不诚实，土地就没收获。城人不奸猾，买卖就没金钱。两种生活方式，造就了两种不同的生活年景。

（作家方绪南，以穿透的视觉把这两种方式生活活脱脱里写来，看似一种视感，实质上是一种心灵鸡汤。乡里人看了，窝心；城里人看了，烫心。好在这两种生活方式被几十年的改革正拼成一块。曾经被城里羞辱把头缩到衣领里的日子，有了一回抬头装酷的机会。作家是这抬头族的一员，以文酷给这些城里人看看。编者语）

长寿茶香

3月初,为配合全国性的活动——修复中国万里茶道,平江县文化旅游广电体育局吴崇福主任找到我,要我协助他了解长寿街四大著名的茶庄,以及木金乡金坪茶厂的前世今生。

我查找了相关资料,早在19世纪中叶,清朝平江籍名臣李元度记载:"道光之季,泰西人自欧罗巴航海入中土,能互市,以茶为大宗。长寿故产茶,岁入百万缗计。闽粤江南巨商骈集。"也就是说,长寿街在清朝道光年间,就成功地实现过茶叶兴街,在当时英国主办的国际茶叶展览会中,长寿街的茶叶精品还获得过一个银奖。

前不久,我走访了历史上有"茶乡"之称的木金乡。

木金乡的西北面是连绵起伏的山峦,这天然屏障挡住了每年过早南下的寒流,清冽的汨罗江水从木金乡东南边丘陵地带以及江畔肥沃的冲积平原边蜿蜒流过。木金乡有一片绵延起伏的黄土地,祖先们因地制宜地在这里种植茶叶树、生术(当地称平术)、百合、绛色豆。茶树村村户户都有,大小茶园基地简直是星罗棋布,产茶基地从19世纪中后期起延续至今,如以"茶"命名的地方就有好多处:茶山、茶墩、茶场、金坪茶园、九分坪茶园、保全保联茶园,等等,几乎家家都有制茶、炕茶叶的工具,如大盘箕、茶炕、茶灶等。

新中国成立后,勤劳的父老乡亲在这里陆续扩大规模种植茶叶,到20世纪六七十年代,有名的"金坪茶厂"当时种植面积有1000多亩,每年产茶400多担。

这个茶园基地从1953年开始整合,后来各生产队抽调劳动力扩大种茶基地。20世纪70年代初,平江县城关镇先后有两届知识青年积极响应上山下乡号召,前后共90多位青年男女来到这里与社员一块儿劳动,吃住在一起。上级命名这个茶叶基地为"金坪茶厂"。

每年清明节到谷雨时节,是金坪茶厂人最为繁忙的采茶季节,采摘出来的茶,分别叫"明前茶"和"明后茶"。明前茶味道较明后茶味道会更加好一点儿,价格相对也贵一些,口感方面特别细腻清香。

江南温软的细雨如婉转动人的采茶歌,(农历)三月里明媚的春光使人精神振奋,生命力勃发。穿红着绿的采茶姑娘拖着长长的辫子,也有的留着包菜头,银铃般的笑声一串串，悠扬的采茶歌此起彼伏，年纪大一点儿的女人火辣辣地喊起了山歌：摘茶要摘条蕻茶，怜郎要怜后生家……唱得年轻的姑娘面红耳赤，撩拨得那些年轻的后生家心里痒痒的。

　　采茶的她们，背着背篓，背篓里还放着一个小凳子，她们灵巧的双手在嫩叶舒展的茶树上如弹钢琴，那鲜嫩的条蕻茶，与茶树分离，由纤纤玉手送入茶篓，一股淡淡的清香弥漫在空中。她们摘累了，就将背篓中的小凳子拿出来，坐着摘，反正手中的活儿不会停歇。每天晨曦染上东方天际时，她们从紫雾缠绕的村舍中飞快地走出来，到星星或月亮眨巴着眼睛的时候才归去。

　　人们不会忘记金坪茶厂的初创者：方以成、方宜生、方杭松、吴铁刚。特别是方杭松，他在那里工作过20多年，吃住在那里，以厂为家。

　　城关镇那两届知识青年，在他们下乡40周年之际，组织过庆典活动。还邀请原厂长方杭松参加。他们中那时有一个开拖拉机的下放知识青年，名叫万聚业，他整天愁苦着一张脸，人们背后叫他"万造孽"。茶厂后来安排他驾驶手扶拖拉机。他操作柴油机的技术特别精湛，理论知识也非常丰富，他还经常到社办中学，为学生上农机知识课。据说他家庭出身成分不好，是最后一个返城的。那时的知识青年，除白天劳动外，还在雨雪天或晚上，参加全公社的文艺宣传队巡回演出。白天由各生产队抽调的年轻劳动力带领他们参加农活。如，我们生产队方咸秋，15岁时就被调派到茶厂，因营养不良，个子矮小，队上人叫他"咸妹子"。可能是茶厂的饭菜养人吧，后来他长成了高大英俊的男子汉。

　　那时茶厂每年采摘三四季茶，清明到谷雨是采茶的黄金季节，一直可采摘到盛夏。当地农谚语：一茶苦；二茶结（涩）；三茶好茶又难摘（摘）。三茶就是指盛夏时节的茶，那时炎热难受，"阳辣缚"（一种粘上脚手，就使人奇痒难熬的害虫）多。那时做成红茶或烟茶成品，完全靠手工。采茶，打的是歼灭战，要靠附近地方的广大男女老少完成。那是细腻活儿，每天一个人要摘四五十斤生茶叶。每斤工资4—5分钱。然后是去杂质洗涤茶叶，再炒茶。接着就是揉茶，要选专门选经常打赤脚在土里劳作的汉子来踩（揉）茶的，他们用的是暗劲，双脚跟合并使用（俗语叫转罗门），揉茶又叫做茶，做茶的人低头看着自己的脚跟蹭着脚跟，做了一会儿，光着上身的汉子，汗水渍渍。他们的颈上，横搭着一条毛巾擦汗，不时拭着汗水。女人蹲在晒垫上，头上戴着帽子或围着头巾，免得头屑或落发在茶里面，她们将揉紧的茶团抖散。那茶叶呈青铜色，散发着浓郁的茶香。

　　在踩茶的过程中，工人要找一个支撑点，搬一个有靠背的椅子，双手扶着靠背，双脚旋转着揉着软拉拉的茶叶……到20世纪80年代，茶叶生产从手工制作，过渡到半自动化的揉茶机制作，烘干机烘干，大大减少了茶厂工人的琐碎和繁重的劳动强度。

茶叶做好后，人们挑着去供销合作社，由供销社收购。茶叶用白色的袋子盛着，切忌压碎。那臃肿的袋子，如澳洲那巨大的袋鼠一般，人用扁担挑着在路上走，袋子挨挤着，前后看不到人，只有在换肩时才看到人影，只见两个袋子在移动，如两只硕鼠形影相随，煞是好看。

20世纪70年代后期，金坪公社动员全社的社员，动员男女老少齐上阵，大干快上，将那起伏不平的沟沟壑壑，挖成一坦平川的500亩"水平茶园"。

长寿这个地方的人绝大多数爱喝烟茶和绿茶，除自产自销外，还向外销售一部分，这儿的茶叶非常受人追捧、青睐。如果有一天，能够大规模生产长寿茶，让长寿茶香飘扬更远，那该多好！

长寿酱干散记

平江酱干是泛指，其实就是长寿酱干。

传说明朝正德年间就有了长寿酱干。地方上有一出花灯古装戏，叫《正德遇患》，剧情是蔡文山耕田，其妻子送饭给他，路途中遇见微服私访饥肠辘辘的正德皇帝，蔡的老婆顿生怜悯之心，将给丈夫的中饭匀一半给皇帝吃，这顿饭的主打菜就是美味的长寿酱干，皇帝吃得不亦乐乎……这戏从小孩时候起看到现在。这出戏告诉我们正德皇帝到过平江长寿街，吃过长寿酱干，这也说明长寿酱干已有将近五百年的历史。

我们小时候吃的是没经过硬炭炕干的盐皮干，比那铜钱大的乌黑油亮的酱干要大，有香烟盒子那么大，一厘米那样厚。酱干既然是朝廷贡品，后来没有了皇帝，也是达官贵人、有钱人才能享用的高级美食。那盐皮干表面是黄灿灿的，轻轻咬一口，内面白如奶酪，豆香四溢，松软爽口。走亲戚，是买给孩子或老人的最佳赠品。随着长寿酱干作坊的增加，慢慢地，我们老百姓也能吃得到那高级豆制品酱干了。那黑得通体透亮的、四方的如铜钱厚薄的酱干，为了使其在十日半月内不变质，便将其烘烤得很干，吃起来，有嚼劲，一口下去，味同嚼蜡，两口下来才有五香的味儿，细嚼慢咽，才尝到豆干特有的风味，才觉得这是吃过的食品中，最好吃的。现在这种干子很少见到了，可能是保鲜技术有了很大进步的缘故。现在市场上出现的是色如琥珀的酱干，9厘米见方，表面是芝麻油涂满周身，衔在嘴里，还没动嘴嚼，一股浓浓的五香味与豆香味混合着在嘴里嗞嗞地漫延。我们是近水楼台先得月的人，还爱吃个花样出来，就是那些豆干，还在大铁锅中五香料水里沸沸腾腾煮着的时候，我们叫汤锅师傅给我们捞上一"捞子"，我们闻着那香味，看着那浅黄色的干子们，喉咙里骨碌骨碌地响了，急不可耐地要将那一捞子的豆干子，倒进嘴里嚼起来，可心急吃不了热豆腐。当然这个只能当天吃，若过了一天，取出来的豆干手指一捻，就有滑的感觉，那是变味了。

酱干是浓缩型的绿色食品，取材用料十分讲究。必须用粒儿饱满上等八月黄豆，还有是产自东北松花江、嫩江平原的豆子。先推豆子，用一簸箕，盛上三四斤，手捉箕颠簸，饱满浑圆的豆粒滚下去了，留下瘪的，与泥沙杂质一起被弃。浸泡豆子的水系深井无矾等杂质的泉水，无任何污染，清澈、甘之可口，富含矿物质。你不知道，这水是罗霄山脉挤压出来的两股水系的地下水。

石磨出浆后，在硕大的铁锅中煮浆，再由系着白围裙的掌勺师傅端端正正地舀浆入齐胸高大的陶缸，其浆纯白润滑如奶汁，操作者沉浸在清纯的香味中，那浆稠淡相宜。待悄悄冷却到伸指不感到烫的时候，将碾碎调好的烧熟的石膏粉拌匀的稀释的水，如瀑布泻下之势，倾倒陶缸中，轻轻拌动，那如奶汁的豆浆，悄没声息地幻化成了天上絮云般的豆腐脑儿了，孩子们嘴馋得直流口水，屁颠颠地拿一个饭碗，舀上一碗，先吃个饱。豆腐脑入榨箱襟布压制成二分厚薄，切成一寸见方的豆腐片，即入卤锅卤制一盏茶工夫。卤汁配料采自山林，有八角、小茴、肉桂、公丁、母丁、孜然、波扣等中草药材，林林总总三十六味香料熬制而成。当然卤汁中最重要的是酱油，酱油要选七蒸七晒四十九天发酵后慢慢用篾笼漏子渗出的豆酱原汁。众香凝结为异香，十里飘溢，长寿镇的四街八巷的人沉醉在这种香味之中。乡下人也在这种香味中流连忘返，急匆匆地去买上一袋两袋与家人分享着吃。

"上色"后的香干子入鸡汁汤锅煮熟入味。鸡必须是散养的地方鸡种，原汁原味的鲜汤就浓香扑鼻，入味的酱干，那个味儿就不用说了。最后一道工艺是出锅上篾折在炭火上烘烤。木炭也有讲究，作坊主亲自到山中炭窑边选购，非香樟树木和桎木烧制的硬质白炭不可，文火反复烘烤，过火而糊焦，烤之不足绵软无韧性，更无烤香，火候把握得恰到好处。出灶的酱干即浸润在麻油中。这样，乌黑油亮、芳香四溢的"五香酱干"便制作出来了。

"豆香、卤香、鸡肉香、烤香、芝麻香"，谓之"五香"，五香酱干的制作首要的还是豆腐坯子的制作。从"中华民国"那时起，多家作坊争起高低上下来，都暗暗地较劲，比看谁家的最好吃。似乎家家的货色都好，当然不外乎豆腐的精细制作，即在豆浆凝固时，不是采取用石膏凝固，而是用隔夜的水。均匀凝固的手法不是掺浆、扒浆和提浆，而是反复游动，名叫"游浆豆腐"。上麻油是在上篾折烘烤之前，用棉布蘸上麻油一片片地涂抹后用手指将麻油轻揉进去，烤一会儿又翻过来涂抹麻油用指揉，接着烤到麻油香浸透到酱干里面去。据行家说，酱干无别巧，味道要出来，巧在卤煮时间的长短要把握得恰到好处；香味无别巧，巧在烤制的原料一定要用木炭以及烘烤的火候。

随着人们的需求量，豆制产品也在不断更新换代，于是打破了传统的长寿酱干的格局，后起之秀悄悄冒出，如加义酱干的崛起……

现在平江人敢为天下先，全国各地乃至世界各地，都有了平江人开办的熟食厂，酱干、面筋食品、风味鱼、肉类制品组成的平江食品遐迩闻名。

从长寿街到平江县城

　　从长寿街到平江县城老汽车站的距离是104里路，县城老汽车站的侧边麻石的里程碑标着。

　　据80岁老人的回忆，长寿街人从前去县城有两种途径，如果走水路，是从河南桥的埠头上船出发，经九九十八弯，走110里汨罗江的水路到达。二是走旱路，清晨出发，途经明胜、七里山、加义浅滩、泊头、团湾、黄花潭、燕岩，走过高高架起的4座杉木桥，经过6个杉皮搭盖的上面长满青苔的低矮小凉亭，9只简陋的圆木架起的农家小饭店兼客栈，才能到达目的地。担脚的（挑夫）要在三眼桥（如今的三市镇）永太村巷口铺歇息一个晚上，城关买不到的东西，这里有卖，可见当时这里的繁荣。从这里再走18里路就到了城关，可他们就是执意要在这里住宿一晚，在那里欣赏打"道钱筒"（渔鼓），与漂亮女子对山歌。

　　1949年端午节粽子飘香时，长寿街迎接中国人民军队进街来。之后，人们猛然间觉得交通的重要，便把一节节一段段不完整的路面慢慢连接起来，渐渐地，才有了通往县城的简易泥沙官道，长寿街也有了简陋的车站，一日两班的汽车来回往返长寿与县城之间，晴天，汽车在坑坑洼洼的沙土路上奔驰，腾飞的灰尘如黄龙搂抱着车辆，在阳光下舞动……班车途经加义、东山、献冲、泗洲坪、牛串坪、官塘、大桥等地下县，慢慢地，这些地方都设有代办车票的点或者小站了。工作人员胸前抱着一只木匣子，一个圆筒小锁锁着，里面是印刷粗糙的车票，扯票的人脸上露出神圣的表情，满满的自豪感、使命感在表情中流露。长寿街人下县城走亲访友，或进县城办公事，都觉得以车代步实在方便，大多吃个县城里的中饭，就搭车上长寿街。那时只能到车站购票上车，不像现在沿途各个路段都可以上车的。

　　当然也不是下县的人都可以搭车从县城回来。20世纪70年代后期，我父亲为了水库工程，炸乱石垒坝修水渠，从公社开具盖了公章的证明，下县城领炸药雷管回来，就不得已挑着90多斤的爆破物资，从县城徒步上长寿街，那可是三九寒冬，他脚蹬着黄色解放牌鞋，迎着呼啸的北风，趔趔趄趄地整夜走走歇歇。路上撞见的人看到有爆炸图案的挑担，如临大敌一般，特别是路过汨罗江上的每座公路桥梁时，还有基干民兵悄悄地尾随着我父亲，送他过桥头。父亲好不容易才在第二天7点钟赶到工程指挥部。那时，我父亲在公社任创业队队长，雷管、炸药是危险品，班车禁运，只有步行了。他担心出意外，就身先士卒，以身作则，一个人揽下了这危险活儿。

那年，我堂弟患了"蚕豆病"，那是一个灰蒙蒙的傍晚，我伯父抱着堂弟往长寿街上的医院赶，后面跟着眼泪汪汪的背了一布袋衣服什么的伯母。进医院后，几个医师会诊，觉得病情严重，叫直接下县。这个时候长寿街没有了下县的班车，救人要紧，急得如热锅上的蚂蚁一般的伯伯与伯母轮流抱着8岁的孩子，徒步往县城医院跑，第二天早上8点，才赶到县人民医院，医师们精心治疗，我堂弟才捡回一条性命。

说来不好意思，我第一次进县城是高中毕业时，父亲叫我去当时的人民法院院长程道明那儿走走。他老人家在我们所在的地方，搞三分之一工作组，作为办队干部，在我家住过两年。他返回工作单位以后，每年要与他妻子大包小包提着坐汽车来我家一趟的，那时没有小车配置，据说可由司机开吉普车送他要去的地方，但他从来不公车私用。我如今还记得他送来的"桂花糕"，特别好吃。出于礼尚往来，我们每年也要去他家一两次，会带去长寿街的土特产，如酱干、油豆腐、腊肉，自己家酿的谷酒，等等，但当时纯粹是一种干部与群众融洽的鱼水深情所致，没有什么目的。后来，我能够为一名法律工作者，缘于程院长的启示。

时代在进步，人们出行越来越便捷。私家车、出租车都很方便，往返长寿与县城的班车，每隔10分钟一趟，也不需要统一到车站集结，车辆途经的街边，靠着公路的家门的，或公路边，招手即停。长寿街人与平江城关镇的人，亲亲热热如兄弟姐妹一般。晚上，下县城去唱歌、吃夜宵什么的，一个电话，一个多小时就到了。县城的人要来长寿街吃臭豆腐、长寿腊肉面什么的，就是打包回县里，到家里，可口的食物还有温热。长寿街人或县城人坐在车里打一个瞌睡或玩一会儿手机就到了目的地，京港澳高速公路在安定有了出口后，大车小车还要上高速公路飙一会儿去县城，由原来一个半小时到县城缩短到70分钟了。现今平益高速正在赶修中，修好后，长寿街到平江县城就只要半个小时了。快节奏好处多多呀。

平江，凤凰山庄达人多

木叶萧萧，北雁南飞。远久年代的一个深秋午后，一对身着苎麻制服的农家夫妇带着六个可爱的孩子，在层林尽染的山坡混交林中，用叶钩勾着或敲打着桐树上古铜色的果子。略有褐色斑点的小打锣棰似的果子，在风中摇摆着，打下一两个果子，很多金灿灿的叶子随之落下，叶片上大头蚂蚁如蹲在浅舷的船里，在东张西望，但总是那么心神不定。向何方去，何方是彼岸……

那果子倒没落下几个。三个小男孩不甘心，何时才能摘完满山遍野杂树中那些桐子？于是，他们如灵巧的猿猴一般爬上树去，在没有落尽的稀疏的枝叶间，晃动着小脑袋。小家伙们在采摘着那累累果实，摘下的果子一个个丢下来……三个女孩在树下，不时地抬眼望，不时将一个个桐子拾起来，盛桐子的小竹篮很快就盛满了，又将满篮子的果实倒在箩筐里。六个童男童女，孩子们年龄大小：前后相隔是两岁

小家伙们天资聪慧，他们的父母亲擅"六艺"，在农闲时，教其读句习字，不厌其烦地教吟唱《诗经》的同时，还能将苦竹做成的洞箫吹好听的古乐，褐红色沙土地上桐树丛中，那似打锣棰的浅黄色的果子在惬意轻摆，那畦田中的稻子散发着诱人的香味，不远处的汨罗江上，千帆竞发，那是装载桐油、平术等土特产的船队顺流而下，过数百里的水路，再奔洞庭湖，出长江，将土特产运到口岸上去。

老夫老妻专事农活，躬耕垄亩，他们除耕种稻子，还广种桐树，栽种苎麻，那一块块的苎麻土堆得比其他的土要高要厚实得多。苎麻是多年生草本植物，春天来了，那些青涩的苗从土里拱出来。夏天，远远看去，如绿缎缝制的被子，还荡起一波一波的白色的光泽，池塘边、土墩上，抑或有点泥土的地方，比比皆是麻土。近处张望，粗壮褐黄色的茎，显得炉炉墩墩一根，秋天的时间里，一株株割下来，孩子们拢过来，很熟练地将茎络凸起的阔叶抽打掉。可小家伙们手臂上突然痒痒的，就不停地搔，越搔越痒越难受，小家伙哭起来，大人们冲着他们嘿嘿地笑，并没有现出半点心疼的样子。

他们还是继续帮着大人干活。他们细摘秆子上的叶儿，将那秆子拦腰折断，那外套似的皮儿总是筋骨折断了，那皮儿连着，将那惨白的骨干抽出来，那绿里泛黄的皮儿如软拉拉的衣服，浸泡在一只硕大的篾箍扎紧的木盆里，泡胀一天半昼后，老农就围上硝制的野猪皮缝制的围裙，灵巧的手指夹着两片麻刀，嚓——表面那层绿色的薄

膜被刮掉了，那白里透绿的苎麻如百岁老人长长的胡子将挂在旁边的树勾上了，晒干后，女主人就捻麻纺线，在布机上织成麻布，缝制成衣服。供家里大小人穿。

农夫们活着一天就要不停歇地干着活儿。他们将堆放在角落里的桐子用脚踩裂开成两瓣，有的自裂开了，将那桐米抠出来，晒干打出桐油，每年船会上要他们家上交三百斤桐油，油漆汨罗江边那九条木船，每年农历六月初六晴朗的天，就（如果是雨天，就顺延）暴晒大半昼，用猪鬃制成的刷子蘸着桐油去油漆那些巨大的鞋子似的船儿，使其更加牢固耐用，木船好在江上运行。晒船的时候，要举行仪式，船会上那帮人是富甲一方又乐善好施最有势力有话语权的乡绅组合起来的。这船会也就是他们创建的，老夫老妻就是他们雇佣驻守在船会上的，他们经营三亩薄田，麻土畦畦块块，也计算不出具体面积出来，还有池塘一口，每年的这一天，九大陶瓷大钵荤素搭配的好菜，自酿的谷酒，要大喝大吃一餐，但都是老夫老妻自己的食材，根本不需要到长街市上去买。但总能搞得九个菜。不知道从何年何月开始，他们家祖祖辈辈就经营管理这个船会。

童男童女特可爱，他们身着心灵手巧的妈妈缝制的裙裾式的衣服，秀发用一种灯芯草绾起来，浑身散发着一种少男少女特有的气息。他们自己也陶醉在悦耳的音乐中，有一天夕阳下，西山那边飞来一只硕大无比的五彩鸟，它扑扇着翅膀，飞到农夫采摘桐子的上空，俨然是被这里吸引住了，千百年来的梧桐树林，悦耳的音乐，绕树三匝，此枝可依，它落在梧桐树上，顷刻，金凤凰幻化成一座山。后来，这里就叫"凤凰山"。

又过了若干年，船会早就解散了。这里人去楼空。这里少见了桐树。只在山上山坡的旮旯里有零星的苎麻，还有松杉及葳蕤的灌木丛。

又不知过了多久，一对70多岁的夫妻，那男的戴着礼帽，似王者归来，他名叫邓光圣。五个成年子女（两男三女）陪伴着他，一同来到凤凰山下，身体健朗的老人挂着拐杖，他转过身来，似乎在点数着儿女的个数，"一、二……五……"怎么只有五个，分明有六个？他挂杖的手颤抖了下，他的心疼了一下，他的眼里渗出了两滴浑浊的眼泪……他调整了一下刚才那种痛苦的心情，决定要在这里安下家来。

这里远离尘世的喧嚣，这里有似曾相识燕归来的温馨感觉。有生以来，他没在这里待过，可总有一种一见如故的感觉。他陡然记起父亲赠外祖父的一首律诗，父亲在首句就感叹，"凤兮一去不重来"，现在他的儿孙招来了凤凰，他能不含笑九泉？好，新屋地址就选定在此，就按当地人传下来的名字，取名为凤凰山庄。

凤凰山庄坐落在省308线长寿镇将民村境内，该建筑是2011年建成的，它没有山庄常见的那种虚幻奢华的巍峨壮观的气势，也没有过分豪华的装饰，与普通的农舍合拍，但走进去，却给人以丰厚的底蕴和内涵，特别是原主人那万多册藏书，显示出一种爱书如命的特有的格局。整整11个大书柜都是满满的书籍，也彰显出私人藏书者爱书之深沉。

陪同我们参观的邓光圣的大女儿对我说，爸爸给他们留下的是最宝贵的精神财富。爸爸至善至纯，心如赤子，他是一个"爱的行者"，崇尚"爱，是最好的功课"。他爱人、爱书、爱生活、爱田园、爱世间美好的万物众生。多年来，爸爸鞭策或鼓励他们光明磊落做人，并促使他们用知识滋养自己，给子女或学生留下了榜样。

邓光圣是当时长寿街少有的大学生，毕业后，就从事教育工作，业余时间写了很多脍炙人口的好文章，被大家誉为"小巴金"。

20世纪80年代，正是人才青黄不接的时候，邓光圣受命于危难之际，聘任为县一中语文高级教师，他是该县最早的素质教育探索者之一，是最早指导学生在报刊上发表文学作品的教师，也是最早参加全国教材编写的教师。多次赢得各级政府的嘉奖。

退休后，邓光圣著书四部，《怎样活到一百岁》《坎坷人生路》《光圣文稿》（之一、之二）。《湖南日报》等十多家媒体对他进行过专题报道。

数十年爱书读书悟书藏书写书孜孜不倦，其本人及家人创作的著作有近百部。2016年，光圣先生的家庭先后被评为"湖南省书香家庭"、第二届"全国书香之家""湖南最受欢迎的书香之家"。

他有一个同行好贤内助方孟嫣，与他以校为家，他与妻子生育了两男三女：小波、小红、小漫、小员、小兰。

三个女儿小波、小红、小兰从文，被称为"邓氏姐妹三支笔"，两个儿子小漫、小员从事技术工作。女婿、外甥也优秀。

大女儿邓小波是《中国妇女报》记者，做过百多篇（组）揭露黑幕为底层百姓鼓与呼的深度调查报道，多次获中国新闻奖等新闻大奖，参加过中宣部组织的"好记者讲好故事"全国巡回演讲，获得过全国妇联系统先进工作者、中央驻湘记协首届十佳记者等多种荣誉。

二女儿邓小红毕业于中华女子学院，是湖南省作协会员，现为县作协名誉主席，有《月牙秋千》散文集、《鲁塘》等系列小说散文问世。文如其人，这位天性纯良的女作家，静如水淡如菊，素颜素心，在浮躁的生活前不失冷静，在沧桑的岁月里总抱热情，在尘世的磨砺中永怀悲悯。更通过自己的笔，创造并拥有一个永不褪色的童话城堡。读她的作品，会感受到作者心灵之纯净圣洁。她说，一瓣书香，一杯清茶，一地月光，听莲在笔端开放，便是她的"沁园春"。

三女儿邓小兰大学毕业后，曾任职于《投资与合作》杂志、《中国青年报》、《中国妇女》杂志社，还担任过全国妇联华坤女性调查中心主任，曾是全国妇联系统最年轻的副处级干部。她主持编撰过中国首部《女性形体健康管理概论》，与人合作出版过《有尊严的生活》等十多部著作。她的文字灵动活泼，以理性见长，因思想闪光。现供职于京城。

大外甥孙吴牧天18岁时，就写出我国第一本中学生自我管理的专著《管好自己就能飞》，引导百万青少年学会自我管理、自我负责。留学美国，在大学时就发表著作三部，现毕业回国就业。

凤凰山庄的主人邓光圣对子女的情感教育是：读书至高无上，但求每个子女都有高品质的精神生活。如每年的大年三十晚上，要开一个别具一格的家庭会：又叫家庭庆功晚会。邓光圣进行认真的总结归纳，对这一年中有突出贡献的、读书读得好、做人做得棒的家庭成员，进行表彰和奖励（发红包）。

读书，是这家人最大的爱好和传承！在主人夫妇的言传身教下，老老少少都是快乐读书人。家庭成员现如今共创作专著近百部。

不仅如此，资助读书人也是这个家庭的传统，60多年来，邓光圣夫妇以及家庭成员共帮助过1000多名学生。

小红告诉笔者，我爸爸妈妈最怜惜穷苦的读书人。打从参加工作领到第一个月工资开始，他们就不断地资助贫困学生上学。李俊杰大哥是我爸最早的学生，他说他们班上有10多个交不起学费的孩子，每个学期都是我爸爸替他们缴费。我妈妈也是一直替学生交学费，不仅如此，她还经常给饿肚子的学生送饭菜，为挨冻的学生做衣裳和鞋子。这一切，都是义务的。对那些没有午饭吃的孩子，妈妈从不自己出面，而是盛好饭菜叫我们送去。而且交代我们这样讲：我妈妈煮多了饭菜，要你们帮忙吃。弟弟小漫小员都记得，多次见到一个叫海伢子的学生，一边吃他们送过去的饭菜，一边眼泪掉进大碗里……

这里的两层半房子与其他农舍没什么区别，却有四个醒目的行楷大字"凤凰山庄"。山庄确如坐落在一只形如硕大的绿色凤凰之前，两边如灵动的凤凰张开的翅膀，与山庄后檐对峙的是凤凰的尾部。满眼翠绿，很有气脉。

笔者来过两次：第一次是农历癸卯年闰二月十五日，与吴亚明、吴明宗同行，因为对"凤凰山庄"及居住在那里的人慕名而来，我们只是来看看，不想打扰主人家。我个人还有一个心愿是：邓光圣在他去世前半年，托人给我寄过一本书，我没有亲自去道过谢，特别是我还欠他一个告别仪式上的四拜三叩首。

那次，我们来的前两天是春雨绵绵，烟雨迷蒙的天气，但那一天却是明朗的一天。车到凤凰山庄前，前门是紧闭的，右边附房门口，有两个人在闲聊。邓小波的先生老任见我们来了，很热情地站起身来与我们打交道。一老者见我们来，起身告辞离去，可能是经常往来的，没有迎来送往的客套。

第二次是盛夏的某一天，我们应邓家三姐妹相约，吃晚饭，同去的都是与文字结下了不解之缘的长寿人。邓家姐妹与她们的先生非常热情，沏茶、送茶的是她们的先生和80多岁的方妈妈。

特别有幸的是，在这里见到了邓小红的先生林家品，他是国家一级作家，20世纪80年代末，被列为文坛湘军七小虎。是全国著名实力派作家。他的主要著作有长篇小说《野魂》《热雪》《蛊惑之年》《生番女兵》《抗战三部曲》(《老街的生命》《兵贩子》《雪峰山》)、长篇历史小说《蔡和森》《大清官》等；中篇小说《淌血的无名河》《接龙寨传奇》等30余部，短篇小说《狗头》《脖铃》《大放血》《黑黝黝的扭动》等百多篇。另有散文、译文、随笔、评论、长篇报告文学等数百篇。总计800多万字。评论界称其为"在悲哀中锻造中华民族的灵魂""融历史、文化、现实为一体""进入了哲学、人类学的堂奥"。《人民日报》《文艺报》《文学报》《中国文化报》《美国侨报》《美洲时报》、湖南卫视、经视、《理论与创作》《湖南文学史》等国内外1000多家媒体、专著对其创作有介绍、论述。《热雪》获第三届中国煤矿文学乌金奖，长篇小说第一名；《野魂》获得全国煤矿文学乌金奖长篇小说第一名；《野魂》列入北京青少年新世纪读书目录；《兵贩子》被列入建党九十一周年红色阅读推荐书目；《老街的生命》在美国获首届国际亚洲太平洋战争文学奖第一名，由世界著名汉学家李培德教授翻译成英文，并节选进美国新泽西州公立学校教科书，国内版获第七届茅盾文学奖提名，并被改编成电影《风水》，列为2011年上海"红旗颂"首批推荐影片。2019年，其"抗战三部曲"被教育部列为向全国中小学校图书馆推荐书目。

林家品这个如雷贯耳的大人物，我们零距离接触到了，真是三生有幸。尽管他是大人物，却没有半点架子，待人非常低调。他与我们谈创作，谈当今纯文学的走势。

我们不但得到主人的热情接待，还被当成座上宾，又是端茶，又是敬酒，餐桌上的菜特别丰盛，满满的一大桌菜，算起来十六七个。大家都放得开，没有半点拘束感。酒足饭饱后，邓家姐妹又带大家参观了已故的邓光圣先生的万册藏书，还带我们闯进她们的私密空间：小阁楼，她们热情好客地将座椅茶水搬上搬下。

东边的半边月，挂在墨绿的凤凰头上眯着眼笑着。"纺纱车"（一种会鸣叫的昆虫）在悠悠然然地叫着，给空旷的山庄，添了几分静谧。我们静静地坐着，都不想开口，都不想打破这种静静的黄昏的意境。倒是邓家二姐说，怎么不话事了，并哈哈大笑起来，打破这难得的宁静。我们如仿佛从一种无忧无虑的超然的世界里猛然回到了现实。继而又开开心心拍照，似乎要定格这美好的场面，记录下来，与别人分享。

2020年，83岁高龄的邓光圣先生辞世时，他的学生张佑清写过一副挽联寄托对恩师的崇敬：您曾经探讨怎样活到一百岁，我始终相信精神跨越两千年。（邓光圣先生退休后出版的第一部著作是《怎样活到一百岁》）。笔者深以为然。邓光圣一生崇尚的爱，爱人，爱书，爱生活，爱文学，爱田园，爱美好的万事万物，不正指引着后人，在一代又一代地传承吗！

平江多福洞

多福洞位于平江县长寿镇东部境内,属丹霞地貌。西面有一窄小石门进去,南东北面是高耸入云的石壁,斜斜而上形成狭缝——一线天,冬天暖和无比,夏天凉风习习。洞内可容纳千人聚会。

多福洞,是全国著名的红色旅游区——仙姑岩红军营中的一处景点。红军营除一线天内的多福洞景点外,还有非常密集的景点。其中,最著名的景点有:百步云梯哨卡。

黑色的山脊狭窄曲折,蜿蜒而上的石阶,恰似造物主搭起的长梯,背负青天朝下看,山壑纵横,远近的农舍如堆砌的童话故事里低矮的小房子,长寿镇上的高楼大厦,在三月的春风里,影影绰绰,薄纱笼绕。若是在秋冬季节,长寿街的一幢幢楼会尽收眼底,那些十几层的楼房,散发着城市化进程的现代气息。

好不容易攀上天梯的最高处,传说中的活了180多岁的长寿老人,屹立在那顶峰上,著名国画大师周令钊"来了就是长寿人"的题词,飘逸灵动,那酒葫芦的香酒似乎要溢出来,招待远方来客。为什么说来了就是长寿人呢?因为——

"仙姑岩·红军营景区"位于长寿镇,外来的人来了长寿镇,就是我们长寿自家人,表示长寿镇人民热情好客。

另外,有这样一个故事:元朝末年,长寿镇有位翁姓老人,80岁寿辰时,一个游方道士交给他一个锦囊,告诉他一百年后会有一位贵人来拆看。在老人180岁寿诞时,朱洪武谋臣刘伯温刚好路过此地。老人将锦囊取出,刘伯温拆开一看,原来是一条偈语:"寿高三甲子,眼观九代孙;若问送终子,浙江刘伯温。"老人闻言,哈哈大笑而逝,刘伯温便将此地取名长寿。

说起长寿镇,大家首先想起的就是广西巴马长寿镇,为什么巴马人长寿呢?这与地理环境密不可分,因为那里空气中每立方厘米负氧离子含量高达2万个以上。负氧离子被称为"空气中的维生素"和"长寿素",它对健康有积极作用。而平江长寿镇森林覆盖率高,负氧离子的含量也高;同时,据国际健康研究机构指出,在集中时间内一次性走完6000步左右的路程,有助于降低多种疾病发生。从长寿仙峰脚下攀爬到海拔380米的峰顶,正好能达到6000步左右,消耗热量约180卡,是日平均最佳运动量。所以，经常来长寿仙峰，定会健康长寿。这便是来了就是长寿人的第三个含义了。

游客每每攀到老寿星塑像的身边时，会不由自主地叫同伴拍起照来，寿星的前面是一个半圆形的玻璃平台，有恐高症的人不敢越雷池一步。但大胆的人会抱着胆小的人笑嘻嘻地，小心翼翼地猫着小步，来到那护栏边看山下的风景。山风徐来，女孩子长发飘飘，她们成了这里最亮丽的一道风景。

翻过山去，手扶护栏，聚精会神沿着陡峭的石级而下，就到了半山亭，树林蔽日，酸疼的脚慢慢消除了颤抖，不知不觉有了点疲惫，就坐在亭中的石凳上休息一会儿，任柔软的三月里的春风轻轻地抚摸周身，惬意极了。看山中树影婆娑，林木深处又传来几声小鸟的叫声，簇簇映山红若隐若现，逗来阵阵蜂飞蝶舞，你会感到心旷神怡。心里的烦恼抛在脑后了，芜杂的心境似乎过滤了一般。

仙姑殿，似嵌在峭壁岩上的琼楼玉宇，香烟腾紫色，铙钹轻敲，梵音缭绕，使人有超然物外的感觉。

以一线天内多福洞为轴心点，向四周辐射，这里还有红色基因十足的红军营大门、红军指挥所、红军点兵场、军需库、一线天哨所、红军瞭望哨，等等。

仙姑岩·红军营，是湘鄂赣红色文化教育基地、全民国防教育基地、廉政文化和党性教育基地等红色教育基地。这一红色旅游区的创始人，是一位"70 后"的兵哥哥，名叫吴长征。他 1990 年 3 月入伍原中国人民解放军第 38 军集团军（平江起义红五军前身），1990 年 7 月吴长征通过遴选进入国防大学学习。有幸认识并接触了平江籍的老将军们后，他经常聆听老将军们讲述战争年代家乡的革命故事，激动不已。2007 年，吴长征变卖北京房产，回到平江，将积蓄全部投入到家乡红色遗址遗迹的保护和开发当中。

红军营景区先后被命名为全国中小学生研学实践教育基地、湖南省省级文物保护单位、湖南省全民国防教育基地、湖南省青少年教育基地、岳阳市廉政文化教育基地、岳阳市爱国主义教育基地、岳阳市党性教育基地、岳阳市中小学生研学实践教育营地等称号。

那是一次偶然的机会，吴长征被邀请到平江籍的老将军家里做客。白发苍苍的老首长用平江话，和蔼可亲地问他："你晓得'仙姑岩'这个地方吗？"小吴愕然地望着老人家，老首长继续说："那是我们的家乡。我家穷，我在那里扫檐巴老鼠屎做过肥料。后来，在那里驻扎过一个红军营，当地游击队员在那里打过三年的游击战争。"于是，仙姑岩成了小吴魂牵梦萦的地方。他登上仙姑岩，被这里的山奇水秀惊呆了，大自然的鬼斧神工造就这幽幽的山洞，还有那千万只蝙蝠串串叠叠，如叠罗汉似的，密密麻麻倒挂在山洞的崖边。春、夏、秋时节，这里难怪没有蚊子，都是被这些小精灵剿灭了……一个大胆的计划，在吴长征的脑海里形成。那就是建立一个红色旅游区——红军营。通过几年的努力，红色旅游景点现已初具雏形。红色旅游区在吴董事长的带领下，在全国上下争取资金，已成为践行"绿水青山就是金山银山"理念的重要领域。一个红色旅游融合发展的示范区被精心打造出来。

金坪的"三峰叠嶂"

金坪这个地方,是不是储藏了大量金子?很多人都这么带着很大的好奇发问。金坪人总是狡黠地笑着说,"是的,可惜还有找到具体窝金的位置。"但紧接着金坪人会拉开话匣子如数家珍地说道:鲁肃带过几十万大兵在我们这里练过兵,摆过很多阵式,进行演练。这个肯定让人相信,那块500多亩的黄土地便是证据,我们称为汨罗江上游的小黄土高原,这块地曾经还是古县城衙门设立的首选之地。县衙选址之地必须颇带贵气,先确认是否土肉深厚;二是土地的质量是否重。可偏偏是这个,没搞得当时的汉昌人赢,什么情况?上面的官员进行考察并立项,当时计划在汉昌与金坪二选一,想将衙门搬到家门口来的当地人,拿来"竞标"的泥土,金坪人忠诚老实地铲了一包金色的土,由考察官去衡量,而汉昌人在松软的灰色泥土中掺杂了铁屎,最后汉昌人胜出。如今金坪的子孙,每每说起这事时,埋怨自己的先人太老实了,不晓得也在贡土中掺铁屎,不然如今我们也是优越感很强的城关镇人了。当然,现在的城关人打死也不承认自己的祖先作了弊。

金坪为什么当时会引起当官的人注意,是因为其令人神往的奇异风光和厚重的历史文化底蕴。先说一些景点吧,如"三峰叠峰"是平江八景之一,雄踞在平江县木金乡东南部(原金坪乡东北部)。在明代就有进士郭本韵诗夸赞:"鼎立奇峰耸大观,青青螺髻叠层峦。烟凝翠嶂浮岚气,风鼓松涛怒急湍。远树高低相掩映,三峰崒崔共根蟠。几回搔首烟云际,海上蓬莱好比看。"

距县城60公里,或从幕阜山向东南行50公里,或从国家AAAA级景区石牛寨向西南逶迤15余公里,就可以到达风光旖旎的丹霞地貌——道岩(俗称穿岩)观光旅游。道岩自古就是平江著名的风景名胜地。据1107年黄诰的《敕赐葆真观记》中描述道岩云:"绕岩四柱,森然相望,若有所献,此香炉峰也。南一峰,仰视霄汉,有轩昂不可屈之势,此席帽峰也。北一峰,深入烟霞,与星斗为邻,此云盖峰也。"

先说主峰香炉峰,它孤峰兀立,悬崖峭壁上万年苍松及翠柏弯曲顽强地生长在石缝里,随着山势的堆砌,山中咨嶙地长出些许竹子或草木,如别处少见的玉竹、方竹、千年草……山上常有小鸟啾啾飞过,也有小野兔小獐子怯生生或上或下扑腾腾活动着。那山峰极像一只紫烟缭绕的香炉。南有席帽顶,北有华盖峰,合成三峰叠嶂。

香炉峰下是全省有名的道观——葆真观（俗称穿岩）。平江道家以崇真观、奉真观、葆真观、显真观、冲真观、金铺观、紫清观、紫霄观、玉真观为"昌江九观"。自宋朝到元代，再到清朝，香客常年四季川流不息，葆真观在紫色的烟雾中如一个婀娜少女，引来四方贤士云集，成了享有盛誉的名观。

葆真观，即修于道岩山中。道岩俗呼"穿岩"，传说汉朝时期，一善法术的道士持桃木剑驱赶一只邪恶的金牛，金牛被赶到道岩，被山挡住了去路，情急之下，一头撞向山体，山被撞穿一个口子，形成后来的一洞穿山而过，人们把它分为前岩和后岩。前岩建葆真观，原有三清殿、祖师宫、关帝殿、玉皇殿、天师宫等建筑，大多以悬岩为天盖，砌屋百间。殿宇金碧辉煌，斗拱飞檐，暮鼓晨钟，香烟缭绕……葆真观内原有一只巨钟，上刻"正统十二年丁卯"铸造。正统为明英宗朱祁镇年号，十二年丁卯，即1447年。

接着述说后岩，后岩建有九老祠。"九老"何许人也？平江人尊称年纪大的人，为"某老"。据《平江县同治志》载，宋九老为：鲁仕能（年73岁）、吴釿（年78岁）、鲁仕行（年77岁）、方采（年69岁）、邓希恕（年77岁）、李应春（年69岁）、张万全（年67岁）、罗大岜（年62岁）、罗大亨（年60岁），九人合计共632岁，他们作诗刻石共632句，就是记下九老632年的事。可惜石碑不知毁于何时，九老全诗也已失传。《平江县同治志》及霞灵堂《清微重修宗谱》都有载其警句，现录于后，供读者观之：

鲁仕能：万劫灰中存世界，千层浪里惜儒珍。

吴釿：阮籍每看青眼旧，邹阳感慨白头新。

李应春：像绘耆英希五老，鹤归华表认千年。

张万全：乍接笑言疑是梦，相看颜貌老于年。

邓希恕：龟鹤为群同寿考，鹿麋相伴共时贤。

罗大岜：素丝不改衣冠旧，黄道从教日月新。

罗大亨：且追白社为耆会，纵买黄金肯少年。

按宋代九老，作上述一些诗时，正是宋已亡，元朝正兴的时候，他们这些遗老，都是有身份的人，有的在宋朝做过五品以下小官。他们有亡国之痛，常怀故国之思。以他们的地位、权力与才能，既不能像文天祥一样领兵抗元，又不能像陆秀夫样负帝投海殉难。因此，他们收敛着贵族的风骨与傲气，暂求："苟全性命于乱世"，放浪林泉，寄情山水，探胜寻幽，以文会友，写些诗歌，发出一些无可奈何的哀叹。也可以说是"可怜无补费精神"。不过，比那些变节屈膝、卖身求荣者要胜过百倍。

他们放逐自我，纵有安邦定国的经纬之才，却无法实现自己的政治抱负而空嗟叹。

他们曾相约：每岁值菊金荣锦之时，择山水胜处，更迭主会。凡历十二年，吴鈃、鲁仕能相继卒，会终散。九老中最年轻的罗大亨便叹道："势利朋侪随处有，诗章我辈逐年无。"

就是说，大多数人随着时间的推移与元朝的日益强大，而逐渐成了识时者为俊杰，写点儿不合时宜的闲散文字，发点儿无谓的牢骚的诗人也就逐渐不见了。可能这就是顺应历史滚滚向前的潮流，世上新人换旧人。这并不甚可惜。可惜的是，刻有宋九老诗的诗碑早已不见了。不管它起的是正面的或者是反面的作用，它总是时代的产物、是珍贵的文化遗产，也是历史的见证。《续九老题名记》前写道："同治辛未，元度山居多暇，屈指同邑任京外官归林下者得九人，乃折柬招集爽溪精舍。越日游道岩。"

后来又有"清九老"（又叫续九老），发起人是李次青，在同治辛未，即1871年。他在现三市镇自己的老家别墅沙煆爽溪精舍，请九老集会，组织者也是李次青。距宋九老集会已六百年了。续九老姓名：余士镜（年74）、李汉章（年70）、朱光瑞（年72）、方儒照（年67）、周圭（年64）钟昌勤（年64）、黄益杰（年63）、张岳龄（年54）、凌文奎（年52），合计年龄581岁，与宋九老总年龄632岁，少51岁。李次青时年五十一，如李入会恰合宋九老寿年总数。他们叹为前定，这个偶然令人对缘分的敬畏，或者说是一种巧合。李次青在众人劝说下，入会、作诗、写记。清九老，实为十老。但李次青仍以"亲在不敢称老"，题名时仍写"续九老"。续九老共作诗22首，李元度、黄益杰各4首，其他人各2首，钟昌勤因守制未作诗。今九老祠已倒塌，诗碑也不翼而飞。我的老师黄景湘家尚存有《续九老题名记》拓本复制本。

道岩景点，除上述前岩葆真观、后岩九老祠外，还有陡峭而难以攀登的艾仙坛。途经艾仙坛，有一鲤鱼脊背的山梁，刀切似的峭壁，只有两尺左右宽。从此过往，眼睛只能盯着前面走，还是使人头晕目眩，胆战心惊。但过去搞集体时，山民为了口中食，偷偷地在那头的六七亩坡土上，种植豆类小麦、红薯等，以补生产队平均口粮的不足；他们还要在早晚挑着一担粪走"鲤鱼脊背"，一不小心，就会摔得粉身碎骨。这里似乎是世外桃源人的耕作之地，资本主义尾巴也割不到这里来。艾仙坛现在还复修了庙宇，香烟不断，这里还有"七星井"，这井水常年不枯竭，一道高耸的山梁，两头是脱节的落坡，泉水哪里来，使人悟不出奥妙，这就是大自然的神奇之处。

华盖峰，如北岳华山，也是自古路一条，3000多个台阶，拾级而上，拔地而起的300多米的峰顶，几百年前就建有庙宇，每年农历四、六、九月都有庙会，人们接踵而来，使这里成为热闹的地方。道岩山人文历史厚重，风光旖旎，旅客更是趋之若鹜，现在成为国家旅游开发的重要立项。千百年来，文人墨客相拥而来，留下了多少墨迹，多少壁画铭文……从西面进来的葆真观台阶两边竖立的丈八高的石柱上篆刻了清朝名臣李元度的长联:"三峰叠嶂,井列七星,点缀些丹崖龙潭,胜域名区推第一;松种万年,桃栽千树,添几间云房石屋,忘机两性叹无双。"此联堪称道岩绝对。至今尚存。

如今木金乡后岩村水口,古称三座港,大树下组的老码头,麻石堆砌的埠头还在,百孔千疮的五六人才能合抱的千年古樟树,如一个饱经风霜的老人,默默守望着昔日水陆交通要道,见证汨水向西南流淌的匆匆岁月。蓝墨水般的汨罗江水,倒映青山,半滩黄沙洇出银线似的水痕。三座港彼岸岩壁陡峭,此岸沙滩逐浪,绿树掩映,时有白色的鸟从树上飞出。被天雷劈去树梢的古枫树矗立在江边,枝丫伸出去老长,四季变换着色彩,秋天飘飘洒洒的红叶,撒在江水中徘徊不前,如故乡的孩子不想远离自己的父母。那些盘根错节的树根如虬龙的爪子,紧紧抓住每寸泥土,时刻准备着与来临的山洪抗衡。

光阴荏苒,日月如梭,世风在时间的更替中翻滚,守葆真观的最后一代何道士,也归田园居了,几十年里,一些收藏文物古董之徒常悄悄地来往于其家,不知他家收藏或隐匿了多少文物古董,当然这是多余的话。葆真观的风光不再,鳞次栉比的华丽殿宇灰飞烟灭,只留下几根石柱子,那刻字还历历在目,来往的游客们望物兴叹,同时也唤醒有识之士,有重新修复的念头,但这不是一日之功,也不是些许银两可以复原的啊!

三峰叠嶂永远风景如画,它属于平江八景之一,是无法被其他精心打造的景点所能取代得了的;它被历史厚厚的风尘遮住了真面目,不知何时,才能重焕异彩。

湘东民歌群

　　湘东——汨罗江上游，青山绿水，民风淳朴。她吸引文化名人屈原杜甫灵魂皈依，他们在这里找到归宿。不知从什么时候开始，建起的歌群如雨后春笋般，遍布了东乡和西乡，形成了一个有诗有歌的地方，这里被誉为"诗词之乡""民歌的故乡"。"湘东歌群"就是歌群之一，群里有210多人，为头的为群主，还设副群主、群管，还设了网上"办公室"。办公室每天轮流值班，当然办公室的人都是最棒的歌手，遇到新进群会唱歌的敌手，办公室的人员便成了智囊团，破题，研究对策。办公室的强手有了对策后，马上进歌群，用歌声打败对手，让对方觉得这个群的实力最强，筑巢引凤。

　　下面的人员，统通为群友。还设有群规，违反群规的，马上会移出群去，不能有半点马虎。作为群友可以来去自由，如果出于礼貌，跟群主打声招呼，就可以退群。如解释一番，我不会唱歌，又不会聊天，不能只占着茅坑不拉屎。有的干脆说出真实缘由：老婆看着我与女歌手对歌，不要我们对唱，要我退出来。或者说：我这个月，流量没包月，超出了月包，用了400多元话费（主要是唱歌或聊天用的）。抑或群友家属向群主投诉：我老公或者老婆，晚上不要睡了，有时候手机整夜不关机，响个不停（不知道怎么启动消息免打扰），有时在枕头底下，吵死人。有的加了私聊，单身汉或者单身女找对方聊天无遮无掩了，有的吃起醋来，大吵大闹，一气之下就将手机摔坏了，也大有人在。有的公然闹矛盾离婚，烦死人……于是为了清静，忍痛割爱退群了。为了杜绝无休止地玩手机，有的单位干脆将Wi-Fi关了，蹭不到流量的无奈之下，退群了，有的对歌或聊天，惹对方生气了；有的对歌败阵下来，也退群了……群上折腾，可以整天整夜不睡觉。早上、晚上向群主问好，或群友之间打招呼。当然这群中也有谈恋爱的，成为单身男女牵线搭桥的平台，在群里发泄骂人的，有妻子或丈夫找对方吵架的，诉苦时激动不已号啕大哭的。婚外恋的，有在群里专门猎艳的，有闹离婚的，闹得家里鸡犬不宁。有的群友专门群里潜水，只在群里占一个名额，有的群友只出来打打招呼，专门捡红包的。林林总总，什么鸟儿都有。有的群友打红包赚了几千的，有的倒贴几千几万的也有。有的借这个平台：发名片做微商或打广告做小生意。有墨水的人在这里写诗作词的。有的提供商业信息，结伴去做生意，或为厂里招工，有的群友自己或亲戚朋友遭了意外，在群里发轻松筹……显然群是万能的。

群友也相互在空闲时，相约聚会，一桌几桌不等，就到群里发邀请，报名去的请复制粘贴接龙。有的文艺人士，专门进群录制民歌民谣，搜集非文化遗产的专业人士或民俗民谣研究者也接踵而至。

唱歌，主要是夜歌或山歌、渔鼓、拉胡琴或笛子的、唱流行歌曲的……如唱夜歌也分时段，上半夜唱见子歌：也叫"脱口秀""杂口"。如可以这样对歌：我到群中报个到，特向群友问声好，欢欢喜喜唱起来，群友个个好开怀。对方就开始对歌：咯位歌师真是好，出言就显才学高。我到群中开句言，大家快乐似神仙。满腹民歌群里跑，群中个个都知道，手拿大笔写《离骚》，歌群里面显英豪……下半夜唱脚本，如《三国演义》，如地方歌谣：《进十二重门》，山歌有《岳思姐》《叹姐歌》《逗姐歌》，等等，都是编成四句押韵的诗句，唱起来朗朗上口。王医生是一个个体医生，为了静下来唱好歌，对外宣布，上午看病，下午不接门诊，如果来了病人，由妻子指到别处医师那里看病。他家里未装宽带，寒冷的冬天，一双赤脚，袜子都没来得及穿，穿着拖跑到有宽带的邻居家屋侧面去与人家对歌。有天晚上，叫他老婆拿手机挨近胡琴录音，录音时间为60秒钟之内，发出去后，又继续录歌，如此反复；有时妻子不与他配合，就用大脚趾压住手机录音键，手里弹琴，嘴里哼唱，非常有乐趣。

成为歌友的，又相互捧场，互相点赞叫好，发红包。有的不善于动口哼唱的，也可打成押韵的四句发出去，相互对诗句，如，万里名师太有才，灵感激发把诗排，群里温馨多可爱，今夜打牌或叨菜（指谈情说爱）。对方对答：小小美女说得差，万里经验不传他，喜爱他人不言爱，心有灵犀不言菜。第三人又插进来挑衅：伊里园内美女蛇，引诱万里禁果呷。若是群主知道了，她要把你来臭骂。兴趣盎然，抢对着：汨水沙粒开口夸，他说小小美女蛇。其实心中早有主，抓蛇回家把皮扒。

这是一个好玩的时代，这是一个自由开放的时代，这是一个不知不觉耗费你金钱的时代……当然这里又是一群底层人在这里消耗时光，在这里找到无穷乐趣，但不知不觉地一百几百元的流量费侵蚀着你的钱包，消耗了这样多钱，肠子悔青了，一家的生活开支都不要这样多，认为是电信或移动营业厅杀了你的黑。

这里有些会唱的，人家死了人，去坐场的。守灵唱夜歌：一夜唱来，所得的报酬三百至一千不等。丧家酬谢金，亲戚朋友打赏，还有烟酒，发烟有时是一条一条"芙蓉王"。善唱者有平江歌王，如王远、张望生、胡孟书、湛清斌、朱军明等，活跃在汨罗江上游一带。将他们奉为歌神，一个个围绕着他们，夜歌专业艺人发展壮大。

歌群是一个精神寄托的所在，是一个展示自我的平台。整天劳作累了，晚上空闲时间可以放开歌喉，发挥你的才艺能力，那可消除烦恼，减减压，拂去疲劳，也有益身心健康。不信，我邀您进去玩玩。

阜山窑里锻精品

　　人的智慧是无穷的，烈火可以锻造出一个五彩缤纷的世界。展现在观赏者面前的，是一门独特的艺术：它能令爱好者如痴如醉，令衣食无忧的士子们倾囊而出，甚至还不惜重金，豪气大方购买收藏；它也是中国古代文明史的象征。它就是熠熠生辉的瓷器（陶瓷）。

　　从母亲河的黄河流域到浃浃荡荡的长江中下游地区：以黏土掺和糅合为载体，点缀涂抹含金之釉料，装窑焚木聚高温燃于锻炼，使其升华为精品，成艺术奇葩，达到出神入化的境界。

　　前不久，我与湖南幕阜山下平江县虹桥镇的"阜山窑"有了零距离接触，被那艺术的力量所震撼了。阜山窑成批出精品，一只茶杯、一个瓷瓶、一尊佛陀菩萨，价格就是几百上千甚至万元，令布衣百姓咋舌。这艺术品近年来在世界陶瓷博览会上领尽风骚，惊艳四座，引无数陶瓷爱好者纷至沓来，深山幽谷能见金凤凰飞舞。

　　我们驱车直上陡峭的山坡，几个急转弯，在险象环生的惊吓中，在绿树掩映的古朴民居前，车子总算四平八稳地停下来，我才长长地嘘一口气。

　　接待我们的是一个纤瘦、着青衣、结长长一条辫子的、艺术风范十足的年轻人，是男是女一时看不出来。但从洗衣板似的没有凹凸感的前胸看，不像是女的，但我倒期望他是女的，因为他太清秀。侧边低矮的房屋里，还有一只庞大的藏獒关在笼子，凶猛地狂叫着。

　　我们走进去的是20世纪60年代以前山村里土木结构的一层房屋，进厅去，有两个天井，上是小青瓦铺就，下面是幽幽青苔覆盖的天井，透出一种古朴原生的景致，陶瓷艺术品摆放在客厅的橱柜上，我们急忙进去观看，拍照。

　　那个接待我们的纤瘦的小胡向我们介绍：陶瓷艺术品，之所以彰显出典雅高贵，就是不因岁月的流逝而变色，也不惧怕害虫侵蚀和老鼠咬噬，更不担心烟熏火燎或洪水泛滥。除天崩地裂，玉石俱毁外，什么都不用担心。所以，便于爱好者收藏。

　　阜山窑是承袭古代官窑形式，因地制宜筑建的柴窑窑洞。2013年由热爱家乡山水、有故土情结的陶瓷雕塑艺术家李亮东创办。是本省当代第一家官窑级别的柴窑陶瓷艺术基地，也是国内国际当今第一处将东方佛像雕塑艺术和古法烧制完美结合的创作基地。

阜山窑以保护"国家非物质文化遗产"为目标，传承近乎失传的古老柴窑烧制技艺。阜山窑凭借本土山区生长的松树林木多的优势，遵古法柴窑烧制的方式，遵循以"慢工出细活"的理念，其工序有：挖泥、揉泥、打坯、塑坯、成型、施釉、烧制、成瓷……每一件作品都要经历七十二道认真精细的手工工序，凸显了工作的烦琐和艰辛。

同时小胡还说，因对烧窑技术要求相当高，每烧制一窑的瓷坯，只有30%的成品。烧窑过程中，温度须达到1300℃以上，火势不能有片刻微弱。烧火看似是一个粗活，其实要求48小时轮班倒，一班有两个以上的烧火工，相互驱使，督促，来不得半点怠慢。由于温度的把握节点难，成品的陶瓷也不一定与原坯形状一成不变。出窑以后的成品可谓是件件不同，地方上不是有俗语，"破窑出好瓦"。这样一来，颜色、裂纹，甚至形态都是各有千秋，所以，每一件成品都是孤品。

小胡还补充说，阜山窑瓷产品多次参展、获奖，讲起这个，如，作品《玄奘》多尊，还有《金刚智》等被国内外收藏或获奖。但是产品销售量少，阜山窑还没有多少收益，还是靠政府部门扶持的。

我们都沉浸在欣赏这艺术品的时候，小胡又用他们烧制的陶瓷茶杯，给我们泡茶喝，那一招一式的娴熟，无不显出一个行家里手的魅力。看他那专心致志的样子，我们非常佩服他，他那清瘦的脸上显得有些苍白，近乎营养不良的样子，还有明显的黑眼圈，是睡眠不足所致吧。他那神情，似乎带着淡淡的忧伤。我为了打破这沉闷的局面，与他拉开了话题。我说，你小时候喜欢玩泥巴吗？他却否认，不，但我很调皮，耍性重。我又问是哪里毕业的。他说是景德镇陶瓷学院美术系毕业的。我又问结了婚没有？他似乎很开心的样子回答我，结了！他苍白的脸上带着幸福的微笑。我的心也似乎轻松了许多。

我们将要离开的时候，又一个俊秀，也是分不清是女的还是男的小师傅，抱着一卷毛边纸放置在案台上，与小胡一样的穿着打扮，一样的艺术风范十足。她比小胡年纪还小，大约是20岁的模样。我惊喜不已，痴痴地盯着她！她是小胡的另一半吧，后来了解到她是艺术学院毕业后，来这里就业的。

临走前，我们同行的擅长书法的罗文忠热情地为阜山窑题词……

货怕比三家

久雨久寒，感冒，咳嗽……上呼吸道感染久治不愈，生怕是肺癌……X光照片，不是那回事，如释重负。去寻找药吃。原先有一种叫"川贝止咳糖浆"带一种什么抗生素药（忘记了药名），吃了见效。可惜现在停止生产了。因为那药的成分里面含有"罂粟壳"，伪君子无孔不入，成批量地买去提炼毒品。国家为了全面禁毒，停止生产了。我在各个药品超市买过好几种药，吃了还是不见效。后来，女儿叫我去买（葛仙翁）"罗汉果玉竹颗粒"，价格6元一盒。

我先来到A健康大药房，因为我是这里的会员，有一种优越感。我价都没讲，就拿了这种：葛仙翁罗汉果玉竹颗粒。打价后，我拿出套有这个药品超市店字样塑料套子的门诊费卡付钱时，发现这药价16.8元，我蒙了。我拿出手机又扫了药品上面的二维码，显示出"京东"的报价是"6元"。

我举起手机，叫售药员看屏上面的价格。售药员略略地看了一眼："这个不准的。"我心里骂道："太杀黑了"！我提出退货，她二话没说就同意我的要求了。

药还是要买的。我到隔壁的B健康大药房里，我先在摆药的架上寻到这种同样牌子的药。这店是一个镇医院的医生家属开的，我和蔼可亲地问了那店员们，一个店员抢着回答我：10元一盒。我心里嘀咕道："又少了6.8元，比那家店。"

我还是不放弃，又到C健康人大药房，这家是熟人开的，但我很少去那家店买药，男主人永远以一张苦瓜脸出现，好像你借了他的米，却还了他的糠一样，我干脆不出现在你的面前。但这次为了寻找合理价格的药，我还是纡尊降贵了。幸好男主人不在，是他娇小漂亮的贤内助在店里。她见我的到来，甜甜地笑着："稀客，真是稀客。"我回敬她一句："做好事，我希望永远不进来，就是万幸，算烧了八辈子高香……"

"先生，你不见我的店门口的对联：只愿世间无病没痛，宁可药店关门上锁。"

"冠冕堂皇，说的比唱的还动听，"我冲着笑得合不拢嘴的漂亮少妇反驳道，"假如你们不开店，与我们一样穷，你家的别墅、铺面、楼房、奥迪……也不会从天上掉下来。"

我边说边走近药架专柜，眼睛在搜寻……

"律师要点儿什么？"

"葛仙翁罗汉果玉竹颗粒。"我似乎在背诵着这种药物。

少妇从我面前走过，散发一种好闻的檀香精油味："在这里！"

"什么价格？"我耐烦地问道。

"9元。"

我拿起这种，用手机扫码，"你看……"

她夺过我手里的药品，生怕我抢去似的，脸上还是挤着笑："买不得啊！"

为了止咳，我还是同意以9元的价格购买一盒，结果她好人似的，以8.8元的价格，打价给我。

另一天，正是消费者权益保护日——"3·15"之时，我准备做一回英雄，到昨天去的A、B药品超市，购买葛仙翁罗汉果玉竹颗粒，让他们打出票。A店的销售员比狗的嗅觉灵敏，拒绝得干脆："没货！"

我分明见架上有葛仙翁罗汉果玉竹颗粒。几个美女双手合在凸起的玉胸前，站在一起，默默地对抗着我。我灰溜溜地逃出来了。

我又到B店去，我说来一盒"葛仙翁罗汉果玉竹颗粒"。

我问什么价？

回答说："12元一盒！"

"昨天不是说10元钱一盒吗？！"

"10元就是10元，好打讲的啰……"销售员不愠不火地回答。

"用卡付款，给我收据。"

那机器吐出来一张票据。收银员抽出我的门诊费卡片，双手将票据和卡片捧着奉还给我。

又拿出一支笔，让我在本子签上名。我就回家了，等我回到家，拿起那票据仔细看起来时，根本没有记载付"葛仙翁罗汉果玉竹颗粒"的钱款，只见上面莫名其妙地显示着：住院费0，注射费0……非处方药：20元，但没有我要的：葛仙翁罗汉果玉竹颗粒。

耍我了……我没有取到证据，这回英雄当不成了。

四、古镇风情

烧 塔

中秋月亮又圆又大地挂在天中央；香喷喷的用黑芝麻粒嵌着"秋"字的大月饼、用红头绳系着挂在孩子的脖子上，小家伙们白天蹦蹦跳跳玩累了，那摇晃的中秋饼随着孩子进入了梦乡。老河沟里的河水似乎在偷偷乐着，迎接更悠长更热闹的时刻到来，大铜盘似的月亮里，轮廓清晰，嫦娥似在笑盈盈地筛着香甜的桂花美酒，怀着怜爱之心，欲端着去犒慰一下，不停地砍着桂花树汗水淋漓的吴刚。东边的群山幽幽深邃，金风送来阵阵晚稻花的芬芳……

河岸边那只一丈二尺高（象征着一年十二个月红红火火），盘箕大底座、青瓦砌成的"塔"，被次巷德高望重的宾爷爷，用稻草燃起的火把点燃了……接着那草台子上的锣鼓喧天，唢呐声嘤嘤吹响，河边鞭炮齐鸣……男女老少神采奕奕，嘀呼喧天……那是"祭塔"的仪式开始了。那火焰从青塔周围的凸凹型眼里，钻出来，火舌一舔一舔的，如小孩子的粉红色的舌头，品尝香甜的中秋月饼一般。如水的月辉飘逸在原野上，显得格外灵动而梦幻。稻草燃起的琥珀色的火光映照着人们那张张喜悦的脸，他们从箩筐里抓起一把把糠头（秕谷）从塔眼中甩进去，那隆隆火光更旺，那火星子四溅，一会儿那青塔被烧红了，如火烧云缠绕了似的。人们的兴趣盎然，将那酒罐子里的烧酒，用竹筜子舀出来，浇洒在通红的塔上，一道道蓝色弧光冲天而起，殷殷耀眼，那琥珀色的红塔似在轻轻摇曳，那天上的月亮也如醉红了脸，露出了姣好的笑容，苍穹中的星星依稀不见了，如悄悄堕落到了地上，来欣赏这烧塔的盛况……岸下的河水被火光撕扯成绺绺缕缕，去连接下游别个屋场烧塔的实况……

汨罗江上游，这烧"塔"活动仪式，始于元朝晚期，当时老百姓越来越不满异族的统治，特别是当局者的高压政策，使人们到了忍无可忍的地步，当时朝廷强调：五户只准用一把菜刀，由一元兵管制，每户晚上不准关门闭户，任由元兵自由出进，胡作非为，老百姓敢怒不敢言。当时黎民百姓称这些元兵为"家鞑子"。哪里有压迫哪里就有反抗。组织者几经商议，决定灭了那异族的兵匪，悄悄地在月饼里塞传单，约定中秋夜以烧"塔"为号，一起动手杀掉"家鞑子"。此风俗后来沿袭至20世纪中期。

在中秋节前几天，以聚居地区域，推举首事，首事就分派人员行动，有的人到乡下去买稻草、糠头（晒干后的稻谷碾成米后，"推子"或风车扬掉的谷壳）或风车屁股后面的秕谷。还收集旧瓦或废弃的一片或半片的瓦叶,这些开销的钱是从哪里来的?也是先前有的人分派去筹集的,这款,沿街的店铺老板也都乐意出,有的还非常慷慨,乐意将大把的钞票拿出来,有的小生意老板也不甘示弱,也解囊相助,售上来的钱专款专用,买香纸爆竹,稻草、秕谷糠头、烧酒,或砌塔人的报酬,首事等组织者的工资。

那塔砌得很有水平,像平江情席中的"十大碗"中的第一碗"炸肉",如那样叠砌起来,真如一座宝塔矗立起来,南北对径有灶门和退灰烬的出口,叠砌起来的塔浑身在眼儿。

塔烧得通里透亮透红后,就要悄悄派人去打"塔",投掷的武器是马头贡(指石头)或砖头。这也是充满刺激的游戏,次青巷的人要派人出去打火烧坪或大屋坪的"塔",对方也要派人来次青巷口捣"塔",但一般不伤人,当然这些都是青皮后生家的事(又称小伙子为"杉树表",泛指小青年)。打塔还有一层寓意是:《白蛇传》中不是白娘子羁押在雷峰塔下吗?她的考上状元的儿子,去拜塔,众人帮他一起推倒塔后,救出了白娘子。打塔也是打掉邪恶势力,人们才有安居乐业的幸福生活。

有一年正街上的人,看到次青巷的烧塔场面搞得热烈庞大,非常招摇,引来看的人挤得水泄不通,他们嫉妒了,乔装成看客,悄悄地来到次青巷的烧塔现场,将他们别具一格的草台子底下的搅起的三脚架立桩的绳索解拆下来(擎起草台木板,钉在地上的木桩),使草台上打锣鼓的,吹唢呐的人,随着大门板的突然倾斜塌陷,都屁滚尿流地摔下来了,使他们好难堪。

相互打倒塔后,人们还余兴未尽,特别是小青年,沿街去寻一些刺激的活儿干干,十五的月亮格外圆,稻草中未脱粒尽的谷物,燃烧中散发芳香,燃烧的酒飘香,用麦芽拌米熬制的白糖的浓香,还有那五香的酱干浓郁香味……正在街头巷尾弥漫开来,人们度过了一个有滋有味的中秋佳节,和热闹欢乐的夜晚。

中老年人还在街边上,摆着茶几,上面有浸得很酽的杨梅酒坛,有传统的月饼,有酱干、臭豆腐、麻糖、花生糖等小吃,中秋的月又圆又大……他们在静静地赏月嘞!

长春禅寺记

  2019年11月16日，农历己亥岁10月20日初冬吉辰，长春禅寺重建落成。岳阳市宗教局总秘书长前来主持隆重典礼，禅师百余人受邀光临，四方香客云集，摆斋饭百余桌。尔后，趁闲暇拜访寺院主持本德大禅师，再登长春禅寺。观"大雄宝殿"更显巍峨壮观，风清气正气势恢宏，景色悦目宜人。与本德法师说长春禅寺前世今生，颂扬海内外居士善举善捐；诉说创业艰难曲折多。品茶论佛观看全寺新貌，超然物外烦恼皆忘，斗胆作文以记之。

  该寺，依罗霄山余脉，瞭望幕阜青峰，饮汨罗江之水，倚昭公山北坡。俯瞰长寿街全貌；1995年始在此处鞭炮厂厂房内，地方居士执佛法信念，在其念佛，历尽创业曲折艰难、经严寒酷暑二十三余载，大业成就于今世。

  该寺，坐落长寿镇新开发区南面，立山门前观望。670余平方米的水泥地面颇显宽敞，铁树并排两边，红豆杉、银杏树、黄杨木、狗公刺树、香樟树、雪松、罗汉树站在前坪左、正中两方。两尊石狮昂首挺胸门前守护。三米宽两米高的铁铸香炉摆放前坪中央。气度大方，属长寿实体成功企业家易金全家捐赠。飞檐斗拱巍峨壮观，那翘起的飞檐上的铃铛，在微风中发出曼妙的声音，聆听者有种超凡脱俗的感觉。乍入正门，静观仰望，顺目可见"大雄宝殿"宝匾题额。台阶上面的立柱上，是烫金楹联："乾坤涵盖众流断；妙有真空波浪随"。进入大殿内有烫金长联："舍利现檀花，清净禅心，都由色相皆空，解脱孽缘登十地；祇园翻贝叶，真实不虚，具是慈悲缁素，皈依妙定悟三乘。"锲铸在高大雄浑的朱漆柱子上，寺院所有墨迹都是本院住持本德大师所撰且亲笔手书，有北魏浓郁书风，显得遒劲有力，洒脱自如，岂凡之手可及也，更是道出佛法无边及历史源远流长。

  宝殿四周由54根钢筋混凝土水泥柱支撑16米高的拱顶，607平方米宽敞明亮高耸的大雄宝殿，又名万佛殿，外面进入，先上11级台阶，大理石扶栏，大殿前为镂花木门窗，清漆刷新锃亮闪光，顶部有佛教的图腾，殿内鸣钟击磬，乐声悠扬，一缕缕烟雾从香炉中升起，腾腾缭绕，散发出浓郁的檀香味道，从佛教诞生以来，檀香活在梵音的妙处。点燃了多少明灭的时光，一缕缕檀香萦绕的钟声，唤醒了世间多少迷梦之人。佛教在漫长曲折的发展道路上，始终与檀香形影不离：有佛必有檀，有檀必有佛！

在寺庙中诵经念佛，心中有佛，就可以闻到淡淡的檀香味道。檀香浓郁而又独特的味道给人庄严的感觉，与佛给人的感觉相吻合，两者似乎水乳交融。檀香，理所当然地成了供佛专用香，每当诵经、法会都焚檀香祈请佛菩萨降临坛场，恭诵香赞、礼拜供养，以妙香愉悦心境，涵养心性。檀香几乎与佛融为一体，载动无边佛法，缥缈于无量佛国。左中右壁龛上嵌入万尊铜佛像，所以，大雄宝殿又叫万佛殿。进门内墙由本德法师亲笔书写"佛光普照"四个耀目生辉的大字。全堂佛像齐全。前后均属雕花门窗，仿古建筑。大殿内左右，吊悬5米长的幢幡，黄色丝绸面料，内纳七宝如来，东边"心经"，西边"大悲咒"。钟鼓齐全，对径为26厘米大磬，木鱼对径也是26厘米。大鼓1米直径，大小供桌四张。香案。三尊主佛雄伟壮观：正中为释迦牟尼，东边"药师佛"，西边"阿弥陀佛"。左右立着是：东边为"文殊菩萨"，西边为"普贤菩萨"。左右墙上悬挂十八罗汉像。暂时东边供奉2米高护法"韦驮菩萨"。前面有拜垫凳200个，待香客虔诚朝拜。殿内由防水瓷砖铺设成606平方米地板。

后殿为观音殿，观音菩萨左旁一尊是善财童子，右边一尊是龙女童女，还有两旁都是观世音菩萨：南海庙观音，右侧飘海观音，蹈海款款而来，象征着普度众生，回头是岸，善才龙女，金童玉女随两边，青狮现爪是普贤护愿，白象露牙文殊师利，是增长智慧菩提，左右为32印图像，108张钢化玻璃门，

再述大殿左边的十八罗汉放置的左边建筑：当时广州居士要来瞻仰朝拜，没有住宿，当时的本德法师又去当时致富村六组黄石埂村民协商，转让土地0.7亩，建住宿舍楼4层，2000平方米，耗资30多万元，当时负债将近100万元。那时由广州市"大护法"林俊芳、崔灵发，在广州市、深圳等地大发动，雕塑十八罗汉佛像，1500余元一尊，雕像师将其余雕塑所得费用，全部善捐长春禅寺，本德法师为了还清债务，又与地方居士和广州居士联通，发动大乐捐，这样一来，本德法师大喜过望。因为当时每个捐1000元以上的就有280多人。宿舍楼第一期工程建设已具备，作为当家人负重的心得到些许释然，凝重的脸上有了笑容。

占地面积100平方米，两层的钟楼（土藏殿）筹建，于2000年动工，至2003年竣工。

大雄宝殿由于当时资金缺乏，只能砖混结构，也只能采购一些廉价材料，加之材料又不符合质量标准，果然很快质量出现问题，5年以后开始漏水，只好维修，断断续续地维修3年，每年耗资2万—3万元，到2017年，无法维修，当时本德住持向当地镇政府管宗教的邓某申报，拆除重建。他当时担心给经济压力不堪重负的政府再增加经济负担，坚决不同意重建的计划。作为住持，在无法可想的情况，又不能在没有法律依据的情况下，擅自拆除重建，只好委托岳阳市珍信司法所对危房进行司法鉴定。随后该所下达危房司法鉴定意见书，定为C级危房。本德法师拿到了危房证，有如持

有尚方宝剑一般，寺院重建的计划离现实又近了一步。本德法师为了践行重建大雄宝殿的宏伟计划，他踏遍南国各个城乡的佛院，化缘争取资金，功夫不负有心人，于2018年初筹集到可观的资金1000余万元，开始向全国范围内招标，随后湖北佳境建设有限公司罗月华先生中标，并承建。于2019年10月份竣工，罗月华老板在工程款结算时主动让利，并幡然醒悟，自愿在本寺皈依，成为俗家弟子。

本德法师在长春禅寺苦心经营20年的宏伟目标实现了，寺院落成典礼时，他恰好72岁。他出生在本县一个有8个子女的家庭，俗名叫赵君阳，从小就天资聪颖，很有佛缘，但因为家庭贫困，在学校只读几册书。他记忆力非凡，博采众长，出家后，潜心佛学，酷爱读书，擅长书法，在东山禅寺修行念佛几年后，又到广州云门寺正式受戒念佛5年，成为广东省云门山大觉禅寺第十四代弟子，1996年4月8日到长春禅接管住持，称释本德比丘，励精图治到如今，毕生精力付寺院，威望颇高，居士景仰。

该寺，佛光普照，善信护持，十方四众，同参共修，听经闻法，参禅念佛，也为佛陀培养人才，成为重地。

该寺，升平乐世，禅门有继，世代相传，美其名曰，平江名刹，乃名副其实。该寺，乃为一方净土。是厌喧嚣烦扰者向往宁静之处；是惘然迷茫领悟之地；是孽缘累累者洗涤之所；是放下屠刀立地成佛之界，可作自责内疚之忏悔；或作焦虑烦躁之解脱；可作忍辱负重之超然；可作疲惫不堪之稍憩。唯有其净土，静能生慧，智者无忧。计较是疼，比较是痛，淡然是福。不以物喜，不以己悲。尽人事、知天命、顺天时、倚地利、滋人和，随遇而安即得幸福。春花秋月，年年是，汨水时时西逝去，长寿居士永安康。

题长春禅寺：将军公园倚背面，暮鼓晨钟和梵音。听厌虚名夕闻道，洗心革面见禅心。

是为记。

我们协会的这些人

这个"协会",是指我们平江星之火公益协会,是经县民政局注册成立的社会公益组织。成立于2016年5月,4000多名爱心志愿者遍布全县各个乡镇,开展助残敬老、文化教育、环境保护,助学、义卖、扶贫帮困等活动。3年多来获取捐资120余万元,使数千余名对象获得资助,得到广大群众的广泛支持和好评。

我们协会也有正规的分工,分为办公室、走访部、帮扶部、财务(红包)管理、财务监督、法律顾问等,管理层有38人。大家融合得如一个整体,民主和谐,在工作中,能求大同存小异。

协会人才济济,会长是一位38岁的小巧玲珑的美女,她总是笑眯眯的,热情奔放。我们不叫她会长,只叫党玉。党玉是协会内唯一的一位县人大代表,常务理事"发哥"是县政协委员。秘书长石哥是民营企业家。武哥是平江有名的服务行业的巨头。副会长陈龙是富二代,但他不是垮掉的一代,他比他老子还要强,在商海里是骄子。

还是让我一一来表述。先说会长党玉吧,她先生在做实体企业,几千万的身价。她做公益,用她自己的话说,不甘愿锦衣玉食,纸醉金迷地生活,要投身于社会,要回报社会,服务于社会。她吃得苦,她利用她先生在商场里得天独厚的社交条件,积极开展活动,动员爱心人士捐赠。她在各项活动中,尽量亲力所为,调查落实有实际困难的人。如,每次带着走访组,跋山涉水,步行崎岖的山路,走遍全县好多的乡村,从没叫过苦。她与副会长:方艳姣、徐秋玉、办公室主任吴艺丽,管理员何芸芝,被称为我们协会的五朵金花。

我们在做活动中,有苦有乐,在过程中,总是那样难以权衡,或者有时弄得我们啼笑皆非;总有些事做好不好讨好;有时甚至招来埋怨、非议。有时使我们觉得情感凝重,如我们在帮扶的对象中:有一个70岁的早年丧偶,身边有一个45岁的又傻又瘫痪的儿子的厚老,几乎是一脚一手照顾到现在,我们总在想,将来厚老父亲老去,傻儿子交由谁代管?谁来为他端屎端尿?还有一个50多岁的老红花女,到如今月经来了,自己都不知道怎么弄的,乡政府的养老院死活都不肯进,一心要待在已去世的父母留下的土木结构的危房中,现靠60多岁的老姐照料,我们在帮扶中很是无奈。我们倍感我们的社会责任好局限,好任重道远。

在我们的帮扶对象中,还遇见一个50多岁尚未婚配的老男人,政府扶持,我们捐赠一些资金凑着为他买了一头母牛,他不知感恩,还轻描淡写地说,要是能给他买得十头牛,还差不多,买一头牛算什么帮扶。村民见了也说着风凉话,这样的懒人,帮着有什么作用。

似乎我们是在滚石上山,做着费力不讨好的事情。在这尴尬迷茫的处境中,发哥石哥总会为我们冲淡一些沉闷的氛围:讲荤素搭配的故事。讲时,发哥总是显得神秘的样子,有些不是他的故事,他却要栽在他自己的身上。我们顿时快乐起来,欢呼雀跃。不悦的感觉顷刻烟消云散……这时说话显得作古正经,有几分幽默感的"石哥"(他被我们叫成骚鸡公,他好像蛮喜欢这个称谓)就抢着说,你这个没刺激,我讲个有味一点的故事你们听听:有个人……这时女同胞就捂着耳朵,叫喊着不听……不听。有意打断石哥讲荤段子。石哥还蛮会煽情,忙着问道,这故事要是让我讲完,是很有味的。我们起着哄,说要他讲下去,女同胞固执地说,不许讲……于是我们摆脱了困境,忘乎所以了。所以,不论干什么,都要有情趣,生活也好,工作也好,有紧张也要有松弛,急缓有度,不能缺少情调或情趣。故此我特在此表述下,我们紧张而又快乐的公益活动。

"位卑未敢忘国忧",我们无私地干着公益,无偿地工作着,微笑化解矛盾,超然物外,不计较个人得失,艰难地行走在公益路上:除我前面记述的几个家庭经济殷实的企业家外,多半是普通人,有的还是家里的主心骨。我们不能忘记:副会长方艳姣、徐秋玉,走访组长喻胡龙,管理人员吴义民等,他们轮流坚守在8个爱心群中,从早晨6点到晚上11点,随时都有爱心捐赠,少的几元,多的几十或200元,以红包的形式进行义捐。他们默默无闻地干着日复一日重复的琐事,收红包,统计,又公布群中公示无出入后,才交给财务管理。以吴皆斌,张笑昌为首的财务监事会,对财务进行稽核,再每月在各个群中张榜公布。

亲爱的读者,当好多人在牌场上酣战时,当好多人在茶馆中悠闲地品着香茗时,当好多人在KTV唱着歌时……你们也许不会想到,我们的爱心人士在默默地干着平凡而有意义的事。去年5月中旬,长寿敬老院整理搬迁新宿舍楼时,有的人抱着一些坛坛罐罐不肯放手时,我们的爱心人士积极组织志愿者,为老人们做义工,尽量丢弃的东西,我们耐心地做通工作,放弃那些不实用的东西。但在这些老人中,有一个70多岁的老人,他临上车子时,手里死死地抓着一只木便桶,还散发着尿臊味,很不卫生。敬老院的工作人员坚决要他丢弃,他却坚决不同意,我们协会的志愿者义工,似乎知道其中有秘密,不嫌弃便桶的不卫生,就替他另外用一个三轮摩托车送去,并保证不会丢失,他也信得过我们的义工,交由他。后拿到他居住的房子里,老人主动解开他的秘密:那只便桶是夹层,那中间放着9000元私房钱。

去年炎热的 7 月天，我们接受深圳某制衣厂曹总老板夫妇的捐赠，为其 2 万多件衣服的义卖，我们的家人昼夜交替，在人流量比较密集的市场里，顶着如火的酷热，不顾蚊叮虫咬，不知劳累不厌其烦地叫卖，有的有本职工作丢不下，干完分内的事，又来参加义卖活动，在短短三个昼夜的时间，硬是完成了 2 万多件衣服的销售。将换成的现金，放到我们助残助学专项资金里。

我这里简单地记述一些片段，一些点点面面。当然，我们协会里，还有很多的被人感动的人和有趣的故事，在以后的日子里，我将继续撰文，记录着我们的点点滴滴，在公益活动中的喜怒哀乐。同时，我为自己置身于这个温暖快乐的大家庭里，感到无上光荣。

我们协会的这些人（续）

我们星之火公益协会，曾得到过中央电视台、湖南卫视、岳阳电视台，《岳阳日报》《长江信息报》，搜狐新闻等多家媒体的报道。

一个个感人的故事，一个个立体感很强的鲜活的人总涌出我的脑海……是什么力量支撑他们那样不知疲倦地劳作，那样忘我地全心全意投入：是出于感恩回报社会，是中华民族传统美德或孝道，我认为都渗透着……

我们协会的吴子仪是一个充满正能量的好姑娘，她是个美丽漂亮，举止端庄大方、充满爱善的热心人，她还是红十字会的会员，是人体器官捐献志愿者，她现任白鹭湖国际度假区的总经理助理。在我们的协会里是一个非常令人钦佩的人物。每次义捐义演活动，现场和舞台上都活跃着她的倩影。最令人感动的是，她们度假区主办一次竞选最美形象代言人的活动，她凭实力夺冠，将获得的5000元奖金，不留一分全部捐给了公益协会，当她在捐赠仪式上，高高地举起那捐赠牌时，我们感动得热泪盈眶，很多美女帅哥忘情地上台拥抱她，献花给她。

感动的人和事总是不断地出现，默默奉献着，我们协会的兄弟姐妹们永远行走在路上。

还是用具体的人和事见证吧！方军辉也是一个令人感动的人物，他患肾功能综合征，在每周两次的透析中，还参加湖南卫视在木金乡——石牛寨举行的油菜花节，我们劝他多休息，他非常淡定地说，活着就要做有益于人的事，公益活动能使他快乐充实。由于病情严重，不得不花巨资做肾移植手术，协会要为他在公益群中做爱心捐款，他坚决不同意，最后协会的管理者采取折中的办法，为他做一个"轻松筹"。病情基本得到稳定，他出院后又急忙到协会来做公益，由于激素药的副作用，脸上长痘痘，呈病态的暗黑色，他还是要拼命工作着。结果又重度感染，重新住进了湖南湘雅医院，协会管理人员重新考虑为方军辉捐款，但方军辉听到这个消息后，坚决反对，理由是：我们协会是服务于社会的，面向弱者、残疾人，我们协会的会员不能给社会带来负担，我也一样不能成为大家的包袱。我们被他感动得流下了心痛的泪水。我们有些会员不能接受，不能理解：自己的家人不能自保，我们公益的指向是对着何处呢？

现代快节奏的生活，时间有时真是金钱；我们的兄弟们就能做到重义轻财，牺牲小利为大义；我们总不忘记：彭发根（前面说过的发哥），他经营的"彭氏食品有限公司是一家以豆制品和调味品深加工的企业"，他的产品在全国农博会上，深受顾客青睐。喻武根（武哥）经营着"新都宾馆连锁店"和"长湘食府"，每年为石牛寨等旅游景点区提供餐宿服务，减轻了巨大的压力，并迎来了惊人的回头率。刘志平是平江东片海尔系列电器产品的销售商巨头，深受用户的喜爱。吴石明（前面提到过的骚公鸡，其实不是蛮骚），是"前进环保砖厂"的总经理，还有林龙、朱柏松等商场上的骄子……

我这里还是聚焦一下他们这些成功人士中的一个吧：瘦高个子的吴石明，经常留着分头，乌黑的头发，显示他精力旺盛，凹陷的双眼透着几分睿智和聪慧，给人一脸严肃不敢靠近的感觉，其实熟悉他的人，不管男人女人都爱靠近他，给人以大哥哥一般的感觉。但他不大，41岁，中共党员，担任基层工作10余年，也是一位优秀的企业家。是镇人大代表，也是我们公益协会的秘书长。

他被誉为慈善工作的"耕耘者"。

他给我们的印象朴实、温和，在同事眼里，他以那种特有的细心和领导的果断干练，令下属折服。他全身心投入在星之火公益协会的事业中，默默无闻，踏踏实实地为慈善事业奉献自己全部的爱心和力量。

乡镇的发展与城市的发展一样，交通是基础，也是关键，作为一名基层干部和星之火公益协会秘书长的他，总是以一个共产党员的责任感和使命感来看待这个问题，他先后争取资金和组织自筹资金70余万元，引导广大群众为改善生产环境，美化乡村，提高生活质量，在村组新修水泥公路3公里，其中自己垫付资金10余万元，极大地方便了群众，受到了上级一致好评。他还多次被市县镇人民政府评为"优秀人大代表""优秀党代表""优秀共产党员"。

他不但在基层是一位好干部好领导，在星之火公益协会，更是一位大爱之人，一位好秘书长，他热心公益，坚持不懈。他总是乐于助人，担任星之火秘书长一职以来，他任劳任怨，起早贪黑，挤出时间为星之火的每一次关爱、帮扶活动出谋划策，呕心沥血。

一直以来他都尽己所能来帮助需要帮助的人，关心身边应该关心的人，并努力去发现这些人，感受他们生活中的困境困苦，为他们排忧解难。他认为，用真心去关怀会赢得别人的感恩，更会感染身边更多的人投入公益事业中来。

在星之火成立三年多以来，他多次组织主持策划"关爱老人，帮扶助学"等大型活动，在平江县东片地区如长寿镇、龙门镇、加义镇、木金乡、石牛寨镇资助举行帮扶助学活动。他为人谦虚大度，不为名，不为利，只想让更多需要帮助的人得到温暖，他和志愿者们将协会团队管理得井然有序，财务透明，人员团结，得到志愿者们的一致认可,并被评为省级"最美志愿者"光荣称号。

他与协会会员一路走来,虽然充满了艰辛与苦累,但每一项功绩都记录了他所经历的甜与苦,他用大爱展示了一个无私奉献的高大形象,他用实际行动践行了一个"最美志愿者"的神圣称号,诠释了"帮助他人,快乐自己"的真正内涵。

具体的人和事总是写不完,还有很多无名英雄在默默地做着公益。上面提到的人物,他们正将自己的事业做得风生水起,身家都是几百万,几千万元,他们是国家的大纳税人。他们都有一个共同的目标:自己盆满钵满了,必须回报社会,他们都是我们协会的管理者,为了公益活动能正常运转,他们情愿损失自己的利益,有时为了部署公益活动有序进行,自己花高薪雇请临时管理人员,使自己的企业不塌塘,而不顾一切投身公益活动。当然他们也惹来家人的埋怨或不理解,但他们不争辩不解释,事实将会感染人的,他们都将自己的另一半,带到公益这个大集体中来,于是这些太太们大都爱上了公益这个大家庭,乐此不疲地做着有意义的事。他们每年每度的善捐牵动了千家万户,他们在这里体现人的价值,默默无闻地,不计较得失奉献着。他们也不是一味地一团和气,有时也有争吵,有意见不合的时候,如有的邀请公益群里的新志愿者,不懂规矩,误将公益包当成了普通红包,退还不及时或操作不好,带来公益群中小小的骚动,有的管理人员就埋怨不该将这些不懂群规的人邀进来。如在走访中,线路不统一,帮扶对象选就轻重欠妥。也有争执。但总是在插科打诨中息事宁人了。在一阵阵诙谐的朗朗笑声中,冰释前嫌。

三月是一个温馨暖心的日子,雷锋精神永远激励我们行进在做好事做好人、施善举的路上,我们将不负众望。人人都献出一点爱,我们的世界就永远充满着温暖。

百岁老太带着孙儿开面馆

在长寿镇老街的火烧坪，有一只小店，还保持着老街的风貌，青砖小瓦，风檐板还是土红色的旧漆涂抹着，只是斑斑驳驳，见证着老街的历史，依稀展示着沧海桑田的变迁，显示着街上人执拗的性格。左右两边都被新的建筑挤压了，虽然有点孤零零的，似乎承受不起那种挤压，却要显示它的位置。它要以传统的建筑风格与现代建筑风格抗衡。它保持着古色古香的建筑风格，似乎暗暗地要与现代呆板的千篇一律的火柴盒式的高楼大厦较一把劲，但又显得力不从心萎靡不振的样子。小店上面悬挂着的是"老街面馆"的招牌。开店的是百岁老太吴利华和她40岁的孙子何大方。

店铺3米多宽，20多米长，显得悠长曲折，如幽深的巷道，说明它受过两边的蚕食和侵蚀，但又奈何不了它主人公的固守。它顶部是白色的吊顶设计和镶嵌在顶层面的新颖的装饰灯，阴暗的天气或晚上，放着柔和的光亮。

冬天，最后面的门一关，显得非常暖和；热天不开空调，只要后面的门窗敞开，凉风爽爽，给人如农历二、四、八月的感觉。这里一年四季，生意有做，养家糊口不成问题。

吴利华是火烧坪的寿星，她喜欢热闹，有人陪她，她总是愿意当一个合格的听众，笑眯眯的，也可谓是一个老来乐。她94岁时，在黄金洞金矿上班的孙儿何大方，辞去公职，回来专门照顾她。她千万个不同意，孙儿何大方只好说假话哄她，说单位效益不好，他被待岗了。于是她半信半疑，让孙儿做饭给她吃，为她洗衣服。她一见到人家，总夸孙伢子是一个懂事的孩子，胜过亲生崽女，对她照顾得非常好。

人生苦短，对吴利华来说，又是漫长的，她经历了太多的苦难，61岁时，丈夫去世了。最为不幸的是，她经受了老年丧子的切肤之痛。那是她85岁的时候，她一个星期未进食，但她想到未成婚的孙儿，还是强打起精神来，门户不能倒。本来孙儿要留下来照顾她，她坚决不同意，必须孙子去顶替她儿子的岗位。上了13年班的孙儿，不忍将没人照顾的奶奶丢在家里，于是他毅然决然地辞掉工作，专心来照顾他祖母。她觉得孙儿回家后，除搞三餐饭给她吃外，就是洗衣服，除此再没其他事可做了，于是想呀，必须让孙儿有点事做。后来她想到她在原长寿饭店做过服务员，她坚决让孙子做传统的汤面，改变现在其他饮食店的做法，还原原来老式面的做法。

她要带着孙儿开面馆，还有一个隐衷是：现在孙子辞职全天照顾她，但人总有一天终老，她想自己去世了以后，孙子总要有谋生之道，所以急着将自己的铺面不再出租了，不能只考虑现在的铺租高，要为孙儿将来的生计着想，就逼着孙儿自己打点起铺面来。

　　老人早睡早起，每天凌晨3点悄悄起床，为的是让孙儿多睡一会儿。她动作麻利地将煤气罐的阀门打开，将一锅子柱子骨汤慢慢熬起来，再将佐料配备好，无非是葱姜蒜末搭配好，芫荽、时鲜菜洗好。

　　他们面馆的风味就是原汁原味。4点钟的时候，街灯忽地亮了，街道上慢慢热闹起来，卖菜的扑哧扑哧挑着新鲜的蔬菜从小铺门前经过，有的放下担子，到店子里吃上一碗面条，再将挑担耸上肩，转一个曲尺弯，就到了担水巷，跨过曲曲折折的担水巷，匆匆忙忙行走百来几十米，就到了菜市场。收垃圾的清洁工开着装垃圾的电机车，停下车子，也擦一把微微的汗，到她的小店吃上一碗热汤面，给肚子填饱食物后，又劲头十足地继续去当清洁卫士。这会儿她的孙儿睡眼惺忪地起来了，洗漱过后，平头圆脸帅气的孙子，系上白色的围裙接替她的工作。这会儿街道上车水马龙，热闹非凡。小店的生意更加火爆起来。中等有点佝偻的身材，短发瓜子菊花似的脸庞的百岁老太帮孙儿打起下手来，推瓢把盏，手脚麻利地给汤碗点起香料来。食客看到老太那样手脚灵活，不时夸赞得她咧开嘴甜甜地笑着，没了门牙的嘴张得开开的，那彰显她健康的红润舌头，拱得高高的，如一个幼小的女孩一般，格外惹人喜爱，其实年轻时的她，确实是火烧坪一个迷倒男人的女子。

　　每个食客，一碗面食吃完后，老太泡的烟茶也搁在面前的条桌上了，氤氲着热气，充盈着家的烟火气息，使每个顾客觉得特别温馨，如在家里一样自由自在。有时你有闲空坐下来，她就与你聊长寿街的变迁，说风花雪月，说谁人好傲，后人怎么不争气衰败了；讲火烧坪的来历；道人世间的哀哀怨怨喜喜乐乐。进过店吃过他们面条的人，肯定又想再去，因为小店温馨，人和善，汤面的味道独具特色。

小齐齐，老师天天叫着你的名字

2022年12月19日，由于毒株防不胜防，小齐齐所在的幼儿园提前放寒假了。有的家长不无幽默地感慨道：抗病毒药物抢购一空，还要去抢购救心丸。意思是小屁难带，不听使唤气得人要发心脏病了。

我突然忆起我家小齐齐第一次入园的情景，那是壬寅年正月十八日。我家小齐齐看到大人玩手机，老是抢着要看。大人在他面前不拿手机，他就闹着要看电视。这对孩子的视力发育，无疑是有害无益的。于是，我突然想到，他可以上幼儿园，进幼儿园小班了。孩子随着年龄的增长，活动空间也慢慢扩大，小齐齐满3岁的第三天，从相关幼师发的朋友圈显示：已经开园两天了。我家出门右边右拐200米就到了一个新建的规模最大的幼儿园。那是一个灰蒙蒙的早晨，到幼儿园门口，门卫恰好是我的一个老乡，我说起孩子入园之事，他带着优越感很是拒绝地说，本园孩子多，蛮难进。我心里骂道："鬼才信嘞！"但我没有说出口。我也是一个最怕增加人家麻烦的人，二话没说，就推着童车，折转身二三十米再向右转二十来米就到了一个规模小一点儿的叫"娃哈哈乐幼儿园"。和蔼可亲的小朋友妈妈型的冯玉荣园长恰好站在园门口，她热情地接待了我们。我说明来意，她欣然同意入园，我将带在身上孩子的疫苗接种证书和户口本交给她看了，并做了登记。冯园长很快就给我家的小齐齐办了入院手续。

孩子入园后，起初很不适应，他搂着我不肯下地。冯院长从我手里接过小齐齐，温柔亲昵地搂抱着他，他很排斥地推搡着，哇哇大哭起来。冯园长红着脸，叫我走就是，没问题的。我好不情愿地往回走，并一步三回头，齐齐的哭喊声似乎小了。孙儿不管带多大，他总是要离开自己的，尽管百般不舍，这也是没有办法的事。小齐齐7个月时，他爸妈在外打工，小齐齐就由我与老伴带至现在，从喝牛奶羊奶，到现在主食是米饭，奶粉成了辅食。每餐都是要喂食的，要陪同他玩耍，中午也要陪他睡上一两个小时，虽然孩子整天缠着觉得太腻了，但一旦离开，总有一千个不舍。但孩子是要正常成长的，娇生惯养会影响孩子的健康成长的。

另一天早晨7点半钟，他还没醒，我又不忍心叫醒他，想让他睡到自然醒。8点钟，他才睁开眼睛，抽了一个懒腰。我提醒道，齐齐快起来，人家小朋友都上幼儿园了，你还睡懒觉。他嘟着嘴大声嚷叫道："不要！"我说那是不能的，不去幼儿园，会变成小猪佩奇的！他又重复一句，我不要！他只会简单的语言。如大小便，就说要尿尿。解完了溲，却说，我没屙！要喝水；就说，要水杯！有时还是肢体语言，只有我和我老婆才懂。齐齐起来洗漱完后，不肯吃煎鸡蛋和面条，只喝了半杯牛奶。我用童车推着他去上幼儿园，他嘴里叽里咕噜，旁人根本听不清楚是说的什么，我猜测大意是：不去幼儿园，要去广场玩。并用脚尖蹭着地面，不肯让我推着走。我轻言细语地对他说：齐齐你是乖宝宝，星期天带你去广场玩，今天只能去上幼儿园。很快就到了幼儿园门，三个幼儿园阿姨都在亲切地叫着小齐齐。他低着头，不肯看他的老师，吴老师走过来亲切地抱他出来，他用脚勾搭着童车硬是不肯出来，我边哄着他边挪动他的小腿。好不容易被冯园长抱起来，他出奇地一反常态，紧紧抱住她。如他母亲搂抱着他一般，不哭不闹了，我内心深处涌起万分感激。

　　后来冯园长告诉我，她对每一位幼师最基本的要求是：在开园两个星期内，必须记住每位孩子的名字；二是在本班任教的幼师，必须对本班任教的小朋友，熟悉或了解孩子的家庭生活状况或生活习惯；学生在校8小时，幼师必须全程监护，不能离开幼师的视线。每天早晨开园时，除守班的幼师，其他工作人员必须到门口迎接家长，做好孩子来园的接待工作，并亲切喊出孩子的名字！使孩子顿感大家庭的温暖。

　　现在家庭教育中，严重存在隔代养的问题。断层教育，存在着过分溺爱，无原则地迁就孩子。冯园长意味深长地说，她们力求在这方面做出弥补，使孩子成长在健康的过程中。

　　是的，小孩子总要离开大人的怀抱，从家庭生活走向集体生活了。同时也在这时，孩子的生活圈子发生了变化，自己面临着许多"第一次"，第一次依依不舍地和我们说再见；第一次尝试着自己吃饭；第一次与陌生的小朋友玩耍……

　　我们知道，初到幼儿园，他们幼小的心灵，会产生害怕和焦虑，这是很自然的现象。娃娃乐幼儿园，根据小班幼儿的年龄特点，让幼儿在活动中熟悉老师、小朋友和幼儿园的环境，并在一日生活中，培养幼儿的自理能力，增强幼儿的自信心，让孩子在幼儿园快乐生活每一天，使幼儿更加了解幼儿园，热爱幼儿园一草一木，爱幼儿园的老师和身边的每一个人。

　　在幼儿园里，我家的小齐齐在开展集体活动时，拒绝家长与孩子的互动，我们感到很意外，大多数孩子都积极参加活动。娃娃乐幼儿园从这个案中，总结了经验教训，积极引导孩子和老师一起做活动。老师带他们学习了很多手指谣、奥尔夫音乐和图谱律动游戏，这个学期幼儿园在户外拓展一块300多平方米的训练场，铺上有五彩缤纷的地毯，幼师们和小伙伴们一起玩耍等户外活动。

　　进入幼儿园半年之后，我家的小齐齐越来越能干了，自己可以做很多事情呢！如吃饭、拒绝我们一勺一勺地喂饭菜了，内急了，嚷着要"上厕所"，自己脱下裤子。晚上，他自己可以穿衣服上床睡觉、正确洗手，对冷热有感觉，说出："出汗了""热啊，脱衣服""喝的水太热了"。有时他顽皮不听话，他奶奶轻轻打了他，他能用代词手指着奶奶，瞪着眼睛向我投诉"她打了我！"他还有了间接思维，如，他的玩具某个螺丝钉松动了，晓得去抽屉里拿起子，够不着，知道搬椅子去拿。并且还能帮助我们做力所能及的事情：如我从外面回来，他可以从鞋柜里拿要换的鞋子；如他姑妈回来，他可以去拿她要换的鞋子，还能帮我拿茶杯，叫我喝水。我咳嗽时，还帮我捶背……

现在他每天都期待着去幼儿园，可以和小朋友们在一起玩，每一天都很开心。双休日或放假，嚷着要去广场玩或者在家里陪他做游戏。

自然界是个大课堂，春天里老师带着小宝宝们去一起去看油菜花，拍照，他很会摆姿势，很会卖萌。或走进秋天，拾掇五彩斑斓的树叶子，追赶秋天的脚步；并让我们和小宝宝们一起完成亲子绘画，亲子活动，增进相互间的亲子关系。

娃娃乐幼儿园，还不定期举办《嗨，幼儿园！》等主题活动，让幼儿获得一种独特的经验，用自己特有的方式，探索一个新的环境，用快乐的情绪与周围的人、事、物亲密接触。帮助孩子从单一的家庭生活，平稳过渡到集体生活，使孩子们尽快熟悉环境，适应集体生活，喜欢上幼儿园！

鹿场看鹿

这个山村叫鹿鸣，使人不得不联想起：呦呦鹿鸣，食野之蒿……美丽的《诗经》意境。这地方肯定是荒草萋萋，五色鸟在蔚蓝的天空慢慢滑翔，低矮的树林错落有致，野草的芳香，使你似乎进入了仙境一般的状态。

这里的人过的是田园牧歌般的生活。但令人遗憾的是，近百年的历史中，这里只是一个梦幻般的世界，没有鹿鸣，只有低矮的灌木丛。从上几代人起，都没有见过真鹿。

那是一个白露过后的清晨，我与亚哥早练返回，在虹木公路边见一个50多岁的男人，在割矮树枝叶，路边还停靠着一辆三轮车，车上已装满了大半车蓬蓬松松的绿色的嫩枝叶，散发着芳香的气息。

还看见一个身材高挑的女人右手拿着钩刀，左手搂抱着一把叫不出名字的长长的杂树枝叶。她叫男人到她那里去收拢她割的一堆一堆的青嫩的藤蔓和树叶子。

我们出于好奇，问那是给牛羊啃的，还是投放到池塘里喂草鱼的？他友好地笑着回答，给鹿吃的。鹿，是驯鹿！他似乎找到了知音，滔滔不绝地给我们念起养鹿经来。

于是我们立机立断，提议说早饭过后去驯鹿场看鹿！割草人也非常欢迎。亚哥欣然同意，并说还要邀上明哥一起去，我非常赞同。

鹿场的主人是一位退伍军人，他提议说，莫暴露他的真实姓名。

我还是尊重他的意愿，就叫他军人，因为他还保持着军人的本色：不知是为了遮风挡雨还是什么的，头上还是戴着一顶军帽，但显得有些皱皱巴巴破旧不堪了，身着灰色的衣服，脚上是解放牌胶鞋。我们相互友好地加了微信，还存了电话号码。

我们按他发来的位置，驱车来到他的养鹿场，这是一个普通的农舍，门前的围墙边叠着两线长长的砍下来桂花树锯成的做柴烧的燃木，那是前些年，倡导建桂花街，培植下来的过剩的移栽花木。

军人正在刈草料，赶晴朗的天翻晒干，以备鹿群过冬的饲料。他的妻子正在为他打下手，他们都丢下手里的活计，非常热情接待我们。他妻子泡上烟茶，给我们每人敬上一杯后，军人又给我们分发纸烟。然后军人直接将我们带到圈养鹿群的棚区。

养鹿场建在一处山坡边，这里树木葱茏，离其他村舍比较远，日照时间相对少，下午3点以后就没有日照了，因为鹿喜寒怕热，军人介绍说他现在租借的养鹿场所是姐夫流转的承包山地，合同期是30年。

他还若有所思地给我们介绍养鹿的前因后果：他是从部队复员回家的城镇居民，后根据有关政策规定，安排在一个不景气的企事业单位。没几年又停发了工资，由自己去谋生存。他起初成了没有事干的街道上的闲散人员。

军人说这些话时露出了无限的沧桑感。我们都对军人产生了敬佩之情，夸他是成功的企业家。

军人显得有些不好意思，但掩饰不住几分事业成功的感觉，笑盈盈地对我们说：世界讲阴阳协调，鹿场也要雌雄搭配，每年农历八九月份，是母鹿的发情期，雄鹿角逐，争斗不已，谁为采花郎，是靠实力说话的。

母鹿眼望着它们争斗得你死我活，也不去调停，痴望着它们。

败者龟缩角落里，胜者与之交配，其乐融融，酣畅淋漓地宣泄后，是漫长的7个月的孕育期，那尝试爱情甜头的雄鹿又想入非非，但可爱的妊娠妈妈再也不搭理它了，只能苦苦等待到来年的初秋季节，再去释放自己的荷尔蒙。

母鹿产子时，鹿群守护，母鹿都去代乳。

今年农历五月十几日至六月初产的小鹿，体重已经也有了七八十斤。

军人养的是梅花鹿，生育期有3年多；也就是说，雄鹿3年才有鹿茸产出，每年农历六七月间，可以割鹿茸2次，每次可割3—8斤。

鹿茸市场价每克可卖六元钱。鹿茸割下后可冷冻，新鲜的鹿茸既可以煲汤，也可以浸酒，是很好的保健食品。

鹿血也按克计算，也与鹿茸同价。取鹿血也是非常惨烈的情景。

军人给我们讲了他战友取鹿血使雄鹿丧生的故事：给过他战友恩惠的某要员，也是引项目资金来的人，同去者有两女两男，男的饮鹿血酒，女的嗜沸腾的热血。

鹿血是从头上割去鹿茸后，血淋淋的伤口底部取出来的，血汩汩流淌，15分钟后又会自然会凝固，可怜的养鹿者为了投其所好，又将凝固的创口用清水抹上，那殷红的鲜血继续流淌着，一而再再而三地盛鲜艳的血给嗜血者，最后因失血过多，雄鹿死于非命。

雄鹿被割茸后，创伤口奇痒难熬，它们痛苦地在墙角边，透气的窗户上不停地磨蹭。到来年农历二三月份，鹿角钙化就自然脱落，鹿角研成细粉，可以随时放在汤中食用，是妇科疾病最佳良药。

鹿死谁手？这多是人为的因素：每年时令节日，那些施恩于养鹿的人，要鹿鞭，要吃鹿脚炖天麻，鹿肉做红烧，鹿肚鹿肠炒酸辣……

就有意无意地驱使养鹿人毫不情地愿杀戮自己心爱的鹿，所以其他人的鹿场都垮了，唯有军人的养鹿场保存下来，因为他没有伸手去找任何人要过项目，也没有引资，他的鹿场从无到有，从小到大慢慢发展起来的。他没有拿人家手软的尴尬。

军人与妻子只是如待自己孩子一样一心一意地呵护自己心爱的鹿场，通过几年的努力，已慢慢获得了不菲的收入。

五、长寿特色小吃

腊肉面

每年年关临近，那些寒风凛冽的深夜，长寿的游子们从九州各地归来，刚下长途汽车，风尘仆仆，疲惫不堪地背着行囊在乡间小路上往家赶。温馨的家里，那窗棂格子里昏黄的灯光，将在外的游子唆唆地吸引过去。人影参差，踏着冻得硬邦邦的土路，满路弥漫着一缕缕轻纱似的冬雾，一头系在游子的心头，一头牵在家人的手里。

长寿是一个没什么重轻工业的小城镇，曾经有名的标准件厂、铁业社、纺织厂早已倒闭了，只有卫生材料厂、两个木材加工厂，熟食加工厂，建筑行业，饮食服务业和旅游服务业在正常运转。就业率薄弱，人们一般靠劳动输出，赚来养家糊口的钱，所以在外面谋求发展的多。

由于地处偏僻，长途跋涉，匆匆赶回家时，已是半夜三更，家人做饭蛮麻烦，搞一碗碗腊肉面给归人吃吃，蛮好。

立冬进九后，就要筹备过年货。在长寿，家家要宰杀年猪，或者合伙与人分一只猪的肉，每家每户一腿或一边肉，砍了过年肉回家后，不超过两小时，趁着猪肉色泽鲜艳，将大铁锅烧红，双手搬起劈成条状的肉，将有皮子的那边，烙进嘶嘶冒烟的锅底，顿时满厨房弥漫鲜肉的香气。在锅里挪动着那肉的周身，又从盐罐捞起一把把盐，撒向肉的表面或骨头缝里，弄好后，提起放进大陶坛里，如此这般。二七十四天后，又将肉一块块用稻草搓成的绳串起挂在火塘里的横木上面，用野栗树、泡棍树等杂柴，混谷壳、茶球壳、柑橘皮，先攻浓烈的烟火，后慢烟火熏制半月有余，就做成正宗的腊肉了。

制作米面给归来者吃的家人，从烟雾缭绕的炕上割下一块香味浓浓的腊肉，只草草地在温水里洗刷一下（为的是让其带着烟火香味），放在吊在锁钩上的炉罐里炖一会儿，这边切个把胡萝卜、一撮辣椒干，或者舀出一勺辣椒酱，先放两勺子新榨的茶油在烧红的锅里，待冒出浓烈的油香后，将炖了一会儿的腊肉，快速切好倒进热锅里。和菜一块儿猛炒，再将炉罐炖肉的原汁汤倒进锅里。沸腾翻滚后，母亲或妻子从箩筐里抓起一瓢蓬松的、自己亲手耙的干米面放进翻腾的锅里……

别小看这些米面。它的原料是饱满的半透明珍珠色泽的早稻米，将其淘尽杂质后在清水中浸泡一个隔夜，第二天早晨在筲箕里过滤，按比例兑水在石磨中碾成粉浆。

再进行第二道工序，在铁锅里烧上大半锅滚烫的水，将粉浆半勺舀入一只平底的黑色铁盆子里，妇女酥软的手，将倒入的粉浆抖均，再双手捉住铁盆对面的一对柄子，轻轻地放入翻滚的沸水中，灶膛里烈火干柴，火势威猛，盖上锅盖，三分钟后，就揭开锅盖，快速将米盆子提上来。用一支筷子在米盆边沿转划一圈，动作娴熟的妇人一手撩起那白如玉帛的一张米面，晾在暖暖冬阳下的竹竿子上……一家耥米面，众邻居的妇女都会来帮忙，待到那米面晾得半干时，抬起一只手一张张收下，放在另一只手掌上，那架势如同餐馆里的服务人员端起的托盘。摞得很高的一叠，端到一只盘箕前，轻轻地卸下，放在盘箕里，持刀切米面的妇人，隆起的胸前系着雪白的围裙，再一张两张卷起来，用菜刀切成丝，抛撒在竹垫里晒，这种米面，纯净中有种清香，爽口开胃。往往有大人或孩子央求着耥米面的，急不可耐地想揭开锅盖，从热气腾腾的滚烫的开水中拿上来米面盆子。那米面遇冷空气后蓬勃起来，放一点儿辣椒酱在上面，打散开，快速地卷成条状，吃者胃口大开吃得几张，十分过瘾。

  再说年底的那些归人，风卷残云一碗腊肉面下肚后，便会非常放松地坐在火屋里烤火，那琥珀似的火苖是由一些杂树兜燃起的，烟雾缭绕，似幻似真，脑际里似乎还听到机器的轰鸣，嘈杂的噪声，又似乎拥挤在下班后的摩肩接踵、车水马龙的人堆里。但现实中的情景又非常清晰，外面传来风声、狗叫声，衬托着夜的宁静……火塘里横木上吊着的烟火熏的条肉，黑不溜秋，格外香浓。年年岁岁如是，千里迢迢而归，浓烈的乡愁，已搁置了，腊肉面也贪婪地下肚了，似乎唯有家人做的这腊肉面，才是人间最美的佳肴。

  这种不是靠广告推销的特色小吃，近年来悄然从乡村移到市场了。食客觉得这腊肉面，价廉物美，比点菜吃饭划算。烟熏好后的腊肉，肉质层次分明，琥珀色的皮子，透明发亮肥夹精，刀法得体地切成不厚不薄的肉片，或蒸或炒食客决定，腊肉味香醇美，吃起来肥不腻口，瘦不塞牙。重要的还是长寿人出手大方，店老板舍得放腊肉，那些切得厚薄均匀的肉片，煎煮得透明微卷，大大咧咧地码在面上，再由你自己拣些和菜，或者摊上一个煎得黄灿灿的荷包蛋，一勺由鸡骨、柱骨熬制的浓郁高蛋白质高钙含量的香汤，浇在上面，一撮葱花、香菜早就垫在碗底下，或者一两勺油炸花生米，这就是一碗烹饪师精心快速制作的地道美味的腊肉面，才8块钱一碗，划得来吧？这面，从前是清一色的大米制成的，如今是米面、面条由你选。

  有了竞争，各店便精益求精，腊肉面的内涵越来越丰富了，除主打盖码是腊肉外，还有很多和菜：如两面煎得黄黄的鸡蛋或者鸭蛋鹌鹑蛋鸽子蛋，香菇、冬笋、菜干子、酸菜、干豆荚子、油豆腐切成的丝等，调料中有长寿酱干熬制的风味独特的酱油，以及豆豉、辣椒油等。当然现在都强调原汁原味，绿色环保，制作中，烹饪师先不放味精鸡精等调味品，腊肉面条端上桌后，一阵纯天然的香味满屋弥漫，实在是诱惑力太大，引起你的食欲。美食的要素是色、香、味、形、声。在你嘴巴发挥作用之前，先由眼睛、鼻子和耳朵激发起食欲，引起所谓的馋涎欲滴，为消化食物做好准备。在眼耳鼻舌之中，耳朵的作用虽然小，但店主可以用热情的话语待客。

在长寿街，不管你走进的是不是挂有腊肉面招牌的餐馆，只要你说来一碗腊肉面，各个店都会满足你。如今，长寿特色的腊肉面也在向外延伸，当县城、省城乃至全国各地悄悄地兴起了"长寿腊肉面"，外地的特色小吃也来长寿街开辟市场了，如本县的南江镇的黄鳝面、广西的螺蛳粉、兰州的拉面等，也在悄然占据市场，也在向本地特色小吃挑战。

一转眼，2019年就过完了，今天是元旦，农历腊月初七了，游子们已经买好了回家的车票了吧？也欢迎到平江旅游的朋友们来长寿街吃一碗腊肉面。

祝朋友们新年快乐，吉祥如意！

手工面

年是真的来了，漫步长寿街，感觉到空气中弥漫着长寿街特有的年味，让人心旌摇曳，倍感亲切。

你从他乡千重山万重水赶回来，尽管舟车劳顿，你觉得非常值。你嗅着令你迷恋的年味，你知道年味就是腊肉、油豆腐、酢鱼与手工制作的挂面痴缠一起，搓揉出来的香味。

长寿街人，最追礼性，最注重仪式感。农历腊月二十四以后，人们就要忙着给老人、孩子送压岁钱，或者女婿恭敬地去给岳父岳母送年礼。正月初一起，就要开始忙着走家串户去拜年。主家招待辞年或拜年者，就要舀上一碗纯正的谷酒或者红高粱酒、水菜吃，水菜中少不了年糕或挂面。手工制作的挂面有韧性，有尺来左右长。水菜端上桌后，要用筷子先挑起长长的挂面。这种挂面不易断裂，柔软细腻光滑。手工制作的米面虽然口感好，但易断，挑不上手，在这时难登大雅之堂，平常图个好吃还可以。大人将挂面挑起来，要高过头顶，再仰起头，将筷子挑起的面送进早已张开的口里；小孩子挑起面条，总要站起来，才能吃到嘴里去，有的小孩子想以逸待劳，如北方古井前，吊井上滚动的辘轳绳一样，费了九牛二虎之力，才将香气浓郁的面条，唆进嘴里去。

这手工挂面，制作起来十分烦琐复杂。

长寿地区多山区或者丘陵地带，除种水稻外，还种小麦，秋收后下种，翌年（农历）四月麦黄时，年轻妇女与老头在山坡上，边唱山歌边割麦。斑鸠在收过的麦地上空盘旋着，等收割者稍不注意，滑翔下来去寻觅散落的金黄清香的麦粒。

夜深沉，只听到"嘣嘣"的麦粒的脱落声，那是汉子头裹着大布手巾，就着昏黄的煤油灯光，在方桶边围着的筻折子里的竹筷子打脱新麦粒。筛子或风车吹掉秕壳或杂质后，在日头下晒干。

磨坊里，将牛儿蒙上眼睛，套上那碾子，小姑娘头上缠着头巾，手牵着缰绳，赶着那老实忠厚的牛不停地转着圈。那碾盘中的研细的麦麸夹带的面粉，在操作者过细筛子后，麦麸与面粉分离，磨坊里弥漫着新麦粉的清香。接着，在一个巨大的木盆中倒上半皮箩雪白的面粉，盛来一桶山泉水，师傅们井然有序，分工操作：有的撸起袖子将面粉拌匀,在转盘侧边的斗里倒上发湿的面粉;有的用手摇动那摇把手,那丝面就从凹槽的轱辘里吐出来。那转盘的下面,万丝奶黄色的绦子般的细面就徐徐垂下来,有的用一根根小竹竿轻轻挑起,双手端到太阳底下的木架子上风吹日晒,那些奶黄色的面条在架子下微微摆动,如汨罗江畔千万丝垂柳迎风摆动。我想,何谓挂面?就是挂在那排排木架子上晾干的面条吧。轻风与日照吻干的面条取下来,用长刀切成一尺来长的一股,轻轻抱起来放在木箱子里。这就是整个手工面的制作过程。

手工面是长寿人的心头好,年前送年礼,年后拜年,各家各户都器重这种面。吃面又叫"上楼梯",有步步高升之寓意,一碗面端来,奶黄色的熟面上,铺着腊猪肝、腊精肉、油豆腐,你会风卷残云地送进肚子。

现今,不知是拒绝机器生产,还是怀旧的心态在推波助澜。长寿人在都追求纯手工制作的吃食。哪里有需求者,哪里就有供应商。在长寿四街八巷,南桥山里的石磨豆腐,九岭山泉制作的年糕,金坪人纯手工制作的米面,长寿副食品厂手工制作的挂面,都能听到叫卖声。

最热闹的是街边上的夜宵摊,一个个红、白、蓝色大蘑菇形的小帆布顶棚,在大屋坪、工商银行等地散落开来,在街灯下成为一道亮丽的风景。一辆辆外地牌照的小车停在街道边的停车位置上或是刚拆的老街房子的空屋基上,他们是从外地归来的游子,多半在这里吃上一碗既经济又实惠的纯手工制作的挂面。他们在这里享受一下慢生活节奏。或者是好朋友之间倾诉一年来的经济状况与工作、生活中的苦与乐。

手工制作的食品确实逗人喜爱:如夜宵摊子上的手工面,饮食老板有意无意地放在最显眼的器皿里,未煮熟,就散发一缕缕麦子的醇香。人们被这清香带到遥远的童年或少年时代,他们跟着父辈在麦田里,挥镰收割着金黄的麦子,灿烂的阳光下,遍野飘着一种丰收的馨香……

尽管他们近年来,远离农事,生疏了农技活,在城市里干着很少晒太阳的轻快活儿,但小时候或青年时期的劳作情景令人感到温馨,他们那时生长在爸妈身边,有一种踏实的安全感。也没有隔代教育的断层现象。那些最初的手工面的制作者也作古多年了,想起吃这种手工面,也是对勤劳的前辈一种缅怀,一种纪念。

手工面,在春节的各种美食中,算不上最佳主角。给它评个最佳配角如何?

年糕和油豆腐

长寿街人年三十和正月的餐桌上少不了两样东西：年糕和油豆腐。它们虽然算不上绝对主角，但也是重要角色——

冬阳总能将马蹄凌暖化，天上那泛滥的瓦蓝抹去了农家人满脸皱纹中塞满的愁苦，拭去了他们浑身的疲惫，他们要轻松随俗准备过年了。尽管苦难或许多于欢乐，但祖祖辈辈就是这样将日子过下去的。农历腊月二十四过小年，也是灶神爷将每家的人吃了好多斗粮，食了好多勺油，好多两盐，汇总报给掌握人间命脉的玉皇大帝的日子。老一辈的人说，一个人若是收满了吃的东西，就该从凡间滚蛋。聪明的红尘人，千方百计想使自己和家人多活一些岁月，勤劳的妇女在打扬尘的过程中，有意无意中将灶神爷密密麻麻记载在灶台上的统计数字抹去了。灶神爷的头都要炸了，怎么才能交得这个差脱，他脑袋瓜子一拍，只好如现代的马大哈，将凡间人过年时，吃鱼吃肉的喜气洋洋的场面，汇报给天庭里的官员，凡间人好幸福，天天享受丰裕的生活。这样皆大欢喜。

小年过后，家家户户亮亮堂堂，纤尘不染。农家就要备料蒸年糕打豆腐了。越是缺吃少穿的年代，越把吃当成一回事。那时每家每户都有蒸年糕的箱子、打豆腐用的大号木制盆桶和豆腐箱子。

蒸年糕，先是将四六比例搭配的糯米和粳米在清水中淘净杂质，过滤后在木桶里盛井水中浸泡一两天，再在石磨中兑水磨成浆，这个过程中，水要放得适中，少了水，磨盘转不动，有时，磨块被推磨的人揭动得从磨架上掀翻下来，将磨架捣碎，这就意味着来年的不吉利，所以推磨的人生怕有闪失，规规矩矩地推着磨。若是水拌米，水过多，磨浆就太稀了，年糕不成型，久久蒸煮还会把锅烧炸。

米浆备好后，就是蒸年糕：将年糕筛子放上生布，将米浆舀入热气腾腾的筛中，米浆中拌上黑芝麻和黄栀子浸泡的汁水，干柴烈火两刻钟后，灶房里便会弥漫着一种浓浓的清香味，那是一种稻花香夹杂着原野朴质的醇香的味道。再温火蒸一刻钟，就可以出锅了。闻着的人都想进来尝半砣。刚出锅的年糕，拌上农家人自己熬煎的琥珀色浓稠香甜的红薯糖，格外好吃。这些年糕都是准备正月间，村民来往拜年食用的，乡里喊办"年糕酒"。在热闹的正月间，农家人暗暗攒劲，比谁家的年糕酒办得更好。

年糕起锅，划分成方方正正一块，冷却一两天后，就要保鲜。将稻草烧成灰烬，用沸水冲泡稻草灰，过滤后，那泛着淡淡黄色的水，用木桶盛着，将年糕浸泡在稻草灰水化成的碱水中，可以保鲜到来年农历二月间，也不会变质。

蒸了年糕后就是打豆腐，豆腐打得多或少，意味着家的殷实与否。年糕家家户户都可以自己蒸，因为不是什么技术活。但打豆腐是要请师傅的。从滤出豆渣起，就需要技术了，特别是中间的重要环节——"扒浆"，更是如此。打豆腐重要诀窍就在扒浆过程中，也就是看石膏是否烧到了火候，配备的比例是否恰当，是否研得细，如果有颗粒状，掺入在豆浆中，凝固成豆腐脑中还未融化的，还影响到豆腐的成色，还有就是口感。

打豆腐的师傅，这会儿最吃香，最被那些打豆腐的主家人敬重。他们被从这家请到那家去扒浆，但这是一种义务工，都是不要报酬的，最多喝碗把豆腐髓（豆腐脑儿），或者是在请扒浆的家里吃餐便饭，菜当然少不了煎白豆腐，白豆腐煎得黄灿灿好大一块的，还有是佐以老姜大蒜辣椒酱等配料的豆腐渣（现代人说含有丰富的蛋白质，是减肥的好东西）。扒浆关键的地方其实就是将起凝固作用的熟石膏配备得恰到好处，再就是生冷豆浆交错兑换得恰到好处。扒浆过程中，师傅吩咐主家将烧开的豆浆过滤后，待稍微冷却一点儿，便将搅化开来的石膏水，一碗倾倒到冷热渗透的浆水里，一手持勺慢慢将琼浆玉液状的浆水扒开，一手持盛满大半碗的石膏水如瀑布般倾泻下来，乳汁般的浆水向两边泼开，发出"卜、卜"的响声，扒浆师傅沉浸在这响声中，慢慢地，见那豆浆水有了微微的颗粒状，师傅嘴里不由自主地喊道："来了！"扒浆师傅如释重负般，神情没有先前那样专注了。

这虽说是个技术活，也有人为因素，如果盛豆浆的器皿不干净，或者有盐的成分，豆浆那是绝对不会变成豆腐脑的。所以扒浆师傅，要看着主人家将器皿洗干净，还要用手指头在器皿边抹拭一把，放在嘴里尝一下，尝尝没有盐的味道，才放下心来。再就是浆水扒得老嫩，关系到豆腐的老嫩，油豆腐炸出来表皮的色泽和软硬度。

接着舀豆腐脑上箱、下箱，这些都不是技术活，一般人都可以做。过年度岁是不吃白豆腐的，一般都是泡豆腐（油榨豆腐）用得多。炸油豆腐时，先前几分钟要火猛，油锅里啪里啪啦响着，主人家的脸上露出了幸福满足的笑容，预示着来年红红火火，吉祥如意。

豆腐泡出来后，可以蘸盐水吃，也可以捞起来，待冷却一下就吃。孩子们就是喜欢从捞子里抓几块，迫不及待地塞进嘴里，烫得舌尖和口腔难受还嘿嘿地笑着。因为那香味确实诱人，但家里人总是呵斥着，冷一下吃，冷一下吃……大人说这话时，孩子们已将香喷喷，生脆脆的滚烫黄金色的小灯笼似的泡豆腐，塞在嘴里了，烫也不怕。

豆腐泡出来后就是盛在筛箩里。为防老鼠，就挂在挂钩上，一天后做储藏处理：留下三分之一过年吃，其他的就用稻草秆串起来，一串串，如巨大的金黄色的佛珠，穿插在竹篙上，在有冬阳的白天里，天天搬出来晒，孩子们有意无意地、非常顽皮地在微风中摇曳的豆腐串下跑动着，惹来妇女半怒半嗔的训斥。没有太阳的日子，就放在通风处晾干。晒干后，在炖腊肉的锅里炆，格外香，特别是那种晒得有骨感的豆腐，是好多人的最爱。油豆腐储藏的另一种方法是：略略晒两天，放进陶器坛里，也可以保鲜很长时间。

如今，大多数长寿街人要吃年糕、油豆腐，都到作坊里买些机器做的回来。那份忙碌被悠闲替代了，我却忘不了过去家家户户蒸年糕、打豆腐的情景。

炸 肉

长寿街上了年纪的人，很怀念以前吃过的下定饭（订婚宴），因为头碗就是用镁盆盛的，堆得如宝塔一般的炸肉。坐在宴席上东边的宾客看不到西边的贵宾。

很久以来，炸肉作为长寿街的十大碗中的头道菜（上菜时放在最前面），理所当然是有它的分量的。炸肉上面是盖头（盖码），有白菜、青菜头、胡萝卜、甘薯、百页片、墨鱼丝，它们很招摇地垒在上面。这里多说一句，后来这些盖码派生出一道名字好听的菜，叫"全家福"或"什样锦"。

这顶着盖码的炸肉一登场，就预示着宴席的序幕拉开了。炸肉上的盖头是为了给你的肠胃来一个适应的过程，慢慢将你的胃口启开。作为平时蔬菜、米饭果腹的市井布衣，无法与经常大鱼大肉、满嘴油腻的达官贵人相比，肠胃不能一下子接触太多太猛的荤食。先由炸肉来搭个桥梁，循序渐进。炸肉的主料是上等的面粉，那年月是自产自销的小麦碾成的飞面（面粉），它散发着小麦的清香，它有着一种最原始醇厚的味道。

艰辛劳作了春夏，苦战了三秋季节的农家人，大都选在冬季里的黄道吉日做结婚酒、出嫁烟（嫁女酒），等等。他们苦的时候多，更懂得分享收获后的快乐，懂得在一生中难得的几个喜庆日子里，体味自操自办的主人翁或东道主的开心紧张而有序的过程，乐享幸福时光。立冬进九后，悠悠轮回的岁月似乎慢了一个八拍，喧闹的时日显得有些内敛。这时，猪儿肥了，羊儿壮了，鸡鸭鹅膘肥得艰难地摆着步子，养大的鱼儿在渐渐消瘦的池塘浅水里浮躁地跳跃着，菜园里的各种蔬菜也等待主人去采摘，天真烂漫的孩子也用他们的欢声笑语激活快乐的曲调，乡村里洋溢着做喜事的氛围。

曾有人问我：你们平江的炸肉为什么没有肉？我答：那是因为你没有吃过长寿街炸肉。长寿炸肉的配料有肥猪腹腔里的如羊脂玉的板油或白而硬的脊背上的肥肉，还有带有浓浓的香味的土鸡蛋（那时没有饲料蛋的概念）、番薯、梅花盐（少许的食盐）。先将蛋破壳倒在木盆子里，打散打匀，再将其他配料切成有棱有角的小正方形状，拌在浅黄的蛋汁里，搅匀，再倒入优质的飞面，加少量水，不能太稠也不能太稀，用筷子夹起来，如绺绺黄里透白的粗布帛，用锅盖盖在调盆上面两刻钟。茶子油或菜籽油倒在锅里烧热，待油面上白色的泡儿消散开来，再用大板瓢，在油锅里浸泡一下，用筷子将配上了料子的面粉撩到瓢里，轻轻淹没在滚烫的油里。这时，用温火燃着，慢慢地油炸，锅里面翻着微细的浪花，细细聆听来，有玉帛轻裂之声，嗞嗞作响。

厨房里外飘散着芳香，过往的左邻右舍，伫立着嗅着那熟悉的裹着乡情的味道。外面的人知道你家是在泡炸肉，情不自禁地跨进来，想尝尝新鲜炸肉的味道，但都不会贪吃，循规蹈矩地自己动手用菜刀切一小块儿，炸肉表面是金黄色，切开里面是银灰色里镶嵌着各色的菜丁子，如多彩宝石镶嵌在里面，色彩很有对比度。久久地闻着，邻人慢慢地放在嘴里咀嚼着，连声说道：好吃，太好吃了。制作的人听到赞赏声，脸上洋溢着笑容，答非所问：熟了吧？或者说盐不咸吧。说话时喉结在上下滑动，恨不得马上也哨上一坨或半坨。但备用的料没有太多的余地，必须克制自己的食欲。在场的人，都将目光投向油锅里还未熟透的金黄的，如一个个团鱼一般的炸肉坨。

一锅一锅的炸肉捞上来，那种香味的撩拨，让人都想食而后快。狗儿猫儿也闻到香味，讨好地在主人旁边回旋着。等到炸肉浮出金黄的脊背后，用铁络子捞起来，进厨房的小孩儿就急不可耐地嚷着要滚（热）炸肉吃，大人就嘴里念叨着，等会儿，等会儿，不然会上火的。

炸肉的吃法：油锅里捞起来，稍冷却后，切成两半或四瓣，那特有的清香味刺激着你的味蕾，你恨不得一口能吃一大坨。泡炸肉的人是克制着的，吃上一小口，将剩余的半大块推到孩子的嘴里去，并不停地说着：是泡（炸）得好吃！是泡得好。还有是宴席上吃的蒸炸肉，如前所述，码成小宝塔形状蒸上一小时左右的滚炸肉，清香，吃起来不上火。

如今物质丰厚，人们有着对"三高"的恐惧，同时当今的人，大都终日不缺美味佳肴，很少有饥饿感，所以食物不在多，在精。现今炸肉的种类也增多了：甜炸肉，咸炸肉，脆皮炸肉（切成薄薄的冬瓜拌在和了蛋汁的飞面里制作出来的炸肉），还有的是拌匀的鸡鸭蛋里，拌上韭菜倒入面粉制作出来的炸肉，现炸现吃。总之，炸肉，随着岁月的更迭，吃的方式吃的节奏也在与时俱进。

荠菜的清香

初春的一个傍晚，厨房里飘过来一阵阵好闻的清香，这是一种熟悉的让人挂念的味道。妻子在炒菜，我明知故问道，炒的是什么青菜？系着围裙的妻子笑眯眯地说：你最喜欢吃的一道菜——荠菜。今天与妹妹在金河广场跳完舞后，去黄金河的河边采摘来的。

荠菜，是长寿街人最喜欢的一道野菜。每年新春正月间，汨罗江的支流由东向西流淌的黄金河畔，风雪中探出小脑袋来的荠菜，在枯黄的野草中又亮又绿，那么醒目。它的尖叶层层叠叠，用镰刀挨着地面平行地割下来，如一个个小小的精致的托盘。洗干净，用少许的茶油炒着吃，确实清香爽口解油腻。

从寒冬腊月，到新年的正二月间，都是吃荠菜的好时节。春季到来，在沃野吸足养料的荠菜，在春风里精神抖擞，那城垛似的叶片柔软而又狭长，细细抚摸，有毛茸茸的感觉，一条条淡绿色的纤细的茎，开出了白色的小花，小花朵渐渐趋向成熟，长出一长串菱形的颗粒。

荠菜有明目、降血压、利水消肿等等作用。每到农历三月初，它托盘似的叶子如一个哺乳的母亲，营养被掏空，显得有点面黄肌瘦，但长长茎上的颗粒，却是日渐饱满圆润，如温软的碧玉，它依然散发出醇厚的清香味儿，令人迷醉。人们在黄金河与汨罗江交会口的洲上，河边、田埂上、土塥边，一把把扯下来，在汨罗江水边洗净，拣去泛黄的残叶，回家在大锅里或炉罐中做成一个窝窝团，将鸡蛋团在中间，鸡蛋的个数十个或二十个不等，按照家里的人口来定多少。猛火、温火炆一个时辰后，那清香的味道散发出来。当热腾腾的紫色雾气弥漫开来的时候，小孩子被诱惑得直流口水，急不可耐地催着要拿出来吃。奶奶或妈妈们就会说，不要急，多焖一下，让药性多渗透一点儿到鸡蛋里面。在小孩子的再三催促下，待大人们揭开盖，那香味更使人兴奋不已，鸡蛋也已染上了浅绿色，格外漂亮。整个屋子被一种好闻的味道包裹着，那是一种令人感动的大自然的味道，好像将春天搬进了屋子里。悉心地闻着，我们如从母体中脱颖而出，被幸福浸泡了一般。大人用筷子将那连蔸带叶子和茎的荠菜捞出来，放在筲箕里，让这种清香的气息在屋子里萦绕。

我国食用荠菜的地域很广、历史悠久。郑板桥不仅将荠菜入画，还写下了"三春荠菜饶有味"的诗句。而陆游更是酷爱荠菜,他一生不惜笔墨,写下许多和荠菜相关的诗,"手烹墙阴荠,美若乳下豚""小著盐醯助滋味,微加姜桂发精神"……

"三月三,荠菜炊鸡蛋。"每当吃荠菜的时候,我就想起外祖母讲过的故事,那是在 20 世纪 50 年代,住在长寿镇共和村深山老林里的外公一家人,因内山野猪猖獗,他们便举家迁往塅里,但又碰上饥荒年月,当时未出嫁的我母亲和外公都患上了水肿病,是外婆与地方上其他女人,沿着汨罗江畔而下,每天从早寻到晚,采摘到荠菜、车前草、马齿苋之类的野菜,靠它们来填饱家人们的肚子,不但度过了荒年,还疗好了家人的水肿病。

每年的阳春三月,长寿一带,大人与小孩都在双江口的三角洲上扯回荠菜炊鸡蛋。荠菜不但是最好的野菜,还能治疗很多病。记得小时候,由于缺乏营养,弟弟有一年患上了夜盲症,没钱进医院、买药,奶奶寻来各种土偏方,其中就有荠菜,炒着吃炆着吃,尽量变着花样吃,为的是吃起来不厌倦。弟弟的夜盲症不久就被治愈了,恢复了正常的视力。

清炒荠菜,进口时舌头会有种毛毛的粗糙的感觉,但舌尖一拌,一股清香诱着你细嚼慢吞,继而品咂出好味道。如今生活水平提高了,吃野菜再不是为了充饥饱肚子,为的是吃个时新,吃个绿色,当然也看中了它们的保健作用,荠菜也应运而生,成为餐桌上一道备受青睐的好菜。

蒿子家族

春雨绵绵，草木葳蕤；春光明媚，树影摇曳。大人小孩忙着采蒿菜去。

一、犁头蒿

　　山坡上、河塥沟岸边，最浓密最招摇的那一簇簇野菜要数犁头蒿，它是吃腻了干稻草的牛羊最好的美味佳肴。是不是洞庭湖畔的那种最受人青睐的野菜"藜蒿"呢？不尽然，反正我们这边叫"犁头蒿"，不晓得怎么是这么个叫法，我无法考证，只知道，当它那枝枝丫丫的茎一个劲儿疯长的时候，如果你双手去拔，你无法使它脱离泥土的根基，手里只抓着一抱叶片儿。犁田的牛，翻犁打耙不想干了，拖着犁向岸上奔跑的时候，锋利的犁头无意中撞着那犁头蒿的蔸，牛突然受到阻力，会不由自主地打一个趔趄。牛拖着的犁，飘去好远，那犁头蒿只是歪了一下头，根蔸却稳稳地驻扎在泥土里，可见其多么坚固。每年农历二三月间，这种一年生的草本植物，那还没有被风刀霜剑摧枯拉朽的秆子，还不显山不露水的时候，它的脚下就悄没声地长出了一簇簇密匝匝的绿色的嫩叶子，茎片和叶儿紧密联系在那秆子的周围，它们仰望着母亲的身躯和好多还没有落下的种子。我妈妈就会放下禾刀，将那些果实双手虔诚地捧着，轻轻地摩挲着，顿时，一种浓郁的芳香，使人神清气爽。她又如观音圣母向大地播散爱的种子一样，几阵风雨过后，那些种子如一个个绿色的小精灵似的，在泥土上漫漫散散发芽长叶了，这便是春夏时节最嫩最香的藜蒿。完成那近乎神圣的仪式后，我母亲才轻轻地、非常细心地割下这簇大团的绿色的野菜，生怕带出泥土，生怕伤着下面那白色的须根。

　　藜蒿，妈妈有多种做法。一是将家里储藏在干薯丝上的腊肉拿出来，切割一绺，温水中洗洗，将肥夹精的腊肉再切成小块，放适当的水，盖上锅盖焖煮一会儿，那锅里哔哔作响，水被炆干后，火不停息，慢慢地肉片会冒出油来，接着将放在菜篮里去杂质洗净的鲜嫩的藜蒿也放进锅，炒几个转身后，放点儿辣椒、盐进去，放少许井水，腊肉和着蒿的味道弥漫开来在厨房里氤氲，焖一会儿，盛起来，色香味俱全，是一道吃起来美味、不显得油腻的好菜。此外，还可以用藜蒿叶子，切碎拌打匀的蛋汁，煎炒着吃，清香可口，最送饭了。除此之外，还可以清炒着吃。

二、大叶蒿、细叶蒿

大叶蒿，也是一年生草本植物。每年农历正月间至四月间，农人背着背篓，拿着禾刀，去野外寻蒿。它长在杂草中，也有它们独有的天地，一块块，一角角落落的土墈下，都是它们的生长之处，远景是迷蒙天空衬着纯蓝的山峦，近处一片稀疏的杂树下，远远望去，绿色中轻轻地耀起灰白色的光泽，如同披着一层薄薄的霜。在百草的味道中，你很快会辨别出它们那特有的芳香。

摘蒿，我们这里就是蒿长了三盘叶子的时候，轻轻摘下上面的两层叶子，留下下面的那层让它繁殖，秋天好让它们子子孙孙无穷尽地开枝散叶。

摘回来的蒿洗净去杂质后，便开始炆蒿，猛火到温火，一般在大锅里炆蒿最好，要不盖锅盖炆，只放水少量，待炆蒿的水翻起碧玉色的波浪，蒿的茎用手轻轻捻一下，泡了就可以了。冷却一点儿，能伸手不太感到烫时，将按比例夹带的粳糯米粉拌在一起，再做成一个饼子斜放在甑壁上，放在锅里蒸15分钟。揭开锅盖，用筷子插上一个，就可以边吹边解馋了，但千万注意，莫烫了舌头了。

如今可以将炆熟的蒿，做成一个个大的蒿团，用保鲜袋盛着，可以藏到冬天或春节时，做蒿醮（蒿子粑粑）吃。

也可以做蒿糕吃：那就是将米粉拌在炆熟的蒿泥里面，比做蒿醮的料子，稀一点儿，只要用瓢子舀入蒸年糕的箱子里面，放在大锅里蒸熟，拿出来就可以吃，也可待蒿糕冷却一下后，切成豆腐块的模样，如煎年糕一样，泼上一点儿红薯熬成的糖，那就更加好吃了。

三、松毛蒿

松毛蒿，学名为茵陈蒿，长出来的叶子如松树的叶子一般，只是没有松针那样刚劲，叶子密匝匝的，似女孩染成绿色的头发那样柔软，那枝秆如褪黄的松树样。摘一把，还没凑近鼻子前，一股沁人心脾的味道就包裹了你。南方人湿气重，每年到"夏至"的季节里，精神萎靡不振，并且有农谚道：忙种夏至边，走路要人牵。于是，人们在这个时候，就采摘松毛蒿，炆黄豆吃，盛上一碗，放点儿糖。吃，是要细嚼慢咽的，其甜味中透出清苦，吃的人做沉思状，人生百味、人生百态在慢慢咀嚼中似乎能够体味到。泥腿子，散发着泥腥味，上面的泻泥巴还没洗净，他们跷着二郎腿，悠闲自得，沉浸在食物里的享受中。小孩子经不起那诱人的清香的勾引，贪多地盛上一碗，还是觉得不好吃，受不了那种苦涩，放了糖也难以下咽，又将那炆得呈深黄色的豆粒和琥珀色的汁水，倒入大人们的碗中。

据说有一年有个城市急性黄疸型肝炎流行，我们这里大人小孩都将野外的松毛蒿摘尽了，在暴烈的日头下晒干，拿着长寿街药材收购站，也换来几个零花钱。

平江茶油　液体黄金

前不久，平江县城一个朋友打电话给我，要我给她打几斤茶油，说可能是吃多了菜油，孙子身上长了湿疹。近年来，茶油真是越来越俏，"三高"的人、重病初愈的人、坐月子的人，等等，都讲究吃点儿茶油。一日两餐炒腥味浓的荤菜如黄鳝、乌龟王八之类，都要茶油。我虽然嘴里应允着"尽量办"，但心里知道要办到并不容易。现在只有油坊里才有少量的茶油出售，还要有点关系，因为有些关系户整百斤整桶地预订了。但毕竟是朋友托付的事，我只好想方设法找货源。

20世纪80年代以前，每个生产队均有少量的山茶树，生长在荒山野岭，或者是房前屋后。那些茶树弯曲苍老，土黄色的枝干旁逸斜出，百孔千疮，有的树似人长了肉瘤似的，有的树断了手或者脚的残疾人，那是高枝上的果子摘不到时，采取杀鸡取卵方式，用镰刀将枝丫斫下来造成的。有的树杈里还结着硕大的灰暗黑的马蜂窝，荆棘或金银花藤缠绕而上。树有了多少年轮，谁也说不清。据相关资料记载，平江油茶的种植历史有两三千年。

那时候，每到晚秋的时候，就要采摘茶籽，叫摘"寒露"或"霜降"籽，迟一个节气摘的霜降籽，榨油时的出油率要高一点儿。但因担心被别人偷摘，都想抢先采摘。摘茶籽的头个晚上人们就准备着工具，半夜三更就把饭吃了，还带着一包热气腾腾的红薯丝饭，准备作为中餐充饥。天还没亮，男女老少都着一身旧衣服，脚穿草鞋或平底鞋，蛮结实的扁担挑着丝箩，丝箩上叠着背篓，放着镰刀，步履匆匆出发了，一阵风一样赶到山上时，天才麻麻亮。

摘茶籽的男男女女，都是手脚很麻利的。这一天，学校的孩子也放了假来帮忙。男子汉将丝箩放在两腿之间，将累累硕果的枝丫压在箩筐内，双手将红绿色相间的或是碧玉似的茶球纳在筐里。小孩子如猴子一样敏捷地爬上高树，摘着一个个茶籽。他们有时环顾四周，看有新的收获么，如猕猴桃、山梨子什么的。山上的鸟儿在人们头顶上欢快地喳喳着，天空中的秋阳也喜滋滋地照着他们，微微的山风一阵一阵地吹干他们头上的汗水。夕阳西下的时候，山野里的茶树摘完了的未摘完的，都要收工，未摘完的明天再来。大家都满载而归，挑担的、背着背篓的和大布袋盛的，都负重前行，玛瑙似的茶球，有的裂开了嘴唇，露出了乌黑的牙齿似的茶米。

茶球摘回来后，先放在阴暗处堆一段时间，待到天空放晴的时候，将茶球搬到晒场里翻晒到茶球枯黄开裂成四瓣五瓣的时候，大家就要拣茶米，一般在不能下地干农活的阴雨天或晚上，将茶球倒在一只只大簸箕里，大簸箕中放着一盏昏暗的煤油灯，男女老少围坐在一起，有些未婚配的青年小伙子，在这个时候会有意无意地去有未出嫁的红花女家里串门。茶球促成的好姻缘还真不少。

茶米拣出来后又翻晒几个日头。那些废弃的茶壳是制作驱蚊灭菌的"蚊香"的好材料。茶米去除杂质后，到油榨坊里"榨"油。你晒干的茶米运到油坊里，还不能直接上榨打成油，榨油的工匠知道，还要上炕用柴火炕多少个时辰，恰到好处时，拿一两粒茶米放在炕灶台，待冷却后，用一个铁铲子压试着，嘴里说着"要得了"才叫熄火别炕了。再就是将茶米倒在碾子里碾碎成粉，然后就将油粉舀在甑子里过蒸一个时刻，待到那紫色的蒸汽缠缠绵绵，散发出茶油的芳香后，工匠才将打油的人带去的新鲜没有杂质的稻草，如母鸡下蛋做巢一样，倒放在一个个铁环中，再慢条斯理地脱掉那双乌黑的球鞋，给你家"踩枯"。然后采用低温冷榨的方式，舒缓有致地榨出色泽金黄、芳香四溢的茶油来。完成这个工序，原先是土榨，再慢慢演变到榨油机。

油茶球全身是宝，除我前面说的茶壳是驱蚊的原材料外，还可以炕腊肉，熏出来的腊肉格外香。那榨过油的枯饼是"毒鱼"的特效药，大鱼小虾都毒得死，但对食客没有半点副作用。同时又是最环保的农药，驱虫杀菌有奇效，埋在土壤里，"地老虎""土狗子"等害虫，一个不留。枯饼又是最好的洗涤品。

茶油真是世上最好的食用油，老少咸宜，任何体质的人，都能食用，孩子吃这种油，还可以驱除肚子里的蛔虫。那时候，每年春夏交替时节，生产队里的牛，都要"灌"上两三两茶油，这样可以灭掉它们肚子里的寄生虫。

但后来因为环境保护意识增强，绝大多数的高山矮岭，实行了全封山，生长在满山遍野的山茶树，被其他野生植物团团围绕，或者遮盖了，每到茶籽成熟的季节，人们进山采摘非常困难。那遮天蔽日的杂木藤蔓，连狗都钻不进去，何况人。于是，人们渐渐丢弃了它们，任它们自生自灭。

近些年，人们越来越知晓了茶油的好处，科学家对茶油进行专门研究后，把它比喻成"东方的液体黄金"。人们便开始利用广阔的丘陵地带，改种良种油茶树。如，长寿镇人民政府，在6年前招商引资，在邵阳广阔的丘陵地带开垦荒地1000多亩，成为平江较大的油茶基地。

平江大约有万亩油茶林,是著名的生产茶油的基地。茶籽采摘后,就是比较漫长的花朵孕育果实的季节,当白色茶花漫山遍野开放的时候,是南方最冷的天气,它与冰霜为伴,酿出的蜜糖叫茶花蜜,非常优质。小时候,我和小伙伴们经常割一段芦苇管子或者是麦秆,去吸收茶花蜜喝。春暖花开,百花齐放的时候,"茶泡"和"茶耳朵"零零星星地挂在茶树枝头上或者躲藏在青翠的嫩叶下,惹得孩子三三两两去寻这种野果子吃,这也是我小时候的最爱。一晃,50年过去了。

六、芸芸众生

请贼子看家的女人

仲春夜，在 24 岁的秋嫂的纺车前，嘣的一声，一块银圆滚落过来，秋嫂没有体会，继续纺纱，又是嘣嘣两声，滚来两块，抬头看看窗前，有黑影晃动了一下……哪个剁脑鬼有钱多啊。随即她弯下水蛇腰，拾起人家丢进来的银圆。"秋嫂你开门，我来你那里歇一夜。"外面的野汉子悄悄地叫着她。"你是谁啊？把我当成婊子？"秋嫂在昏暗的桐油灯下拉长了影子，走到窗前去张望，撩起那印花窗幔子，将银圆甩出去了："保屎，滚远一点儿，不然我叫横哥打折你的腿！"并回敬一句狠狠的话。横哥是方圆百里有名的贼子，他是一个飞檐走壁的盗贼，但他只偷那些富豪人家的财物，有时伙同他人，还杀人越货，所以地方上的人听到他的名字，敬畏三分。

外面的野汉子悄没声地走了，秋嫂继续纺纱。6岁的孩子睡在床上，丈夫在两年前被白军杀害了。世上总是有一种死板的人，那个夜里，秋嫂的丈夫下山回来，买点儿盐上山去，无盐的笋片确实难吃，他们赤卫队潜伏在深山老林，昼伏夜出，谁知在家里与秋嫂温存一顿后，出来时遇上了挨户团，在追赶中无处可逃，逃到离家不远的约老山家里的茅坑里，潜藏在里面，白狗子搜了两遍，（有的发现了他，也许装作没看到他），那个死板的挨户团成员，又转身继续搜寻，不幸被搜到，只露一个头在外面的丈夫桂伢子惨遭杀害，公公婆婆在5年前的一次痢疾中相继去世。他家成了孤儿寡母，秋娘就靠纺纱织布，出租家里的5亩多田土，收租吃饭，作为一个年轻貌美的寡妇，知道寡妇门前是非多，为了不惹臊腥，她扎起衣角做人，克制自己的情欲，精心带养孩子。但她大方为人，地方的人，包括正直的男人坦坦荡荡地来她家闲聊，有茶吃，甚至做夜宵给他们吃……

一个月黑风高的夜晚，横哥行窃不利，从门前经过，嗅到麦芽糖拌麦饼的芳香，不知不觉地来到秋嫂的厨房靠外面的门口，敲门叫句秋嫂，开门伸进头来。今晚没得手啊？横哥一张女人似的白脸，适中的个子，不知者还认为他是一个斯斯文文的书生，死也不相信，他能干那绝活。他是一个9岁丧父失母的孤儿，被一个耍猴艺人带出去浪荡在外面9年，后来才知道他已身怀绝技了，乱世不能使他安身立命，就干起行盗的勾当。但他对秋嫂这样的寡母，从不存有非分之念。每年三节，秋嫂回娘家歇几夜，都要请横哥来看守家的，秋娘也几次试过他，将银两丢在显眼处，他都没有动过，所以秋嫂非常信任他，人家认为横哥与她好上了，秋嫂也不辩解，她就是凭借这种人家认为她与横哥的暧昧的关系，悄没声地保护着自己。两年多来，附近那些嫉妒她姿色的女人也不能奈何她，那些企图想偷腥吃的男人，一个个乘兴而来败兴而归。

秋嫂把煎好的麦饼，用宽阔的荷叶，包了一大包给横哥，横哥又悄悄地消失在黑夜里……秋嫂轻轻地闭好门，将香喷喷的夜宵食物，端给在房里闲侃的男男女女吃……

年 关

小富塅大屋里弥漫着快过年的氛围，熏黄了的腊肉，趁天晴，洗干净外面的烟尘，稻草搓的绳，一块块穿着晒在家门口的竹竿上，狗儿猫儿都蹲在下面，流着口水想吃那香喷喷的肉儿。雄鸡们不知死活地在地坪里，与母鸡调着情，有的还不怕羞耻地爬上母鸡的背，使母鸡贴着了地面，雌雄同体，雄鸡颤抖了一下，才下来，它们根本不知道，明天三十，是它们大限之时，家家户户都要宰杀它们，敬祭祖宗和菩萨。

在横屋的斗口里，西斜的日头照在身着油光闪亮的破棉袄招发身上，他精神显得萎靡不振，很是愁苦的样子，人们心里都知道他过年不成，坛子里没有米，更不要说过年肉、鸡鸭鹅等的配备。只有比他大一岁的林疤头，用手搔了几下癞子头，一片片癞疤子飘落下来，走近几步，笑哈哈地说，我有个好主意，保证你能闯过这个年关，明早就有了过年货，你听不听我安排。招发为之一振，怎么干，我听你的。林疤头诡秘地笑着，总是不肯说。招发急了，你快说吧？他才回答说，你趁申发他们一家在厨房里吃晚饭时，你去搬掉你哥一块大门，我们再给你去撮合，你干不干。他爽快地回答说，当然干。申发是招发的老兄，申发讨亲后，就分家过日子，俗话说，兄弟分家为邻舍，父子分开为两家。申发勤奋，作田种土一点儿都不马虎，他还用稻米熬白糖，制作麻糖，他的货非常行销，是小富塅比较殷实的家户。但招发好吃懒做，又爱耍女子，所以 51 岁，还是一个肩头扛把嘴（一个单身汉），糊口都是上顿不接下顿，今年年关也无法闯过。

天暗下来了，鸡儿早已进了鸡栅。狗儿在食盆里，舔尽主人留给它们的剩饭。

那个没良心，将我家一片大门搬走了……申发在大声呼喊。起初大屋里的邻居装作没听到，他拼命地喊几声后，林疤头才接话，有才子的事？你来看吧？怕我造了白口孽。邻居们围拢过来，唯独不见招发。我知道是那只绝代猴搬去了。申发猛然醒悟过来，咬牙切齿地说道。林疤头慢腾腾地接话说，你既然知道是你弟弟搬走了，你知道他怎么会搬你的吗？不知道，申发急忙回答说。邻居也在低声地嘀咕着。林疤头又发话了，好好好，我去找你老弟，看他为什么搬你大门，你们在这里等着……半刻钟后，林疤头背着手转回来了。咯子的，招发过年不成，你接应把点过年的东西他，他接应将大门搬回来给你。申发破口大骂他弟,千刀万剐的东西,雷公劈的东西……这时大家都帮着招发说话了,算了算了,毕竟亲兄弟一场,把点过年的东西他,让他闯过年关。于是,申发也只能答应:三斗米,一块腊肉,一条咸鱼,一只不大不小的公鸡,两斤茶油,一碗食盐。招发不作声的,把那块一百好几斤重的,厚重的大门,驼着背,大汗淋漓地背回来了。

  大门是闭门户,防盗贼的,好重要的屏障。

寻女子

这是第三次见到她,问她现在情况怎么样?丈夫死了,我心里咯噔一下,内心叹道真是命苦,我才正眼看她一眼,白皙的脸上,似抛了光似的,一种不是天然的滋润……

第一次见到我的时候,她说要离婚,我出于好奇问道,怎样找到我的,她说听人说有个叫方绪南,是做律师的,离得不太远,于是我在百度上搜到你的名字,又有你的案例,其中一个是我附近的交通事故,代理是你,我打听到了你的电话。她想离婚,她结婚的第十天就外出打工,在外一干就是7年,辛苦挣下的6万元钱,被丈夫花掉了,家里的田也荒芜了,人太没底线。我问生了孩子没?生了,女孩子6岁。

我沉默了一会儿,还是多考虑一下,叫丈夫到你娘家来,由你父母亲对他进行一次严肃的训导。她马上回答说,这个无济于事了,能训导早就训导好了。我对离婚案子的代理,从心底里是不太愿意接的。很多年以前,我妈曾多次指责过我,离婚案子就是拆散人家的家庭,叫造恶,是没有好报应的。在办案过程中,我和我的同事也碰到过很多家属对我们代理人不满的情形,有的讥讽我们,有的还威胁,恐吓我们。

记得有一次我接手北方一个省的年轻女子的代理,他们男女双方未进行结婚登记,生了两个孩子,一男一女,要男方随便给她一个抚养,对方不但不同意,还死活纠缠她,坚决不同意分手,极尽恐吓之能事,她又是做了结扎绝育手术的。这种案子的案由叫:因同居引起的子女纠纷。在办理代理手续后,将整理好的诉讼材料递交法院,立好案的第三天,男方来请我做代理,我讲明,女方请了我,他叫我放弃那边的代理,可以出她两倍的代理费,于是我说这是违反法律规定的,绝对不行,我当时向他释明,如果不是子女问题,女方完全可以随时走人,因为法律不能约束她。男的表示非常反感的样子:怕什么啊,我们同在一起生活了11年,又生了两个孩子。我说不相信,你去问别的律师,他不高兴地走了。法院通知其应诉后,按规定的时间开了庭,在庭审结束后,我与当事人出了审判庭,男方几个人将我当事人强行扭走,我当时出于正义感,呵斥他们放手了,我想要直接带出去是不行的,就带回法庭里,这时法警法官也拢来了,商量对策……恰逢法庭正在扩建,后面建筑没有嵌窗框,从脚手架上可以逃走,因为前面男方来了很多人,有强行抢走女方的势头。我悄悄地叫了一辆熟人的车,把外地女子，安全转移脱身了。我堂堂正正走前门出去时，果然遭到围攻，后报警，派出所民警来了，才脱身。

所以我对寻女子强烈要求离婚的念头，心存顾虑。我又告诉她，这一次，不一定离脱，她态度坚决地说，一次不行，两次三次总可以。我极不情愿地接受了她的代理，第一次判不离后，时隔一年后重新起诉才解脱这起婚姻。后来她与一个在打工时认识的，有了不正当的男女关系四年的有妇之夫结了婚，当时他们双方都付出了惨重的代价，都是起诉离掉自己的那一半，好不容易走到一起。可世事总是难以预料，结婚登记七个月后，他们因家庭琐事闹得无以为继，又到了水火不容的地步，在协议未果的情况下，又请我为她起诉离婚。在法庭主持下，她与前夫生下的女孩子，继续承担抚养，不要对方出抚养费，对方也没有抚养的义务。

你要怎么干？我有点不耐烦且没好心情地问了一句。她很直接地回答，请你打官司。人家说只有法院才能搞定。我丈夫四个月以前在省城一个建筑工地做小工，摔死了，那边赔偿68万元，丈夫的弟弟将钱存在公公婆婆的账户上，说没有我们母女俩一分。我问：你与你丈夫进行结婚登记了吗？她说登记了的。你女孩在那边生活了几年，上了户口吗？她说五年，上了户口的。我心里狠狠地骂着公公婆婆那边的人，贪得无厌的家伙。

听她详细介绍案情后，我爽快地答应做她与女儿的代理，并明确表示，为她们母子俩讨回公道，打赢这场官司。她紧紧地握住了我的双手，激动得说不出话来，一串串浑浊泪滴从瘦削的脸上往下流，头发稀疏且没有光泽，似乎有很多银丝夹杂，应该是33岁的年纪，我记起寻女子的档案……

小车·摩托车

每天，召明是从家里驾小车去黄金矿上班的。人家都这样说，其实不然。

他每天从家里开车出发，象征性地鸣笛几声，行驶约四公里路，小车停放到古江洲小镇的万寿桥桥头一个新开张的，名叫"万寿小苑"中晚餐店前面的免费停车场地，召明每天到这里，店铺还没开门，店老板睡眼惺忪地启动电动卷闸门时，只见有一个白色的小车，但总不知道主儿是谁，不觉得占地方，也没追究……

召明停放好车后，总习惯性地瞄几眼小车，恋恋不舍地离开情人似的，走上几十步，到他姑妈家去骑摩托车。姑妈家的小巷子，成了他寄存摩托车的中转站。他将摩托车推到路口，再发车，从姑妈家到上班的地方，约30公里路，平路三分之一，崎岖山路三分之二，40分钟左右就到。

他先下"洞子"，沿着悠长的坑道才到作业的地方。他们都是临时工，没有劳动合同，也没有社保、工伤保险什么的，上工的头一天，头儿形式上问一句，进不进保？如果进，自己掏腰包出几百元。打工的认为工都没开，就要拿钱，都说不进。头儿接着说，那好，我这里丑话说在前，下洞子死了人，赔80万元，到时出事，不要与我讨价还价，其他轻伤什么的，我说了算。打工的认为他爽快，个个乖乖地无话可说。

召明去年"砷"中毒，腰椎胀痛，全身无力。头儿叫他去歇着，给他10万元，他住了一段时间的医院，就去学开车，后又考上驾照。拿着驾照后，今年3月间就买了一辆新车。包括购置税，投各种保险，包四乡八邻，亲朋好友来祝贺吃了八桌酒席在内，林林总总，10万元没出关，因为买的不是名车，高价低价的车不去计较，反正是买上小车了。四乡八村都知道召明买上小车了，这孩子有出息。召明听到这话，心里觉得比喝上蜂蜜还要甜。

矿里的头儿见他没有死，就让他复工。召明还是重操下洞子作业的活儿。他刚买车时，天天乐呵呵地开车来上班，小心翼翼地开着车，生怕自己撞上人家的车，或人家的车碰上自己的车，像刚娶回家的小媳妇，爱惜得不得了。不知不觉一个月一晃而过，才知道小车是要烧油的，汽油几天涨几分钱，还要学人家做派洗车，保养什么的，一个月下来，就是2000多元无声无息地没了。他是一个想事的孩子，琢磨来琢磨去，猛然觉得还是骑摩托车好。方便省钱，每天不上10元的油料费等开销。

但车子买着，放在家里空着，人家又不知会怎样议论他呢？他犯难了，买了车难养起，怎么当初不想想，这死脑子，他有点后悔了。现在买上车空着不开，人这面子没处放了……老婆也怨他，你工资4000多元，8岁孩子要读书，还要生活开支，要人情应酬，买了车后，也只坐自己家的小车回过两趟娘家，娘家人也不是想象中那样喜出望外，有点不冷不热的。

经过深思熟虑，召明最后想出折中的办法，从家里到古江洲镇开小车，从古江洲到金矿里上班骑摩托车，按决定的实施了，召明也觉得轻松了。于是，每天就有开头叙述的情景了，这个召明真会调家活命啊……

重 逢

绚绚看到林民在超市肉食水产区背着手呆呆地看着屠夫剔骨头时,她在侧面的鲜蔬区拣香菇。绚绚想放弃手中的活计欲折转身走时,林民看到了她。她毫无表情地站在那里,两眼相对一下,绚绚表情冷漠,继续低头挑选香菇,她的手有点颤抖,本想拣小的,手里却捏着了大的。尔后,他们都禁不住又呆呆地看着对方。毕竟是共同生活过17年的夫妻。

3年前绚绚简直气疯了,吵着闹着要离婚,林民总是回避她。无奈之下,她向法院起诉离婚。开庭时,林民未到庭。绚绚没有证据证明夫妻感情破裂,法院下达了不准离婚的判决书。时隔一年后,绚绚再次起诉,才解除这桩婚姻。当时13岁的大女儿明确表示,父母离婚,谁也不跟,只愿跟随爷爷奶奶生活。根据法律规定,10周岁以上的未成年子女,他们已有了识别能力。父母离婚时,对子女抚养的归属问题,必须征求子女的意愿。所以,大女儿归林民抚养。也因绚绚强烈要求抚养两个小女儿,二女儿和三女儿由绚绚抚养至成年。双方对子女均有探望的权利。

自此各带着被抚养的孩子过生活,电话、微信也没一个,都心里发誓道,老死不相往来。今天在超市是第一次重逢。对方都尴尬极了。绚绚嘴里啜嚅着,没有发出声音,但林民先说话了:

"你不是在长沙做事吗?"

"妈妈病了,回来两天了。"

"我去看看妈妈吧?"林民瞥了一眼她,顷刻改变主意又说道,"如果你不高兴,我还是不去。"

绚绚苍白的脸上,似乎没什么变化,随后她摇摇头。

林民确实没有勇气去看望她生病的妈妈。6年前,他们办公室新招聘一个文员,名叫阿凤,大专学历,她本来在另一个厂里做文员,因丈夫患肝硬化离世,料理后事在老家待了一段时间去上工时,自己原来的岗位被人顶替了,要她从普通工做起,她不愿,恰巧林民的办公室招聘,她就进来了。当时林民看到她楚楚可怜的样子,又会体恤人,又会做材料,与林民配合默契,不久两人有了微妙关系,特别是那一次在另一个城市开年会,林民因应酬喝多了酒,阿凤陪他过了夜。此后他与阿凤脱不了关系。自此他回家后，总觉得心烦，绚绚也觉得他变了一个人似的，不是生闷气，就是想跟她吵闹。有一次他喝醉酒回家后，骂她是一头只会生婆的母猪。这正好像触痛了绚绚哪根神经似的，她歇斯底里地叫起来："我是只生三个妹子，你嫌妹子，去摔死啰！我也活够了！"她停顿了一下，很冷静地继续说道："要不然，我们回平江去县民政局扯离婚证。"

他们夫妻僵持一个星期后，她带着两个女儿回老家了，大女儿在老家跟爷爷奶奶生活，在本镇读七年级。

林民从公司回到公司安排的宿舍里，看到绚绚留下的字条，他赌气电话也没打一个。只打了阿凤的电话。叫她带两瓶烧酒来。他与阿凤都喝得酩酊大醉。阿凤是四川的，她孤身一人，举目无亲，林民成了她唯一的倚靠，现在林民又成了这种样子，惺惺惜惺惺，她也跟着难过……

绚绚当时带着孩子回娘家后，在与林民协议离婚未果的情况下，向法院起诉离婚。判不离后，绚绚没有生活来源，只能将孩子交给娘家人带养，自己到长沙一个超市当收银员。她当时刚好40岁，高挑的身材。因有几分姿色，显得有气质，又是高中毕业，所以出去谋职不是蛮困难的事。

绚绚与林民是同一个镇同一个社区。高中毕业因家庭条件都不好，参加一次高考落榜后，他就到了广东打工，在一个合资办的厂里，从普通职员做到了高管，月薪虽然有一万多元，他父亲尿毒症晚期，家里就靠母亲打点，林民寄钱应付所有的开支。绚绚生第二个女孩后就到林民所在的公司，与林民生活在一起。

他们夫妻是谈恋爱结婚的，在亲密无间的十多年里，人家都夸他们是一对恩爱夫妻。谁也离不开谁。曾经绚绚对林民说："如果你背叛了我，我就弄死你，自己再死……"

林民总是嬉皮笑脸地唯唯诺诺。林民的外遇，她没有觉察到，更不要说抓到什么把柄。

绚绚对超市里遇撞的这个男人，泛起感情的涟漪是复杂的："你怎么也回来了？"

"我们高中同学炯鸡佬第二次结婚，在同学群里，相约着都要回来。"她反问了一句，"你与他们不是没了来往的了吗？"她在回忆，从那年正月初四日起，林民最讨厌凑热闹了……那是他堂弟在一个电游室，遭人欺负，林民出来制止，结果惹火烧身。那伙好事的家伙聚拢来，林民怒火中烧，打伤了那个冲在前面的瘦子。在这种情况下，起哄的人非常多，看热闹的人也非常多。包括他的同学，都没有站到他一边来，更不要说声援或为他解围，他身上受了多处伤。从此，他再没有与那伙同学扎堆了。结婚也没有通知他们。

他是喜欢她家里人的，特别是与她88岁爷爷的关系最好，每次节假日回来与老人家有套不尽的近乎，还爱与他们老人玩骨牌……也许是他带那个女人回平江了，绚绚在心里嘀咕着。当时她毅然决然地与他离婚后，才知道林民有了外遇。她恨自己太那样轻易放弃他了，自己的男人轻易地拱手相让人家。她真有些后悔。她后来也这样想，是自己执意要炒他鱿鱼，不能怪他。不管怎么说，他还年轻……大概是让女朋友待在家里，怕人家说闲话，他才个人来超市买东西了。她总是在胡思乱想……她站在超市鲜蔬区，一动不动的。站在买猪肉的屠凳面前的林民向她靠近了距离。两个人才觉得两手空空如也，都还没有买菜。林民也在乱想，她不会想我了，毕竟我背叛了她，他总有种负罪感。她肯定没那感觉了情愫了。她肯定有男人了……看见她时有点慌乱，她大概觉察出来了。

"家里我妈又不能作种蔬菜了，但回来了，添了一张嘴，总要买点儿菜回家。"他无话找话说着。

"我们家里，也是接连有来蹭饭吃的。"她瞟了他一眼说。

"过去你就一向喜欢人家来凑热闹。"他想起自己与同学到她家里吃饭……

"你可不喜欢是吧？"她揶揄地说道。

"人都是在改变的，是不是？改变自己，包括习惯、脾气……"

他还想告诉她，他如今与阿凤结束了那种关系，他们没有了感情的纠结，阿凤家里有个7岁的小男孩，当时林民提出与她结婚，到平江来生活，她断然拒绝。所以，林民追求似乎达不到目的，他们反复考虑一阵子后，就放手了。阿凤没有像其他女人一样纠缠不清，她同样冷静地与林民分手了，并辞职又到原来的厂里工作了。毕竟都是过来人。

"那也是。"她附和了一句。

"如果我们重新一起生活，你会认为我变了一个人似的！"

她似乎很超脱地大笑起来："你不是在逗我吧？"她感觉有眼泪渗出……

他没有再回应她了，快速地买了一些菜。她也买好了东西。他们一块儿走到收银台。他走在前面，先为自己买的菜，扫了码，收银员动作灵活地把菜放进一个花三角钱买的塑料袋子里。又接着将绚绚买的东西扫了条形码，一起结算，林民一起付了钱。绚绚没有抢着要自己付，让林民一起付了钱。收银员笑盈盈地用异样眼光看着他们。

他们并排走向超市出口。他想再问问她，去不去了长沙做事，但他欲言又止。

她呢？想问他：腰椎间盘突出的毛病，以后患过没有？但她还是没开口。

他们一起走出了超市。偏西的秋阳正暖洋洋地洒在他们身上……

招　聘

芦园的主人回家过年后，要返回自己远在千里之外的郑州开办的辣皮厂。

芦园的主人正在招募看守园子的对象。条件是月薪 5000 元，外加每月补贴电费 1500 元，6 亩承包责任田土转包给来看守的对象耕作，还有 70 亩山林，可以间伐。

招聘公告在微信发出后，主人的朋友以及好事者又在各个群里转发……于是远近方圆几百公里，甚至外省的也来应聘了。并且招来各种说法，褒贬都有。有的恨得牙痒痒：晒什么晒，谁眼红你几个臭钱；有的说：是为他"辣皮大王"打广告，哗众取宠，吸引眼球……有的说：是几个臭钱……有的如一语惊醒梦中人地说：门关闭起来，不就行了吗？还要什么看家护院的？完全是为了显摆……有的仇富心理更加凸显：看来不公的物质财富，必须重新来一次"打土豪分田地"，不然那些富人要到火星上唱高调了……反正是众说纷纭。

来者看一阵热闹，议论一番或者骂一阵后，都纷纷离去。最后留下来应聘者只有三个：一个是地方上有名的 40 多岁的光棍懒汉，公家为他做的安置房他不住。他跑到这里厚颜无耻地提出，要芦园主人给他讨一个老婆，所有结婚的开支必须由芦园的主人出，弄得主人哭笑不得，主人很厚道地耐着性子对他说，你有对象，可以来这里同居，如果有缘分结婚，可以借钱给你……但懒汉不让步，还说要以主人堂弟的名义，在芦园举行一场婚礼……但主人还是有原则性的，最终还是没有同意。

第二个来应聘者是一个 50 多岁的内山人，他背着手到芦园大大小小十三间房子里转悠了半天后，各种电器设备发出一种若隐若现的声音，似不散的幽灵在哼唧……厅里电热水养的热带观景鱼在硕大的鱼缸里放肆地摇头摆尾，抗议不自由的生活，看着使他怯生生的……那肥胖的专门吃肉的白色毛发的高加索犬，在铁栏栅门里，眼里放着幽蓝的光，似乎要摄他魂魄，他吓得直打哆嗦，腿都软了……他确实很害怕。他便神秘兮兮地对主人说，阴气太重，怕住得……悄悄地走了……

第三号留下应聘的人是一对 60 多岁的夫妻。他们倒是没说什么，只是说工资太少了。那老男人是一个矮墩胖子，浓眉大眼，阔嘴，一股浓浓的烧酒味从嘴里喷薄而出，大大咧咧地说，我跟砖匠担砖，也能挣到 200 多元。他显然是见过大世面的，继续滔滔不绝地说，我夫娘在家养猪蓄鸡鸭鹅，池塘里喂鱼等什么的，也能挣到一两万元……

老板你财大气粗，再加一点儿吧……

园主人似乎被说得心动了，果真每月又加到 5500 元，他毕竟是从做小生意起的，掌握着讨价还价的火候。这偌大一座院子，如果我夫娘（妻子）不来为我做伴，我再加一个胆子也怕看守的，如果我说假话了，就是贼骗了你，老板……

应聘者还是不动声色的，继续悠悠讨价，芦园主人好不容易加到了 7800 元。他留下 200 元的坎，是由应聘者去跨越的，果真应聘者马上跟上去：老板爽快，8000 元算了。

于是，第三个来的应聘者，堂堂正正地成了看护"芦园"的人。

幽静如兰

自有QQ聊天后,泪水沙粒也跟上了风。首先自己弄不好,就叫人家为他申请账号,设立密码,为了表示自己是正人君子,他按区域找在线的人,添加为好友,他有印象的是:那边下午两点还没吃中饭。后来,他专找异性朋友。他偶然找到一个叫"幽静如兰"网友聊上了。从挂的头像看,是一个有气质的女子,他们每次晚饭后双方要聊上两个小时。

"兰,忙完了吗?"

"嗯。"

"他不在吗?"

"吃饭后就出去了。"

这是泪水沙粒和网友幽静如兰的开场白。他似乎是此地无银三百两。有时,聊着聊着她会说,他回来了。他再不回复,戛然而止。

每到晚上8点,"泪水沙粒"就会发问,"幽静如兰"回应,于是,两个人开始聊天。虽然只有两个月,但泪水沙粒总觉得这几乎成了一种习惯,如果到了9点多,她还没回信息,就是去跳舞或者与朋友K歌去了,或者是有其他的事,泪水沙粒就会有一种怅然若失的感觉。

这习惯,使得泪水沙粒觉得,自己的每一天,是从晚上8点才真正开始的。8—10点,只有两个小时的时间,才真正属于他自己。在这短短的时间里,泪水沙粒似乎神通广大了,要么是在网上听歌,看电子书,要么聊天。开始的时候用QQ,后来用微信,也加了不少群,什么民歌群、山歌夜歌群。只是和"幽静如兰"聊上后,泪水沙粒在群里说话少多了。在神秘的网络,泪水沙粒觉得自己就像是一粒轻微的沙粒,被水推着在江水上漂得翻滚,沉浮跌落,看到小鱼唆唆逆水而上或随波逐流,七彩的阳光明媚迷幻,小鸟在金光闪闪的水面上斜着翅膀掠过水面,又倏地飞上天空,人生就是这样美好。

泪水沙粒想不起以前不上网的日子,自己晚上的这段时光是如何度过的。他是普通人的异类,不打牌,不进茶座不饮酒。有时他也庆幸,多亏有了网络,不然年复一年、日复一日平淡如水的日子,该怎样度过,该有多少难熬,真不知道又该怎么去排遣那份呆板无聊和孤寂。

其实,有了孤寂和落寞的感觉,也是从聊天开始的。原来他喜欢读小说,读得不知白天黑夜,妻子拿他没办法,除了上班,家里的事他从不沾手,灌煤气、买米等粗活也依赖着从标准件厂下岗的妻子去干。上网以来,泪水沙粒的一天是这样度过的。

早上6点起床,洗漱完后在金河广场快走十圈,自己煮点面条或者吃点头天晚上的剩饭,他难得去外面吃早餐,除非当天有参加庭审的当事人,利用庭前早餐要交代一下庭审过程,才同当事人在外面餐饮店吃点儿东西,将就一下,但总要难为情地交代一下餐饮部的服务员,他这一碗"三不放"(不放味精、盐、油)。听到的人总是怪怪地看看他。一般在屋里解决早餐后,就去办公室,先签到,再整理头天下午凌乱地摊在桌上的案卷,接受一下上门或电话来的法律咨询,做一些材料,一般下去搞调查取证的事情比较少,所接的案子,百分之五六十是离婚案,离婚率越来越高的原因就是,不够离婚条件的,创造机会离婚,一年两年彼此耗着,半死不活了,对方不得不放手。再就是接手一些交通事故、民间借贷之类的案件。但打架斗殴的案件,他一般不接,还是让派出所那边去纠结好。完事后,就是接着看一些网上公布的新的法条或司法解释。其余的时间是同事扯扯闲,下班后,赶到家窝在客厅里的沙发上就是一本小说啃到妻子将饭菜端上桌,好不容易扒完一碗饭。晚饭后,在沙发上瞌睡一会儿。到8点钟,老婆已在邻居家的牌桌上拉开了麻将的战斗。泪水沙粒拥有了自己的天地。

在和幽静如兰聊天之前,泪水沙粒有过好多个网友了,开始的时候,泪水沙粒很实在,总是先把自己的真实情况告诉对方,聊着聊着,对方就会说起令他认为暧昧的话题,然后就是要视频,要裸聊,或者要求见面。这时候,泪水沙粒就会把对方拉黑,不再搭理。

和网友不视频,不见面。这是泪水沙粒的底线,也是泪水沙粒给双子女(网友网名)的承诺。双子女是他的老婆,所以他老婆也不干涉他与异性聊天。

后来,泪水沙粒在网上学得老练起来,懂得如何戴上面具,还不时地更换网名,一会儿说自己是个英俊少年,一会儿又说是个单身王老五,抑或是沧桑的老男人,家一会儿在海南,一会儿在东北,有时候"骗"得网友团团转,泪水沙粒开心极了。

直到认识幽静如兰。泪水沙粒觉得对方是个好女人,而且是知性女,很有气质。不论什么话题,她都知晓其意图,还特别地善解人意,泪水沙粒觉得和她聊天开心极了。聊过一段时间后,对方有时候也提及一些敏感的话题,但会把分寸把握得很好。泪水沙粒遇到不开心的事,不高兴了,简单聊上几句,她就会知道,然后就像一位知心善解人意的小妹,循循善诱地帮他分析,直到他开心。她的记性也很好,他们聊过的话题,她都能记得。现在她几乎成了泪水沙粒的精神支柱,有时候泪水沙粒甚至想主动和她视频，想看看她的庐山真面目，究竟是个怎么样的女人，使自己牵肠挂肚，但是，汩水沙粒还是信守着诺言，没有越雷池半步。

幽静如兰也提出过，叫他到东北黑土地上去玩，夏天松花江沐浴和煦暖风别有一番情趣，而到了冬天北风凛冽却是另一种体验，可以看冰雕冰灯游园会。还可以在冰封的江面上滑冰，狗拉雪橇煞是好玩。要么可以拿钢钎在冰冻的河面上，戳穿一米厚的冰层钓鱼。她还津津乐道，到了秋天的（农历）九月份，母亲就会把一家几口人的棉衣从樟木箱里取出来，几个人的棉衣、棉鞋、帽子、围巾，不管你愿意不愿意，幽静如兰她们必须穿上散发着樟木味道的冬衣，不管你愿意不愿意，你可以走到大街上去迎接哆嗦干冷的冬天。室内和室外其实是一样冷的，闲来无事的人都蹲在空地上晒太阳。当然这说的是有太阳的天气，不过冬天有太多日子是阴天，潮湿的空气，天空是铅灰色的，一切似乎都在酝酿着关于冰雪浪漫的童话故事，而天气预报一次次印证这种阴谋虽说冰天雪地也是也银装素裹，但畏惧寒冷的人早已躲入温室，幽静如兰全副武装地沿着松花江南岸走，偶遇寥寥几人，她有时与同伴讨论着孔雀东南飞原因。有钱的人，冬天都去了南方，如海南岛就有很多东北人，如候鸟一般待在那里过一阵惬意的生活，或者购了房子在那里，轻松爽快地度过冬天。幽静如兰在聊天中总是她说的话多。她还告诉汩水沙粒：北方的春节，是非常吉祥喜气的，也是非常好玩的。特别是做女孩子时，玩得疯得起。她还回忆未进城的日子：是多么的美好温馨，进腊月第一件事就是杀年猪，也是村里的大事，农村人淳朴厚道，杀了年猪要请全村人吃猪肉，甚至，吃完还要带走一些，在农村，杀年猪就标志着开始进年关了。还流传着许多民谣，比如，小孩，小孩你别馋，过了腊八就是年。二十三，糖瓜粘；二十四，扫房子；二十五，炸豆腐；二十六，炖猪肉；二十七，杀公鸡；二十八，把面发；二十九，蒸馒头；三十晚上熬一宿，大年初一扭一扭。接下来进了正月就更有讲究，像初五吃饺子叫破五迎财神；十五又称元宵节，团团圆圆吃元宵，欢欢喜喜闹花灯；初七、十七、二十七吃面条，寓意顺顺利利，健健康康，二月二叫龙抬头，和风化雨，万物复苏，春耕季节来到了。还有更具体的民俗都淡化了。过年是小孩子们最期盼的，新帽新衣新鞋子，花灯小炮压岁钱……长辈的慈爱，父母的笑脸，课业可以暂且放在一边，也不会有人在耳边说该做作业了，别只记得玩，还可以提出各种要求，比如，看电影、滑冰雪、吃糖糕，愿望基本都能实现，大人们就睁一眼闭一眼，随孩子们欢喜去，出点儿格也可以的，毕竟是过年了嘛，春节户外运动少，好吃的多，我少女时就是胖嘟嘟，皮肤白嫩细腻。我们前前后后……她似乎觉得说话太多了，马上折转话题：我们前前后后已十来年了吧，还是玩丘丘开始认识的……汩水沙粒开心地回应道：是的……也在她的QQ空间，在以后的朋友圈中经常看到她心的道白：生活中不如意的事也多。她总能把生活的点滴感悟寄情于文字，在她温软细腻的文字里，他看到了她的才华，又敬仰她不屈的精神，他欣赏这样的女子。许是都有一颗多愁善感的心，他们像久别重逢的旧友，开始了长达十年的交往。平日里天南地北，她是在中等城市里，他是小城镇，不紧不慢地过着各自的生活，日子如水滑过。他们默默地行走在彼此的空间里，默默地关注着对方。看着她经历丧父的痛苦，看着她和女儿相依为命，为了偿还前夫欠下的巨债，应聘在不同的学校。为了女儿一次次地搬家转校，她的善良勤奋，为母的她，则在说说或朋友圈里倾吐，我恍惚读懂了她，又恍惚不理解她的这种穷折腾。也许，在这薄情的世界里深情地活着是她的追求，我只能这样远远地祝福她。

  我接着附和，开心地回忆着：是的，从我接触到的你，大体上是教师，父亲发生了意外，一次事故，获得赔偿，后财产继承，引起兄妹姐弟反目。原老公是独生子，他父母是海外侨胞继承一笔丰厚的遗产，但是小心眼儿，你活得很累，婚变。南下旅游，丈夫追赶着不放，你东藏西躲，最后使其精疲力竭才放手。后与原高中时候单恋你的同班同学产生感情而同居，陡然发现，你并不是他的唯一。你还不无骄傲地告诉我："现在我是他的唯一了，但是他永远都不会娶我！因为他的妻子孩子更加需要他！"随着时间的推移，好多她的故事，我忘记了。于是，引发我人生的大思考。由一个单纯浪漫的女人，变得现实，沉淀。如松花江淤积了那里的黑土地，累积成生活的历练，在以后的生活中，多一点现在，少一分虚荣。

  她曾回忆地对我说，小时候的我生活在一个小渔村，父亲是大队的队长，模糊的记忆很是幸福。那时队里，经常有下乡天津学生，他们每次都会给我带来好多好吃的，五六岁的我那时真的好幸福！父亲带领乡亲们养了好多的鱼，记忆最深的是父亲捧着一条跟我差不多高的鱼合影的照片！后来好多的记忆都模糊了，只是恍惚记得那时住着土房坐着泥巴做的桌子上幼儿园，路上都是灰尘，一下雨就满身泥水！后来7岁时，父亲调换工作我就离开了那个小渔村！那个小渔村是我童年最快乐的时光！哥，你不大不小是一个作家了，我希望你写写我的生活，写写我们在网上的交往。但我的叙述有些凌乱。哥，你不用特意去写，有空闲的时候再写！别耽误你正事！

  也许出于好奇，我不顾一切地想去见她一面，我利用一次到徐州办案的机会，来到她生活的城市，我事先没有告诉她，为的是给她一个惊喜。但出人意料的是，我是在自作多情，我下榻一个酒店后，打电话给她，她一接电话就回应，哥，是你！你在哪里？

  我呼吸急促地回答道，妹，我到了你的城市，我想零距离接触你，给你一个真实的拥抱。

  "呵呵，熊抱！"她似乎感到意外，停顿了一下，才调整一下心态似的，显得很平静地回答道,"我,我明天晚上请你吃饭好吗?"

那室内的暖气似乎突然变成彻骨的寒冷,我断然回答说,语调尽量使她不觉得我异常:"不,我的事今天办完了,明天七点的飞机票,后会有期。"

她随后发来了一条微信:"哥,要不要我来陪陪你。"

我没有回复。

从我接触的网友幽静如兰,体验到人生的真谛:简单化的日子,就是最好的幸福生活。

管超的三生三世

有个名叫管超的乡里人,他非常好客,凡是过往的人,都喜欢主动叫进屋里留吃留喝。就是讨米要饭的,也要先叫进去,饱餐一顿后,再给些钱或米,才让其走。

天庭的神仙知道后,出于好奇,也想下凡来看个究竟。于是,神仙化作成一个满头癞子,搔得流脓,臭气熏天,蚊蝇满头飞的人,来到他家门口,管超也不顾忌这些,留他吃饭和住宿,家里铺盖少,腾出自己的床铺给他睡,还不怕龌龊,煎草药水为他洗头,没有畏烦的情绪出现。几天后神仙头上的癞子奇迹般地痊愈了。神仙在飞升三界外之时,感激地对管超说,我已为你申报了做神仙的材料了,如果现在就去,我会极力推荐你,保你能过上神仙舒坦的日子。

管超婉言谢绝,确实应该感谢你的好意,我的孙子太小了,我如今65岁,再等他有了13岁,进寄宿学校读初中后,也就是10年以后,我非常乐意跟您去做神仙,可惜现在不行,儿子儿媳在外打工,孙子很需要我照顾,真是对不起,辜负了您的一番好意。

神仙说,没关系,再等10年吧。到时候我来接你,报答你对我的好。

10年以后,神仙如期而至,来到管超的家门前。喊叫管超时,不见有人回应,只见一条大黄狗亲切地向着神仙哼哼地叫。

神仙立刻听懂了狗话,知道眼前的这狗就是管超投胎转世。他像久别重逢的老朋友一样,与狗说着人听不懂的神话。

狗儿回忆起来说着话,两年前,一辆货车从门前驶过,他招呼司机停车下来歇歇喝喝茶,司机对着他那亲切的招呼,可能是分了心,车子迎着他开过来……顷刻之间,他被碾死了……

司机与保险公司合赔了42万元人民币。管超的儿子出具了刑事谅解书,并与司机的家属签了一纸刑事和解协议。赔偿款到位后,法院将司机的实体刑改成了缓刑。

管超的儿子将赔偿金与自己打工积累的钱凑合着,承包了家乡的一片土地栽种葡萄。于是,管超托生为自己家里的一条看守园子的母狗。管超尽职尽责。儿子儿媳视我为他们的亲生母亲一样,待我非常好。所以,我决定要为儿子守好家园。

神仙不肯放弃承诺,继续劝说着面前的狗,狗日子难过,还是跟我去做神仙吧?

狗儿像有些动心，现在我还是不能去，我肚子里怀了崽子，等我生出了狗崽子，喂养大了狗崽子，我就无牵无挂了，那就真愿意跟您去做快乐的神仙。

神仙摇摆头，又耐着性子对狗儿说，那两年后，我再来接你去做神仙。狗儿摇着尾巴点头说着好。

两年以后，神仙说话算话，又按期践诺，可不见了狗儿。一只猫蹲在屋前的围墙下，安静地晒着太阳，见神仙咪咪地叫着，它告诉神仙，当狗儿产下狗崽两个月的时候，偷狗贼丢了蘸满毒药的肉丸子在屋檐下，母狗倒是知道不能吃的毒肉丸子，可狗崽子不知死活地扑去抢吃，说时迟那时快，母亲只好舍身抢在小狗崽子没有咬到那团毒肉之前，它咬住了那致命物。谁知真是剧烈毒药，沾嘴几秒钟后，倒地抽搐几下，就身亡了。三只胖乎乎毛茸茸的小家伙围着母亲伤心地哭起来……

神仙长长地叹了一口气，对转世为猫的管超说，你现在无忧无虑了，葡萄园有长大的狗崽看守。你儿子丰盛果实得到了保护，是该过神仙快乐的日子了。他还深情地摸着驯良的猫儿。

我非常感谢您的一片好心，但现在还是不想去做神仙，我儿子儿媳妇对我可好嘞，天天买新鲜的小鱼蒸熟给我吃。孙子放学后，就给我搔痒，逗我玩。主要还是葡萄园，完全靠狗儿们看守，不能免遭损失，夜深人静，还有狡猾的狐狸来偷吃葡萄，于是我要与狗狗联手对付那讨厌的小家伙。我要衷心感谢您总想兑现承诺，可我舍不得这个热闹的世界，温馨的家庭。神仙日子好过，上界好玩，但高处不胜寒，举目无亲，无所事事，我干吗去上界呢？

神仙似乎听得有些道理，还是尊重他的意愿，放弃兑现承诺了。只是心里嘀咕着：凡间的人，为何总是忙忙碌碌的，总有干不完的活儿，年老了，为什么还不知道享受生活。神仙最后还是非常失望地返回天庭了。

厨师与观赏鱼

总是无法忘怀松山湖那个灰暗的傍晚。这是我第一次来这里。儿子向我介绍：松山湖是一个近年来房地产炒得很热闹的小市区。广场，水上景观让人赏心悦目。下班后，来这里玩耍，溜达的下班族非常多。听水上音乐的，观看水幕电影，划船的……反正是能吸引很多人到这里来。

我在这里兜了半个圈子，人生地不熟的，我折转身来，在一个脸形好看的姑娘，摆设的摊前面，买了一包鱼食，去喂观赏鱼。那些鱼儿都像抢惯了食似的，呼啦啦，呼啦啦地堆积过来，同在喂食的几个小孩，兴奋地叫着，非常投入地抛撒着小手中的食料……

这时，一个胖乎乎的，几乎秃顶的中年男人拿了两包鱼食，慢悠悠地挤过来了。他将手里的烟卷，眯缝着眼深深地吸了最后一口，也快要燃到海绵嘴前了，将烟蒂丢进垃圾桶里，很满足的样子，油光可鉴的脸上笑开了花……同在观鱼的儿子叫了他一声，包师傅，你也来喂鱼呀，怕是来向鱼赎罪吧？叫包师傅的没有辩解，嘿嘿地笑几声，专心地喂他喜爱的鱼儿了。

包师傅不像其他人那样一粒两粒地丢食给鱼儿们争抢，而是将整个一包食料倒在宽大的胖胖的手掌里，一次性飘洒下去，尽量使飘洒的面积大。两包食不到一分钟就撒完了。儿子皮笑肉不笑地望着他，给他派了一根烟，自己嘴里也叼上一根，又拿出火机为他点燃烟。走了，少陪，他话不多转身离去。

儿子望着包师傅远处的背影，笑着与我聊侃起来，他是他们厂里高管部门的厨师，他的拿手绝活就是会做红烧鱼，色香味没一个能比上他的好，每次老大来，就点菜要吃他做的红烧鱼，包师傅亲自采购，必须是活蹦乱跳的活鱼，一条鱼给他，捣鳞，剖杀，内脏的倒弄，配料……都是由他一个去弄。

红烧鱼……我嘴里嚅嗫着，他对观赏鱼那个亲热劲儿的情景……突然定格在一片模糊的血腥之中，我一种同情鱼们的感情暗暗萌生……

周月桂的幸福生活

周月桂一家五口人，因十年前供水工程建设，迁到长寿镇鹞嘴岭安家落户，一家有三室二厅，一厨两卫，128平方米的安置房，儿子媳妇孙子都高兴，因为挤居到热闹的街上来了。长寿镇素有"小南京"之称。刚下山来时，周月桂如断奶的婴儿，无所适从，想着山里那静谧的环境，特有的新鲜空气，还能拿他的夹子捕些小野兔、小獐子、獾猪子什么的，其实他千个不愿意住到这闹市上来。

头两个晚上他睡都睡不着，后来他同村的几个年龄相仿的老头告诉他，可以到街道的西南角去垦荒种地，他为之一振。于是，他在这天天没亮就起床了，扛着从老家带来的劳动工具，当时儿子极力反对他将这些劳什子带到新安置的家里来。他悄没声地从三楼下来，脚步轻轻地，生怕弄出点儿声来惹起邻居不高兴……

他踏着睡眼惺忪的月光，来到人家指引的目的地。这哪是荒土啊，是荆棘丛生的地方，狗都难得钻进去，他毕竟是在山里垦过荒的人，先将那些遍地的灌木丛，用柴刀砍掉，慢慢地挖掉那盘根错节的根儿。

他经过5天的劳动，将一块60多平方米的地整出来了。这土地原是八一组人耕种过的，他们大多弃农经商去了。就是有些靠种菜为生的人，他们专去耕作那肥沃的土地了，这些边缘地带，他们懒得过问。其实周月桂他们山里移民出来的人，除一次性补偿外，每月还有生活费的，用不着去再劳作，可他就是闲不下来。他买来各种计划要种植的蔬菜种子，布局好了，将下水道的废水做有机肥料，施足基肥，撒播种子，经过半年的侍弄，真成一个菜园子了，自己家吃不完，送给邻居家吃。

他开始时，天天到菜园子里侍弄着，后来也学着其他移民逛逛街，看看在街头巷尾摆象棋残局的无所事事的人，怎样去骗乡里人进筒子，赚几个冤枉钱，或是打打细麻将或者骨牌……

三年以后，那菜园子也懒得去弄了，干脆买菜吃，于是周月桂也习惯过街上那种闲散的幸福生活了。

白糖飘香

  熬过了苦夏，躲过了二十四只秋老虎，饭田里那一洼地的长谷早也黄了，用扮桶脱粒，趁不暴不烈的秋阳翻晒干后，在推子上（一种最原始的碾米工具），破开那些金黄的谷壳，用米筛筛掉那些瘪谷碎末儿，那长长的、还留着胚胎的、微细的黄痕儿牵扯两端的籽实的银色米粒呈现在你眼前，也叫糙米，米皮都包裹在表面，营养、微量元素足，不像如今这机子碾过的米，似深宫里的小女子惨白，天放晴，晚上又有月儿照着，熬糖后，又可就着光，在地坪里打糖，那纯香也在四处散发着，给静谧的生活，平添几分甜蜜……

  开始备料熬糖了，将早两天水中湿泡一天催发了麦芽切碎，将那些新米与麦芽放在一口大铁锅里，暴火两刻钟，温火一个时辰后，基本烂熟，熟物的淀粉糖分差不多都脱离出来了，就在一只木桶上搁一个捞米架，将一只竹筲箕放在上面，再将锅里的熟料舀入筲箕里过滤，剩下来的渣滓是喂猪的好食饲料，过滤后的那些黏稠的汁水就放在铁锅里温火慢慢地炖，这就是熬糖的主工序，不能急，用劈得不太小的硬柴，放在灶膛里，两三块的柴，不能放多了，切忌猛火，也不能熄火，要适当的火候，时间没到，就不成糖，过了火候，糖味就会变成微微的苦，口感不是那样的好。熬糖一般是下午或晚上进行，因为这时不太耽搁干农活，又可以赶上晚上在外面玩耍的中青年嗅到浓郁的白糖香时，赶上来帮忙。

  "打糖"，就是将黏稠的糖从热锅里舀上来，放在生布上，在一个钉耙撕裂又揉拢，如此反复，发出啪啪的声音，故曰打糖。糖散发着甜甜的香气，狗儿猫儿也来了，它们得不到吃，相互撕咬起来，有时猫敌不过狗，有时猫瞅准了机会，也斗赢了狗。讨不到主人吃的，又撒腿往野外奔跑，去原野里寻食儿了。

  糖恰到火候捞上来，反复地揉合拍打，又在月光如水的地坪里，几个人手忙脚乱地在一个个钉耙上撕裂着，又烫又沾手，又必须趁热进行，香糖一会儿冷却了，凝固成浅黄色一大坨（其实不应该叫白糖，应叫黄糖）好了以后，就可以吃糖。

  吃糖是不要钱的，多的人，每次可以吃上一斤二两糖，少的人也可以吃下三四两，俗话说：糖铁（体积小却有重量），但那时的人，不像今天的人一样，谈糖色变，他们根本不怕糖吃多了，担心血糖高而引发糖尿病。

煎的糖，一家一家比货色，出糖率，质地细腻，色彩橙黄色的最好，如果糖煎得嫩点的，就成了小糖，可以用来拌炒熟的米做成米泡糖，孩子最喜欢吃，孩子吃了不容易上火。成为白糖的，又可以做成芝麻糖，还有就是芝麻掺入炒米泡中，叫芝麻米糕，都放在一个个木箱子里，周围用生布牵扯着，将按比例分配的料放进里面，将生布拉紧盖好，冷却后，把糖从木箱里倒出来，切成正方形的块儿，长寿街的人特别喜欢吃。这个是另一天才能完成的手工制作食品，头天晚上吃的是白糖。

路边一小店

公路边一小店,一丈见方,依路中一眼窗,上面摆几只玻璃瓶,几样不见多,不见少的食品。一年后,没图多少利,关闭了,堆放柴火。

第二年,来对外地青年夫妇,向小店主人租赁,年租金一百元。两个月后,小店火火热热了。小南杂,小饮食,还兼炒菜给附近寄中餐的学生。小店前面搭一幔子遮阳,每天利润,十元八元不等。招惹了十几米远的几家个体商店的眼红。唆使其主人要回来。主人提出后,青年夫妇答应每年租金加到二百元。主人同意。半年后,眼见青年夫妇赚了不少。主人又提出要回小店。青年夫妇一气之下,退还了小店。

主人照着青年夫妇的样儿去做,不知怎样,顾客越来越少了,最后几乎没有了。没图多少利,作罢了。

现在又成了主人堆放柴火的地方。

霭干娘

霭干娘年轻时皮肤白皙,一双眼睛能摄男人的魂。小嘴唇,却很会说体恤人的话。霭干娘18岁出嫁,一绺儿生了三个斗把的。现在的霭干娘七十,人老珠黄,佝偻着身躯。三个儿子都生了儿女,地方上的人都称她孙崽层层,好命。但她有福没命享,70岁生日那天,走了。

如果不出意外,霭干娘再活10年没问题。

孙儿一直是她带大的,孙儿大了,60多岁的霭干娘不好意思吃闲饭。她就去后面的水塘边用小网罾捞小鱼虾儿。小鱼虾捕捞起来后,温火焙干,就是地方上有名的小火焙鱼子。

天蒙蒙亮,紫色的晨雾贴着水塘面缭缭绕绕,水鸟从水里钻出来,探头探脑的,似乎觉得这个世界太新奇美好,却又觉得危机四伏。

霭干娘做好一大家人的早餐,来到水塘边把网罾放进水塘。网罾里放着拌着剩饭的籽油饼作为诱饵,小鱼虾被香味引诱,成了网中之鱼。她感觉腰很疼,要用带铁钩的取网罾的竹竿撑着才能直起腰。

霭干娘每天捞鱼换来的收入有好几十元。

家是大家庭,三个儿媳只负责带孩子,村组的责任田400元一亩,承包了外地老板。儿子们在本村的一家熟食厂做事。霭干娘包揽了家里的家务。

她每天为家里做好中饭,草草吃了点后,就到学校那边去扒剩饭,提回来给喂养的猪、狗、猫等家畜家禽吃,家里的谷子省下来了。她去拾破烂的地方,多数就是靠近她家里不到三里路的中学和中心小学,每天要来回去两次,一次是中饭过后去,一次是下午放学时去一次。第一次去,学生将剩饭剩菜倒在垃圾桶里,她弯着腰,吃力地用手抠出那些剩饭剩菜来,放在一个纤维袋里。第二次去,是拾学生丢掉的饮料瓶,一个一个盛在纤维袋里,挑去卖给回收废品的伟老板,每天可以挣个五六元钱。几年来,她已积攒了1.9万多元。这些票儿显得非常肮脏,她没来得及洗的手接过收购老板那几张零钞,转身就走。

她有个心愿,就是将这些好不容易积攒的钱,买了三个戒指,准备在自己70岁生日时,作为回赠三个媳妇的礼物。因为三个崽要为她过70岁生日,儿子是自己的心头肉，亲不隔疏，媳妇是外姓人，对媳妇疼爱，就是对儿子的好，也是为了儿子好。当她到金店买戒指的时候，她想买克数重量一样，都要千足金，但在挑选时，那一个样式的，有一个少1克，店老板反复强调，没事的，何况只少1克。于是买回了家。

生日那天，亲戚朋友都来了，儿子们也费了心思，十大碗的情席，搞了二十八桌，还有三桌客人没有座，还好离街边市上近，临时买菜，又添加了几桌，算是寿辰宴的第二席。

丈夫17年前死后，她交了一个相好的，一年很少有在一起的机会，他们偶尔在屋后水塘边的松树林里，铺上两个纤维袋子，坐一会儿，搂抱一下，亲一会儿，但总是力不从心，没有那青年时期的激情。生日那天，那个老头也来了，送了她一个充电的热水袋。

亲戚朋友出于对霭干娘看得起，又请乐队吹吹打打，还搭台唱戏，算是贺戏。霭干娘喜欢看乐队演的正戏：花灯戏。对拿着话筒嚎着嗓门的歌唱，她是不感兴趣的。

筵席终，乐队散戏后，她喜滋滋地叫拢三个媳妇到她的卧室里，拿出三个红匣子出来，她从大到小，分赠那戒指给三个媳妇，那少1克重量的当然是给小媳妇。

那大媳妇接过红匣子，揭开盖子，将那金灿灿的戒指拿出来时，不经意地说道："与其花这样多钱买一个戒指，还不如买一只金手镯，这个戴在手上，鸡屎堆一样，丑不死。"

"是呀，我说也是。"

三媳妇看着二媳妇附和着大媳妇，她似乎在琢磨着自己这戒指有点不同。

霭干娘似乎做错了什么的，在一种窘迫中，将眼光从大媳妇身上移到二媳妇胸上，再移到三媳妇的脸上，怯生生地说道："你这个戒指少一克，当时金铺里，只有两个一个的重量，你这个少那么一点点。"

"是吗？"小媳妇似乎不相信家娘说的话，眼睛审视似的盯着诚惶诚恐说话的家娘。

"我不要！"小媳妇走过来将戒指塞在霭干娘枯槁的手中，扬长而去。

"妈，你留着自己用……"

大媳妇二媳妇也接着将红匣子抛在家娘的怀里"我自己晓得去买的，不好意思要你的。"也丢下一句不冷不热的话，朝房外走去。

霭干娘呆立在那里，许久才摇摇晃晃地回到低矮的卧室……

屋后水塘上面的雾霭移到两边的山林的梢上，又被太阳晒干了。三个儿子在水塘岸边歇斯底里地大声叫着"姆妈——"却没有回应。

水塘岸边有一只穿得破了洞的解放鞋，鞋帮里黑不溜秋的。这是霭干娘的鞋。

儿子们将目光从破鞋上转移向水平如镜的池塘里……

七、怀念师长、亲友

"子才"，来生再做同学

"子才"，我因为忙碌，吃过晚饭后，我脱掉鞋舒坦地盘坐在沙发上，拿起手机，打开我们"学友"微信群，才听到你去世的消息，我内心禁不住悲痛不已。前次，我们班的同学相约去医院看你，我却在外面办案，我对不住你。"春狗子"还在群里数落我。其他同学也跟着附和他，我不能有半点辩解，远在长沙、岳阳的都赶回来看你了，我只有内疚，我能说什么呢？

亚平在群里交代我，要我为你做一块"匾额"，至于内容，让我看着办。我想这用不着矫情，今生还没有做够学友，来生还要背着书包，同去上学。于是，我就拟了一句简洁的话："来生再做同学"。

"子才"，我不应该还喊你的诨名，死者为大啊！但我喊惯了，正如你一见到我，喊我的"露丝狗哉"一样，这是好亲切的名字，我的诨名起因我初中时代，蓄长头发，大分头两边倒，跑跳起来，两边飘逸，你第一个叫出来的，班上女同学看着我嘿嘿地笑着，也跟着叫……我当时觉得好损我这个班长的形象，还生气地报告过吴燕燕老师，老师在班上，看着我忍不住笑，抬手捂了一下嘴，严肃起来说："不准叫诨名。"

全班同学拖长声音说："不再叫了，露丝狗哉……"接着是全班同学哈哈哈大笑，有的还拍打着桌子。我当时恨透了你。

我报复你的机会也来了。我们的数学老师周郁莲是长沙人，他不标准的普通话，总是使人听不懂，有一次他叫你回答问题。你本来叫"方职堂"，老师口中喊出来的是："方子才，请回答一个问题？"同学们四处张望，最后确认老师是在叫你，你怯生生地站起来回答了老师的问题。于是下课后，我第一个将你的诨名"方子才"喊上了。那种报复的快感，只有我自己才能感觉到。我在这个班的号召力，也是有蛮大的。

我们从初中到高中，都是一个班。毕业后，你当上了民办教师，我却去了大江洞水电站建设工地上当民工。后来听说你办过猪场，做过小生意，再后来，听到说你在家务农，带养孩子，妻子到外面打工了。

一晃一年多，我们再也没有了联系，直到昨夜得到你去世的噩耗。我不知怎么评价你短暂的一生，你只有58岁吧？我只能将你定为社会底层悲剧性人物，你是否失败在人生的取舍不当方便,导致你的生活里险象环生,无法逃离不可预料的意外、灾祸……总之,我为你惋惜,为你哀叹。同时作为同学,没有帮得上你,我自愧无能,我只能在心里默默祈祷:你在天堂里能洗涤干净那满身的晦气,做一个快乐的人,我们下世再做过一次同学。你先走一程,我会慢慢赶上来的,我亲爱的"子才"同学。

　　清明节,谨以此文对同学的怀念。

符主任,你莫走

从《岳阳晚报》,到升级版《岳阳日报》的副刊部里,我就知道有个令文学爱好者肃然起敬的编辑,名叫符烨,后来才晓得她是岳阳日报副刊部主任,主任编辑。

1992年7月份,她从寄去的自由稿中,给我这个文学爱好者在当时《居乡琐忆》栏目中,编发了一篇800字左右的小散文《吃新》,当时获得8元钱稿费。

此后我忙于生计,20多年没有再写稿了,但对《岳阳日报》副刊的文章,我是经常翻阅的。直到2019年初,我从同乡方玳老师要来了符烨主任编辑的微信名片,并怀着试试看的心态,主动加了她的微信,出人意料的是她随即同意了我的请求。当时她还在微信中回复我,早就应该加的。她这回复,拉近了距离,还打消了我的拘束感。她向我约的第一篇文章是《长寿酱干散记》。当时我还记得,她约我写平江的酱干,我回答说,酱干溯源,起初不应该是平江酱干,正确的说法应该是长寿酱干。她当时发来一个笑脸的图案,并用文字说,那就写长寿酱干吧!从此一发不可收,长寿地区系列小吃,在她的约稿下,陆续在她主办的公众号上推出,相继在《岳阳日报》副刊上刊登。有个时期,有读者带着埋怨的口吻留言,副刊上尽发几个名字熟悉的人的文章。我作为一名作者,我有些难为情。她却安慰我说,只要文章有质量,就不要信邪。人家不写,我也不能苦苦哀求他人写。三年来,我在《岳阳日报》副刊发表过6万多字的散文,大多数文稿,都是符主任的命题作文。但有的读者留言,我是长寿街的代言人,但这中间,也不无讽刺的意图,好像我得了地方政府的好处费。其实这是天大的冤枉。我到现在为止,地方政府没有给过我一分钱的奖励。这只是符烨主任才知道。

符烨主任批评起人来,也是毫不留情面的。有次在副刊中,同一天,编辑聂琳给我发了《童年趣事》,符主任又给我发了一篇《长假里,人来人往的长寿街》,事后,她才发现,一期副刊,发了一个作者的两篇文章,这是编辑部的闪失,但她把火气发到了我身上。责怪我不该同时发文给她们两个编辑。

还有次我们长寿地区组织一次文学爱好者的采风活动,地点是长寿地区的红色景点,当时在参观黄金洞界板洞红色旅游景点时,我在朋友圈发了一些照片,她看后给我发来微信,要我着手写一篇红色记忆的文章,在"八一"建军节前,发给她。我在当年7月23日,将写好的文稿用微信发给了她,她随即回复我:"你早干吗?现在才发来，不要了！"

  符主任也是非常有人情味的人，有一次，她与我聊起我们长寿文友龚春林，她说春林的孩子多大了？我回答了她，她说春林也蛮大年纪才结婚。我说春林不但智商高，情商也蛮高，他的妻子就是广西靓妹，也被他撩到手了。她当时哈哈大笑起来，并且当机立断说，就要春林写一篇与其妻子的浪漫故事。她并且如愿以偿，春林的文章也很快交稿，另两天就见报了。

  曾有一段时间，她很想到长寿街来，也很向往春林笔下的龚家洞。我叫刘奇武和谭伟辉相邀她来，但由于她是一个工作狂，总是没有挤时间来一趟我们长寿街，也没有尝试她约我写过的长寿风味小吃。她曾经说过，平江的炸肉好吃。我对她说，长寿街的炸肉更好吃。可是她走了，走得那么匆忙。

  我只能在内心深处呼唤着我未曾谋面的符主任，你莫走！符编！因我一直这样称呼你的。

忆杨显

今天是2022年10月28日,中午好友相约吃过一餐饭后,饭吃得很晏。将近两点才回家,我习惯午睡,但上床睡不着,只迷糊一下,我就起床了,出去走走。

抬眼望被街檐挤拢得狭小的天空,乌云密布,愁云惨淡。内心也觉得很抑郁。我漫无目的地在街上走。碰到一个朋友告诉我,说杨显死了。我心里咯噔一下:"什么时候?"

"10月份吧。"

我与杨显最后一次见面是在他家里。他邀约几个文友,当时去了的:有富、亚明、欢冬、苏浩、备战、子仪,我是最后一个到他家的。都在唠唠叨叨数落我去迟了。等我吃中饭等得不耐烦了,我唯唯诺诺的,算是道歉。

他家里招待我们的,只有一个胖胖的不会说平江土话的媳妇和一个孙子在家。媳妇带着孩子在玩。他请了邻村的一个中年妇女为我们办情席。餐桌上,摆了十二碗菜,都是钵张盆盛,显得很丰盛,街道上买的菜少,多个菜是自己家里的土货:鸡鸭鹅鱼肉豆腐豆角子等。他说要园中蔬菜的,吃饭后,可以自己去扯,可见他非常勤劳。

那是今年7月19日。我从县城办事回来顺路去他家的。他非常有诚意,头天中午时分,快要吃午饭时,他在我家楼下叫着我。我迎他进来坐,他没有坐站着与我说道,今天不吃饭了,下次来吃饭喝酒。我特来邀请你明天到我家里吃中饭。我对他说,我去县里办事,是先前半个月就订了期的,如果办事快,我会在转身的路上,再上门来拜访。

他瘦高个子,平头,脚穿解放鞋。显得长腿长手的,古铜色的脸,一双眼睛显露出友好和善的神情。他对我的话,点头表示理解同意。我要他留下来吃餐便饭,他硬是不同意,我给他一包烟,他推辞了一下,最后还是收下了。

进餐时,他不停地叫我们多吃菜,还用一双公筷不停地给客人夹菜,还劝不开车的喝点酒,说自己浸的药酒,是放了很多补身体的中药的。

我与他最初相识是:也是去年下半年的事。他创建了一个聊天群,一个朋友把我邀进了他的聊天群。他后来加了我的私聊。一段时间的了解后,他聊起他的身世。他说有时间的话,要将他大半生的个人经历向我介绍,说要我为他写一部书。

我从朋友口中了解到：他原来当过兵，生有一男一女，妻子多年离异。他人比较豁达，好点儿酒，玩点儿小麻将，喜欢读点儿书，也写点儿自由诗。

文友聚餐时，他津津乐道，他有两组诗，有望获得二等奖三等奖，还拜托大家多为他转发，如果获得一等奖，可得奖金10000元。在吃饭的文友有的知道这是网络平台的迷局，想在点击率上蹭流量而获得利益。但知内情的人，不好打击他的积极性，没有点破。

我记得当时有首自由诗，他是为一个新开辟的旅游景点唱赞歌的。他请我为他修改一下。我将诗行中的"吴老板说"改成"一位姑娘羞答答告诉我"。

他的诗稿投到网上文学平台，获得两个获奖证书。但每个证书都花了60元钱工本费。他在文友群里和朋友圈中乐滋滋地晒过。我们都假惺惺地表示过祝贺。我们硬是不好说破。我只能提醒式地鼓励道，杨诗人不简单，继续努力，争取获得国家级名副其实的真奖品。他敏感地反问道，难道这是假的？我参赛作品，都是3万以上的点击率，也就是有3万个以上的读者读过我的诗篇，难道点击率可以掺假？

我笑呵呵地解释道，这确实是真的。同时我内心深处，感到一丝丝悲哀，文学如今进入到边缘化，有几个人还看我们这些文学爱好者的文字，都在刷抖音打游戏啊。

老杨的住房后面是老房子，墙面是用石灰粉刷了一下，但显得非常陈旧了。女儿出嫁后，生了两个孩子，也在外面打工。儿子在镇上一个企业打工，工资不高，也懒得回来与他生活。幸好娶了一个云南的媳妇，但很难沟通，幸好生下的孙子，与老杨做伴。

听到杨显一个同学说：他当兵回来后，因为是农村义务兵，没有什么待遇，也没有什么工作安排。早些年，在医院就诊断有心脏病，但老杨不当成一回事，错过了最佳治疗时间，于今年"十一"长假后几天去世，享年59岁。

以上文字算是对杨显的纪念，愿他在天堂里更加快乐。

胞弟周年祭

弟弟,现在祭品诸多,我只备清酒一杯,来坟前祭奠你。

这是一个闷热的下午,申时左右,有一丝丝风在吹动着树叶,但总使人感觉不到凉爽。胞弟,我来到你坟前,满山坡没有湿润的感觉,但野草还在疯长。父、母,还有你,坟前和左右两边是杂树野草丛生,如农民工拥挤在城市一般。为了生存,都在探头向上,竭力显示自己的存在。右边是几棵高大的松树,下面的杂草显得畏缩不长,软拉拉,显然对出头之日,不抱了幻想,就是某一天大树被砍倒了,或被狂风连根拔起,自己也会压死在下面。一些不知名字的鸟儿在嘈杂地叫着,如寻常百姓在漫无目的地闲聊着风云变幻的国际时事,又似比谁的嗓门大,谁就拥有了话语权。弟弟,再挨近你的是小樟树,那是小鸟从不远的大樟树上啄着果实,不小心遗落的粒子,抑或是在这里拉一泡屎,那顽强的种子又孕育下了绿色的生命。但它们被其他疯长的小草堆堆叠叠得只能探出半个脑袋,终究算出草头地。还有其他,如乌桕小树的枝丫、牛奶剂树等,那子儿孙儿又野生成了树,生命本身就是优胜劣汰竞争,就是你死我活。还有那丛生的芦苇。上面那些蕙子被勤快的大嫂割去扎芒扫帚了。这种芒杆是诱人的,下面潮湿的地面,是毒蛇藏身之处,我想起那个在割这种芒被棋盘蛇咬伤的女孩,那脸绝望的神情,至今在眼前拂之不去,她就在当晚迷离扑朔的幻觉和痛苦中死去。

你的坟头前面有混生的油茶树,你也知道每年的油茶子很少有人采摘,就是按农民工价,每天拼死拼活摘茶子也挣不到一个工价。但也有勤快的人,整个晚秋或寒冬里,慢慢地来摘茶子,捡茶米,从来不会打算盘,不会计较效率。如我们勤劳的婶婶,她每年也能搞到三四十斤茶油,市场价也是80元钱一斤的茶油,价值也是3000元,但作为她身价过亿的孙儿却是嗤之以鼻的。根本不会买账。孙儿经常电话嘱咐她,绝不能上山再弄什么活儿了。但她闲不住,还是要种菜,事农务,一天闲着无聊就会生病。

你的坟前坟后还有很多"黄鸡青",你曾说,在广东一个国药厂,车一车砍着去制药品。说这是很好的良药,但在我们家乡,只有牛生病了,才用这种中药。将蔸根挖出来,一起熬汤用灌牛筲灌给牛们吃。我们这里只知道有清热解毒的功效。后面是蒿草、斑鸠草(扁蓄)、夏枯草……在中药中,都是良药。你默默守护着爸爸妈妈,爸妈的坟墓在你的右边。寒来暑往,你在这里已经躺一年了。阳世间一年,是不是阴间就是几千年？在这一年中，我做了很多与你在一起的梦，梦境都是破破碎碎的，有的一醒来就忘记了。

从你五十七个年头终极时，我更加悟出了人生的真谛，生命的长与短，并不要太在意，只求快乐，淡定，从容自若。这一年，我从追思中调整心态，要做的事，还是要做的。先就是，与你原打工的厂家交涉，就你的补偿问题，通过艰难的无数次交涉，总算有了一点儿结果。我是一个普通的法律工作者啊！我自己几斤几两，有多大能量，

细毛在外打工平安，你不用在那边操心，慈华没出去了打工，在家作田种土，饲养鸡头牲，日子过得倒还踏实安稳。岁月轮回不停，青山绿水依旧，天上起鲤鱼斑云块了，你最喜欢吃鲤鱼，红烧鲤鱼掀开那层皮，那白里透红的肉，鲜嫩清香，是你的最爱，你说最好派酒。山坡下去，是大塘堰。那一年，爸爸辛辛苦苦养的一塘草鱼、青珠、鲤鱼……一夜之间死了，另天早上，塘面上密密麻麻浮上死鱼，爸爸站在大塘堰傻眼了，他叫跟随的我们兄弟，赶快回家拿捞罩，将鱼捞上来，在岭上挖一个坑，一套埋掉了。爸爸本来打算将塘里的鱼捕获卖掉，挣钱给你去付师傅钱的啊，你学李师傅蒸酒，欠了1000元师傅钱。事后有的人跑来说，是偷鱼贼专门毒死人家的鱼，捞起来，拿到长寿街廉价卖给鱼贩子。由他们高价售出。大塘堰的下面是几百年的土地神居住的几棵古树下，那天早晨，站了好多人在比画着，嘀嘀咕咕说着话，也有看热闹的人，有一个邻居走过来，他提议爸爸去报派出所，又有一个人走过来了，他说昨晚家里的狗哇里哇地叫，还听见脚步声，他就起来了，喝了几声狗，狗就没再叫，可能偷鱼贼被吓跑了。又有一个人走过来反映，说昨天下午有两个陌生人在塘边嘀嘀咕咕一阵又匆匆忙忙离去，爸爸对这些有价值的信息，认真地听着，取舍着，辨别着，我们父亲显得非常感激或谦恭的样子，犹如遭受损失是别人，而不是自己。

今天我在你坟头，说了这么多话。天上压着云块，有条条的阳光切成很多不成形的条状。看到这种云，使我想起妈妈为我们衬托的鞋底，那是用很多破碎的布条一层层，抹上荞麦糊堆积起来的，再上面盖上一块完整的布，先周围缝一绺针，后纵行有序，纳鞋底，做成布鞋。有一年快过新年，你穿着妈妈做的新鞋在泥泞的地坪上乱窜，你被妈妈打得哇哇大哭。"黄鸡青"笔直的主杆，斜插而长的枝条，也没有弯曲的，花开得一盘盘，下面已成浅黄色的粒子，上面的还开着紫色的花，密密的成辫条形。如果插在你九岁漂亮的小孙女头上，肯定更加漂亮，散发浓郁的香气。我记得我们小时候，在田间劳作，鼻子流血，我们爱摘几片梢头上的嫩叶，在手掌心里揉搓一下，卷起来塞在鼻子里，鼻血又不流了，鼻孔里一股清香漫弥进大脑，有不可名状的舒服感觉。

七、怀念师长、亲友

我坐在你身边也有一个多小时了,我该起身回家了。虽然在这里望不到了家里的炊烟,(家家很少烧冲灶),家里再没有了妈妈呼唤我们回家,我已成了没有兄弟的孤儿,其实人生就是在孤独中修行,最后去与故人相约相伴。请你放心,我与两个妹妹会相互陪伴,相互搀扶或相互帮助的。你在那边多陪伴好爸妈。特别是多与爸爸交流交流,在世时,我们都很少与爸爸说话。你是一个孤僻的人,也不爱说话,但爸爸活了88岁,也是不容易的,他在孤独中走完了自己的人生,弟弟你就在天堂多陪爸爸说说话,唠唠嗑儿。这样,你孤单的灵魂也不会寂寞,这是哥对你的祭奠,也是拜托!

寄给父亲的一封信

敬爱的父亲：

深夜里，我在给您写信。也是您去世的前一个同样的夜晚。三年前，您撒手人寰，您在弥留之前的两秒钟，我出去送一下来看望您的客人，叔叔急忙叫着我："毛伢哉，您快来，等噢没个崽送终。"

平江是这个风俗，生看荣华，死看结果。所谓结果，就是临终时，孙子层层都在面前，是最好的结果。

自我亲哥去世后，您受到难以承受的老年丧子之痛，这是人生的最大的不幸。您是无神论者，总认为世上没有鬼，就是人聚在一起。您也不信佛，知道生死并没有轮回。您知道生命只有一次，所以，您最害怕死。但您请算命先生算过唯一的一个八字，说59岁难过关，于是在58岁时，您自己把自己的墓穴请砖匠都砌好了。结果您奇迹般活过来了，也难以想象，这漫长的一年里，您是怎么战胜惧怕死亡之心的。

自此以后，您经历过无数次病痛，顽强地活到了88岁。这中间您病重过两次，我记得是您75岁的时候，把远嫁广东的大妹子和叔叔的儿子武伢子，千里迢迢召回来，等着给您送终。

自此以后，您对死亡不再恐惧，有种超然物外的精气神，似乎能坦然面对生与死了。在我以前所有文字的记述中，我对您是贬义多于褒义的，主要是您大男子主义十足，对我妈既骂又打。我们相处在一起时，我们都很少交流，总是觉得空气是那么的沉闷，一张冷面孔，都想揍对方一顿，心情总是那么的郁闷。妈妈早您6年去世。妈妈走后，您才记得妈妈对您的好。每每这时，我总是说话对您很冲，早知今日又何必当初。您非常后悔非常懊恼，经常唉声叹气，在死一般的沉默中，似乎宣布我们父子俩每一次谈话陷入僵局。

随着我对世界的认知，对人性的体会，知道金无足赤，人无完人。您教育子女，是一种放任型的态度，总是认为事在人为。在此之前，我们整个家族，只有我读的书最多。毕竟步入到知识分子的行列，跳出了"农门"。您也知道知识能改变命运。

您常挂在嘴边的一句话是：做什么事，都要手到眼到心一起到，自小我便养成了为人谦卑谨慎，办事一丝不苟的工作作风。

您是有50多年党龄的老党员，您那块镀金的建党90周年纪念章，我好好珍藏在那里。我今天参加了社区组织的学习强国的理论学习,我想到您为党为民所做的一些事,引起我思绪万千。

您在世时告诉过我,18岁就入党,虽然您只读过三册书,您悟性极好,当时却得到了新中国人民政府基层部门的重用,担任过共青团区总支部书记,在万人大会上,区长亲自端凉开水给您喝,为的是使您镇定自若发好言,语重心长鼓励您不要怕。

在汨罗江上游两岸的那片热土,留下过您的足迹。后来,您到湘潭学习内燃机的操作技术。我出生时,您还在湘潭学习,是当时在湘潭读大学的方绪光(后在平江县畜牧局任过副局长,高级兽医师)带信给您的。掌握专业知识后,您在鳌鱼潭机房里一干就是十几年,后内燃机被普及的柴油机替代了,您又被调到当时的创业队、林场任负责人。我还以您为原型,写过散文《汨罗江上鳌鱼潭》《从长寿街到平江县城》等作品。

父亲,三月里烟雨蒙蒙,清明节即将到来,这是一个怀念先人的时节。

您八十几岁,生活还能自理,也是我们儿女的福气。但您比较孤独,不愿意与其他家人一起过生活,您自己另起炉灶。我只好每个月给您生活费,您除打点儿小牌外,其他就是买点儿吃的东西,您饮食习惯与其他老人比较起来有点特别,人家喜欢清淡,您却喜欢重口味,油腻食物您更喜欢,一只四斤重的鸡,您两天就吃得完,您喜精爱肥,一餐饭您吃得半斤四两肥肉。谈到肉,您要炖着吃,我劝您吃清淡一点儿,您非常反感:上了80多岁,我喜欢吃的,就要吃,吃死了也不碍事。您显得非常固执。我也只好作罢。您喜欢喝茶,是烟茶,每天晚上,一大搪瓷碗的茶水,您要喝完,在医院里体检时,您是中等偏矮偏胖的个子,您"三高"正常,我真相信您是有特异功能的人。您每天的运动就是慢走3000步以上,您很少发脾气。这也是您自己的养生方法。您与人家说:您计划活到120岁。人家笑话您:您就是活到那个岁数,就怕您的儿女都过了背啊?您笑呵呵地说:"崽女过背了,我就靠政府。"

遗憾的是:这愿望没来得及实现,您在88岁就终结了生命,这也是我们做儿女的遗憾。

夜已深了,快转点了。我不写了,祝您充实就好,快乐就好,幸福就好。
此致
祝您老永远过得好!

您的次男:绪南
2021年3月12日
农历辛丑岁二月初一

此情可待成追忆

弟弟脑出血，住院治疗 194 天，其中 12 天是在重症监护室抢救治疗。弟弟在重症监护室里，弟媳妇余慈华总巴望着那扇紧闭的门打开，好让她进去陪伴弟弟，或者看一眼也可以。白衣天使每每总是打开一条门缝，机敏地扫视一下外面或者是转过头来，确定没有家属抢着要进去，才决定出进。弟媳求过几次白褂飘袂的医师或护士，但总是不能如愿。12 天如同 12 年，或者是 12 个世纪那样漫长。她就是那样在重症监护室门口的椅子上坐着或者坐立不安地走动着，或者是询问着 1 号患者什么情况，针对着她这种如疯似癫的样子，有的医师或护士撂一句话给她，反正不会死，你急也没用。有的干脆不搭理她。这样的焦急等待，实在是难熬，亲属劝她去睡一会儿，她就是固执着不去，硬是撑不起眼皮子打架，就软在靠墙壁的椅子上眯一会儿。

好不容易弟弟转入普通病房，在以后的 182 天里，弟媳总是不离不弃，如悉心照料一个刚出生的孩子一样，摸着抱着宠着，嘴里含糊不清地呢喃着，如一个新生的妈妈那样呵护着新生命，也如同一个尽职尽责的高级护工。

弟媳余慈华出生在平江县木金乡一个多子女的农民家庭里，那地方盛产翠竹，名叫竹山头。那里依山傍水，风景如画的汨罗江支流木瓜河水从家门前流淌而过，屋后面是山峦叠翠的幕阜山余脉。她上有四个哥哥，一个姐姐，下有三个弟弟。母亲去世时，她刚满 7 岁，最小的弟弟才一岁零五个月，其他两个分别是 3 岁、5 岁。她要带养小弟弟，顶替死去的妈妈之职。家里的家务事全落到这个幼小的女孩子身上。没办法进学校读书啊，虽然她没进学堂门，但她学着能写全家人的名字，记忆力非常好，出进数目，圆口算（口算）非常快，比如，那时家里给她几块钱，买食盐、酱油等日常生活用品，她能克扣几个钱给自己买上扎头发的橡皮筋什么的。她还不会忘记：从公社卫生院侧边的垃圾堆里，捡上一只丢弃的盐水瓶，在玉竹环绕、清澈见底河流岸边拽两只毛蜡烛，将那棕色的笔头似的穗子伸进瓶子里，将瓶子淘洗干净，给她老父亲打上二两烧酒，让他在生产队天光不见暗的辛勤劳动收工回家，好好享受一番飘飘然如酒仙的感觉。

哥哥姐姐是生产队全劳动力，必须出工。家里事无巨细，都靠她，烧茶煮饭，喂猪养鸡，洗衣服及缝缝补补的针织线活等，一股脑儿撂给她。她从小就学会做家务活，养成当家作主照顾家人的习惯。那时大人不敢在菜园多花时间劳作，多栽种蔬菜瓜果，就要当成资本主义尾巴，执法的给你点苑数，就会公事公办地给你铲掉，多种一蔸瓜菜都不行。有的农户一气之下，干脆不去侍弄菜园子，打"盐沫汤"派饭（放点儿油盐烧制的汤），生活非常艰苦。弟媳妇却能巧手做得好饭菜，如春夏季节里，她到门前的河里捉"油菜虾"，捞小鱼。只要出去就有收获。她将锅烧红，从稻堆上抽下几把干稻草，拿出一小束卷起来，在锅里刷一个转，将那种小米虾子放在锅里焙一下，青色的虾米泛成大红色的火焙鱼，透出一股浓浓的诱人的香味。她还背着小弟弟，爬上后山寻找可吃的野菜，如蒿菜、蕨菜、小笋子之类，还寻找山坡上，林子里的蘑菇，她能知道：哪种菇是能食用的，哪种蘑菇是毒菇，决不能吃，她一清二楚。那些蘑菇几天半月吃不完的，她就在太阳底下晒干，或者在微火上炕干，放在陶瓷坛里贮藏着，到没菜吃的时候再拿出来做菜吃。夏天的时候，男孩子下河洗冷水澡，她跟着去摸鱼、蚌壳、螺蛳……家里饭桌上总是有荤素搭配的菜，大人们常常夸她，她的劳动成果能被家人分享，她更加高兴，也更加勤快。

她在娘家是一个聪明伶俐、心灵手巧、勤劳朴实的好姑娘。

余慈华与我弟弟结合，纯粹是媒妁之言，没有什么浪漫的爱情做前奏。她能嫁给我弟弟，也是我弟弟的福分，结婚后，我妈妈放权给她，让她操持家务，她也当仁不让，爽快地接受了管家的任务。她信奉的小富由勤，大富由命的治家朴素方针。她知道勤劳致富是根本，家里内内外外应酬，不要我弟弟操一点心。

当然弟媳妇也是有个性有脾气的。有一次弟媳妇炖一只鸡在煤气灶上，交代弟弟炆一阵后记得去熄火，可弟弟与人下象棋不记得了。等弟媳妇从菜园除一阵草寻一些蔬菜回来时，锑砂炉锅被烧烂了，炆着的鸡成了烧鸡，弟媳妇将烧焦冒烟的鸡吵吵嚷嚷地丢在弟弟的面前。弟弟头都不抬，看都不看一眼，继续与人杀得人仰马翻、酣畅地鏖战着……这可惹毛了弟媳妇，她奔到弟弟面前，一手抓起弟弟的胸襟，轻轻一推，弟弟将要一个"仰搭"的时候，她又以迅雷不及掩耳之势，一手提起了弟弟，在场的人哈哈大笑起来，并夸奖道，慈大嫂还有一点儿功夫，弄得弟弟好尴尬。弟弟看到一个这样会过日子的夫娘，也是处处让着她，不与她计较，事事尊重她。

家里孩子读小学初中后读中专，建新房花去很大的费用，都是她与弟弟用劳动的汗水换取的。家里就凭着三亩多田土，过生活是不够的。有很多闲空时间，她就自己外出打工，让我弟弟在家里耕作着那承包土。农村机械化生产成本高，作田没多少收入，跟他们过日子的母亲去世后，她就带着弟弟在千里之外的浙江一个厂里打工。十多年下来，家里经济宽裕了一点儿，在深圳做物流的儿子也买了车，家里也有了一些积蓄。谁知天公不作美。我弟弟在厂里晚上10点加班回租房休息后，凌晨突发脑出血。可谓祸从天降，这差点将弟媳妇也打倒了。从发病那晚起，我弟弟再也没说一句话，弟媳妇如疯了似的，除悉心照料外，还时常无话找话，说给弟弟听，她总抱着一线希望，在弟弟的身上出现奇迹，在不久的将来，恢复健康，站立起来，抑或是终日卧床不起，也有一个伴。

　　守护病人，是一件非常烦琐的活儿，特别是我弟弟那瘫痪了的病人，白天，每隔四小时，要用针管将精肉、鸡蛋、胡萝卜、青菜等打成的流质食物，用针管吸进注射器，再输入管子里，管子是从鼻孔里插进胃里去的，要有细心和耐心，来不得半点马虎，早晚要用从温水里浸泡的毛巾，拧干抹弟弟的全身，每隔两小时，要将弟弟翻身侧睡，要全身拍打或按摩，还要不时换尿不湿或尿裤，一旦咳嗽，有了痰，还要抽痰。还要换消毒的过氧化氢，还要叫护士换吊瓶。总之，弟媳妇是整天是忙个不停的，她儿子和我儿子，或者是我，要换她下来歇息，她总是一千个不放心，总怕我们打马虎眼，她总是要亲力亲为。家人都担心她支撑不下来，她总是流着眼泪，要坚守陪护我弟弟。

　　弟弟患病治疗 194 天，家人们都倾囊救助，有的好心人劝我们做水滴筹，她断然拒绝，情愿求亲朋好友扯借，也不去给社会增加负担。尽管想尽办法，中西医结合治疗，弟弟还是没有救过来。但弟媳妇超出常人的极限，守护 182 天，也没有挽留住相濡以沫的丈夫。可在弟弟出殡那天，却昏倒在送葬的途中，我们家人都伤心地哭了，好不容易才使弟媳妇苏醒过来，我们家人都非常感谢她，她陪我的弟弟到生命的最后一刻。

君埋泉下泥销骨 —— 悼念再生兄

　　壬寅岁十二月初十亥时，你撒手人寰，享年六十有六。你客居在常德市鼎城区也有四年了吧？（我记得是2018年你被在那里环保局工作的女儿接去的），因悉心照料你的爱人胡老师身体状况每况愈下，想减轻一下妈妈负担。2019年又是脑干出血，加重了你的病情，使你完全失去自理能力。

　　你昨天遗体告别仪式，我没有来得及参加。妻儿们送你归故里，已是寒夜上灯后，天与地如黑缦遮蔽；乡里乡亲，在寒风中已守候多时，他们虔诚地摆上三牲供品，焚香烧纸，响着短鞭，都站在居住的路边，长吁短叹或默默地迎接着你回归故里，你是一个重情重义的人，每次回乡，都要到各家各户走走，问寒问暖，永远有一种浓浓不舍的乡情缠绕着你。一种割舍不下的情怀和乡情熏陶着你。永远记得自己是农家的孩子，你永远不会忘记是汨罗江畔肥沃的土地养育着你长大。

　　你高中毕业后，还没恢复高考制度，你在本大队当上了民办教师，一年后，根正苗红的你顺利加入了人民的军队行列，并在军校深造，又晋升为军官，后严父千呼万唤你回到他身边去，后转业当上了一名堂堂正正的人民的法官。

　　我们是发小，你个子比我大，读小学时，你非常顽皮，欺负过我。那次桂村与你，还有建明等同学，将我压在最下面，叠罗汉，我喘不过气来，鼻孔、嘴里都出血了。事后我妈妈到学校找你们算账，你机灵地躲在课桌底下，免遭了我妈妈的一顿拷打，却将建伢子打一个死。当时是方汉治在教民办，那是一个阳光灿烂的上午，注竹山破落地主的儿子益军的大厅是教室，在前面有一口四方形的池塘，那里有好多的癞蛤蟆，你用竹系着苎麻搓着细小绳子，将它们一只只钓上来，线头缚着一只小蛤蟆，将池塘边水草丛里的蛇鱼钓起来，拿回家里，抹盐腌制一天后，一段段剁出来，少量的香油煎炒，做成零食小吃，拿到学校与同学分享。我也吃过你这美味佳肴。你爱搞恶作剧，还将那癞蛤蟆丑八怪捉着放进女同学的脖子里，吓得她们哇哇大哭，那时的老师是不大管事的。让学生疯得起。

　　读初中时，你突然懂事了，不再欺负弱小同学，如一个小哥哥一样照顾我。我们那时学校不留作业，晚上，我们如小鬼子到处犯上作乱，也许是老师不给我们留作业，我们到野外玩得疯得起。偷桃，摘人家的柑橘。那次，我们去偷冬大嫂的柑子，你爬上那柑刺丛生的树，将那硕大的泛黄的成熟的柑子摘下来，我在下面接应着你，你将一个摘脱了蒂的柑子没抓得住，"嘣"的一声掉在地上，主人家发现了，开门骂骂咧咧着"贼没种，商咕拢"。我就抱着柑子拔腿就跑，企图引开果树人的注意力，你沉着冷静伏在树上，那是一个深秋的夜晚，淡淡的月色如水，给静谧的旷野披上了诗一般的神秘面纱，田畴里的晚稻草左右两边，一铺铺斗折蛇行，一线线在两边平行丢在田野中，一种好闻的气息，使我们如打了鸡血针一样，更加坐在那芳香的稻草上，徒手掰开柑子，那甜甜的瓤，狼吞虎咽地吃起来。这还不够，还将那吃剩的皮和残渣用稻草秤串起来，挂到主人家的门槛上，还写上打油诗："老子摘了你的柑，千万别将我们咒，若要再谩骂，明晚树上留不了一半。"回忆起来，多好吃啊。暑假里，我们在汨罗江上整天泡着。

后来你在本村（当时叫大队）当上了一年的民办教师，就去了当兵。战争残酷啊，你在给我的来信中感叹道。我们有学着填词和诗的习惯，即使两人分处异地，也经常有书信往来，感情甚笃。你在部队立过一个三等功。后被部队保送广西陆军学院深造。后历排长、连指导员、营级干部。你本来大有升迁的机会，你老父亲对你约法三章，如果不回来，就要收拾你，并逼着你婚配，你当时非常羡慕广西驻地的漂亮姑娘，根本不想回来完婚，当时人家给你介绍了胡老师，后来证明你父亲的决定是正确的，胡老师不离不弃跟着你40年，生男育女。

2010年1月份，我们同在一个友人家吃喜酒，我想起来，那天你的话特别多，但谁也不相信，这是我们最后一次毫无障碍的友好交谈。你先说青少年时，多快乐，后说参加自卫反击战，将生死置之度外，其他的战友绝大多数，不是在战场上牺牲了，就是后来复员退伍后患病去世了，你是本地的幸运儿，就在那天晚上11点时，你在友人家玩耍回来，倒在自家的客厅里，后你老婆发现后，叫来救护车，赶往医院抢救，但还是留下脑出血后遗症，半身不遂，说话含糊不清。一直病魔缠身13年之久，你的老婆不离不弃地厮守着你，精心照顾你到生命的尽头。这是真正的患难夫妻啊！太难能可贵了。

你一生大公无私，秉公执法。办案中，调解结案率非常高。是一位人民满意的大法官，是一位特别受人尊敬的基层执法者。家乡的人民永远怀念你。

昨天寒夜入梦时，仿佛听到你弹奏的二胡声，那是你最喜欢弹奏的《二泉映月》，你弹得很专业，很投入，很忘我，丝丝入扣，余音绕梁三日，又似天籁，使人忘记人间的烦恼。是啊，日有所思夜有所梦，你还是在教民办时，就喜欢弹琴，这是你的爱好。

"君埋泉下泥销骨，我寄人间雪满头。"从此我们阴阳相隔，人生旅途中，痛失挚友，愁无绪,满头白发频脱落,似雪飘。逝者安息,人生短暂,我会保重身体,过好余生。我们在今世有着很真挚的友情。来生再相伴。今生结成了莫逆之交,感情甚笃,此时写一段送别亡友的伤伤悼词。

　　再生兄,永诀吧!来生再做兄弟。

八、人生百味

我印象中的黄欢冬

我有好多个群：亲友群、同学群、法律工作者群、文学爱好者群、网络作家群，还有熟悉的人出于彼此热闹，拉进去的民歌才艺展示群，等等闲聊群，林林总总，数都数不清。一个热闹生活欢喜热闹的人，你绝对不会觉得人生单调无味，不觉得生活的空虚。

黄欢冬就是在一个叫"聚贤群"相识的，加了私聊后，好奇心驱使下，我翻看了她往日发的朋友圈，有一篇《陈三》的小文章，里面的主人公是一个热心帮助他人，不图报答地做人，低调的小能人，家里家外人人都喜欢他。觉得生活气息浓厚，写得很有烟火味和人情味，文中的情节和故事吸引了我，于是我建议她修改后，投稿。

在一个文学平台推出后，点击量还蛮高。我也帮着她转发了朋友圈。著名作家李自由的女儿李燕辉，她也是一位很有影响的国家级作家，写过很多高质量的作品，出过好多文学作品专集。才情并茂的李作家看到我转发了黄欢冬的文章，她私聊告诉我，说黄欢冬是她的闺密，是发小，是小学到高中的同学，并感叹她生活得不容易，二十几岁丈夫因嗜酒如命，酒精中毒，大半舌头上都有了绿色斑点，因那时医学没现在先进，没及时治疗，后因肝癌不幸去世。她好不容易将两个小男孩抚养长大，一直未再嫁。用李作家的话说，叫苦尽甜来。但她不因好了伤疤忘了疼，她积极参加社会公益活动，资助老弱病残，帮他们精神上和物质上脱贫。

她们一伙同学，经常去看望她，非常喜欢她做的农家菜，柴火饭吃。给予她精神的抚慰和物质上的帮助。使她感到人世间还是有真情友爱，有抱团取暖的乐趣。

我与欢冬还未见过面，但读过一些她写的自传体文章，并在一段时间里的私聊中，我了解到，她是一位有个性、疾恶如仇、冲破传统礼教，不受世间习俗束缚的有思想头脑的农村知性女，她热爱生活，善待他人和自己的亲人，她经受过太多的生活磨难，却从不向命运低头，苦难面前从不屈服。她也没有被人世间的风刀霜剑砍倒。她失去第一个男人，如一棵孤零零的小草一样无依无靠，娘家人和夫家人都巴不得她改嫁，但她没有。她毅然决然地再也没有托付终身给别的异性。新社会里，我们不支持她这种一夫从终的做法，烈女不嫁二夫视为愚昧封建思想。人们总觉得她的青春年华在孤芳自赏中，慢慢消逝太不值得。但人人都有自己的活法，我们无法左右别人。

  她走过的半生世间路，却积累了丰富的阅历，她对自己经历的生活苦难，用心感悟，所以成了她今天善于用婉约的文字记录下来最丰富的底蕴，也使今天的读者阅读她的文字，感动得流泪。确实漫长贫乏的生活是不容易的，特别是在那个物质生活贫困的时代。她生活在浏阳与平江的交界，高中毕业后，曾教过书，行过医，嫁夫后，摆过地摊，种田作土成了好把式，上山砍柴，挑得八九十斤。还做过美容美发，但农田地里的活儿，却从来没有丢弃过。她还清了亡夫留下来的债务后，就开始如鸟般地垒巢造屋，一块砖一片瓦都是她那瘦弱的肩膀挑到旧屋危房前的。

  一家四口人啊，最难侍奉的是家娘，经常咒骂她是一个克夫相，是她间接杀了她宝贝儿子的命，她从来不争辩，含着眼泪默默承受着。她最怕寡妇门前是非多，在躁动不安的春夜，总有一些寻花问柳的人弓着身从窗外晃动，她超然脱俗，装作不看见。也总有一些厚脸皮的人无话找话来搭讪，来套近乎，来频频示爱，她却婉语谢绝，洁身自好。她始终害怕与周边男人交往与接触，免得同类女性心生妒忌。她扎起衣角做人。

  在责任田的耕作中，她和男人一样，赤脚下地干活，挑着一担担牛粪，汗流浃背、哼哧哼哧地奔走，脚步稳重地奔往田园里，一堆堆臭味难闻的牛粪倒在湿漉漉的田地里，是最好的有机肥料，也是丰收在望的保障。初春里，春寒料峭，解放牌鞋中的脚趾冻得麻木通红，她都忘乎所以。布种油菜栽两季稻田。春种秋收，家里有余粮，心里就不慌，三十年如一日，坚守清贫的生活。她如《乱世佳人》中的女主人公一样，相信明天又是一个阳光灿烂的晴天，未来的日子会更美好。

  她有文学情结，在劳动之余，在深夜睡不着觉的时候，悄悄码字，人世间的酸甜苦辣在笔尖下倾泻。如，她的《我是寡妇怎么啦》，就是她心声的呐喊！她不去做惹是生非的长舌妇人，不去追求时尚华丽的衣着，不到麻将场上角逐，这是难得一见的人生况味，是那些想返璞归真，渴望到大自然中去苦中劳作的新女性崇尚的榜样。

读方良的《逸仙散文》有感

　　方良把他的《逸仙散文》集的清样转发在《潇湘原创之家》文学平台上，赢来一致祝贺。这本散文集中，有23篇精品力作在他没有整理成集之前，在潇湘平台推出过，我都读过，并留言转发过。每次读他散文新作我总是一副贪吃的相，沉浸在简约的文字、丰富的意境、熟悉的乡场上，抑或是汨罗江上倒映的青山绿水之中。

　　对《逸仙散文》的阅读我是认真的，有很多感慨，想写下来，但写读后感是我的短板，真怕自己漫无边际夸夸其谈，因此不敢轻易下笔。就只能再次老老实实利用空闲，在自己琐事的隙缝中，又重读那熟悉的文字，认真地领会每一篇文章的主旨，品味精彩篇目。

　　方良和我同居一个方姓聚居的区域，我原籍金坪乡店头墩里。现合并成木金乡。有句习谚，店头莫问"方"，木瓜莫问"余"。意思是，店头绝大多数的人姓方，木瓜绝大多数的人姓余。方良的祖籍就是店头北部的丁家湾。

　　作为一名为生活蝇营狗苟的我，我热爱我的故乡，但我回不去了，现在与方良先生同居在同一个镇——长寿镇。我现在喜欢上了长寿街，我这个小市民适合在这里居住，直截了当地说这里的生活成本并不高，适合我后半生浑浑噩噩混日子，不像方良，一跑跑到南方大都市去了定居，在那里享受优雅的物质和精神生活，但恕我直言：他的梦境，他的精神、灵魂总游离在长寿街这生他养他的故乡，于是组成他文字的元素，却是故乡的点点滴滴——人和事，景与情，恨与爱。他置身于现在的这座城市里生活、工作，他的精神是丰盈、饱满的，是阳光、温暖的，是积极、昂扬的，但也有些许的寄人篱下，南漂人的感觉。哪怕作为一名外来务工的人，他乐意为那座城市当一名"打工仔"，贡献自己的毕生精力。当沿着他的文字走进汨罗江畔、若英园、夜合山、仙姑岩，追逐汨罗江之魂，观石牛寨丹霞地貌，忆祖母的三寸金莲，想起自己的初恋。我才感到自己不够格做平江上乡人，多少有些愧对这生我养我的地方。谢谢家兄弟！他的《逸仙散文》集让我对自己生活的长寿从文学、文化的视角有了一个新的认知。尽管我人微言轻，但我站在普通市民、普通读者的立场来看，《逸仙散文》集，跳跃的是一颗赤子之心，是方良用一腔热血奉献给自己的故乡长寿人民的一份珍贵礼物，这是我在一遍遍通读《逸仙散文》集之后，归纳出的我个人的浅见。我想这也是《逸仙散文》结集出版的意义所在，只要你有幸读到《逸仙散文》集，我相信它会或多或少为我们的生活、工作提供一个文化或精神的参照物，通过它的参照，让我们生发出对脚下这片土地的热爱、眷恋，并迸发出为之无悔前行的力量。

譬如，意老子大结局。在方良的笔下，展现的是拙朴的农民，为生产力的发展，背晒黄天的劳作，但总是饥肠辘辘，吃饱，或者荤腥搭配好，成了人的梦想，甚至饥不择食。于是，主人公差点丧命。最后还是死于斗人牛的犄角之下。这个悲剧性故事被作者载录下来，无非是宝贵的文化遗产，可有原型的后辈人却跑来对作者问罪，还想对簿公堂。我与对方的代理人交涉几次，针对当前的时代背景，晓之以理动之以情地控辩与说教，才平息一场险些打起官司的纠纷。

我只是想说，今天富起来的人不应该忘本，忘本就意味着背叛。我沿着方良的文字在石龙烟雨西湖的小舟上，做了一次文化的回望。在外的游子总被无形的线，牵着往回走。《巴陵的传说》《君山与潇湘妃竹》是我们小时候爱听的神奇传说故事，也是最初的历史启蒙教育，这也是这根线上的两个历史的元素，也是指北针，于是作者顺着这个方向，去寻找魂牵梦萦的可爱爷爷；去回访营养不良的偷钱买粉笔的少年，这类故事折射出底层的人追求文化，渴求知识的一个缩影。

作者的视觉也是够辽远的。在西沙，环视四周是浩瀚的海，作者就是置身于无边的空间，正是这种家国情怀和气场深深地吸引了我，让我徜徉在作者意境充盈的文字中。

《逸仙散文》集的出版，是方良先生追求完美文学之梦的一个硕果，也是长寿人的骄傲！值得我们品读，值得我们收藏。

九、放歌诗坛外

我是牛郎,你是七妹(外一首)

我是牛郎,
你是七妹!
缘起那个美丽而又破碎的传说,
哥太想你,
我拿走妹的彩衣,
在你慌乱失措时,
我将彩衣送给你,
彼此把握这天上人间的良机!
本来成就了好夫妻,
可惜王母娘娘不依,
一对情侣就那样离弃,
可恶那银色的尖梭一抛,
幻化成河水依依,
妹在银河那边,
哥在银河这边。
你笑盈盈地向我招手⋯⋯
银河里的水倒映着星星,
还有你的倩影,
天文学家说我离得你很遥远,
红尘的一世,
无法摆渡过来看你。
王母娘娘不懂男女的爱情冷冷地说:
你根本无法触及,

嫦娥说容易：
我的弯弯船儿摆渡你。
不就是只隔那条河吗？
喜鹊也说容易：
子夜时分齐心协力，
——帮上这个忙，
可以架起一座彩虹桥，
在七夕……

附某文友七夕情人节寄语

站在银河深处，
盼望朝夕成

偶像的传奇，
距我千里之外的哥哥
虽然我不及星若穿越记忆的过往
但我想用狂热的情，
串字字珠玑
祝福你心若河汉——
渡你渡我，
在红尘里的七巧节快乐！

往事是一枚风干的橘

秋走时,她转眼看了一眼树梢上那枚橘。
她在不远处,常常打听他的消息……
他并没有婚娶,难道只为兑现那个承诺?
冬来了,寒霜了,飘雪了,冰冻了……
树梢上那鲜红的果子还孤零零地待在那儿。
她买给他的皮夹克穿着应该有暖意……

我的思考之外蹲着一只狼

我只有这狭隘窄小的圈子——跳出这圈子我就被围困的饿狼吞噬
"嗥——"那一声撕裂心肺；
荧荧的眼光，迷蒙我的双眼——那辐射线顷刻使我散了架似的；
那粗糙的舌头一舔上，皮肉成了花卷……
于是，我乖乖地禁锢在这圈子里：
被岁月蹉跎着；
被闲言碎语着；
被人悄悄地算计着；
被人虚情假意地奉承着。
——传统文化道德
风俗习惯
法律法规
乡规民约
家人的喜怒哀乐
爱人的嗜好……
都是那狼血艳艳的舌头……
于是，我在这圈子里，不敢越雷池一步。

不是寂寞才有泪

那天我看到引起共鸣的文章，那暖心的语言
我激动得泪涟涟
我从远方归来。
你高兴得泪水挂在眼帘。
你说有了……
我不也是心比蜜甜，悄悄地拭去眼角的泪点
你呕吐不止还工作着，我心里好可怜
小公子哇的一声下地，我亲着你的嘴比蜜甜
我们带大孩子过程中，从不叫苦连天
从此我伴你终老，你笑得泪涟涟……

大雁，已捎来返程的呼哨

南方的海滩毕竟太燥热，
海味太不纯正……
海浪太削脸颊……
海风常玩阴招……
总是觉得踏实不下，
于是梦境有温柔的湖汊……
还有那东西横亘的江、
呈几字形的河，
那草甸上的小花太有诱惑力……
春风不是悄悄登岸了吗，
不打一声招呼——
过了岭南；
暖阳日渐张开了笑脸，
鸭儿知道水暖了……
它看见桃花把水映红了
李花纷纷扰扰取代如银的雪霜。
鸽哨悠悠……
蓝天下也有银翼滑翔……
你也该回程了……
向北，向北……
嘎，嘎……是你打起的呼哨吗？

陪你变老

第一次亲密接触
你娇羞地说：要我陪你到地老天荒
我说那是个什么概念
你狠狠地在我肩膀上咬了一口，就是这个概念
如果你忘记了这次痛，你就离开我
我说不：陪你变老

来生愿做一块青石板

前世，你坐在那块青石板上看日出，
你是盘坐在上面的，
好痴迷的样子——
我就在你视线里，我还做出招呼状：
但你只专注看日出……
从那时起，我发誓下世为青石板——
当你站在山溪那头望溪兴叹的时候，
我顷刻幻化成青石板桥，
让你从我身上款款而过，
那我是何等的自豪！
当你走累了歇息时，
我又悄悄变成落座的青石板——
让你要多舒坦就有多舒坦……
冬天骤然升温；
夏天悄然凉爽。
当你立起身来走路……
我愿意裂变成无数块平坦的青石板铺成的悠悠小路：
让你不硌脚，觉得舒适……
当你登上顶峰，我又变成青石板，让你落座——
看远方的风景，倾听山下的潺潺溪水声，
听松涛阵阵……
我就永久快乐，
让你不觉得是我所为，
让你不觉厮守得厌倦，
让你不觉得话不投机半句多。
让你不觉得相知相守相恋了。
只让我忘我地爱恋，奉献！